小書痴的下剋上

為了成為圖書管理員不擇手段！

第五部 女神的化身IX

香月美夜——著
椎名優 繪　許金玉 譯

本好きの下剋上
司書になるためには手段を選んでいられません
第五部 女神の化身IX

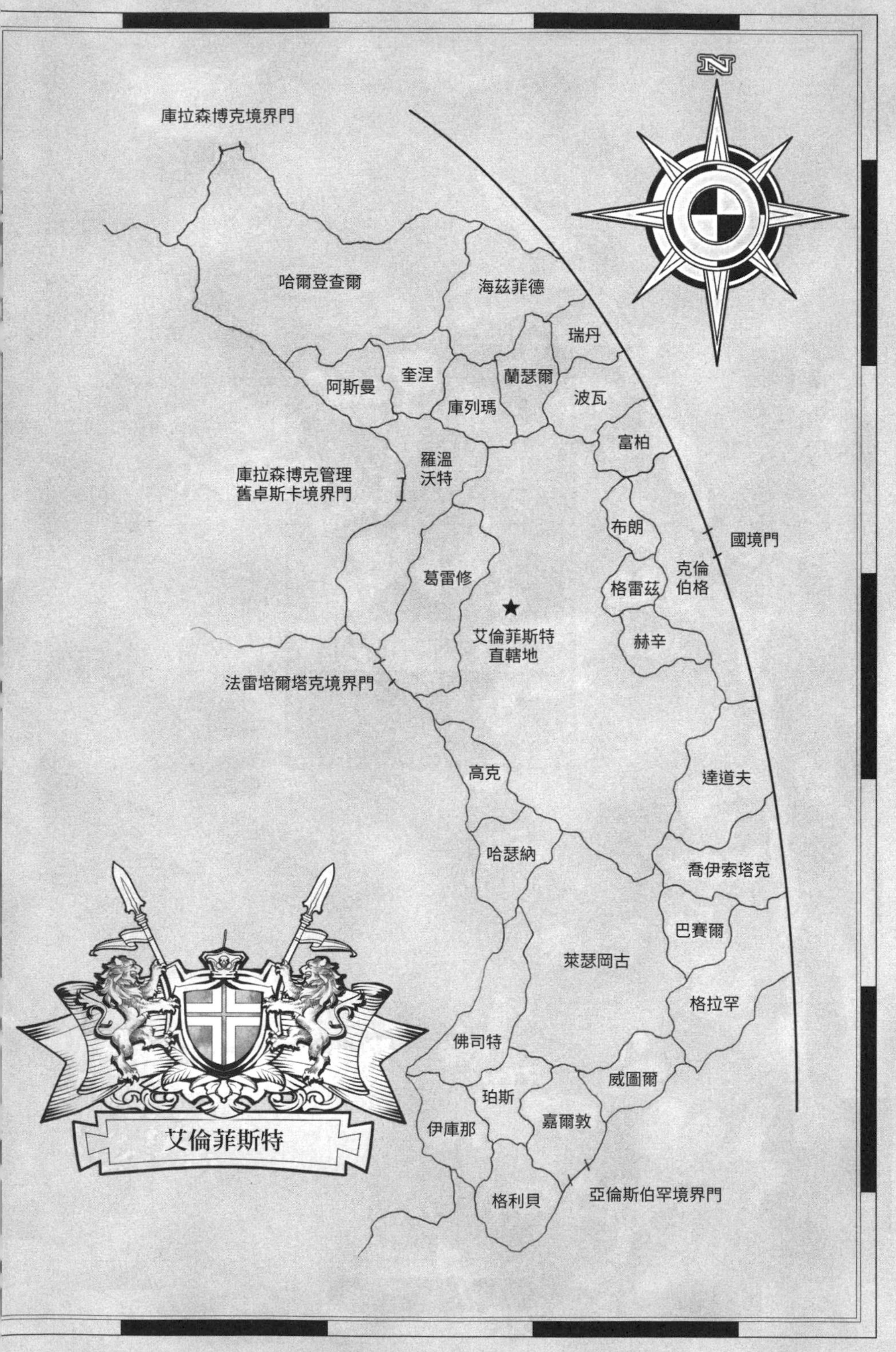
庫拉森博克境界門
哈爾登查爾
海茲菲德
瑞丹
阿斯曼
奎涅
蘭瑟爾
庫列瑪
波瓦
富柏
羅溫
沃特
庫拉森博克管理
舊卓斯卡境界門
布朗
國境門
克倫
伯格
格雷茲
葛雷修
艾倫菲斯特
直轄地
赫辛
法雷培爾塔克境界門
高克
達道夫
哈瑟納
喬伊索塔克
巴賽爾
萊瑟岡古
格拉罕
佛司特
威圖爾
珀斯
伊庫那
嘉爾敦
格利貝
亞倫斯伯罕境界門
艾倫菲斯特

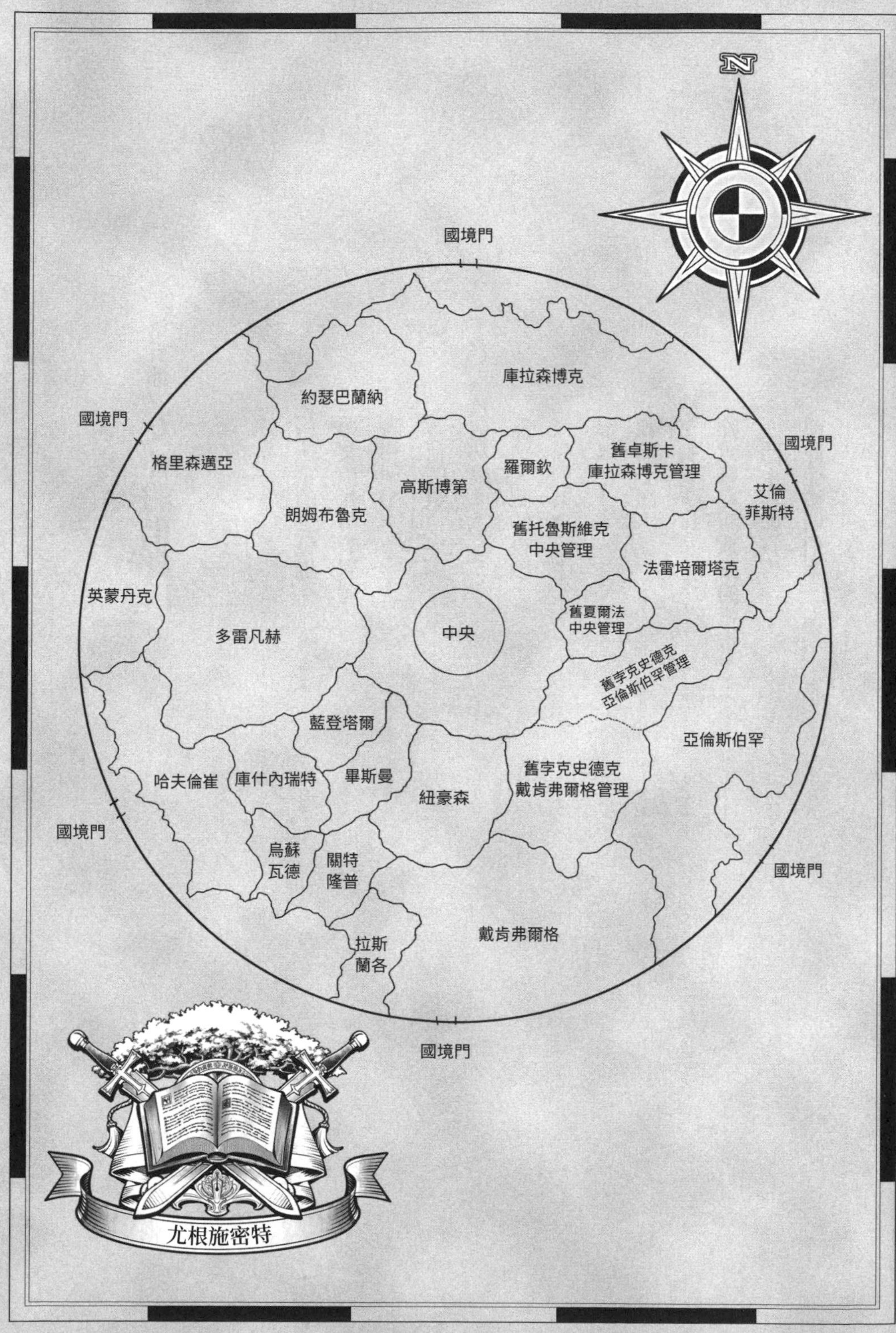
N
國境門
庫拉森博克
約瑟巴蘭納
國境門
格里森邁亞
羅爾欽
舊卓斯卡
庫拉森博克管理
國境門
艾倫
菲斯特
高斯博第
朗姆布魯克
舊托魯斯維克
中央管理
法雷培爾塔克
英蒙丹克
多雷凡赫
中央
舊夏爾法
中央管理
舊孛克史德克
亞倫斯伯罕管理
藍登塔爾
亞倫斯伯罕
哈夫倫崔
庫什內瑞特
畢斯曼
紐豪森
舊孛克史德克
戴肯弗爾格管理
國境門
烏蘇
瓦德
關特
隆普
國境門
拉斯
蘭各
戴肯弗爾格
國境門
尤根施密特

CONTENTS

第五部　女神的化身IX

登場人物

第四部 劇情摘要

進入貴族院就讀後，羅潔梅茵既是問題兒童，也被獲選為最優秀者。在學期間，她因為釋出祝福成了魔導具的主人，還與大領地比了迪塔、為王族提供戀愛方面的建議，更打倒了黑色魔物、治癒採集場所……與此同時，因知曉斐迪南出生秘密的中央騎士團長所提出的建言，國王下令要斐迪南入贅。斐迪南於是奉命前往了亞倫斯伯罕……

韋菲利特

齊爾維斯特的長男，羅潔梅茵的哥哥。貴族院四年級生。

羅潔梅茵

本書主角。在諸神的力量下成長到了約莫成年前後的外表，但內在還是沒什麼變。為了看書，依然是不擇手段。現為貴族院四年級生。

艾倫菲斯特的領主一族

齊爾維斯特

收養羅潔梅茵的艾倫菲斯特領主，羅潔梅茵的養父。

芙蘿洛翠亞

齊爾維斯特的妻子，三個孩子的母親。羅潔梅茵的養母。

夏綠蒂

齊爾維斯特的長女，羅潔梅茵的妹妹。貴族院三年級生。

麥西歐爾

齊爾維斯特的次男，羅潔梅茵的弟弟。

波尼法狄斯

齊爾維斯特的伯父，卡斯泰德的父親，羅潔梅茵的祖父。

斐迪南

艾倫菲斯特的領主一族。奉王命前往了亞倫斯伯罕。

奧黛麗
羅潔梅茵的首席侍從。哈特姆特的母親。

貝兒朵黛
貴族院一年級生，上級見習侍從。布倫希爾德的妹妹。

莉瑟蕾塔
中級侍從。安潔莉卡的妹妹。

谷麗媞亞
貴族院五年級生，中級見習侍從。已獻名。

哈特姆特
上級文官兼神官長。奧黛麗的么子。

克拉麗莎
上級文官。哈特姆特的未婚妻。

羅德里希
貴族院四年級生，中級見習文官。已獻名。

菲里妮
貴族院四年級生，下級見習文官。

柯尼留斯
上級護衛騎士。卡斯泰德的三男。

萊歐諾蕾
上級護衛騎士。柯尼留斯的未婚妻。

安潔莉卡
中級護衛騎士。莉瑟蕾塔的姊姊。

馬提亞斯
中級護衛騎士。已獻名。

勞倫斯
貴族院五年級生，中級見習騎士。已獻名。

優蒂特
貴族院五年級生，中級見習護衛騎士。

達穆爾
下級護衛騎士。

艾倫菲斯特的貴族

布倫希爾德　羅潔梅茵的前近侍，
齊爾維斯特的未婚妻。
黎希達　齊爾維斯特的上級侍從。
卡斯泰德　騎士團長，羅潔梅茵的貴族父親。
艾薇拉　卡斯泰德的第一夫人，
羅潔梅茵的母親。
艾克哈特　斐迪南的上級護衛騎士。
卡斯泰德的長男。
尤修塔斯　斐迪南的侍從兼文官。
黎希達的兒子。
拉塞法姆　斐迪南的下級侍從。
雷柏赫特　芙蘿洛翠亞的上級文官。
哈特姆特的父親。
巴托特　已向韋菲利特獻名的中級文官。
卡珊朵拉　已向夏綠蒂獻名的中級見習侍從。
繆芮拉　已向艾薇拉獻名的中級文官。
薇羅妮卡　齊爾維斯特的母親。現正受到幽禁。

亞倫斯伯罕的貴族

喬琪娜　亞倫斯伯罕的第一夫人。
齊爾維斯特的大姊。
蒂緹琳朵　亞倫斯伯罕的領主一族。
喬琪娜的女兒。
萊蒂希雅　亞倫斯伯罕的領主候補生。
休特朗　斐迪南的上級護衛騎士。
前騎士團長。
賽吉烏斯　斐迪南的上級侍從。
雷蒙特　斐迪南的中級見習文官，
貴族院五年級生。
菲亞吉黎　萊蒂希雅的上級見習侍從。
休特朗的女兒。
傅萊芮默　上級貴族。前貴族院教師。
戈雷札姆　已向喬琪娜獻名的文官。
前基貝．格拉罕。

他領貴族

席格斯瓦德　中央的第一王子。下任國王。
勞布隆托　中央騎士團長。
洛飛　戴肯弗爾格的舍監。
赫思爾　艾倫菲斯特的舍監。
索蘭芝　貴族院圖書館的中級館員。
休華茲　貴族院圖書館的魔導具。
懷斯　貴族院圖書館的魔導具。
齊格琳德　戴肯弗爾格的第一夫人。
漢娜蘿蕾　戴肯弗爾格的領主候補生，
貴族院四年級生。
海斯赫崔　戴肯弗爾格的上級騎士。

神殿相關人員

法藍　神殿長室的首席侍從。
薩姆　神殿長室的侍從。
莫妮卡　神殿長室與廚房的助手。
妮可拉　神殿長室與廚房的助手。
葳瑪　負責管理孤兒院。

平民區相關人員

昆特　梅茵的父親。
多莉　梅茵的姊姊。專屬髮飾工藝師。
珂琳娜　奇爾博塔商會的裁縫師。
列克爾　西門的士兵。

其他

傑瓦吉歐　蘭翠奈維的國王。
雷昂齊歐　蘭翠奈維的使者。

第五部

女神的化身IX

序章

噹啷，噹啷……

聽見第三鐘已然響起，坐在載貨馬車裡的戈雷札姆微微蹙眉。此刻喬琪娜已差不多乘船抵達艾倫菲斯特，他卻沒能按照計畫抵達基貝．格拉罕的夏之館，甚至基貝的宅邸才剛開始出現在視野當中。

「都怪波尼法狄斯大人太棘手了……」

計畫之所以耽擱，全是因為有人在森林裡的管理小屋設了陷阱。那間小屋是基貝及其一族在巡視土地時會用到的處所，戈雷札姆在裡頭藏了幾樣魔導具。為了確認珍貴的魔石與魔導具是否還在、有沒有被帶走，他非得解除陷阱不可。眼看時間不停流逝，儘管心中焦躁不已，戈雷札姆還是費了點工夫解除陷阱，並且根據陷阱特有的設置方式猜出了設置者是波尼法狄斯。

……雖然成功回收了好用的陷阱與事先藏好的魔導具，但也耽擱了一點時間。來得及嗎？

將管理小屋的所在位置告訴波尼法狄斯的人，肯定是兒子馬提亞斯。因為只有告訴過馬提亞斯的魔導具藏匿地點被入侵者發現。再加上冬季遭到肅清之際，只有馬提亞斯因為去了貴族院，人不在現場。本以為逃過肅清的兒子早因連坐而遭到處刑，看樣子是藉由向領主提供情報，保住了一條命。

遭到肅清當時，馬提亞斯因為還未成年，並未向喬琪娜獻名。因此即使是家人，戈雷札姆也從未向他透露過任何重要消息，也只讓他與喬琪娜見過一面。他手上應該沒有多少情報能提供。但是，波尼法狄斯常能靠著直覺與本能摸索到正確答案，所以憑藉馬提亞斯提供的些許情報，說不定會察覺到他們的計畫。

「這兩、三天來，波尼法狄斯大人一直是在伊庫那與格利貝之間奔波，今天必須再把他引到這裡。我絕不會讓他去阻撓喬琪娜大人。」

戈雷札姆從懷裡拿出一個魔導具。這種簡易的魔導具是兩個為一套，只要往其中一個注入魔力使其變色，另一個的魔石便會跟著變色。原本這種魔導具是用來讓幼童練習如何灌注魔力，但被他加以改良。儘管功能只有變色，但在身穿銀布、無法寄送奧多南茲的情況下，若只是想告訴對方自己的隱密行動是否成功，就已十分夠用。

只見魔導具上的魔石原是黃色的，如今變作綠色。

「看來喬琪娜大人順利會合了吧。」

綠色代表喬琪娜已與自冬季期間就潛伏在城市裡的同夥順利會合，戈雷札姆鬆了口氣。為免被敵人發現，喬琪娜身邊僅帶了侍從賽兒緹與一名身蝕商人。萬一被發現，兩三下便會被抓起來吧。看來是分乘船隻，還分成第三鐘與第四鐘抵達的計畫奏效了。

戈雷札姆解開銀布，用右手往魔導具灌注魔力，將魔石變回黃色。這樣一來喬琪娜便能明白他的意思：一是「他已確認魔導具還在」，二是「他尚未抵達格拉罕的宅邸」。

「既然喬琪娜大人已經到了，那我們這邊也開始吧。」

僅是送出魔導具信，告知他們已準備就緒，舊孛克史德克的騎士們便做好了攻打基貝宅邸的準備。接下來就與伊庫那還有格利貝一樣，只要基貝．格拉罕聯繫奧伯，說他們遭受到了亞倫斯伯罕騎士們的攻擊，應該就能轉移奧伯的注意力，不會發現正要潛入神殿的喬琪娜吧。況且恐怕也無人能想到，意圖奪取基礎魔法的喬琪娜竟會入侵神殿。

「嗯，已經照著指示行動了吧。」

沒過多久，格拉罕的基貝騎士團忽地從基貝的宅邸迅速飛出。戈雷札姆坐在載貨馬車裡，親眼看著一頭頭騎獸往外衝出，速度之快似是十萬火急。

但是這也理所當然。因為騎士團員飛到上空後，便能看見披著亞倫斯伯罕披風的騎士大軍正朝著他們攻打而來。

「在這條路右轉。」

此時戈雷札姆所乘坐的馬車，正載著要送往基貝宅邸的蔬果糧食，馬夫則是與他簽訂了主從契約的身蝕士兵。在通往宅邸後門的道路附近，有著與基貝宅邸相連的密道入口。戈雷札姆看往密道的方向。

……果然有人看守嗎？

密道的出入口附近有三個男人。其中一人似乎是騎士，另外兩人則是下人。他們肯定是負責在此戒備與看守，盤查所有想要靠近基貝宅邸後門的人。

「停下！檢查行李！」

不出戈雷札姆所料，那三人叫住了正往後門駛去的載貨馬車。他們一邊問著：「是哪個商會派來的？」一邊走過來準備盤查。向馬夫問話的應該是騎士，走過來要檢查行李的則是下人。

多半因為此處是宅邸後門，他們才會全然沒看見正往宅邸浩蕩襲來的淡紫色大軍，也看不見急忙飛出宅邸的騎士們吧。

……戰鬥已經開始，竟還如此悠然自得……

看樣子接下自己位置，成為新任基貝．格拉罕的人沒有什麼作戰經驗。雖然正因如此自己才有可乘之機，但戈雷札姆卻也感到遭人看輕，內心有些不快。

……對騎士得使用那個才行吧。

萬一騎士在他入侵前就送出奧多南茲，恐會打亂計畫。戈雷札姆與駕駛馬車的士兵對看一眼，接著他便輕彎食指示意。車夫立即拉下銀筒上的繩子。「砰」的一聲輕響，白粉在空中飛揚。

「唔咕……」

騎士在痛苦地掙扎了幾秒後變作魔石。竟然不是立刻變作魔石嗎——發現毒粉的效果比預期要弱，戈雷札姆微微瞠目。是因為騎士用布摀住了口鼻嗎？還是因為在戶外，毒粉容易向外擴散？戈雷札姆相當後悔先前在亞倫斯伯罕，沒能在喬琪娜的離宮裡多做實驗與測試。

「怎、怎麼回事?!」

「人呢?!」

正朝馬車車斗走來的兩名下人訝聲大叫。看在他們眼裡，騎士就像是突然平空消失了吧。戈雷札姆立即襲向其中一人，身蝕士兵則是撲向另一人。

要殺死幾乎沒有反抗能力的平民非常簡單，只是善後工作十分麻煩。但若在入侵基貝的宅邸前就被人發現，只會徒惹麻煩。

……平民真是派不上用場。

戈雷札姆從平民的屍體上別開目光，看向仍掉落在地的騎士魔石。他以戴著黑色魔導具的義手撿起魔石，開始吸收魔力。大概是因為處在備戰狀態，騎士已經預先讓體內的魔力完全恢復，所以魔石盈滿了魔力。

待吸收完了所有魔力，戈雷札姆便在掌中直接捏碎騎士的魔石。接著他扔掉碎屑、輕輕甩手，看向靜靜等著他下一步指令的身蝕士兵。

「接下來的結界你過不去。處理好屍體後，回去等候指示吧。」

聞言，身蝕士兵將屍體搬上馬車，再次駕車進入森林。親眼看著他離開後，戈雷札姆便帶著裝有各種魔導具與藥水的皮袋，走向密道的出入口。

走進密道沒多久，便會遇上魔法所設的結界。原本這個結界只有基貝及其血親，還有領主一族才能通過，但戈雷札姆利用銀布，很順利就通過了。蘭翠奈維所開發的銀布實在好用。只要能穿過結界，接下來簡直輕而易舉。戈雷札姆沒有被任何人發現，不疾不徐地闖入基貝的宅邸。

「還真是易如反掌。」

看來奧伯．艾倫菲斯特雖然解除了戈雷札姆的基貝一職，卻沒能將整個基貝宅邸重新改造。戈雷札姆循著記憶中的途徑，抵達了宅邸裡基礎所在的房間。

原本只有基貝能夠進入這個房間，但使用銀布後同樣輕鬆入侵。進到房裡後，戈雷札姆便脫下銀布，開始為基礎灌注魔力，將這棟宅邸的持有者更換成自己。這是喬琪娜教給他的方法。

成功更換了基貝宅邸的基礎持有者後，戈雷札姆再將守護宅邸的結界強化至極限。從現在開始，便只有成了宅邸主人的戈雷札姆及其血親，還有領主一族能夠進來。格拉罕的騎士與侍從，以及下人們雖能離開，但出去後便無法再回到屋內。

……接下來能夠進來的，大概就只有接到格拉罕遇襲的消息後，急忙趕來的波尼法狄斯大人吧。

如今騎士都已出外禦敵，留在宅邸裡的人沒有半個是戈雷札姆的對手。縱使波尼法狄斯趕到，他身邊的騎士們也沒有人進得來。

這下子可以說是勝券在握。戈雷札姆點一點頭，拿出行李中剛才那個魔導具，確認魔石的顏色。如今魔石變成了紅色。

「嗯，喬琪娜大人已經潛入神殿了吧。那麼也告知我這邊的進度。」

戈雷札姆往魔導具注入魔力，再將魔石變作綠色。這樣喬琪娜便能明白，他已順利潛入基貝的宅邸，並且成功奪取了基礎。

……接下來只要把艾倫菲斯特的騎士團引到這裡，拖延時間就好。

確認過自己該做的事情後，戈雷札姆離開基礎之間。接著他利用密道在宅邸裡行走，來到通往基貝辦公室的出口前，聆聽房內的動靜。門的另外一邊，有男人的話聲斷斷續續傳來。

「……的援軍會在中午過後抵達……所以，你要讓格拉罕的騎士……堅持下……」

看來此刻在辦公室裡的，正是在戈雷札姆之後接下基貝．格拉罕之位的男人。他正向領主求援，領主也回覆了吧。但是，戈雷札姆沒能聽清援軍會從何處趕來，人數又大約會有多少。

……若是中午過後抵達，應該是指正在伊庫那一帶的波尼法狄斯大人吧……

戈雷札姆以右手觸碰門扉，灌注了魔力解鎖後，慢慢地將門打開，往外窺探。繼任的男人顯然並未更改藏起密道出口的家具配置，門外仍是記憶中那張熟悉的掛毯。

稍微將門打開後，房內的聲音便清晰傳來。

「為了守住格拉罕，騎士們已全員出動。你們快叫下人去避難，我會守在這裡，不到處亂跑。」

「可是，只留下基貝一人……」

「屋裡還有密道，只有基貝及其血親可以使用。所以我只有一個人的話也能逃跑，你們放心吧。」

男人似乎是讓侍從與文官們也去避難。幾道腳步聲略顯遲疑地退了出去。腳步聲逐漸遠去後，房內霎時靜了下來。

……屋裡還有其他人在嗎？

倘若房內還有好幾個人，萬一他們求援就不好了，所以最好是使用即死劇毒。但如果屋內僅有繼任的基貝男子一人，要是讓人無法用奧多南茲聯繫到他，勢必會引人前來察看，所以最好讓他活著。

……那麼，現在該怎麼做？

為了無論是何種情況都能應對，戈雷札姆從皮袋裡拿出藥水與擒縛用的繩子，往外窺探。

這時，他聽見男人深深地嘆一口氣。

「中午過後究竟是什麼時候？再不快點來的話，只怕格拉罕的騎士團會全滅……」

充滿苦惱與祈求的話聲明顯發自肺腑。一個被任命為基貝的貴族不可能在他人面前吐露這種喪氣話。換言之，如今辦公室裡僅只他一個人。

戈雷札姆悄悄打開密道出入口的門扉，盡量不發出聲響。但伴隨著空氣的流動，掛毯有些晃動。

「嗯？」

男人納悶的狐疑聲傳來，緊接著是腳步聲逼近。戈雷札姆直接掀開掛毯，再一個箭步上前，迅速地擒縛住男人。

「什麼?!你、你……為何會從那裡……」

男人在震驚與恐懼下瞪大雙眼，像是拒絕理解眼前所發生的事情。戈雷札姆扣住他的下巴，將手裡的藥水灌入他口中。

「唔咕……嘎咳……」

被藥水灼燒了喉嚨的男人再也說不出話來，儘管痛苦得想要掙扎，但被綑綁住的身體卻無法動彈。

「你想知道，我為何能夠使用宅邸裡的密道嗎？很簡單。因為我已經更改了宅邸基礎的持有者。在我回來之前，辛苦你暫代基貝之位了。」

已不是基貝的男人因恐懼與絕望而臉色大變，嘴巴一張一合，但他已經發不出任何聲音，只能發出嘶啞的喘氣聲。

戈雷札姆沒再理會男人，從皮袋裡拿出預先準備好的魔導具信，往外拋出。這些信將飛向正潛伏在森林裡待命的舊孛克史德克基貝們。信上的內容寫著戈雷札姆已拿下格拉罕的基貝宅邸，要他們開始用小聖杯奪取土地的魔力。

……這下子就能把波尼法狄斯大人引到這裡來吧。

波尼法狄斯一直在驅趕接連出現在伊庫那與格利貝一帶的基貝與騎士們，相信早已發覺這是在分散艾倫菲斯特戰力的戰術了吧。

但是，波尼法狄斯是徹頭徹尾的領主一族。他不可能拋下正遭受敵襲的土地，回到艾倫菲斯特的城市去。今日想必仍在伊庫那與格利貝一帶來回奔走，在收到格拉罕的求援後也會趕來吧。

……儘管還是有些令人不解的行動，需要多加留意。

據報告所說，伊庫那的騎士在發現了他們的行蹤以後，不到一天的時間，波尼法狄斯便領著援軍趕到伊庫那。波尼法狄斯這個人依舊是神出鬼沒，教人難以預料。

但根據戈雷札姆收到的消息，至少今日上午波尼法狄斯又趕往了伊庫那。從這一刻起再怎麼疾馳狂奔，也不可能及時趕回艾倫菲斯特城市。況且比起回去，更會優先選擇趕來格拉罕禦敵吧。

……我絕不會讓波尼法狄斯大人繼續阻撓我們。

想起失去左手的那年冬天，戈雷札姆緩緩張握他傾盡全力製作，就為了對付波尼法狄斯的黑色義手。

讓前任奧伯．亞倫斯伯罕登上通往遙遠高處的階梯後，他們又藉著王命讓斐迪南離開了艾倫菲斯特，不得不來到亞倫斯伯罕。喬琪娜也以喪夫之痛與搬到離宮為由，遠離冬季的社交界，爭取到了可以自由行動的時間。

好不容易得到了艾倫菲斯特的聖典鑰匙，正當喬琪娜要展開行動、奪取基礎之際，波尼法狄斯卻像是算好了時機一般突襲戈雷札姆的宅邸。因此戈雷札姆最忌憚的，便是波尼法狄斯那驚人的直覺、行動力與戰鬥力。萬一需要與他交手，會非常難以應付。

……對了，曾有一個人也非常棘手。

斐迪南也是他們不得不萬般小心的存在。

自從喬琪娜透過前任神殿長遺留的書信，得知了從神殿可以進入基礎之間，戈雷札姆等人便一直想方設法要潛入神殿。然而，由於成為領主養女的羅潔梅茵接下了神殿長一職，還俗後變回領主一族的斐迪南也繼續擔任神官長，害得他們始終不得其門而入。因為兩人身邊時時有護衛騎士隨行，監視著出入神殿的貴族。

往昔只要以捧花為由，便可輕易地進入神殿長室，後來卻因為「不能讓剛受洗的少女來處理這種事」，所以想去神殿的貴族全是由斐迪南來應對。

即使有文官因為印刷業而開始出入神殿，但能夠參與的文官也都是由斐迪南與萊瑟岡古的貴族挑選，和不同派系的戈雷札姆等人有交情的貴族根本不會被選上。就連住在神殿裡的青衣神官，想要拜訪也得先問過神官長，因而完全無法靠近。

……但是，我們還有時間。

他們並未察覺神殿長持有的聖典鑰匙，可以通往基礎之間。倘若知道的話，絕無可能讓平民幼女成為領主的養女後，又讓她接下神殿長一職吧。

因此，戈雷札姆等人算準了羅潔梅茵與斐迪南都不在神殿的時候，從神殿偷走了神殿長的聖典與其對應鑰匙。為了盡量拖延時間不被發現，他們並不只是單純地偷走聖典和鑰匙，還準備了仿冒品替代，更是意圖處分掉成了目擊證人的灰衣神官，謹慎地想要湮滅所有證據。

然而，斐迪南還是馬上發現有人在他們離開期間闖入了神殿長室、換走了真正的聖典，緊接著查出執行計畫的人是葛洛麗亞。隨後更毫不猶豫地闖入她所在的達道夫子爵宅邸，還找到了被送往城堡的聖典。

……實在太可恨了。

最終，只有鑰匙順利地送到喬琪娜手中。本想誣陷斐迪南偷走了聖典和鑰匙，讓他成為罪人，再藉此追究齊爾維斯特的責任，這個計畫只得作罷。非但如此，在斐迪南來到亞倫斯伯罕以後，也無法以此要脅他不得插嘴干涉，並要聽從喬琪娜的指示。

……但是，現在斐迪南大人已因萊蒂希雅大人釋出的即死劇毒身亡，再也無法來妨礙我們了。

如今已經成功排除了斐迪南，也把波尼法狄斯引到了領地南邊。在危險人物的應對上，可以說是準備萬全。

計畫進行得非常順利。儘管如此，戈雷札姆心中仍有著難以形容的不安。他一方面認為此次的計畫如此周全縝密，不可能會出紕漏；另一方面卻也想到了至今每次執行計畫，總會出現意料之外的阻礙。

……與其胡思亂想，不如多想些對策吧。

於是戈雷札姆拿起皮袋，走出基貝的辦公室，開始在樓梯設置陷阱，確保無人能夠上樓。而且，他還是重新利用了原先設置於森林管理小屋的陷阱。只要將陷阱設定成無論是解除還是發動都會通知自己，就不必擔心有人從背後偷襲。

「你在那裡做什……唔咕……」

設置陷阱的時候，每當有下人或侍從發現了他，戈雷札姆便神色自若地加以鏟除，然後繼續作業。本以為會有更多的人來礙事，但在宅邸裡走動的人影卻比預期中要少。看來大多數人都照著那男人的指示，避難去了吧。

……這樣也好。

格拉罕是戈雷札姆的故鄉。雖然他必須讓這塊土地上的人們重獲自由，擺脫奧伯．艾倫菲斯特與萊瑟岡古一族的支配，但也希望無辜的犧牲者越少越好。

隨後他回到基貝辦公室，正在清點藥水與魔導具等的剩餘數量時，有奧多南茲飛了進來。白鳥飛進屋後，停在遭到擒縛的男人手上，張開鳥喙說道：

「基貝，我是騎士團長。敵人的數量遠比伊庫那與格利貝通知過的要多，不知我們能否撐到援軍抵達……但是，我們所有騎士會傾盡所能，努力堅持下去。接下來恐怕再難寄送奧多南茲，也祝您好運。」

奧多南茲在重複了三次同樣的內容後，變回黃色魔石。戈雷札姆旋即用黑色義手抓住。他絲毫沒有打算讓男人回信。眼看著魔石被戈雷札姆捏碎，被縛的男人睜大眼睛。多半是心有不甘，眼眶浮現淚水。

「嗯，既然之後不會再有奧多南茲送來，那麼讓你活著也沒意義吧。」

如今男人已經無法動彈也無法發聲求救，對他使用即死劇毒未免太過浪費。於是戈雷札姆舉起右手上的武器刺向男人，並在下手的同時，留意著不讓男人當場死亡。只見男人痛苦得發出呻吟，極盡可能地往後蜷縮，全身被恐懼與絕望所籠罩。這樣一來等他死後，就會變成一顆飽含魔力的高品質魔石吧。想起蘭翠奈維人說過的話，戈雷札姆點一點頭。

……時間應該差不多了。

戈雷札姆從血流如注的男人身上別開目光，看向窗戶。緊接著他站起身，慢條斯理地走向陽臺。屋外格拉罕騎士團的團員們渾然不知基貝已經換人，還奮力地想要守住基貝的宅邸。披著淡紫色披風的大軍直逼而來。人數的差距顯而易見，勝負已分。

……那麼，就讓我看看你們能撐到什麼時候。

正當他揚起嘴角冷笑時，在淡紫色的大軍後方，翠綠的廣闊森林忽然湧現一片醒目的藍。

格拉罕的主戰場

驅策著騎獸越是接近戰場，越能清楚看見前方有著一大群身披亞倫斯伯罕披風的騎士。那些淡紫色的披風並未以藍黃兩色畫有斜線，皆是聽從喬琪娜的指令行事，隸屬亞倫斯伯罕與舊孛克史德克的人。他們的目標正是基貝．格拉罕的宅邸，而擋在前方的，是宅邸四周的結界與披著明亮黃土色披風的基貝騎士團。

「雖然最好是能從兩側進行夾擊，但格拉罕的基貝騎士團根本支撐不住，所以我們必須盡快與他們會合。」

正如斐迪南所說，雙方的人數差距太巨大了。就連沒什麼作戰經驗的我，也能一眼看出格拉罕將被攻陷。騎士們很顯然只是在咬牙苦撐，等著援軍抵達。

「羅潔梅茵，從中央突破重圍以後，妳要先為艾倫菲斯特的騎士們施展治癒。」

「是。」

「我會在前方打頭陣。羅潔梅茵、漢娜蘿蕾大人，請兩位千萬不能減速，即使身邊的騎士有任何狀況，直到衝出敵陣為止都不能停下。」

說完，斐迪南帶著自己的護衛騎士飛到最前面去。而在我們以騎獸移動的時候，戴肯弗爾格的騎士們也以我與漢娜蘿蕾為中心開始集結。一行人似乎排成了要從中央進行突破的隊形，只不過從我這裡無法看見全貌。除了身旁的護衛騎士外，不管左看右看上看下看，全是身穿藍色披風的騎士。現在就連斐迪南與艾克哈特的披風都看不到了。

「柯尼留斯、萊歐諾蕾，馬提亞斯與勞倫斯回來了嗎？」

周遭全是披著藍色披風的戴肯弗爾格騎士們，相較之下，披著艾倫菲斯特披風的護衛騎士人數屈指可數。再加上騎士們都坐在騎獸上，還都戴著頭盔，我很難辨別身邊的人是誰。

「……還沒有。」

「雖不曉得他們前往檢查的管理小屋位在何處，但應該會跟在隊伍的尾端與我們會合吧。」

萊歐諾蕾說完，我忍不住往後回頭。還是只能看到成群的戴肯弗爾格騎士。

「羅潔梅茵大人、漢娜蘿蕾大人，一旦衝出敵陣，還請兩位待在離夏之館最近的騎士們身後。」

「護衛騎士一定要盡全力保護好自己的主人！哥替特！」

我們對周遭傳來的指示點點頭，接著互相配合，開始加速。四面八方全是舉著盾牌的騎士，飛揚的披風還遮擋住了視野，讓我根本不曉得自己現在飛到了哪裡。但就算不知道，我還是繼續往前衝。

而且，正因為看不見戰況與想必正嚴陣以待的敵人，更是能清楚地感受到在騎士之間流竄的緊張氣氛，我握著方向盤的手因此發起抖來。感覺自己一不小心就會大力踩下煞車，所以得極力克制。

「哇?!」

無預警地，周遭「啪！」「啪！」地亮起刺眼光芒。我反射性地環顧四周。看來是我們已經進入遠距魔力攻擊的攻擊範圍內，所以魔力在打中騎士們高舉的盾牌後便彈了開來。這時的我根本不知道自己離敵人有多遠，左右環顧又只能見到團團圍起的騎士，但光是有光芒不停在四周亮起，就讓我嚇得心臟緊縮。

……好、好可怕。

遠距攻擊似乎大多都被擋下來了，但漸漸地不只魔力攻擊，也開始有箭矢穿過騎士之間破空飛來。其實不管是魔力攻擊還是箭矢，基於魔力量的差異，都不可能會穿透騎獸傷害到我。但就算大腦明白這一點，湧上心頭的恐懼還是難以消除。我感到想哭地緊緊抓住方向盤。至少這時還有餘力害怕。

緊接著，前方忽然亮起虹彩般的絢麗光芒，耀眼到了飛在前面的騎士都變成一道道的黑色剪影。儘管可以看出這就是釋放儲存魔力的那個招式，但我無法得知釋出攻擊的是敵軍還是我方，忍不住用力閉上眼睛。

「羅潔梅茵，跟上！」

柯尼留斯的怒吼讓我心頭一驚，急忙睜開雙眼，跟上身旁疾飛的眾人。看來釋出魔力攻擊的不是敵軍，而是我們。雖然不時有東西從四周飛過，短暫遮住光芒，但騎士們高舉的盾牌擋下了所有衝擊。

「噢噢噢噢噢噢噢！」

周遭的騎士們開始逐漸加快，同時大聲吶喊，就像要釋放體內高漲的熱氣與激昂的情緒。我也拚命調整速度，努力跟上眾人。

「衝啊！不要退縮！跟緊斐迪南大人！」

就在這道疾呼之後，周遭的情況忽然一變。帶有激勵意味的吆喝聲此起彼落響起，近處更有刀刃相接的鏗鏘聲響傳來。鎧甲在摩擦下所發出的金屬碰撞聲，也遠比剛才要響亮又刺耳。

這時，原本只有一整面藍色披風的視野忽然濺來鮮血，嚇得我倒吸口氣，緊接著是某人的手臂迎面飛來。一聲巨響過後，整個騎獸都在搖晃，那條手臂也消失在了遙遠後方。本來還以為可能是自己看錯了，但車窗上殘留的血跡卻明白地昭告著那是真實發生過的事。這種感覺就像輾到了人一樣，我顫抖著牙關繼續踩下油門。

「噫嗚?!」

飛在前方的騎士似乎是受到重擊，忽然從騎獸上掉了下來，往我這邊墜落。

……快踩煞車！

「撞上去！不要停！不然後面的人會撞上來！」

在我踩下煞車之前，柯尼留斯就立即出聲喝止。而我要踩向煞車的腳都還沒移回到油門踏板上，疑似是安潔莉卡的騎士就從旁邊衝出來，將那名墜落的騎士往其他方向撞飛。我害怕得半點聲音也發不出來。

這時又有護衛騎士被周遭的攻擊波及，失去平衡撞上我的小熊貓巴士，在彈開後轉眼消失無蹤。我正想要回頭，再度有人喝斥。

「羅潔梅茵大人，請看前面！」

於是我緊緊咬牙，強忍下想要回頭的衝動，繼續衝刺。現在不只鮮血，還有不知是誰的魔石「哐」、「哐」地撞上騎獸。此時的我早已將恐懼拋在腦後，一心只想著絕對要跟緊大家。

「突破敵陣了！掉頭攻擊！上！」

響起的這聲大喊明亮又充滿希望。戴肯弗爾格的騎士們整齊劃一地調轉騎獸，迎向敵人。

「羅潔梅茵大人、漢娜蘿蕾大人，請兩位繼續直行，到隊伍最後面去！」

聽見有人要我到不會被攻擊擊中的最後方去，我猛然想起斐迪南的指示。他吩咐過了一旦衝出敵陣，就要施展治癒。

「漢娜蘿蕾大人，請您先過去，我得為大家施展治癒。」

我帶著護衛騎士飛往上空，朝窗外伸出手，詠唱：「修得列坎布恩！」並在迴轉後高舉起芙琉朵蕾妮之杖。若想為所有艾倫菲斯特與戴肯弗爾格的騎士們施展治癒，得認真地獻上祈禱才行，否則魔力恐怕不夠。

「水之女神芙琉朵蕾妮的眷屬，治癒女神洛古蘇梅爾啊。」

舊孛克史德克的騎士們立刻對我展開攻擊，想要阻止我施展治癒，但全被已經守在前線的戴肯弗爾格騎士們擋了下來。護衛騎士們也都舉起盾牌。我略微加快語速，獻上祈禱。

「請聆聽吾的請求，賜予吾聖潔之力，使吾得以治癒守護艾倫菲斯特之人。神聖的樂音奉獻予祢，請為吾等布下至高無上的波紋，賜予祢清澄明淨的守護。」

綠光旋即從長杖上的魔石滿溢而出，灑向底下眾人。基貝騎士團似乎受傷的人還不少，皆為此發出歡呼。感受到了艾倫菲斯特這邊的士氣上升，對於自己能稍微幫上忙，我安心地放鬆下來。

「羅潔梅茵大人，接下來就交給騎士，請您退到後方吧。」

萊歐諾蕾這麼說道，我對她點一點頭。施展完治癒後，我的任務就暫且告一段落。接下來得趕快飲用回復藥水、恢復魔力，要不然若是斐迪南又下了指示，會無法應對。我朝著漢娜蘿蕾所在的後方飛去，落地後坐在騎獸裡，喝下魔力回復藥水。

「多半是因為要騎乘騎獸，舊孛克史德克的騎士們既沒有身穿銀衣，也沒有手持銀色武器。現在就是尋常可見的騎士之間的戰鬥。那照這樣看來，戴肯弗爾格的騎士絕不會輕易落敗。」

漢娜蘿蕾微笑說道。真是太可靠了呢——我正這麼心想時，有兩名披著艾倫菲斯特披風的騎士往這邊靠近。其中一頭貓型騎獸的外形像豹，體型修長、有著翅膀，坐在上頭的人是馬提亞斯；另一頭騎獸雖然外形相似，但體型較大，看起來比較像是老虎，坐在上頭的人是勞倫斯。

「馬提亞斯、勞倫斯，幸好你們平安無事。」

「羅潔梅茵大人。」

眼看所有護衛騎士都到齊了，我如釋重負。馬提亞斯與勞倫斯真如萊歐諾蕾所說，在我們從中央進行突破時跟在了隊伍的尾端。

「我試著向戈雷札姆送出奧多南茲，確認他的所在地，但奧多南茲並未起飛。」

「……這代表他已經身亡了嗎？」

我在亞倫斯伯罕見過一些並未起飛的奧多南茲。倘若寄送的對象已經亡故，白鳥便不會起飛。

「……雖然也有可能是在某處被攻擊波及，因而亡故，但他都能夠解除波尼法狄斯大人設下的陷阱了，我不認為會這麼輕易喪命。也許是因為他正隱密行動，奧多南茲才會無法寄送……」

勞倫斯面色凝重地說完，萊歐諾蕾也看向格拉罕的夏之館，神情嚴峻。

「亞倫斯伯罕的騎士曾經說過，對方若穿著能夠阻絕魔力的銀衣，奧多南茲便無法寄送出去。我們最一開始發現銀布的地方，就是這裡吧？」

雖然舊孛克史德克的騎士們沒有銀布也沒有銀色武器，但戈雷札姆肯定有吧。那麼，奧多南茲會無法寄送給他也不奇怪。

「……對喬琪娜大人他們來說，這些人只是棄子而已吧。」

既未提供可以阻隔魔力的銀衣與武器，就連重要的情報也未曾共享。喬琪娜並沒有告訴他們可以從神殿取得領地的基礎，反倒要他們以小聖杯奪取土地的魔力，當作棋子一樣利用。因為一旦她得到了艾倫菲斯特的基礎，只要讓他們來管理領內的土地，她就可以毫無顧忌地清理掉現在的艾倫菲斯特貴族，同時得到這些對她忠心耿耿的部屬。但即便他們死了，我想她大概也是不痛不癢。

「羅潔梅茵大人，格拉罕騎士團的團長說他想向您道謝。請您待在騎獸裡聆聽。」

安潔莉卡帶著一名身披艾倫菲斯特披風的男性走了過來。由於頭盔已經取下，現在可以看見五官。儘管洛古蘇梅爾的治癒治好了傷口，但男人身上依舊到處血跡斑斑，蒼白的臉孔也沒有半點血色。接著，男人在與我騎獸有段距離的地方跪下。但雖說是跪，更像是失去平衡倒了下來。

「幸而有羅潔梅茵大人施展治癒，如今情勢對我們相當有利。趁著恢復的時候，想先來向您道一聲謝……」

「你都無法走到我面前來了，不必特意過來道謝，快點坐下好好休息吧。」

洛古蘇梅爾的治癒只能堵住傷口、抑止發炎，但流出去的血不會再回到體內。他肯定一直在前線奮戰，即使渾身浴血也堅守防線吧。

「我是因為身上有些髒汙，擔心太過靠近羅潔梅茵大人恐怕失禮，才會停在此處向您行禮。」

我從沒聽說過因為身體髒汙，所以得保持距離的這種禮節。但是，團長動彈不得這種事對騎士團來說，可能會成為弱點吧。我決定接受他的說法。

「原先我還憂懼著夏之館會被敵人拿下，但在援軍趕來與我們會合後，不僅我軍人數一鼓作氣增加，又有羅潔梅茵大人施展的治癒，讓受了傷的人可以重回戰場，這才避免了最糟的局面發生。我在此由衷向您致謝。」

他說多虧有戴肯弗爾格的騎士們支援前線，基貝騎士團才能退到後方飲用藥水、等待恢復，並且返回夏之館去拿回復藥水。

「先前收到奧多南茲，說是奧伯表示中午時分會有聯合戴肯弗爾格的援軍趕來，要我們堅持下去，當時我還不敢相信。因為備好的魔導具已經悉數用盡，襲來的敵人人數又遠比騎士團要多。為了迎戰，我們只能把基貝留在宅邸內，出動所有騎士團員。」

他說他們一邊等著不知是否真會出現的援軍，一邊動員所有騎士迎戰。然而，在看見己方的援軍抵達前，敵人反倒有更多援軍加入，眼看人數越來越多。就在他們如臨絕望深淵的時候，斐迪南、艾克哈特與海斯赫崔合力使出的攻擊突破敵陣，前來與他們會合。說著這些話時，團長臉上有著難以筆墨形容的安心。

「團長，抱歉打斷兩位的談話。」

一名想要進入夏之館的騎士跑回來呼喚道。團長先是說聲失禮了，再站起來看向該名騎士。

「怎麼了嗎？」

「我無法進入宅邸。」

「你說什麼？」

騎士團長厲聲反問，猛地扭頭看向夏之館。就在這個瞬間，有什麼東西「咻」地從宅邸飛了出來。

「咦？」

那樣東西呈拋物線地往一段距離外的戰場前線飛去，而且速度之快明顯不是靠人力振臂投出，而是使用了投石器之類的工具。東西呼嘯飛出的聲音共計響起三次，緊接著相繼「磅」地爆炸開來。

「怎麼回事?!」

白色的粉狀物立即隨風散開，在那一帶的人突然都看不到了。有人平空消失，有人從騎獸掉下去，有人的動作則變得很遲鈍，什麼情況都有。我的護衛騎士們因為待在有段距離的隊伍後方，所以似乎沒有受到影響，但是直接被白粉覆蓋的那個範圍卻是慘不忍睹。而且比起戴肯弗爾格，舊孛克史德克騎士們的受害情況看來更嚴重。

「瓦須恩！」

在我還不明白發生了什麼事時，冷不防地有大量水流往眾人襲來。我也連同小熊貓巴士一起被捲進了水流裡，遭到洗淨。

「我已洗去毒粉，快飲用尤列汾藥水！」

緊接著響起斐迪南的怒吼。聽到他指示眾人飲用尤列汾藥水，我馬上明白了這是哪一種毒。肯定就是斐迪南在亞倫斯伯罕的供給室裡中過的毒。

……為什麼這種毒粉會從基貝的宅邸裡飛出來？

我心生不祥的預感，轉頭看向宅邸。先是看向底樓，再慢慢地往上看向一樓和二樓。明明剛才為止都沒有感受到人的氣息，這時二樓的陽臺卻出現一道人影。

「看來效果還在，只不過造成的傷亡比我預期要少哪。果然在戶外的時候，毒粉會擴散開來，削弱效果……」

聽到這個彷彿只是在做實驗、毫無情感波動的嗓音，我背脊一陣發寒。我聽過這個聲音。害得我在尤列汾藥水裡沉睡兩年的兇手，說話時就是這個聲音。

「什麼人?!你不是基貝！」

團長手持武器，跳上騎獸迅雷不及掩耳地往上飛。但忽然「砰」的一聲，團長與騎獸皆消失無蹤。我正茫然地仰望上空時，一顆魔石掉在了我附近的地面上。我的護衛騎士們全都發出痛苦呻吟，立即施展洗淨魔法、飲用藥水。

「我不是基貝？愚蠢至極。如今我已將這座宅邸的基礎魔導具染色，我才是真正的基貝・格拉罕。」

那人似乎只有左手戴著手甲，輪廓看起來格外凹凸不平。忽然間披風飛起，只見髒兮兮的明亮黃土色底下有著銀色布料。

「戈雷札姆……」

已喝下了尤列汾藥水的馬提亞斯發出低吟，接著來到我的騎獸前跪下。

「基貝若將宅邸的防衛功能調到最高，那麼現在能夠進去的就只有其血親以及得到基貝許可的人，還有上位的管理者領主一族。既然騎士方才無法進入，他肯定更改了防禦設定。還請您准許身為他親生兒子的我進去迎戰。」

「馬提亞斯，請等一下。那樣太……」

「我非去不可。」

馬提亞斯別開藍色雙眼，看向宅邸。他在胸前交叉雙手後，迅速起身飛奔。

「等一……呀啊！」

我還想制止馬提亞斯的時候，突然有光網從上方撒下。聽見我的慘叫，馬提亞斯當即回過頭來。

「羅潔梅茵大人?!」

馬提亞斯瞪大雙眼，變出思達普往我跑來。下個瞬間，令人不寒而慄的冰冷話聲自上方響起。

「這頭醜陋的魔獸還真是眼熟。沒想到妳會在這裡……」

這已經不是第一次我的小熊貓巴士被戈雷札姆用光網套住了。過往回憶湧現，記得當時的我只能束手無策地被他抓住，還被灌下毒藥，最終不得不在尤列汾藥水裡沉睡。但是，現在的我已經知道該如何應對。只要相信護衛騎士一定會來救我，絕不離開騎獸就好。因此我用力握緊方向盤，確保自己無論如何都不會飛出去。

「羅潔梅茵！」

柯尼留斯怒極的大吼聲傳來後，拉扯著小熊貓巴士的力量忽然消失。只見安潔莉卡持著斯汀略克在視野中來回穿梭，眨眼就將光網徹底砍碎。早在馬提亞斯衝回來之前，我就已經重獲自由。

「我認得這個光網……戈雷札姆，原來就是你嗎？」

坐在騎獸上的柯尼留斯神情冷冽，抬頭狠瞪著戈雷札姆。

「一直以來只從師父口中耳聞你的大名。能在戰場上與你交手，我真是太高興了。」

手持斯汀略克的安潔莉卡跳上騎獸，藍色眼眸裡亮著無所畏懼的光芒，嘴角彎起微笑。這時她的笑臉完全不像平常那樣楚楚動人，反而讓人心生膽寒。

馬提亞斯衝過來後，似乎被兩人的氣勢震懾住了，有些無措地問我：

「羅潔梅茵大人，這到底是……」

「當年在開場宴襲擊我們，害得我在尤列汾藥水裡陷入沉睡的兇手，似乎就是戈雷札姆。」

「什麼?!我知道他確實有過嫌疑，還被叫去問話，但並未證實他就是兇手……」

馬提亞斯震驚地張合嘴巴。當時因為達穆爾指認出了身蝕士兵手上的戒指，戈雷札姆曾被懷疑是犯人之一。然而，因有目擊證人能夠證明他當時人在大禮堂，又找不到其他證據，所以未能將他問罪。雖然馬提亞斯又知道了更多他本不曉得的、父親曾經犯下的罪行，但繼續瞞他也沒有意義。

「我們只是找不到證據，但當時用光網擄走我，讓我喝下毒藥的人肯定就是戈雷札姆沒錯……不過，真奇怪呢，見習青衣巫女時期，我第一次造訪基貝．格拉罕的宅邸時也曾聽過他的聲音，但感覺不太一樣。」

「……這是因為他至少曾有三個替身。不過，原來是這樣。當初害了羅潔梅茵大人的人也是戈雷札姆嗎？」

馬提亞斯的話聲苦悶壓抑，閃爍的目光裡充滿激昂的情緒。接著他緊握住思達普變成的劍，仰頭看向宅邸二樓的陽臺。這時，柯尼留斯與安潔莉卡正灌注魔力高舉長劍。

「戈雷札姆，受死吧！」

兩人默契十足地同時揮劍。飛出的魔力在半空中互相纏繞，筆直地襲向戈雷札姆。戈雷札姆立刻舉起左臂，多半是想護住頭部吧。並非騎士的他必敗無疑——我正這麼心想時，魔力攻擊形成的光流竟被他的手甲吸收一般消失無蹤。

……他把魔力都吸收了?!

接著戈雷札姆緩緩放下手臂，勾起嘴角。眼看攻擊全然無效，柯尼留斯與安潔莉卡驚愕地瞪大雙眼。就在這時，戈雷札姆對兩人露出嘲諷的冷笑，舉起右手一揮。僅僅這麼簡單的動作，帶著藍彩的魔力攻擊便落了下來。而且不只襲向柯尼留斯與安潔莉卡，也襲向了飲用尤列汾藥水後，正等著身體恢復的成群騎士。

「風之女神舒翠莉婭……」

「哥替特！」

在我詠唱禱詞、變出舒翠莉婭之盾前，陽臺前方驀地出現無數盾牌，彈開了戈雷札姆釋出的魔力攻擊。緊接著帶有獅子外形的白色騎獸疾衝而來，與站在二樓的戈雷札姆相對。

「斐迪南大人！」

正等著身體恢復的騎士們全都如釋重負，也變出盾牌保護自己。

「還在恢復的人先行離開！」

斐迪南維持著變出的盾牌，扯開嗓門吼道。騎士們便舉著自己的盾牌，開始移動。至於魔力還有凝結，無法自行移動的人，則由其他的人攙扶。

「……你竟然還活著?!」

看到跨坐在騎獸上，變出無數盾牌的斐迪南，戈雷札姆不敢置信地連連搖頭。

「這怎麼可能……我們那般精心籌謀，計畫卻還是失敗了嗎？而且不單是失敗，甚至報告給喬琪娜大人的還是假消息？竟然無用到了這種地步，虧她還是喬琪娜大人的女兒。簡直不可饒恕。」

看來蒂緹琳朵在向喬琪娜報告時，直接謊稱斐迪南已經死了。收到消息後，喬琪娜與戈雷札姆才穿上銀衣，隱密地開始行動，也就無法再收到奧多南茲了吧。他顯然並不知道我已經救出了斐迪南。

「……但事已至此，多說無益。我該做的事還是不變。首先是爭取時間，助喬琪娜大人奪得艾倫菲斯特的基礎；再讓人奪取土地的魔力，更有利於她奪取基礎；最後是削弱艾倫菲斯特的戰力，盡量掃除礙事的貴族，這樣她便能輕而易舉地統治這塊領地。這些便是我所肩負的使命。」

戈雷札姆笑了起來。隱含在笑容中的瘋狂氣息令人感到窒息。那雙灰眸流露出了他的執著，明顯絕不可能改變心意，教人心生畏懼。

「斐迪南大人，你的存在會阻礙到喬琪娜大人，我非殺了你不可。」

「區區文官之身，你有這個能耐嗎？我可不會再中毒了。」

斐迪南剛說完，艾克哈特便舉起武器護在他身前。

「文官有文官的戰鬥方式。」

說完，戈雷札姆又道：「為免收到奧多南茲的這東西已經不需要了。」同時他解開披風，握住某樣東西。下一秒，赫然有藍色火焰包裹著他燃燒竄起。

「什麼?!」

「怎麼回事?!」

正當在場所有人都被藍色烈焰奪走了目光時，忽然「喝！」的一聲高喊，好幾道魔力攻擊從不同的方向一齊飛向戈雷札姆。是漢娜蘿蕾所率領的隊伍。魔力飛出之後，化作無數箭矢襲向沐浴在藍色烈焰當中的戈雷札姆。攻擊速度之快，完全是不給半點逃跑的餘地，但再一次被他左手上的手甲擋了下來。

而且在接下漢娜蘿蕾等人的攻擊後，藍色火焰明顯更是熊熊燃燒。然而，沐浴在火

焰當中的戈雷札姆卻是面帶愉快的笑容，一點也沒有被灼傷或是感到痛苦的樣子。被烈焰所包覆的他再次右手一揮，藍火便彷彿自己有了生命般撲向漢娜蘿蕾。

「哥替特！」

漢娜蘿蕾反應極快地變出盾牌。同時斐迪南也移動盾牌，成功擋下了戈雷札姆的攻擊。但是，漢娜蘿蕾仍是嚇得小臉發白，緊握著盾牌睜大雙眼。戈雷札姆看著她，揚起嘲諷的冷笑。

「嗯，有了這麼多魔力，顯然是夠用了。戴肯弗爾格的丫頭，我要感謝妳。」

在此同時，斐迪南緊瞪著置身在藍色烈焰中的戈雷札姆，送出了好幾個奧多南茲。除了給在戰場前線的海斯赫崔，也寄給了把俘虜送回賓德瓦德後回到這裡來的休特朗，最後還有我這裡。

「羅潔梅茵，現在能進入宅邸的只有妳與馬提亞斯。我會把他絆在這裡，絕不能讓他使用密道離開。你們兩人盡快進入宅邸，封住他的後路。切記他的義手會吸收魔力，所以攻擊時要使用黑色武器。即使馬提亞斯死在妳面前，妳也絕不能離開騎獸。」

斐迪南語速極快地小聲這麼命令道。聽完，我與馬提亞斯互相對看。沒想到斐迪南竟然會命令我們潛入宅邸。但是，這也代表情況真的非常危急吧。

「馬提亞斯，那我們快走吧。你知道怎麼到那個房間去吧？」

「是的。那裡是基貝的辦公室。」

「羅潔梅茵大人，且慢。這麼做太危險了。」

也聽到了奧多南茲傳話內容的萊歐諾蕾立即出聲制止。但是，既然斐迪南要在這裡拖住戈雷札姆，那麼此時能夠進入基貝宅邸的，就只有身為領主一族的我，還有是他血親的馬提亞斯了。

「萊歐諾蕾，我也知道這麼做非常危險，但現在宅邸設有結界，我無法把護衛騎士帶進去。再說了，基貝都是由奧伯所指派。既然有人未經任命就搶走鑰匙，那麼我身為領主一族必須把他抓起來。這件事無法交給其他任何人，所以我非去不可。」

「可是……」

萊歐諾蕾張唇想要反駁，但最終只能不甘地重新合上，然後用力握拳。

「身為護衛騎士，竟只能交由領主一族去想辦法，我真為自己感到慚愧……還請您萬事小心。」

「在我們繞到後方圍堵戈雷札姆之前，請你們絕不能讓他離開陽臺。」

「定不辱命。」

說完萊歐諾蕾跳上騎獸，加入對抗戈雷札姆的行列。我與馬提亞斯在眾人的掩護之下，悄悄潛入基貝的宅邸。

與戈雷札姆的對峙

進入基貝的宅邸後，我坐在騎獸裡跟著馬提亞斯狂奔。大概是因為在這棟屋子裡出生長大，馬提亞斯的腳步沒有半點遲疑。一路上，隨處可見有人倒在地上。多半是撞見了戈雷札姆的下人。

馬提亞斯一邊疾奔，一邊將思達普變成劍，再照著騎士團所教授的方式將其變作黑色武器。我也將思達普變成水槍，然後詠唱暗之祝福。

「司掌浩浩青空的最高神祇黑暗之神，創造世界的萬物之父啊，請聆聽吾的請求，賜予吾聖潔之力。吾等魔力悉數奉獻予祢，請賜予武器可奪取屬魔之力的祝福，祓除屬魔之物。降下祢神聖的守護，予以此地生命短暫的安寧。」

就在我變出了黑色水槍時，馬提亞斯開口說了：

「羅潔梅茵大人，請您盡量別出手攻擊，主要負責用騎獸堵住門扉。」

「馬提亞斯？」

「戈雷札姆應該並未完全掌握到您會使用何種武器，以及能夠操縱何種神具。為防萬一，非到關鍵時刻請不要出手。我一定會親手打倒他。」

馬提亞斯的眼神裡有著堅定的決心。接著他抬頭看向樓梯，像是發現了什麼般瞇起雙眼。

「……樓梯上設有陷阱。我來解除，請您稍……」

「用不著走樓梯，坐在騎獸裡面直接飛過去就好了吧？現在時間寶貴。馬提亞斯，快上來吧。」

我將小熊貓巴士變成兩人座，多出了副駕駛座的位置後，伸手拍拍座位。馬提亞斯來回看了看樓梯與小熊貓巴士，輕笑著坐進來。

「……馬提亞斯，怎麼了嗎？」

「不，沒什麼。戈雷札姆應該是為了能夠察覺有人入侵並爭取時間，才會在必經的樓梯上設置複數的陷阱。但他恐怕怎麼也沒想到，入侵的人會直接從上面飛過去吧。一思及此……」

宅邸裡的樓梯並沒有寬敞到可以使用有翅膀的騎獸，所以大概也只有小熊貓巴士才辦得到。馬提亞斯一臉想笑地說，戈雷札姆因為從未見過有人操縱乘坐型的騎獸在宅邸裡移動，所以完全不會想到還有這種方法可以避開陷阱吧。

「我的主人行事總是出人意表。無論是當年在貴族院的宿舍裡消除派系間的隔閡，還是肅清時設法讓未受洗的孩子們也能免於連坐，您總是教我大吃一驚。我由衷地慶幸著，自己選擇了會竭盡所能幫助他人的羅潔梅茵大人為主人，而不是會下令摧殘故鄉的喬琪娜大人。」

讓馬提亞斯坐進小熊貓巴士裡後，我沒有使用樓梯，直接一躍而上，在目的地的二樓房間門前降落。馬提亞斯下了車後，斂起表情。

「那我們走吧。」

馬提亞斯把手放在基貝辦公室的門上，先是深吸一口氣，然後打開房門飛身而入。我也跟著衝了進去，再用小熊貓巴士的尾巴粗魯地關上房門。緊接著我把騎獸變作公車大小，徹底堵住出入口。

「竟然有人能進到這裡來嗎？」

多半是聽到了開門聲，戈雷札姆轉過頭來，全身彷彿正披著藍色烈焰形成的鎧甲。他對著屋外揮下被藍火包覆住的右手，再次釋出攻擊後，接著從陽臺走進房內。

房內的地板上還倒著一名男人。他想必就是接下戈雷札姆的位置，成為新任基貝・格拉罕的人吧。男人身下的血泊似乎還在慢慢擴張。

「得施展治癒才行……」

「他已經開始魔石化，來不及了。」

馬提亞斯將我護在身後這麼說道，同時目不轉睛地注視戈雷札姆，緩緩舉起手中的黑劍。戈雷札姆全身覆著藍焰鎧甲，舉著散發黑色光芒的義手，往我們走來。

「竟向這種平民丫頭俯首稱臣，就算是為了活命，難道你都不覺得慚愧嗎，馬提亞斯？」

戈雷札姆看著我以及堵住房門的小熊貓巴士，不快地哼了一聲。馬提亞斯絲毫不受影響，冷冷回道：

「你不僅向他領的侵略者卑躬屈膝，還謀害自領的領主候補生，殘害自己的故鄉與同伴，我想這種人更該感到慚愧才對吧。」

或許是兒子至今從未反駁過自己，只見戈雷札姆的太陽穴抽動了一下。

「喬琪娜大人是艾倫菲斯特的領主一族，並非他領的侵略者。修正你的言辭。」

「喬琪娜大人是亞倫斯伯罕的領主一族才對。但因為羅潔梅茵大人已經取得了亞倫斯伯罕的基礎，所以她現在連領主一族也不算。」

戈雷札姆看著我揚起冷笑。

「不論現在誰是奧伯・亞倫斯伯罕，都與我無關。因為喬琪娜大人將成為艾倫菲斯特的奧伯。」

「只會帶來破壞與毀滅的她才沒有資格成為奧伯！」

馬提亞斯舉著黑劍，激動地大吼。戈雷札姆面無表情地望著他，緩緩舉起包覆著藍色烈焰的右手。

「想要創造新的事物，首先就得把舊有的事物摧毀。你竟愚蠢到了連這般簡單的道理也不明白……倘若可以，真希望是聰明點的兒子能活下來。你這沒用的廢物。」

戈雷札姆以帶著輕蔑的冷冽目光注視馬提亞斯，輕哼一聲。從他那雙眼睛，我感受不到半點的父子親情。馬提亞斯短暫地抿了抿唇。

「如今我已登記為亞倫斯伯罕的貴族，所以你也不再是我的兒子。受死吧，休想阻撓喬琪娜大人的計畫！」

戈雷札姆揚起右手一揮。藍色火焰彷彿擁有自己的意志一般往前竄出，但被馬提亞斯以黑劍劈散。緊接著戈雷札姆飛身上前，起腳就將馬提亞斯踢飛。

「唔……」

他的動作就和強化了身體的騎士一樣，幾乎能與安潔莉卡不相上下，敏捷得一點也不像是文官。馬提亞斯警戒著下一波攻擊，重新舉好劍後退了一步。

「……哼。方才還大放厥詞，原來不過爾爾。騎士就該鍛鍊自己的身體，而文官則該製作精良的魔導具。那麼我所做的魔導具與你的身體……我倒要看看是誰更強。」

戈雷札姆自信滿滿地說道，舉起纏繞著藍焰的右手與黑色義手，在胸前交叉。

才一眨眼的工夫，待客用的桌子就被粉碎成了木炭，被拋到半空中的椅子也斷作兩截。此刻我眼前的基貝辦公室可說是一片狼藉。隔著陽臺那邊的窗戶，可以看見勞倫斯追著戈雷札姆想要進來，但被透明的牆壁擋下。

在沒有任何人能進來支援的情況下，馬提亞斯隻身一人與戈雷札姆對抗。每當他被戈雷札姆的黑色義手擊中，魔力便遭到奪取，被右手打中的地方則慘遭烈焰灼傷。不僅如此，還得時時留意突然飛來的藍色火焰。為了對付戈雷札姆的右手，馬提亞斯以手中的黑劍努力應戰。但是，他也只能一味防守，整個人完全是被戈雷札姆壓著打。

「呵，我會製作這個魔導具，就是為了將來要與波尼法狄斯大人交手。你這種程度的騎士怎麼可能是我的對手。」

看來喬琪娜與戈雷札姆早就料到，倘若艾倫菲斯特領內的土地遭到破壞，那麼騎士團長一定會留在原地保衛貴族區與城堡，而波尼法狄斯會率領騎士出外禦敵。

「波尼法狄斯大人的思考方式、行動力與攻擊力都不容小覷。畢竟某年冬天，我想擄走那個平民的時候，便是被他所阻撓……」

因為不同於齊爾維斯特還有卡斯泰德，波尼法狄斯經常會有出人意表的舉動，很可能破壞他們的計畫，所以能否把波尼法狄斯引離貴族區並且拖住他，對於喬琪娜的奪礎計畫來說可謂是至關重要吧。

……原來那個魔導具是專門用來對付祖父大人的嗎？

雖然不曉得他到底是用了什麼魔導具，但現在的戈雷札姆確實非常厲害，這點必須承認。但是，絕不能讓他以為可以輕易地贏過我們。在戈雷札姆眼中，顯然並不把我視為戰鬥成員之一。

……那麼，問題來了。至今那麼多場戰鬥，我都是怎麼應付過來的呢？

我用眼角餘光瞟向施加了黑暗之神祝福的水槍。目前我正把水槍藏起來，不到關鍵時刻絕不出手。截至今日為止，我從來不曾親手打倒過敵人。況且水槍的命中率很低，如果要灌注魔力大範圍掃射，確保可以擊中敵人，那也一定會波及到馬提亞斯。我的戰鬥方式，基本上就是交給身邊的人去攻擊。

……其實只要有心，任何人都可以辦得到，但在這個當下，這是只有我才能施展的招數。

於是我開始往戒指灌注魔力。既然敵人已經不擇手段使用了魔導具，那麼我也來個祝福大放送吧。畢竟我可是老早以前就把自重拋到了九霄雲外去，這種時候更是毫不打算客氣。

「願風之女神舒翠莉婭的眷屬，疾風女神休泰菲黎茲與堅忍女神杜朵潔琴的加護與馬提亞斯同在。」

浮起的黃光悉數落在了馬提亞斯身上。下一秒，馬提亞斯驚險地閃過了戈雷札姆雷電一般的飛踢。等他更加習慣祝福，動作想必可以更輕盈流暢。

「哼，只是反應速度快了些，不過如此而已。」

戈雷札姆這番話讓我有些光火。我當然也可以給予馬提亞斯大量的祝福，但要是給得太多，他會不好操控。這在貴族院就已經驗證過了，那種狀態會像中了詛咒一樣，身體無法隨心所欲動彈。更何況，我能給予的祝福不只速度而已。只要一點一點地，慢慢給予大量的祝福就好。

……就讓你見識一下我認真起來的樣子。

「願火神萊登薛夫特的眷屬，英勇之神安格利夫與狩獵之神休勞葛裘爾的加護與馬提亞斯同在。」

這次是藍色光芒灑向馬提亞斯。有了這些祝福，想必可以提升他攻擊時的力量與命中率。我觀察片刻，發現馬提亞斯揮舞黑劍時的動作俐落多了，從戈雷札姆開始躲避他的攻擊也能看出差異。只不過，大概是因為剛才交手時受了傷，馬提亞斯的動作與平常相比少了點魄力。看來需要治癒。

「願水之女神芙琉朵蕾妮的眷屬，治癒女神洛古蘇梅爾、雷之女神妃亞唐蓮娜與幸運女神葛萊菲榭的加護與馬提亞斯同在。」

浮起的綠光再灑向馬提亞斯。洛古蘇梅爾的祝福應該可以治好他的傷口，而妃亞唐蓮娜的祝福能為他添加足以驅退埃維里貝的氣勢，葛萊菲榭則能助他掌握良機。正如同我所祈求的，馬提亞斯的動作比起剛才更多了幾分魄力。他用劍擋住了想要奪取魔力的黑色義手，嘴角更是勾起微笑。直到剛才都還占有優勢的戈雷札姆臉色一沉。

「怎麼回事？這怎麼可能……」

「羅潔梅茵大人就是能化不可能為可能。一如文官會用魔導具來提升自己的能力，羅潔梅茵大人則是能為騎士施展神的加護。這便是長年來在神殿舉行儀式，受到諸神寵愛的我的主人的戰鬥方式。」

「馬提亞斯，我看你連腦筋也不正常了。」

原本都是戈雷札姆在攻擊，但漸漸地馬提亞斯也能夠反擊了。靠著我再三疊加的祝福，竟然讓兩人戰到了幾乎是不相上下的地步。馬提亞斯似乎還隱隱帶著笑容。

「願黑暗之神的眷屬驅魔之神飛德雷歐斯，以及光之女神的眷屬淨化女神溫懷爾休奈的加護與馬提亞斯同在。」

我祈求著馬提亞斯可以親手斬斷惡緣與不幸，並往自己期望的道路前進，黑金兩色的光芒旋即交纏浮起。最高神祇夫婦神的眷屬可以一起祈禱，真是輕鬆多了。

……不過，生命之神眷屬的祝福不太好操控，而且若再疊加上去，還有可能使得其他神祇的加護失效。目前先這樣就好了吧？

我對自己的表現感到十分滿意。但是，眼看自己剛才還占盡優勢，對手卻在突然之間就強大到幾乎能與自己打成平手，戈雷札姆一邊攻擊，一邊憤怒得臉龐扭曲。他揚起黑色義手大力一揮，將馬提亞斯撞飛出去。「咚」的悶響先是傳來，然後是馬提亞斯痛苦地咳了一聲。

「馬提亞斯這種等級的騎士，戰力竟能提升到足以與現在的我交手，實在教人始料未及。原本還想既然妳能當上領主的養女，那就把妳的魔力徹底吸光，但現在看來得更改計畫才行……我一定要殺了妳。」

戈雷札姆舉起右手奮力揮下，大範圍地釋出藍色火焰。馬提亞斯立刻撲到火焰前方，想用黑劍吸收魔力。沒能吸收到的火焰則是襲向了小熊貓巴士。

眼看鮮藍的火焰凶猛地撲向前方的車窗，為了維持住小熊貓巴士，我往方向盤灌注魔力，卻沒想到都被往外吸去。本以為待在騎獸裡很安全的我忍不住倒吸口氣。都已經待在騎獸裡頭了，居然還被吸走這麼大量的魔力。

……他也太強了吧！

透過戈雷札姆，我反而更加深刻地體認到了波尼法狄斯超出常人的強大。

馬提亞斯切到我與戈雷札姆之間，重新舉起黑劍。

「儘管你口口聲聲稱作平民，但我的主人永遠只會是羅潔梅茵大人。」

馬提亞斯揮劍砍向戈雷札姆的右手，露出挑釁的笑容。

「那麼我問你，喬琪娜大人給過你祝福嗎？」

「閉嘴。」

戈雷札姆以黑色義手格開黑劍，再用右手釋出藍色火焰。馬提亞斯閃過攻擊，更是抬高音量又問：

「除了將自己與從他人那裡奪來的魔力獻給喬琪娜大人，她可曾為你使用過自己的魔力？她救過你的性命，守護過你的尊嚴與故鄉嗎？」

「閉嘴！」

多半答案全是否定，戈雷札姆怒不可遏地擊飛馬提亞斯，接著扭頭朝我看來。那雙灰眸深處跳動著熾亮的怒火。

「被他說中了嗎？」

「別自以為是了，你們這些貪生怕死的愚蠢之徒！」

儘管被藍色烈焰團團包圍，還是可以清楚看見戈雷札姆的臉龐因憤怒而通紅。

「向人效忠怎能奢求回報？我只希望自己能夠實現主人的心願，陪著主人一同達到她想要的目標，卻未想過要有回報。別小看我的忠心了！」

戈雷札姆掄起拳頭，重重揮出。只見馬提亞斯整個人往左飛出，狠狠撞上牆壁。原本站在前方保護我的馬提亞斯被打飛後，我與戈雷札姆四目相接。他的眼瞳因魔力而帶有複雜難辨的色彩，顯示出了他有多麼憤怒和激動。

「卑賤的平民，快點滾出來！我要把妳燒成灰燼！讓妳見識我的力量！」

「別想得逞。」

戈雷札姆才剛舉起手臂，馬提亞斯便飛也似地衝回來，揮劍格擋。短兵相接下，傳來了擊中硬石一般的清脆聲響。這時，纏繞著戈雷札姆的藍色火焰忽然變得稀薄，還可以看見底下的藍色魔石。難道是因為魔力都被馬提亞斯的黑劍吸走了，他開始無法製造火焰了嗎？不僅如此，我總覺得戈雷札姆的動作也開始變遲鈍了。

馬提亞斯的攻擊接二連三地砍中藍色火焰。與此同時，黑劍也不斷地吸收魔力，只見藍火越變越微弱，露出了埋藏在底下的藍色魔石與肌膚。

「到此為止了嗎……」

戈雷札姆喃喃這麼說完後，忽然間火焰像被魔石吸收一般消失無蹤。

「……什麼?!」

火焰消失以後，我們這才看清他並不是穿著魔石鎧甲，而是身體有大半部分都變成了魔石。看起來既像是直接把魔石嵌在人體上，也像是魔石上覆蓋著人體。這副令人毛骨悚然的模樣，看起來早已不像人類。就連馬提亞斯也臉色大變。

「你那是什麼可笑的表情……想要驅動威力如此強大的魔導具，不必動腦也知道需要多麼龐大的魔力吧。」

「為什麼要做到這種地步……」

「我沒必要告訴你。」

有那麼一瞬間，戈雷札姆別開目光，彷彿在迴避馬提亞斯的視線。然而下一秒，他就像是把體內殘餘的魔力全都用來強化速度般，整個人如同子彈似地撲向馬提亞斯，抓起他就往陽臺的方向扔。響亮的玻璃碎裂聲傳來，同時馬提亞斯被拋到了外面去。

「馬提亞斯！」

我忍不住放聲大喊。但戈雷札姆完全沒去確認馬提亞斯的情況，轉身再衝向了仍倒在血泊當中的基貝屍體，直接以黑色義手貫穿心臟所在的左胸。在一個像是剜取的動作之後，他渾身再度纏繞烈焰。倒在地上的基貝旋即被火焰吞沒，終至徹底消失。

「妳這低賤的平民丫頭……」

那雙灼灼發亮，令人不寒而慄的灰色眼眸朝我看來。瞬間，我感到非常恐懼。不光是他從死者身上奪取魔石與魔力的行為，還有他為了喬琪娜可以做到這種地步的執著與瘋狂，都讓我全身顫慄不已。

「我非在這裡殺了妳不可。」

戈雷札姆舉著黑色義手直撲而來，像是要連同小熊貓巴士將我一起撕碎。此刻這個房間裡，沒有任何人能保護我，但同時也沒有人需要我保護。這也就是說，即使我拿出水槍射歪了，也不會波及到任何人。於是我立刻將一直握在手中的水槍伸到車窗外，毫不猶豫地扣下扳機。自槍口飛出的魔力分裂成了無數黑色箭矢，接二連三地射中朝我進逼的戈雷札姆。

「唔啊！」

由於箭矢大多射在了戈雷札姆臉上，只見他摀著臉部發出哀嚎。然而，他在彎腰倒下的同時，仍伸出了黑色義手來刨抓小熊貓巴士的頭部。而且黑色義手顯然還能透過騎獸吸取魔力，他身上的藍色火焰忽然熾烈燃燒。

「呀啊！」

「……哈哈、哈哈哈！太棒了。把妳的魔力都給我吧！」

戈雷札姆像個裝了彈簧的人偶般跳起來，朝著小熊貓巴士揮起黑色義手。發現他臉上被箭矢射中的地方開始魔石化，我嚇得縮成一團。那雙睜大的灰色眼睛彷彿懸浮在魔石與藍色烈焰之間，猙獰地閃著精光。

……好可怕！

眼看著本以為絕對安全的騎獸被對方抓傷，還成了對方奪取魔力的來源，我渾身直打哆嗦，只能死命握緊方向盤，什麼也無法思考地往小熊貓巴士灌注魔力。

「不要過來！」

「我要奪走妳所有的魔力！」

就算魔力遭到奪取，為了讓自己能繼續待在安全的空間之內，我盡可能地將小熊貓巴士變到最大，藉此威嚇戈雷札姆。甚至變大後還讓小熊貓巴士抬起前腳，將戈雷札姆推擠到窗邊。然而，他的黑色義手也因此抵在了小熊貓巴士的肚子上。下一秒鐘，魔力以驚人的速度從方向盤被往外吸出。

「噫！」

一旦魔力被奪取到了再也無法維持騎獸的外形，我必輸無疑。雖然一點也不值得驕傲，但我個人可是沒有半點戰鬥能力。只要沒了騎獸，肯定馬上被一擊斃命。

……我絕不認輸！

我以快過被吸收的速度，朝著死命緊握的方向盤灌注魔力。小熊貓巴士也因此變得更是巨大。

「什麼……義手變成金粉了……?!」

戈雷札姆驚愕的話聲從下方傳來。看來是因為黑色義手一下子吸收了過多我的魔力，魔力達到飽和後，義手便開始出現裂痕並化作金粉。

……那麼只要繼續灌注魔力，我就可以贏過他了吧？

我心中萌生希望的同時，某個方向忽然傳來了斐迪南的號令聲：「上！」

「喝啊啊啊啊！」

也不知道宅邸的結界是被破壞了還是解除了，只見我的護衛騎士們同時從陽臺那邊的窗戶衝了進來，往戈雷札姆刺出手中的黑色武器。有一部分還刺進了小熊貓巴士的肚子裡，但對於這點我就不追究了。

眼看自己奪取魔力用的黑色義手化作金粉，戈雷札姆還在震驚當中便被複數的利刃刺穿，眨眼間就如同粉碎的魔石般瓦解潰散。原地只剩下金粉與碎裂的魔石。

勝利與歸還

「……那麼，在我重新改寫基貝的基礎，好讓其他人能進來時，這裡究竟是發生了什麼事？」

斐迪南冷冷的問話聲讓我嚇得一縮，連帶小熊貓巴士也「咻咻咻」地縮小。直到這時我才發現，原來我為了威嚇戈雷札姆而把小熊貓巴士變大後，結果也因此把基貝的宅邸撞出了大洞。小熊貓巴士的頭部和前腳似乎還從宅邸突了出去。由於當時駕駛座並未往外突出，所以我完全沒發現。

我舉目看向如今站在基貝辦公室裡也能望見的藍天，再看向昂首站立要求我說明的斐迪南，急忙動起腦筋解釋。

「都怪戈雷札姆的黑色義手一直抓著小熊貓巴士不放嘛。喏，您看！臉部這邊有個很大的傷口對吧？再加上戈雷札姆身上的火焰突然變得非常凶猛……為、為了確保自己的安全，我才會心想要盡量變大才行……那個，結果就……」

我真的不是故意的——我正極力辯解時，白色牆面忽然映入眼簾。想想也是理所當然，基貝的宅邸自然是由領主施展因特維庫侖所建成的白色建築物。哈塞的居民還曾經因為攻擊小神殿，有謀反之疑要被問罪。眼下的情況明顯非常不妙。

「那個，斐迪南大人。我不小心破壞了白色建築物，會不會因此被扣上謀反的罪名呢？但我好歹是艾倫菲斯特的領主一族，應該能對我睜一隻眼、閉一隻眼吧？」

「如今的妳已是奧伯．亞倫斯伯罕，比起謀反，更可說是亞倫斯伯罕在向艾倫菲斯特宣戰吧？」

斐迪南果斷回道。聽完，我臉色慘白。

「不——！我真的不是故意的！斐迪南大人，請您陪我一起向養父大人道歉。我會提供施展因特維庫命所需的金粉、支付修繕費用，他應該可以大人不計小人過吧？」

「這可不關我的事。」

「這種時候應該幫我說話才對吧！」

斐迪南忍俊不禁似地輕笑一聲後，朝我伸出手來。

「總之先回去挨罵再說吧。他們那邊似乎也結束了。」

在斐迪南的催促下，我走出騎獸環顧四周。發現護衛騎士們正在爭論是誰給予了戈雷札姆最後一擊，我於是撇下他們不管，仰頭看向斐迪南。

「您說艾倫菲斯特那邊的戰鬥已經結束了，這是真的嗎？」

「這種事騙妳做什麼。方才奧伯已經送來奧多南茲。據說戈雷札姆與喬琪娜完美配合，同時展開了行動。」

不只舊孛克史德克的基貝們在到處奪取土地的魔力，正當戈雷札姆占領了基貝的宅邸時，喬琪娜也抵達了艾倫菲斯特城市，雙方開始交手。

「他說我們送去奧多南茲時，自己正要前往基礎之間。聽到我們已經抵達，明顯鬆了口氣。」

「那平民區與神殿的情況還好嗎？」

對我來說這是最重要的事情。既然齊爾維斯特那邊已經分出勝負，代表喬琪娜抵達了基礎的所在嗎？還是他在基礎之間裡待命時，身邊的人就告訴他已經抓到喬琪娜了？對此我們仍是一無所知。

「……目前我還沒有收到那麼詳盡的消息。」

齊爾維斯特似乎只是告訴斐迪南，他與喬琪娜已經有了了結。聽完斐迪南所說，我更是想馬上返回艾倫菲斯特城市，看看平民區與神殿現在到底怎麼樣了。如果現在立刻出發，應該能在晚上抵達艾倫菲斯特吧。

「那我們趕快啟程，返回艾倫菲斯特吧。」

「……且慢。回去之前，更該做好善後工作，不能撇下所有人不管。」

被斐迪南這麼提醒，我一時語塞。因為說句老實話，既然現在已經成功掃除了舊孛克史德克帶來的威脅，我只想把剩下所有的事情都丟給當地的人去處理，自己則是趕回艾倫菲斯特。

「那我該做什麼好呢？我什麼時候才能回去？」

「格拉罕這邊可以交給留下來的騎士團與貴族，讓他們最終再去請示奧伯。但妳同樣身為奧伯，得向亞倫斯伯罕的人下達指示，最主要是得與戴肯弗爾格有個了結。」

「要有個了結是什麼意思呢？」

戴肯弗爾格的人幫了我們這麼多忙，我當然也知道不能怠慢。但只要以奧伯・艾倫菲斯特有意慰勞為由，帶他們一起返回艾倫菲斯特，就可以馬上出發了吧。

「首先，妳必須宣告此次的迪塔我們已經贏得勝利。戴肯弗爾格的騎士們是受妳之邀，前來參加真正的迪塔，妳若沒有正式宣告，迪塔就不算真正結束。要是沒有任何表示，就得把戴肯弗爾格的騎士們也帶回戰事剛結束的艾倫菲斯特。」

斐迪南臉色難看，禁止我帶著戴肯弗爾格的騎士們一起回去。我無法理解他為何會有這種反應，手托著腮歪過臉龐。

「這有什麼問題嗎？都幫了我們這麼多忙，應該讓養父大人道聲謝與慰勞他們吧？只要以此為由讓他們同行，我們馬上就能出發了不是嗎？」

「如若帶著他們回去，只怕艾倫菲斯特的糧食庫與酒窖會被一掃而空。」

斐迪南夾雜著嘆息，堅決地搖頭表示「不行」。之前是因為我睡著了，所以並不知道。但原來與蘭翠奈維的大戰結束後，為了等我醒來，出發的時間便一再延後，戴肯弗爾格的騎士們於是開始以反省會為名義，從早到晚地舉辦宴會。據說不到一天的時間，就把亞倫斯伯罕城堡裡的食物和酒都清空了，讓所有人非常頭大。

而艾倫菲斯特已經花了一個月的時間在為戰鬥做準備，好不容易打倒了長年來的敵人，現在正是疲憊困頓的時候，要是再把戴肯弗爾格的騎士們全部帶回去，他說只會對艾倫菲斯特造成更嚴重的打擊。護衛騎士們似乎聽見了我們的對話，也都露出難以形容的表情說：「嗯，斐迪南大人擔心的也沒錯。」

「但總不能沒有任何招待，就讓他們回去吧？」

「既然事後會與奧伯．戴肯弗爾格討論補償等事宜，那麼現在就沒有必要非慰勞他們不可。總之先帶他們回賓德瓦德，再使用轉移陣，把他們送往與戴肯弗爾格相連的境界門吧。魔導具等用品的損耗雖然該補償，但我們沒有必要再設宴款待他們。」

「可是這樣也太……」

面對事情結束以後，就要人家趕快回去的斐迪南，我的臉頰有些抽搐。想想午夜時分的出征、斐迪南的營救、蘭翠奈維的討伐，還有對格拉罕的馳援，戴肯弗爾格的騎士們全都仗義地相助到底。現在竟然事情一辦完就要把人趕回去，這我實在做不到。

我正要向斐迪南抗議的時候，將舊孛克史德克騎士們送回賓德瓦德的休特朗恰巧前來匯報。於是我稍微退開，為休特朗騰出空間。

「斐迪南大人，舊孛克史德克的騎士們幾乎皆已擒拿。現在戴肯弗爾格的騎士們正在追捕逃進森林裡的基貝。」

他說在戴肯弗爾格騎士們的協助之下，他們生擒了幾乎所有還在外逃竄的舊孛克史德克騎士與基貝們，現在則開始在回收四處散落的魔石。

「知道了，你們接著繼續。」

「是！」

休特朗這麼應聲後，往後退了一步。我立刻走上前輕拉斐迪南的袖子。

「斐迪南大人，您看戴肯弗爾格的人幫了這麼多忙，還是該慰勞一下吧。」

「他們需要的酒量可是超出常人所能想像。況且領內也沒有任何一個地方早就做好準備，要設宴款待這麼一大群人。妳原本也打算速戰速決，結束後就讓他們回去，所以沒有預想到要先備好食材吧？妳打算從哪裡生出來？」

確實我在與奧伯・戴肯弗爾格談話的時候，只說了預計花兩鐘的時間救出斐迪南。

我完全沒有預想過該為一大群人準備好幾天份的食材，而且若現在才要開始準備，還得先想辦法召集到足夠的廚師。

「既然迪塔已經結束，妳快點宣告我們已贏得勝利，讓他們回去吧。這是最好的做法。」

「羅潔梅茵大人、斐迪南大人。」

「柯尼留斯，怎麼了嗎？」

回頭一看，只見柯尼留斯正指著稍微退開後，依然跪在原地的休特朗說：「他好像有話想說。」為了不打斷我們，休特朗似乎一直在原地靜靜等候，但眼看我們的爭論絲毫沒有停下來的跡象，柯尼留斯大概是看不下去，便出聲叫喚。

「休特朗，何事？」

「方才忘了進一步報告。賓德瓦德的夏之館裡，為了款待舊孛克史德克的基貝與騎士們，早已備妥食物與美酒，做好了設宴的準備。不如就用來慰勞戴肯弗爾格的騎士們如何？」

經他這麼一說，我確實好像聽到過傅萊芮默她們在做什麼迎接準備。斐迪南「嗯」地頷首，用指尖輕敲太陽穴。

「這樣一來，就不必把戴肯弗爾格的所有騎士都帶往艾倫菲斯特，也能如妳所願地慰勞騎士。若只是奧伯．艾倫菲斯特想要致謝，那麼由漢娜蘿蕾大人做為代表，帶著她的近侍與指揮官之一的海斯赫崔，和我們一起回去就夠了吧？」

「是啊。」

我希望能讓艾倫菲斯特的貴族們都清楚地了解到，在守護領地一事上，戴肯弗爾格的騎士們幫了多大的忙。但同時我也理解，為此並不需要所有人都一起去。

「若是能把戴肯弗爾格的騎士們留在賓德瓦德，我們就可以請奧伯發動轉移陣，以最快速度前往艾倫菲斯特。只不過，賓德瓦德那裡的食物也不多吧。所以我們明天就得返回亞倫斯伯罕。」

「能在艾倫菲斯特停留的時間還真短呢。」

「沒錯。因為除了戴肯弗爾格的騎士們，也不能不管恐怕去了中央的蒂緹琳朵與雷昂齊歐。我們固然該向艾倫菲斯特告知結果、互相分享情報，以及慰勞協助者，但這一切還不算真正結束。」

倘若有任何情況，相信王族會聯繫戴肯弗爾格，戴肯弗爾格也會再通知其他上位領地吧。儘管我對中央的擔憂不如對艾倫菲斯特的急切，但重要順序再怎麼靠後，也不能完全坐視不管。我點一點頭。

「雖然時間十分短暫，但可以親眼看看艾倫菲斯特平民區與神殿的情況，我想自己就能安心許多吧……雖然可能會捨不得離開。」

「放心吧。我會直接把妳拖走。」

「這麼對我也太過分了吧?!」

完全可以想像到自己被斐迪南迅速拖走的模樣，我忍不住抬頭瞪他一眼。但被瞪的人只是側過臉龐。

「會嗎？從以前就是這樣了吧？」

「……仔細想想，從以前就是這樣沒錯。我懷念到眼淚都要掉下來了呢。」

「先別急著懷念，趕緊向奧伯送去奧多南茲吧。要請奧伯為漢娜蘿蕾大人他們準備客房，並允許我們使用轉移陣，才能以最快速度前往艾倫菲斯特。我去向亞倫斯伯罕的人下達指示。」

即便是斐迪南的近侍，但現在如果要讓亞倫斯伯罕的騎士與我們同行，只怕艾倫菲斯特的人在情感上無法接受吧。因此斐迪南說他會吩咐亞倫斯伯罕的騎士與近侍們，要回到賓德瓦德款待戴肯弗爾格一行人。

……款待戴肯弗爾格的騎士們嗎？該怎麼說，感覺這根本是懲罰遊戲。

隨後我向齊爾維斯特送去奧多南茲，告訴他格拉罕這邊的戰鬥已經結束，以及我會帶著斐迪南與漢娜蘿蕾等人一起回去，所以希望他能准許他們進城，並且準備好客房。另外，我也請他准許我們使用轉移陣，才能以最快速度返回艾倫菲斯特。

「我們已經收到奧伯・艾倫菲斯特捎來的奧多南茲。他說他們已成功打倒入侵者，守住了艾倫菲斯特的基礎。」

如今基貝的宅邸有一半——不對，是八分之一的毀損，而我正與漢娜蘿蕾、海斯赫崔還有斐迪南一同站在陽臺上，俯瞰在前院集合的騎士們。我手中還拿著馬提亞斯從宅邸裡找出來的擴音魔導具，以此對著騎士們說話。

「現在我已取得了亞倫斯伯罕的基礎，艾倫菲斯特的基礎也已成功守住，我們可以說是大獲全勝。所以我在此宣布，此次真正的迪塔是由我們贏得勝利，並且迪塔正式宣告結束！」

「噢噢噢噢噢！」

聽完我所發表的勝利宣言，戴肯弗爾格的騎士們將思達普變作武器，高舉至半空中鏗鏘擊打，口中發出勝利的歡呼。

「艾倫菲斯特的實力還有待加強，這次之所以能打贏亞倫斯伯罕與舊孛克史德克，全多虧了戴肯弗爾格的有志之士們鼎力相助。各位的英勇與強大，放眼尤根施密特可說是無人能比。」

「唔噢噢噢噢噢！」

「為了慰勞各位，雖說只是一點小心意，但我們會在賓德瓦德的基貝宅邸裡設宴款待。等這裡一切都收拾妥當，還請各位移步至賓德瓦德。屆時亞倫斯伯罕的騎士們會為各位帶路。」

眼看在我發表勝利宣言後，戴肯弗爾格的騎士們都陷入了幾近瘋狂的亢奮狀態，漢娜蘿蕾便走到陽臺前方。接著她變出海之女神緋亞弗蕾彌雅的長杖，舉行迪塔獲勝後慣例會有的儀式，讓他們冷靜下來。

……對戴肯弗爾格來說，這個儀式還真是不可或缺呢。

騎士們冷靜下來後，隨即開始動作。我走向鬆了口氣的漢娜蘿蕾說道：

「漢娜蘿蕾大人，奧伯．艾倫菲斯特想邀請您前往城堡，當面向您致謝。只不過，在與奧伯討論完此次的戰事後，我就必須盡快返回亞倫斯伯罕，所以行程恐怕會非常倉促……」

為了能以最快速度返回艾倫菲斯特，不僅要使用轉移陣進行移動，除了近侍與海斯赫崔以外，其他人都得在賓德瓦德留宿。如果這樣也不介意的話，我很想邀請她前往城堡，好好慰勞一番——我這麼表示後，漢娜蘿蕾思索了一會兒，接著叫來海斯赫崔。我對著海斯赫崔再說明了一次。

「當然，如果你們需要立即返回領地，我也可以將各位送到戴肯弗爾格與亞倫斯伯罕相連的境界門。只是迪塔一結束就讓各位回去，實在令我感到過意不去……」

「海斯赫崔，你覺得呢？如果可以，我是想要接受邀請……」

海斯赫崔微笑回道：「錯過這次，恐怕永遠也沒有機會踏進艾倫菲斯特的城堡吧。當然是恭敬不如從命。」

「羅潔梅茵大人，感謝您的邀請。那麼請務必讓我們一同前往。」

漢娜蘿蕾非常乾脆，既沒有抱怨邀請太過突然，也沒有古板地表示應該按規矩來，反倒絕不放過任何機會。如此懂得靈活變通，個人非常欣賞。真希望在我們有急事聯絡時，卻反過來要求說「那就三天後會面」的王族能向她看齊一下。我注視著漢娜蘿蕾等人走向騎士們，告知接下來的行程。

「休特朗，那就麻煩你了。」

「是！稍後我會聯繫萊蒂希雅大人。兩位預計明天中午過後回來吧？」

「對。我們會先從艾倫菲斯特回到賓德瓦德，再將戴肯弗爾格的騎士們送往境界門，隨後便返回城堡。」

斐迪南向休特朗下達了要給萊蒂希雅的指示後，再要求前往賓德瓦德的戴肯弗爾格騎士們得幫忙回收魔石與運送俘虜。「如果你們想要召開反省會時沒有酒喝，那就不用做事。」光是聽到這一句話，戴肯弗爾格的騎士們立刻辛勤地開始動作。他們到底有多愛喝酒啊？我傻眼的同時，也對他們的耐操程度感到佩服。

「羅潔梅茵大人，都結束了。」

聽見哈特姆特的呼喊，我沒來由地鬆了口氣。接著我從不時反射著陽光的魔石與正在回收魔石的騎士們身上收回目光，看向來到陽臺的哈特姆特。

「哈特姆特，辛苦你了。你立下了大功喔。這下子格拉罕的貴族與居民都能比較安心了吧。」

從基貝們那裡沒收來的小聖杯，我交給了哈特姆特負責保管。因為我拜託了他將小聖杯裡的魔力，重新釋回到格拉罕這塊土地上。畢竟哈特姆特曾任神官長，是在場貴族中最了解小聖杯該如何使用的人。

「現在小聖杯裡面都沒有魔力了，得還給舊孛克史德克才行呢……不知道那邊的平民還好嗎？」

「這不是您該煩惱的事情，就交給下一任的奧伯．孛克史德克去操心吧。」

哈特姆特說了，只要把找到神殿鑰匙、為基礎染色這個方法告訴王族，讓他們在領主會議上任命新的奧伯就好了。他說就是因為偏要在沒有奧伯的情況下進行管理，事態才會演變至此。說話時，他的語氣充滿批判。

「那麼接下來我們就要返回城堡，舉辦慶功宴。哈特姆特，你明明是文官，卻一起參加了這麼激烈的戰鬥，也回去好好放鬆一下吧。」

「正好我也想向艾倫菲斯特的人們宣揚，羅潔梅茵大人是如何打敗戈雷札姆。」

「……你該不會是打算告訴大家，我用小熊貓巴士破壞了基貝宅邸一事吧？」

我提心吊膽地發問後，只見哈特姆特露出燦笑點頭。

「當時進入宅邸內的，就只有羅潔梅茵大人與馬提亞斯二人。正當我祈求著您能贏得勝利的時候，窗內忽然透出了五顏六色的祝福光芒。儘管唯一的護衛騎士馬提亞斯被扔出窗外，羅潔梅茵大人依然絕不認輸。最終您還撞破屋頂，將戈雷札姆推了出來，當時騎獸那威武的身姿著實令人難忘。當然得向眾人宣揚一番才行。」

「不可以！」

虧我還盤算著要提供金粉給齊爾維斯特，請他偷偷修好宅邸，怎麼能被大肆宣揚。

「哈特姆特，我要禁止你出席宴會了喔！」

「我的主人怎麼會忍心做出這種蠻不講理的事情呢……況且就算我不出席，在場還是有許多目擊證人。」

說著，哈特姆特轉頭看向護衛騎士們。只見護衛騎士當中，因為與我是兄妹，態度最為輕鬆自在的柯尼留斯咧嘴一笑。

「我們好不容易得到斐迪南大人的許可，衝進宅邸裡一看，卻只看到了戈雷札姆與一整面雪白的牆壁。我當下還納悶這是怎麼回事。因為誰能想到，羅潔梅茵為了抵抗竟然把騎獸變大，還變大到把宅邸都撞破了。」

「柯尼留斯哥哥大人！」

「但也因為羅潔梅茵大人做出了戈雷札姆預想不到的舉動，最終才能贏得勝利。他作夢也想不到羅潔梅茵大人甚至利用騎獸，完美地避開了所有陷阱吧。」

「馬提亞斯！」

護衛騎士們你一言我一語地描述起剛才的情況。我正拚命制止時，斐迪南夾雜著無奈的呼喊傳來。

「羅潔梅茵，轉移陣發光了。快過來！」

早已做好準備，正站在轉移陣前等候的漢娜蘿蕾咯咯笑著。

「從蘭翠奈維的討伐到格拉罕之戰，羅潔梅茵大人真是大顯身手呢。我佩服得五體投地。」

「漢娜蘿蕾大人才是真正的大展身手吧。」

「……能讓羅潔梅茵大人這麼認為，是我的榮幸。」

……不然還能有其他的感想嗎？

很快地發光的轉移陣上，出現了齊爾維斯特與三名護衛騎士。看到站在轉移陣旁的我們，他立即綻開笑容。

「羅潔梅茵，妳做得很好。還有漢娜蘿蕾大人與戴肯弗爾格的騎士們，萬分感謝各位的協助。最後是斐迪南，歡迎回來。你終於回來了……正式的寒暄稍後再說，先回城堡吧。羅潔梅茵、斐迪南，來幫忙。」

於是我與斐迪南雙雙跪下來，往轉移陣灌注魔力。齊爾維斯特變出思達普。

「涅盧瑟爾，艾倫菲斯特。」

黑金兩色的光芒旋即飄起，視野跟著扭曲變形。

各自的英勇事蹟

「歡迎諸位歸來。」

「漢娜蘿蕾大人，恭迎您的大駕。我們由衷感謝戴肯弗爾格的鼎力相助。」

等到搖晃的視野趨於平穩，眼前的光景就和出發時一樣，是城堡裡的騎士訓練場。夏綠蒂與芙蘿洛翠亞正並肩站著，前來迎接我們，但身邊只帶著最少該有的近侍。我想麥西歐爾應該還在神殿，但是在場卻也不見韋菲利特與卡斯泰德的蹤影。發現前來迎接的成員與往常不同，我內心一陣不安。

「養父大人，怎麼沒有看到韋菲利特哥哥大人、麥西歐爾和父親大人呢……」

「因為我們這邊的戰鬥也才剛結束，只比你們在格拉罕那邊早了一些而已。卡斯泰德身為騎士團長，還在騎士團的辦公室裡，韋菲利特也在那裡幫忙。麥西歐爾則是還在神殿。他們都不是因為受了重傷，只是善後工作尚未結束。妳放心吧。」

雖然我們把善後工作都丟給了亞倫斯伯罕的騎士們與格拉罕的貴族，但是在艾倫菲斯特這裡，他們無法把工作推給其他人。齊爾維斯特身為奧伯，是最高負責人，其他領主一族也都忙著收拾善後。而卡斯泰德身為騎士團長又非得出席宴會不可，所以正忙得不可開交。

「那平民區與神殿的情況還好嗎？傷亡是否慘重？」

「目前並沒有收到過傷亡慘重的消息……妳別那麼擔心。我聽說守門士兵還有守在神殿的騎士都有出色的表現。等一下再問問妳當時人在現場的近侍們吧。」

齊爾維斯特說他想與戴肯弗爾格的人正式道聲寒暄，所以其餘的事情之後再說。聞言，我乖乖退到後方。芙蘿洛翠亞和夏綠蒂也站到齊爾維斯特身旁，與漢娜蘿蕾互相道了夾雜神名的冗長寒暄，然後為提供協助一事致謝。

「……若沒有戴肯弗爾格的騎士們伸出援手，我們多半難以救出斐迪南、守住基礎吧。不僅如此，各位願意一同馳援格拉罕，也大幅提升了我方的士氣。」

齊爾維斯特說他還收到了我文官的來信，信上報告了戴肯弗爾格在討伐蘭翠奈維時是如何與敵人作戰，這讓他在保衛艾倫菲斯特時得以參考運用。

……看來克拉麗莎與哈特姆特寄出的信都幫上了忙，真是太好了。

「錯過這次機會，恐怕無以回報戴肯弗爾格鼎力相助的恩情。明明邀約如此臨時，感謝諸位仍然願意前來。第六鐘響之後，我們預計在小會廳舉辦慶功宴。雖不是什麼山珍海味，但希望今晚的宴會能讓諸位盡興，感受我方的感激之情。」

齊爾維斯特向漢娜蘿蕾與海斯赫崔道完寒暄與謝意後，接著轉向芙蘿洛翠亞與夏綠蒂。

「芙蘿洛翠亞、夏綠蒂，麻煩妳們帶戴肯弗爾格一行人前往客房……我們也已做好沐浴淨身的準備。第六鐘之前請好好歇息。」

「感激不盡。我正好想在宴會之前梳洗一番呢。」

漢娜蘿蕾靦腆地淡淡笑道。對她回以微笑後，齊爾維斯特再看向斐迪南。

「斐迪南，我也命人為你準備了客房。」

「……客房？嗯，也是。」

瞬間斐迪南露出了無法理解的表情，接著往我瞥來一眼。即使齊爾維斯特說了「歡迎回來」，但斐迪南本該回去的家如今已經讓給了我。他大概是想起自己的家已經不在了吧。明明想讓斐迪南回到艾倫菲斯特，結果我卻奪走了他的棲身之處。這樣可不行。

「斐迪南大人，請您使用圖書館吧。」

「不，可是……」

「我會使用城堡裡的房間，所以請您不用客氣。您的房間一直維持原樣沒動喔。回到熟悉的地方休息，您也可以比較放鬆吧？如果需要藥水，也請儘管使用工坊與原料。若是不嫌麻煩，請讓拉塞法姆看看您平安無事的樣子吧。」

我建議斐迪南使用圖書館的房間後，便見漢娜蘿蕾滿臉納悶。

「羅潔梅茵大人的圖書館裡，有斐迪南大人的寢室嗎？」

「是啊，因為我的圖書館原本是斐迪南大人的宅邸。他在要去亞倫斯伯罕的時候把宅邸讓給了我，後來我就當成圖書館使用。」

裡面還有很多藏書喔——我向漢娜蘿蕾炫耀起自己的圖書館。雖然大半都是斐迪南的藏書，但這點小事就別計較了。

「漢娜蘿蕾大人，當時奉王命入贅至亞倫斯伯罕的我，自然是尚未娶妻生子。在我考慮著要把父親大人給予的宅邸轉讓給何人時，只是剛好被監護人羅潔梅茵是最合適的人選……但她竟還保留著我的房間，確實教我意外。」

斐迪南用有些傻眼的語氣說道，我沒好氣地撇過頭。

「我不是早就說過，為了讓斐迪南大人隨時都能毫無顧忌地返鄉，我會為您保留房間嗎？」

「區區口頭之約，我自然不認為妳會永遠遵守。況且以我對妳的了解，當然會以為房間早就被書本淹沒了。」

「現在的藏書數量怎麼可能多到淹沒房間嘛。我還在努力增加中……」

我也希望藏書能多到從圖書室裡滿出來啊。我正開始思考要如何增加圖書館的館藏時，斐迪南輕嘆口氣。

「若我的房間還留著，當然是回自己的房間更自在，但妳真的不介意嗎？」

「那當然，況且我在城堡也有寢室。那麼我就用奧多南茲通知拉塞法姆，請他做好迎接準備吧。之後我再去平民區與神殿看看情況。」

要先去平民區與神殿察看情況，再回城堡做準備……我正規劃著接下來的安排時，斐迪南出聲制止。

「慢著。妳要撇下自己帶來的客人不管嗎？既然平民區與神殿似乎沒有重大傷亡，今天妳先聽取近侍的報告即可，明天早上再去察看情況。慶功宴將在第六鐘舉辦，已經沒剩多少時間了。」

如果還要沐浴更衣、聽取近侍們的報告，時間確實所剩不多。我只好向拉塞法姆送去奧多南茲，麻煩他準備迎接斐迪南、艾克哈特與尤修塔斯三人。拉塞法姆馬上捎來回覆說，他早就經由莉瑟蕾塔她們得知斐迪南平安無事，並且要回來參加宴會，所以已經做好準備了。

「拉塞法姆真是優秀呢。」

「那當然，我教出來的。」

斐迪南得意地哼笑說道。我立刻不甘示弱：「莉瑟蕾塔她們也很優秀喔。」

「……那個，奧伯．艾倫菲斯特，兩位平常相處都是這個樣子嗎？」

漢娜蘿蕾與海斯赫崔一臉目瞪口呆。齊爾維斯特似乎是一時不知該如何回答，傷腦筋地眼神游移了一陣後，小聲咕噥：「……差不多吧。」

「羅潔梅茵大人，歡迎您的歸來。幸好您平安無事。」

回到房間後，奧黛麗、莉瑟蕾塔與谷麗媞亞三人出來迎接。莉瑟蕾塔與谷麗媞亞說她們是收到了夏綠蒂的通知，得知我已回來，便從圖書館趕回來準備。對於突如其來的設宴，手忙腳亂的不只是受邀的人，得做好迎接準備的侍從們也十分辛苦。

「布倫希爾德正忙著四處張羅，為戴肯弗爾格的人準備客房，所以貝兒朵黛被叫去幫忙了。等一下我也會過去協助。」

見到回來的一行人，奧黛麗道完寒暄後，接著看向自己的兒子哈特姆特與他的未婚妻克拉麗莎，神情放鬆不少。奧黛麗再告訴兩人：「我已經通知宅邸裡的人，說你們回來了。」說完，便快步走出房間。看來她是為了親眼確認大家都平安無事，一直留到了現在才走。

「接下來羅潔梅茵大人要沐浴淨身，護衛騎士們要不要也輪流返回宿舍呢？既然稍後要參加宴會，得換身衣服才行吧？」

莉瑟蕾塔說完，護衛騎士們都點了點頭，開始討論回去的順序。我用眼角餘光看著，與谷麗媞亞一起往更衣室移動。谷麗媞亞細心地摘下髮飾，解開我綁起的頭髮。

「我已經向神殿那邊送去通知，所以在您沐浴淨身完的時候，優蒂特他們差不多也回來了吧。」

「……谷麗媞亞，這邊在與敵人交手時是什麼情況呢？有沒有人受傷？」

「當時我們一直待在圖書館裡，又有羅潔梅茵大人留下的守護魔導具，所以並未感受到交戰時的肅殺氣氛。」

她說他們會收到平民區與神殿傳來的奧多南茲，所以知道戰鬥開始與結束了，但圖書館那邊完全沒有受到波及。

「雖然我們對於開戰毫無所覺，但上午達穆爾便帶著持有您護身符的古騰堡成員與其家人們，來到了圖書館。看到突然有那麼多平民造訪，我嚇了一大跳呢。」

早在喬琪娜抵達之前，達穆爾似乎就已經預感到了她的出現，所以讓古騰堡夥伴們前往最為安全、設有守護魔導具的圖書館裡避難。

「……達穆爾真的遵守約定，幫我保護好了大家呢。」

「是的。最令我印象深刻的是，髮飾工藝師一家人還把自己的護身符託給達穆爾，請他幫忙轉交給人在大門的父親。髮飾工藝師還說了，既然她的父親有您的護身符與達穆爾保護著，那麼他們也該做自己能做的事情，然後開始製作髮飾與服裝。」

谷麗媞亞讓長髮披散開來，再為我脫下騎獸服時，莉瑟蕾塔也進來了。

「哎呀，在說今天的事情嗎？在前來避難的平民當中，還有一群人是奇爾博塔商會的裁縫師，她們把羅潔梅茵大人的服裝與髮飾視為該優先保護的重要物品，都帶到圖書館來了呢。縫製服裝的時候還在討論說，得找時間讓您試裝才行，但又不曉得您接下來的行程如何。看來之後得聯繫她們。」

腦海中立即浮現出了多莉與珂琳娜拚命趕工的模樣。大概是因為不做點事情就會心生不安，她們才會埋頭投入工作吧。當然，想必也有交貨期限快到了這個現實的原因。只不過，沒想到我的古騰堡夥伴們到了貴族區的圖書館避難後，居然都還是在工作，感覺那幅畫面十分和平融洽。

「普朗坦商會的人則是認真地在觀摩宅邸內的裝潢與圖書室。為了將來開設餐廳與印刷新書，他們似乎是在蒐集靈感。我還聽到有人說，他們雖然因為負責印製與販售，所以對於艾倫菲斯特的新書非常了解，卻從來沒有機會仔細端詳舊有的書籍。」

沐浴完出來時，優蒂特與菲里妮已經回來了。兩人看來都精神不錯的樣子。而我因為還未穿戴好衣物，所以羅德里希與男性護衛騎士正一起在外待命。

「我聽說圖書館那邊平安無事，不知神殿那邊有沒有淪為戰場呢？」

我這麼詢問後，菲里妮先是面色僵硬地點點頭，接著又說：「啊，不過，孤兒院裡的大家都平安無事喔。因為達穆爾在第三鐘的時候就捎來奧多南茲，要我們照著演練去避難。」看來他向圖書館那邊送去奧多南茲，讓古騰堡夥伴們過去避難的時候，也吩咐了神殿這邊，讓孤兒們開始避難。當時似乎一起引導孤兒，負責與麥西歐爾的近侍們聯繫的優蒂特也點點頭。

「我們還讓騎士代替灰衣神官守門，與蘇彌魯魔導具一起把守。沒過多久，達穆爾就捎來通知說西門出現了敵人。」

……哇噢，感覺達穆爾這次有非常活躍的表現呢。

雖說達穆爾負責守衛平民區，所以才能最快取得有關敵襲的消息，但接連在圖書館與神殿都聽到了他的名字，還是讓我深刻地感受到他有多麼認真迎戰。

「當時我坐在騎獸上，俯瞰平民區。後來聽到西門的方向傳來嘈雜聲響，又發現明明已經通知大家去避難了，卻還有平民在外逃竄，這才意識到戰鬥真的開始了。」

優蒂特說她看到守在各個大門的騎士全都趕往西門。儘管自己也想過去支援，但她被賦予的任務是守衛神殿，所以自己只能靜靜望著發生激烈戰鬥的西門。

「就在我緊盯著平民區的時候，忽然發現有輛移動中的載貨馬車十分可疑。」

她說達穆爾是在第三鐘的時候送來奧多南茲，告知眾人要提高警覺，而西門傳來嘈雜聲響是在第四鐘即將響起的時候。雙方在西門開打時，路上早已沒有多少行人，用板車載著蔬果進城的農夫不是趕緊出城、返回自己居住的農村，就是趕往南邊的避難所。

「接近第四鐘的時候，城市北邊的所有店家都已經關門了。但在這種時候，居然有輛載貨馬車朝著城市北邊駛來。」

優蒂特說她因為在意西門的情況，正稍微傾著身子察看時，忽然發現有輛載貨馬車在巷弄間穿梭移動。

「後來那輛載貨馬車似乎是停在巷弄裡的暗處，突然間就消失了。但是，很快我又發現有幾道人影往北門逼近。雖然那些人並未穿著銀衣，但考慮到西門那邊的敵襲有可能

只是在聲東擊西，我就向守衛貴族區的騎士們送去了奧多南茲。」

優蒂特一臉得意地說道。因為她的直覺非常準確。那幾個人在被叫住盤問後，立刻就變出騎獸發動攻擊。

「可是，結果那些人也是在打掩護。當時半空中不停地有奧多南茲飛來飛去，到處都有敵人出沒，而神殿的後門就是在這時候遭到破壞。」

她說專門供人通行的小門遭到炸毀後，敵人還投擲了能把人變作魔石的劇毒以及閃光彈等等，然後闖了進來。

「幸好羅潔梅茵大人去了亞倫斯伯罕以後，一直都有人不間斷地送消息回來，提供應對方法與注意事項，所以藉由立即施展洗淨魔法與飲用尤列汾藥水，在場的騎士們才無人喪命。」

但也因為非得飲用尤列汾藥水不可，當時只能交由蘇彌魯們去對付敵人。優蒂特說連在神殿大門上方負責偵察的自己也中了毒，所以騎士們當即判定事態緊急，便發動了蘇彌魯魔導具。

「那些蘇彌魯真的很厲害喔。在闖進來的五個敵人當中，除了有一個人因為全身緊緊裹著銀布，所以沒被蘇彌魯辨識出來、還成功闖進神殿，但其餘四個人都被粉色蘇彌魯還有從馬車用正門趕來的水藍色蘇彌魯打倒了。」

據她形容，強化了戰鬥能力的蘇彌魯們發動起攻擊時，快得只能看見殘影。

「蘇彌魯們舉著閃耀金色光芒的鐮刀魔導具，電光石火般地接連斬殺了敵人。雖說是因為得趕在魔力耗盡前分出勝負，所以他們的行動講求效率，但真的是一眨眼就砍倒了所有敵人。他們身上還濺滿了敵人的鮮血，但我已經用洗淨魔法洗乾淨了。」

「優、優蒂特，真是謝謝妳。」

雖然優蒂特報告時一臉得意洋洋，但一想像到蘇彌魯們渾身浴血的模樣，就覺得非常恐怖。

「後來我馬上通知麥西歐爾大人，告訴他有個身穿銀衣的漏網之魚，闖進了神殿裡面。事後我只是接到消息，得知那個人就是喬琪娜大人，她在中了幾個陷阱以後，最終被轉移至了白塔。」

優蒂特說她當時人不在圖書室，所以並不是親眼看到，要是我想知道詳細情況，再去詢問麥西歐爾與他的近侍們。

「對了，在被蘇彌魯魔導具砍倒的人當中，有馬提亞斯的父親戈雷札姆。」

「咦？戈雷札姆嗎？」

「至於這件事是否要告訴馬提亞斯，全由羅潔梅茵大人判斷。」

……可是，我們已經在格拉罕打敗了戈雷札姆吧？

我歪過頭後，忽然想起馬提亞斯說過：「他至少曾有三個替身。」

……替身？那麼哪一個才是真正的戈雷札姆？這場仗真的結束了嗎？

聽到自己早已打倒的戈雷札姆也出現在了神殿，還被蘇彌魯魔導具斬殺，我心中倏地升起難以言喻的不安。鏡中的自己臉色跟著有些發白。我突然很想起身，立刻前往平民區與神殿確認情況。

「羅潔梅茵大人，可以讓男性近侍們入內了嗎？達穆爾與羅德里希都到了。現在正由勞倫斯守在門外，姊姊大人守在門內。其他護衛騎士則已回房更衣……」

聽見莉瑟蕾塔的詢問，我恍然回神，點頭同意。原來在聽取優蒂特與菲里妮的報告時，莉瑟蕾塔與谷麗媞亞也已經幫我綁好頭髮、穿好衣服了。

「沒問題。剛好我也想聽聽達穆爾的報告。」

「畢竟他這次可是非常活躍呢。」

莉瑟蕾塔發出銀鈴輕笑，前去呼喚兩人。很快地，羅德里希與達穆爾便走進來。羅德里希手上還拿著筆和寫到一半的紙張，看起來像是在做筆記。說不定剛才在請達穆爾告訴他這邊的作戰經過。

「羅潔梅茵大人，很高興您平安歸來。」

「我回來了。達穆爾，聽說你保護了古騰堡他們吧？而且多虧了你的奧多南茲，大家才能得救。謝謝你。」

聞言，達穆爾立刻有些眼神亂飄，一臉像是不知該作何反應，最後只是回答：「哪裡，這是我的榮幸。」看來他還是老樣子，對於自己的能力沒有正確認知。發現達穆爾完全沒變，我輕笑起來，要他開始報告。

「達穆爾，聽說西門遭受到了敵襲，請告訴我人員有無傷亡吧。」

「是。西門的士兵雖然有人受傷，但傷勢都不嚴重。主要該歸功於布麗姬娣。幸虧她送來了奧多南茲，我們才能提前做好準備。」

「布麗姬娣送來了奧多南茲嗎？」

得知沒有人身受重傷，我正鬆了一口氣時，卻沒想到在這種時候聽見布麗姬娣的名字。我眨了眨眼睛後，達穆爾點頭又道：

「對於這次能在事前及時通知各方，若有任何嘉獎或表揚，都該給布麗姬娣才對。因為她本想聯絡的對象並不是我，而是羅潔梅茵大人。只是因為您與安潔莉卡還有柯尼留斯都不在艾倫菲斯特，所以奧多南茲未能起飛，她才改為寄來給我。」

他說布麗姬娣送來奧多南茲時，劈頭第一句話就是：「為何這種非常時期奧多南茲卻送不出去?!」接著她才開始報告：「有個伊庫那的木材商經常以船隻往萊瑟岡古運送木材，說他在萊瑟岡古看到了一群疑似是貴族的可疑人物，準備要搭上前往艾倫菲斯特的船隻。」據說那群人自稱是旅行商人，但態度與說話語氣卻非常高高在上，給人的感覺明顯不是旅行商人。

「據說因為那群人怎麼看都像是喬裝打扮的貴族，明顯格格不入，所以當下誰也不敢靠近，只是離得遠遠地看著。後來木材商回到伊庫那，恰巧基貝的騎士們正在警戒他領貴族的入侵，向平民打聽是否發現過可疑人士，他便稟報了這件事情。」

好巧不巧，騎士在接到那名木材商的報告時，正好伊庫那剛發現了舊孛克史德克的騎士們在奪取土地的魔力，基貝也正向奧伯請求支援。因此，那名騎士根本無法靠近基貝的辦公室，而伊庫那的騎士團又忙著在做迎戰的準備，互相喊話說：「一定要撐到援軍抵達。」於是在其他騎士的催促下，那名騎士只能趕緊做好準備，與眾人一同飛離基貝的宅邸，也就沒能向基貝報告。後來到了戰場上，那名騎士向布麗姬娣報告了這件事後，布麗姬娣立即想要聯繫我，卻驚覺奧多南茲寄不出去。

……布麗姬娣，對不起喔。

「收到布麗姬娣提供的消息後，我立刻聯繫萊瑟岡古，詢問他們從萊瑟岡古出發的船隻，預計會何時抵達艾倫菲斯特城市西邊的碼頭。」

達穆爾直接表明，說有一群不像旅行商人的可疑人物，坐上了旅行商人所搭乘的船隻，而且這是伊庫那的木材商目擊後所提供的情報，所以想請他們協助調查。

「另外，或許是因為我還說了，在向騎士團回報這則消息後，城堡多半也會派人詢問，所以萊瑟岡古那邊的人很快就幫忙確認了。但也或許是因為那群人太過醒目，所以回覆速度才那麼快。」

他說萊瑟岡古的回覆是：「基本上因天候而定，但應該會在本日的第四鐘左右抵達。」隨後達穆爾就向各方送出奧多南茲，提醒大家小心，並讓古騰堡夥伴們去避難。

「最終，那名木材商提供的消息果然不假。就在第四鐘即將響起前，船隻一抵達碼頭，就有一群人身穿銀色披風，還帶著沃爾赫尼走下船。」

達穆爾說他在收到消息，得知敵人可能乘船來襲時，便提出了增派騎士的請求。然而包含沃爾赫尼在內，敵人的人數仍比預期要多，應付起來會十分吃力。他只好再向其他騎士求援，同時送出奧多南茲，告訴大家敵人已經來襲。

「守在西門的其他騎士則向守門士兵說明了沃爾赫尼的危險性，並要士兵負責潑灑穢物，設法讓敵人脫下披風。」

達穆爾這麼向我描述了當時的情況：就在身穿銀色披風的敵人要跨進大門時，守門士兵立即朝著他們潑灑穢物。突然遭到平民這樣的對待，那群貴族怒不可遏，當即放出沃爾赫尼，變出思達普。下個瞬間，躲在暗處待命、不讓他們逃跑的騎士們也不約而同地衝了出來，一一打倒手持思達普的敵人。

「對了，當時西門的班長昆特，還讓我嚇出了一身冷汗。」

突然在這時候聽到父親的名字，我的胃部猛地一縮，忐忑不安地反問：「他怎麼了嗎？」該不會是受了什麼重傷吧？但既然達穆爾說的是「嚇出一身冷汗」，代表當時的情況雖然危急，但最終還是有驚無險吧。

「當時現場的騎士人數並不足以應付沃爾赫尼，所以其中有一隻朝士兵撲了過去。昆特就像這樣用戴著金屬手甲的手，往那頭沃爾赫尼揮拳……」

達穆爾舉起手臂，示範當時父親是如何揍了沃爾赫尼一拳。

「……那個，你的意思是，平民士兵直接用手揍了沃爾赫尼嗎？」

「昆特一邊怒吼說著：『這頭臭狗，想對我的部下做什麼！』揮手就是一拳……」

雖然達穆爾像是在講述父親的英勇事蹟，但沃爾赫尼可是一種會根據對手魔力量而改變大小的魔獸，這麼做也太魯莽了。

「達穆爾，西門真的沒有人身受重傷嗎?!該不會是無人重傷，但有人身亡吧?!」

腦海中倏地閃過了可怕的想像畫面，我嚇得臉色發青。但是，達穆爾只是面色為難地露出苦笑，搖搖頭說：

「並無人身亡。在昆特揍了沃爾赫尼一拳後，牠便張嘴咬向昆特的手臂。但就在那個瞬間，羅潔梅茵大人的護身符發揮了作用。」

「咦？」

「『砰』的一聲，沃爾赫尼就爆炸了。而昆特在知道護身符有多麼厲害後，就仗著還有家人們給的護身符開始亂來。」

達穆爾接著小聲抱怨，說他當時很想痛斥父親：「你再這麼亂來下去，我就無法遵守與羅潔梅茵大人的約定了。」聽完，我豈止是感到無地自容，都想當場挖個洞把自己埋起來了。

……那個，真是不好意思，我家爸爸給您造成莫大的困擾了。

「後來我聽說神殿那裡也出現了敵人，所以西門這邊只是在打掩護吧。但是，至少還是成功阻止了可疑人士進城。最終昆特消滅了兩隻沃爾赫尼，還一腳踢飛曾任基貝・格拉罕的戈雷札姆，並用護身符給了他致命一擊。儘管行事過於魯莽，但也確實有功。所以能請您向奧伯進言，獎賞西門的士兵們嗎？」

達穆爾表示，與其由自己透過騎士團提出請求，由我提出會更迅速確實。要我建議齊爾維斯特犒賞士兵，這當然沒問題，但是除了士兵們，達穆爾也很值得嘉獎吧？

……不過，這裡怎麼又出現戈雷札姆了？這次還是被爸爸打倒？

我正疑惑皺眉時，優蒂特抬高音量，插嘴說了：

「請等一下！打倒戈雷札姆的應該是神殿的蘇彌魯們才對，這是我親眼看到的喔。達穆爾，你是不是認錯人了？」

才向我報告過神殿戰況的優蒂特一臉不滿，瞪著達穆爾抗議道，好像自己的功勞被搶走了一樣。

「不，那張臉確實是戈雷札姆沒錯。」

聽到優蒂特說自己認錯人了，達穆爾似乎也有些不高興，開口這麼反駁。我立刻拍了下手，制止兩人。

「停，你們兩個別吵了。馬提亞斯跟我說過，戈雷札姆曾有三個替身喔。返回城堡之前，我與馬提亞斯在格拉罕交手過的對象也是戈雷札姆。」

「咦？」

除了安潔莉卡，先前都在艾倫菲斯特留守的近侍們全瞪大眼睛看著我。這麼說來，我只聽取了大家的報告，但都沒有講述過自己遇到的情況。

「那個，羅潔梅茵大人，要準備替身並不簡單喔。因為魔力的顏色因人而異，要做出三個替身更是不可能的事情……」

「……只要不計犧牲，也不介意手段殘忍，其實還是有辦法的。」

戈雷札姆想必與不少身蝕士兵都簽訂了主從契約。身蝕因為不具有從父母那裡遺傳來的魔力屬性，所以要染上他人的魔力並不難。此外雖然死亡機率很高，但要創造出埃維里貝印記之子也並非不可能。

……說不定戈雷札姆與賓德瓦德伯爵當初想擄走我，就是想讓我成為替身。

「目前看來，確實是有第二、第三個戈雷札姆存在。要是再聽到除了我們以外，還有其他人也打倒了戈雷札姆，我已經不會感到驚訝了。現在我更擔心的，反倒是有沒有第二、第三個喬琪娜大人。」

我說出自己的擔憂後，近侍們不約而同臉色大變。萬一在神殿打倒的喬琪娜其實是冒牌貨，那她說不定還會再出現。

「還是向養父大人送去奧多南茲，確認他是否真的打倒了喬琪娜大人，以及那是不是本人吧。」

我對著奧多南茲說出自己的不安後，寄送出去。齊爾維斯特很快便捎來回覆，向我保證是本人無誤。

「說得再明白點，從神殿被轉移至白塔的那個是替身，而我在基礎之間裡了結了性命的則是本人……被偷走的寶物我也拿回來了。接下來她的餘黨就算想再做點什麼，也絕不可能奪走領地的基礎。」

他說騎士團也已經知道了有複數的戈雷札姆存在，加上喬琪娜已經成功討伐，所以慶功宴期間，絕不會發生基礎突然被人奪走的情況。聽完齊爾維斯特的回覆，我如釋重負。既然領主都在基礎之間裡見到了喬琪娜，還拿回了聖典鑰匙，那我就放心了。

傳話內容重複了三次以後，奧多南茲變回黃色魔石，往我的掌心掉落。明明這幕光景再尋常不過，不知為何我卻後頸發涼，胃部傳來刺痛，手一抖後沒能接住魔石。

「羅潔梅茵大人，怎麼了嗎？」

莉瑟蕾塔撿起了我沒能接住的魔石，一臉不解地朝我看來。我注視著自己的指尖，微笑回道：「沒什麼。」雖然說不上來是為什麼，但心中隱隱有些不安。忽然間我無法只是坐著不動，往上站起身。

「第六鐘是不是快響了呢？」

「還沒呢，羅潔梅茵大人。現在小會廳想必正忙著在做準備。等第六鐘響了，收到奧多南茲通知我們過去，屆時再慢慢移動即可。」

「這樣啊……」

我心神不寧地重新坐下，想像著小會廳裡忙碌不已的景象。這時，門外傳來微小的鈴聲。谷麗媞亞隨即上前開門，讓整裝完畢的近侍們進來。

「羅潔梅茵大人，讓您久等了。」

「莉瑟蕾塔，既然大家都回來了，如果小會廳那裡非常忙碌，或許我們可以去幫忙喔。」

我本想與整裝完畢的近侍們一同前往小會廳，莉瑟蕾塔卻搖搖頭。

「羅潔梅茵大人，請您多休息一會兒吧……我聽說您在亞倫斯伯罕也曾陷入昏睡，現在想必十分疲累吧？」

「累是累，但我實在無法靜下心來坐著。」

莉瑟蕾塔轉頭看向其他近侍們，露出了有些為難的表情。

「羅潔梅茵大人是此次戰鬥的關鍵人物，肯定會有許多客人想與您攀談吧。所以，與其去小會廳幫忙，您更該趁著現在多休息，並且思考屆時要如何應對，讓自己做好萬全的準備。」

……面對前來攀談的賓客，要如何應對嗎……

這我倒完全沒想過。因為我一直以為此次戰鬥的中心人物，應該是了結了喬琪娜性命的齊爾維斯特，還有守住神殿的麥西歐爾，以及在西門與敵人奮戰的騎士們。那就與近侍們商量看看吧。於是我轉過頭，就看見克拉麗莎正笑容滿面地挺著胸膛。

「若是要講述羅潔梅茵大人有何不凡表現，我可以說上三天三夜。尤其是您在亞倫斯伯罕海上舉行儀式的模樣，我正好待在能一覽無遺的位置上全程參觀，所以非常有信心可以說得鉅細靡遺。」

換作平常，我早就阻止說「拜託不要」或者「請妳千萬別多嘴」，但是與其由自己去應付客人，我突然覺得不如交給克拉麗莎。

「羅潔梅茵大人？」

「……沒事。那麼今晚若有客人前來攀談，就交給克拉麗莎與哈特姆特去應對吧。因為發生了太多事情，我腦袋似乎還一片混亂……就算有人問我問題，我也無法有條有理地回答。」

這時的我總有一種奇怪的感覺，就好像腦海裡罩著白色的霧靄，又像是與記憶隔了一層薄紗。既然有人願意發言，我只想完全交給對方。

「請儘管包在我身上。我定會知無不言、言無不盡，讓賓客完全沒有必要再去問羅潔梅茵大人。」

哈特姆特正中下懷般，笑著攬下這項任務。我點點頭後，柯尼留斯臉色大變地朝我看來，帶著焦急的漆黑雙眼像是在說：「妳認真的嗎？」

「羅潔梅茵，妳真的不介意嗎？很快就會後悔喔。」

「哎呀，若柯尼留斯哥哥大人願意講述自己的英勇事蹟，轉移賓客的注意力，這樣我也不介意喔。」

我呵呵笑著回道，但柯尼留斯搖了搖頭。

「我不是這個意思。而是若讓哈特姆特與克拉麗莎暢所欲言，戴肯弗爾格的人也在旁邊點頭附和、加油添醋，母親大人肯定會高興得全部寫下來。我是在提醒妳，這次會輪到妳變成新書裡的主角。」

「那個，柯尼留斯哥哥大人，這次我參與的都是戰鬥，沒辦法寫成戀愛故事吧。難道母親大人已經寫膩愛情故事，想要改寫騎士故事了嗎？」

倘若真是這樣，剛好這次有好幾名戴肯弗爾格的騎士會以漢娜蘿蕾的護衛騎士之身分參加宴會，她可以去採訪他們。想必能從許多騎士口中，聽到各式各樣的故事吧。聽到我這麼說，柯尼留斯垮下了頭，嘀咕說道：「母親大人怎麼可能寫膩愛情故事。」

……對吧？感覺她對戀愛故事的熱情，甚至一年比一年還要高漲呢。

我在心裡頭對柯尼留斯深表贊同。這時，不同於宴會還沒開始就一臉疲憊的柯尼留斯，羅德里希倒是一雙眼睛燦然生輝，向我展示手上的紙張。

「我打算到處蒐集有關這次戰鬥的描述，在寫新的騎士故事或者迪塔故事的續集時拿來當作參考，所以非常歡迎大家的英勇事蹟。」

面對即將到來的慶功宴，羅德里希顯得興致高昂。大家對此笑了起來時，只有哈特姆特不知道在想什麼，用手托著下巴。

「既然如此，不如就交由羅德里希跟在羅潔梅茵大人身邊，詢問賓客有無英勇事蹟可以分享如何？這樣應該能有效轉移賓客的注意力。」

「哈特姆特，你居然把羅潔梅茵大人身邊的位置讓給羅德里希……該不會是發燒了吧？」

菲里妮一臉憂心地向哈特姆特這麼問道，達穆爾也在旁邊用力點頭。正好就在這個時候，第六鐘的鐘聲響了。

慶功宴

「收到優蒂特寄來的奧多南茲以後，卡斯泰德就下令要我前往北門禦敵。」

慶功宴開始後，會場內到處都有人說起自己的英勇事蹟。包括與騎士們一起出動、前往北門制伏敵人的韋菲利特，此刻整個人簡直是神采飛揚。韋菲利特因為是未成年的領主候補生，卡斯泰德一開始似乎並不想讓他上戰場，但由於好幾名騎士都趕往了西門支援，使得北門防守薄弱，再加上可能會出現高魔力者才能擒縛的敵人，所以最終還是下令要他出動。

「而且因為要盡量活捉不可，對付起來可是非常不容易。」

韋菲利特的深綠色雙眼熠熠生輝，一臉得意非凡，比手畫腳地描述著當時戰鬥的情況。羅德里希站在我後方半步，拚命地記錄下來。

「雖然費了一番工夫，但我成功地逮到了幕後主使者之一。那個人正是戈雷札姆。怎麼樣，驚訝吧？」

……戈雷札姆又出現了呢。

被打倒的敵人中不斷出現戈雷札姆的名字，我都開始記不清這是第幾個人了。究竟這是最後一個了嗎？還是還有？光是思考這個問題就讓我頭昏眼花。

「我用思達普變出光帶，將戈雷札姆綁了起來……」

「韋菲利特大人，我有問題。既然您能用光帶綑綁戈雷札姆，代表出現在北門那邊的掩護隊伍，並未穿著銀色披風嗎？」

面對羅德里希的提問，韋菲利特「唔？」地想了一下。

「不，他們有穿喔。只不過內側的布料並不是銀色的，所以披風往上飛起的時候，魔力攻擊還是能擊中他們。」

韋菲利特說敵人遭受到攻擊時，會抓起銀色披風擋在身前，藉此擋掉大半的攻擊。因為要騎乘騎獸，還是不可能用銀布把全身包起來吧。儘管花了點時間，最終韋菲利特仍是成功地捉到了戈雷札姆。

「我把人帶回騎士團時，才知道我抓到的戈雷札姆，已經是在領內出現的第三個了，嚇了我一大跳。羅潔梅茵，妳也和戈雷札姆交手過吧？妳是怎麼與他交手的？」

「關於當時的情況，請您去問哈特姆特吧。他會把連我自己都不記得的枝末細節通通告訴您。」

「……唔，哈特姆特嗎？」

韋菲利特有些嫌棄地皺眉，看向人群聚集起來的地方。人群中心，哈特姆特正眉飛色舞地講述著格拉罕之戰，克拉麗莎則是講述著亞倫斯伯罕之戰。詳細程度簡直教人大吃一驚，與神有關的譬喻也多到讓人受不了，還加油添醋到了令人直想搖頭嘆氣。

「如果您不想問哈特姆特，不如與漢娜蘿蕾大人聊聊如何？先前她在亞倫斯伯罕對付蘭翠奈維的士兵時，曾經驅使三隻沃爾赫尼；到了格拉罕，還趁著戈雷札姆不注意的時候對他發動攻擊。那英勇善戰的表現，讓人不得不佩服她果然是戴肯弗爾格的領主候補生呢。」

我建議韋菲利特去找漢娜蘿蕾聊聊天。此刻她正與艾薇拉相談甚歡。一開始，艾薇拉是以我母親的身分、以艾倫菲斯特貴族一員的身分向漢娜蘿蕾道謝，隨後兩人就聊起了這次戰鬥的情況，以及戴肯弗爾格的英勇表現。這些都算是很尋常的交流。然而，就在艾薇拉聲稱這是一點小心意，將一本連我也還沒看過的新書《諸神戀愛故事集》送給漢娜蘿蕾以後，對話內容就變得不太尋常。只見漢娜蘿蕾感動得紅了眼眶，開始訴說自己有多麼喜歡艾薇拉她們所寫的戀愛故事集，之後艾薇拉就進入了採訪模式。

「是不是該把母親大人與漢娜蘿蕾大人隔開了呢？」

「但我看她們聊得很開心，就別去打擾了吧？嗯，但妳可能有些坐立難安啦……」

「豈止是有些而已。照漢娜蘿蕾大人的描述，我根本成了故事裡的女神嘛。」

為了把女兒大展身手的模樣寫進故事裡，艾薇拉竟然請漢娜蘿蕾告訴她我做了哪些事情。我正想要制止艾薇拉，沒想到漢娜蘿蕾竟顯得有些興奮，往前傾身說：「所以我說過的話會出現在故事裡嗎？」反問完後，她便開始滔滔不絕。從我們一行人出現在戴肯弗爾格的國境門開始，簡直是話匣子一開就停不下來。教人傷腦筋的是，漢娜蘿蕾的描述就和克拉麗莎一樣會誇大好幾倍，甚至還添加了艾薇拉喜歡的戀愛成分。

……斐迪南大人看起來真的很不高興呢。

其實每件事單獨拆開來看，她所描述的也不算有錯，所以我無法當著眾人的面向貴賓抗議，只能把想說的話都吞進肚子裡。可是，我與斐迪南真的非常困擾。

「如果妳會對這種事情感到困擾，那從一開始就不該去亞倫斯伯罕啊。」

「韋菲利特哥哥大人，您在說什麼啊？您的意思是我不該去救斐迪南大人嗎？」

「我不是這個意思。我只是覺得，明明妳自己都親口說了，就算要與王族或者諸神為敵，也要去救叔父大人，那現在更沒必要在意這些流言蜚語吧。不如妳就乾脆一點，老實承認妳喜歡叔父大人吧。」

……我都說過好幾遍了，我並沒有喜歡斐迪南大人！

然而無論我如何反駁，大家始終都用溫暖的目光注視我，重複說著一樣的話：「畢竟是在艾爾瓦克列廉的指引下，在親眼目睹尤葛萊莎的到來後，取得了馮思艾琳達的協助嘛。如今得到了變大的洛芬露，想必正困惑不已吧。」

由於一句話裡出現了太多神祇的名字，我一時間完全聽不懂，但從說話者的語氣和表情，還是可以清楚感覺到隱藏在話語中的欣慰與調侃。眼看身邊人們完全不聽我的辯解，我漸漸感到心煩意亂。

……我連初戀都還沒有過，就說我的戀情開花結果了，這根本莫名其妙！

「但我看叔父大人並不怎麼困擾啊？」

韋菲利特指著斐迪南說道。此刻他正笑容滿面地與人交談。我只是往斐迪南瞥了一眼，立刻就把目光收回來。那彷彿自帶燦爛光芒的虛假笑容，怎麼看都代表著他心情極度惡劣。就好比他見到喬琪娜以及要與蒂緹琳朵訂婚的時候，這麼說應該就能理解我想表達的意思吧。

「聽到大家都在亂說話，明明斐迪南大人的笑臉一看就是很不高興的樣子，真虧哥哥大人還能這麼覺得呢。我可是害怕得完全不敢靠近。」

「……原來那副表情其實是很不高興嗎？那我還是趕緊離妳遠點好了。」

叔父大人還真難懂——說完，韋菲利特便轉身走掉。我也好想逃離現場。

「羅潔梅茵姊姊大人。」

彷彿一直在等著韋菲利特離開，麥西歐爾接著朝我走來。

剛剛不久前，麥西歐爾與他的護衛騎士們全都面帶興奮笑容，向眾人講述了冒牌喬琪娜是如何落入陷阱。聽說冒牌喬琪娜用銀衣包裹住了全身，就連五官也看不到，在神殿裡被騎士們追得落荒而逃，然後接連落入預先設好的陷阱。生動有趣的描述讓我也忍不住笑了出來。

據他們所說，身穿銀衣的冒牌喬琪娜在衝進圖書室以後，便在鋪有彈珠狀魔石的地方慘跌一跤。由於麥西歐爾的護衛騎士們早就知道圖書室裡設有各種陷阱，所以並沒有跟著進去，只是在門口架起了弓，觀察冒牌喬琪娜會中多少陷阱。

而冒牌喬琪娜似乎不明白這是怎麼一回事，摔倒在地後好一會兒動也不動，緊接著像是恍然回神，重新開始移動。只不過她起身的過程並不順利，在魔石上滑倒了好幾次後，好不容易才連滾帶爬地脫離了彈珠陷阱區。

然而才剛脫離一個陷阱，接下來的地板又塗滿了黏鳥膠般充滿黏性的塗料。冒牌喬琪娜的銀色手套與鞋子都被黏在地板上，她拚了命地想要掙脫，結果因此脫下手套。見狀，門口的護衛騎士們立即瞄準她的雙手放箭。

但冒牌喬琪娜側身閃過了箭矢後，接著脫下鞋子，重新得到自由。而黏鳥膠陷阱區後方，就是鋪有隱形轉移陣的區域。冒牌喬琪娜光著手觸碰到了轉移陣後，整個人便平空消失，原地只遺留下了她原先穿在身上的銀衣。據說在她被轉移至白塔的那一瞬間，護衛騎士們還看見她身上只穿著貼身衣物。

「麥西歐爾，你們大受歡迎呢。大家都聽得津津有味喔。」

「這都多虧了羅潔梅茵姊姊大人與哈特姆特設下的陷阱非常有趣。」

「……可是，我們真的抓到了喬琪娜大人嗎？戈雷札姆不是有很多替身嗎？一想到喬琪娜大人應該也有，我就非常不安。」

我小聲地吐露不安後，麥西歐爾點點頭道：

「請姊姊大人放心吧。聽說出現在基礎之間裡的是本人。因為父親大人了結了她的性命後，先前抓到的俘虜就一個個跟著喪命，所以可以證明是本人沒錯。」

「這樣啊。」

得知已證實是本人，我感到如釋重負。這時，換麥西歐爾稍微壓低音量。

「聽說母親大人也抓到了一名喬琪娜大人，只不過本人是由父親大人打倒的。」

「養母大人也抓到了一名喬琪娜大人嗎？」

「是的。聽說是在城堡的密道出口抓到的。」

當年害得我在尤列汾藥水裡沉睡的襲擊事件發生後，齊爾維斯特似乎意識到了喬琪娜早就對城堡裡的密道瞭若指掌。麥西歐爾告訴我，為免走漏風聲，齊爾維斯特暗地裡悄悄重建了密道。重建時，他還保留了原有的密道，並且修改成無論使用哪條密道，最終都會抵達同一個地方。因此，冒牌喬琪娜完全沒有發現密道的路線被更改過，就這麼走到齊爾維斯特所設定的地點，然後被守在出口的芙蘿洛翠亞逮個正著。

……真沒想到養母大人也參戰了。

「聽說母親大人的近侍雷柏赫特，還準備了各式各樣的陷阱與魔導具。」

「他是哈特姆特的父親吧。這方面肯定非常擅長。」

為冒牌喬琪娜戴上可以封住思達普的手銬後，芙蘿洛翠亞便命護衛騎士們押著她前往白塔。據說就在這個時候，從神殿被轉移過來的另一個喬琪娜從天花板上掉了下來。

「當時父親大人因為一直守在基礎之間，並不曉得外面的情況，所以在母親大人通知他說抓到了喬琪娜大人時，他便暫且離開基礎之間，前往白塔確認。而母親大人說她一看到有兩個喬琪娜大人，就馬上向父親大人送去奧多南茲，要他回到基礎之間。」

他說抓到喬琪娜時，齊爾維斯特還向人在格拉罕的斐迪南送去奧多南茲，說事情已經告一段落，結果卻馬上發現替身的存在。

「那麼真正的喬琪娜大人，也是從神殿進入基礎之間的吧？」

我歪過頭這麼詢問後，麥西歐爾垮著肩膀，低聲回道：

「是的，都怪我鬆懈下來，沒有注意到。因為被叮囑過不能參與戰鬥，所以我一直是待在房間裡，聽大家跟我說喬琪娜大人中了哪些陷阱。當時，護衛騎士們有的負責向我報告，有的則是前往大門察看情況，但並沒有半個人留在圖書室看守。真正的喬琪娜大人就是趁著這個時候進入圖書室。」

「……她一路上沒有被任何人發現嗎？雖說喝了藥水正在恢復，但每一處大門都有好幾名騎士看守著吧？」

神殿共有三處大門，不僅有蘇彌魯魔導具看守著，我也沒聽說守著貴族門的蘇彌魯曾離開過。後門與馬車用正門只是因為離得近，蘇彌魯才能趕來支援。馬車用正門如果被人打開了，優蒂特他們肯定會發現，也會立即應對吧。況且神殿相當廣闊，喬琪娜若想不被任何人發現地抵達圖書室，應該不太可能。

「果然羅潔梅茵姊姊大人也沒發現呢……其實神殿還有一個一般人並不會注意到的出入口。」

「咦？」

「當初施展因特維庫侖改造城市時，曾經建了水道。因為這樣一來，神殿的工坊要造紙會比較容易吧？」

當時確實建造了與河川相通的渠道。只不過因為還有水質的淨化等問題，這條渠道尚未啟用。

「真正的喬琪娜大人似乎就是利用那條通道，進入了神殿。而且大概是因為她身穿銀衣，無法施展洗淨魔法，所以有些地方都留下了足跡。她好像是從孤兒院男舍附近的水道出口出來，再從平民會來送食材與供下人出入的西側底樓進入貴族區域，然後躲進青衣神官的房間，一直等到圖書室附近的守衛變得薄弱。為她提供房間的青衣神官及其侍從，似乎就是接應她的人。」

他說被齊爾維斯特打倒的正牌喬琪娜，身上是穿著灰衣巫女服。倘若她喬扮成了灰衣巫女，那麼在圖書室裡的陷阱轉移走冒牌喬琪娜後，神殿裡的騎士們肯定正因此鬆懈心神，這時她就算走在走廊上也沒人會發現吧。

「他們……」

「羅潔梅茵大人。」

終於釐清正牌喬琪娜的移動路線後，我有些安下心來。正當這個時候，海斯赫崔笑容滿面地走過來。他身後的侍從手上還端著盤子，上頭裝有滿滿的菜餚。

「宴會的餐點還合你的口味嗎？」

我這麼詢問後，海斯赫崔心情很好地看向盤裡的食物。

「美味的食物真是太多了。雖然我在領主會議上也品嘗過幾次，但像今天這樣在得勝之後品嘗美食，感覺更是特別美味。不過，我看羅潔梅茵大人的盤子裡似乎沒有多少食物……」

「因為我都是想吃多少，再請侍從幫我取來，看在騎士眼裡才會覺得沒有多少吧。但其實我也吃得津津有味喔。像奶油淋薄爾根是只有這個季節才能吃到的美食，請你一定要品嘗看看。」

既然端出了佳餚款待客人，主辦方當然也要吃得津津有味才行。大概是沒有食慾，我硬是堆起笑容，將根本吃不出味道的食物放入口中。

「不知道我們準備的酒，是否也符合戴肯弗爾格騎士們的口味？」

「嗯，那當然。雖然比我們平常喝的比蘇酒烈了點，但風味也相當獨特。」

海斯赫崔舉著裝了酒的杯子，看起來心情絕佳。他似乎很高興會場上準備了艾倫菲斯特當地才有的酒，而不是他們在戴肯弗爾格常喝的比蘇酒。

……但這種酒應該小口小口喝，而不是用那麼大的杯子大口暢飲呢。

要是上百名戴肯弗爾格的騎士都來到這裡盡情豪飲，艾倫菲斯特的酒窖確實會面臨被清空的危機。斐迪南的擔心非常正確。

「海斯赫崔大人，我可以問您幾個問題嗎？」

羅德里希神色興奮地開口問道。大概是黃湯下肚後，變得比平常更狂放不羈，海斯赫崔豪爽地點點頭：「儘管問吧。」

「我聽說此次戰鬥，戴肯弗爾格的騎士完全無人身亡，這是真的嗎？畢竟連續參加了幾場激戰，這實在教人難以置信……請告訴我戴肯弗爾格如此強大的秘訣。」

格拉罕之戰結束後，在我發表勝利宣言時，戴肯弗爾格的騎士們依舊是每十人一排，共排成十排。身為指揮官的漢娜蘿蕾與海斯赫崔，則是和我一起站在陽臺上。人數確實沒有減少。

「此次戴肯弗爾格的騎士能夠無一人陣亡，全是多虧了羅潔梅茵大人與斐迪南大人。」

海斯赫崔回道，表情忽然變得有些嚴肅。

「因為我們預先就收到通知，戰鬥時要摀住口鼻以防敵人下毒，並且一定要隨身攜帶尤列汾藥水。在戈雷札姆釋放出了劇毒後，由於魔力在體內凝結，我們雖有超過十名以上的騎士情況比較嚴重，但至少沒有當場死亡。反倒是不曉得毒藥特性的敵軍以及格拉罕的基貝騎士團，傷亡十分慘重。有不少人都在剎那間變成了魔石。」

聞言，魔石閃爍著光芒，掉往地面的畫面驀然在腦海裡復甦。我全身猛地竄起雞皮疙瘩，胃裡的食物也往上逆流。我急忙摀住嘴巴，拚了命地把食物嚥回去。這種場合絕對不能嘔吐。

「羅潔梅茵。」

斐迪南的呼喊從某個方向傳來。我正想轉頭看去時，小會廳的大門碰地打開。

「羅潔梅茵，妳沒事吧?!我來救妳了！」

波尼法狄斯如旋風一般地衝進小會廳，身上還穿著鎧甲，健步如飛地朝我奔來。大概是因為吃了一驚，讓我連突然湧上的作嘔感都消失了。眾人正呆若木雞時，波尼法狄斯從頭到腳把我打量一遍，確認我平安無事。

「我很好，平安無事喔。都是多虧了祖父大人。」

幸好有波尼法狄斯，把我想吐的感覺都打消了，所以這不算謊話。「是嘛。」波尼法狄斯安心地頷首後，轉頭就向齊爾維斯特發出怒吼。

「我都還沒回來就開始舉辦慶功宴，你是什麼意思?!而且為什麼能為斐迪南發動轉移陣，為我就不行?!害我費盡千辛萬苦才從伊庫那趕回來！」

「……有羅潔梅茵和斐迪南提供魔力，要發動轉移陣當然簡單，但總不能為此就隨便浪費魔力。況且確實如同我所說的，你光靠自己就能趕回來參加宴會嘛。」

看樣子齊爾維斯特無情地拒絕了波尼法狄斯，說無法只為他一個人就發動轉移陣。畢竟齊爾維斯特若更想要與戴肯弗爾格交換情報，那麼波尼法狄斯會被晾在一邊也不奇怪吧。儘管我這麼心想，但現在不適合說出來。

「羅潔梅茵，妳去告訴波尼法狄斯大人，說妳想聽他講述伊庫那的戰況，順便建議他先去換身衣服。」

斐迪南不知何時來到我的身後，這麼下指令道。我依言走向波尼法狄斯。

「祖父大人，現在還有戴肯弗爾格的訪客在場呢。請您先去更衣，稍後再告訴我您的英勇事蹟吧。布麗姬娣不是曾在戰鬥期間送來奧多南茲，提供給我們寶貴的情報嗎？所以我也很好奇伊庫那後來的情況。」

我這麼央求後，波尼法狄斯旋即綻開笑容點頭。

「好，我知道了。妳先等著，我等一下就來告訴妳。」

於是我目送波尼法狄斯心情愉快地離開小會廳。但怎麼也沒想到，我竟因此又添了一筆新的英勇事蹟。

為了方便大家能與任何人攀談，小會廳裡的座位安排並未固定。桌椅也以繞了會場一圈的形式擺放，想坐下來的人就自己找位置坐。聽說是因為慶功宴舉辦得太過突然，又不知道戴肯弗爾格會有幾個人來，當中有幾個人必須視為貴賓，所以不得已下才採用這樣的方式。

波尼法狄斯換好衣服後，便往我坐的這張桌子走來，他的侍從則是去拿餐點。而為了聽取波尼法狄斯的報告，齊爾維斯特也過來坐下，這時終於在宴會上露面的卡斯泰德則是站到他身後。斐迪南再一副理所當然地往另一個空位坐下。

「伊庫那不是離我們這裡很遠嗎？」

波尼法狄斯以這句話為開場白，說起他的英勇事蹟。正如同他所說，伊庫那坐落在艾倫菲斯特的最西南方，距離十分遙遠。若要騎著騎獸帶軍前往，得花上整整一天的時間。因為不僅要配合下級騎士的飛行速度，也不能為了縮短時間就消耗魔力，結果到了戰場上卻無法與敵人交手，那樣就本末倒置了。

「但如果真為行軍花上一天的時間，伊庫那極有可能遭到攻陷。畢竟亞倫斯伯罕是大領地，若再與舊孛克史德克的貴族聯手，伊庫那的戰力根本無法抗衡。」

儘管伊庫那的人口正慢慢增加，但貴族與平民的人數還是偏少，所住地區又多是高山與森林。必須守住的土地非常廣大，人手卻嚴重不足。一旦遭到大領地的攻打，轉眼間就會失守吧。

「因此，我們使用了只有奧伯能夠發動的轉移陣，趕到伊庫那的夏之館。」

既然發現了這種好東西，不用就浪費了吧——波尼法狄斯如是說。但這種轉移活人用的轉移陣非常消耗魔力，又只有奧伯能夠發動，所以平常不可能隨意使用。這次之所以能使用、將騎士們送往伊庫那，全是因為艾倫菲斯特尚未有敵人來襲，也還有足夠的藥水與時間讓人恢復魔力。

「抵達伊庫那之後，才剛與敵人交手，我馬上就明白了，這是為了把騎士團引過來的幌子。」

「為什麼呢？」

「因為敵人的人數遠比預期要少，行動目的也顯然不是要攻下基貝宅邸。」

他說敵人每次出現，人數都剛好讓伊庫那現有的騎士應付不來，還只會東躲西藏、閃避攻擊。由此可以看出，在艾倫菲斯特派來的騎士團援軍抵達之前，敵人都不認為有攻下伊庫那的必要。再加上敵人只是不斷地奪取土地魔力，大範圍地在伊庫那與格利貝之間活動，這樣的敵人波尼法狄斯根本不放在眼裡，但對付起來卻非常棘手。

「而為了把騎士團引來，這樣的戰術他們原本打算持續兩、三天的時間吧。因為敵人在看到利用轉移陣出現的我們後，全都大吃一驚。」

波尼法狄斯露出得意的笑容。因為一般就算接到基貝的求援，騎士團也不可能馬上出動。首先得挑選要上場的騎士，然後做好準備、以騎獸移動，所以原本得花上數天的時間才會抵達伊庫那。然而，由於我們早就做好迎戰準備，再加上使用了轉移陣，使得援軍很快便抵達伊庫那。

「你說得倒簡單，為了發動轉移陣，我可是費了番工夫才找到足夠的人幫忙。」

齊爾維斯特一臉不滿地插嘴道，但波尼法狄斯絲毫不以為意，接著又說：

「今早正與敵人交手時，我突然收到通知，說是格拉罕也遭遇敵襲，而且敵人的數量之多，彷彿那裡才是他們的真正目標，所以希望騎士團能趕往支援。雖然我也認為必須盡快過去，但想要無後顧之憂地趕往格拉罕，還是得先解決在伊庫那出沒的敵人。」

波尼法狄斯說他判定得先解決伊庫那的敵人，再趕往格拉罕。於是他喝令騎士們，並由布麗姬娣負責指路，騎著騎獸在伊庫那內疾馳狂奔，到處把敵人打得落花流水，可以說是所向披靡。

「父親大人，您為何認為非得趕往格拉罕不可？」

卡斯泰德完全是以騎士團長的姿態問道。波尼法狄斯也收起了臉上正向孫女炫耀自己英勇事蹟的祖父面容，眼神變得認真犀利。

「因為格拉罕那邊傳來了危險的氣息，我才心想必須盡快過去。」

「危險的氣息嗎？」

「嗯。我感覺得出，那裡出現了會讓我陷入苦戰的勁敵。」

「感覺……」

怎麼說呢，波尼法狄斯好像有種非常野性的直覺。他似乎總是照著本能行動，嗅覺也很敏銳。難怪戈雷札姆要優先考慮如何對付他。

「祖父大人，那布麗姬娣有沒有受傷？畢竟她曾經擔任我的護衛騎士，所以我想了解一下。而且這次多虧了布麗姬娣送來非常關鍵的消息，我們才能知道敵人將乘船來到艾倫菲斯特……」

我把達穆爾收到奧多南茲一事告訴波尼法狄斯，只見他露出了五味雜陳的表情，咕噥說道：

「即便身在伊庫那，布麗姬娣仍然是羅潔梅茵的近侍哪。其實這項消息大可送去騎士團，她卻一邊抱怨著為何聯絡不到人，一邊仍想透過近侍向妳提供情報。她的思維仍與任職近侍時相同，想要為主人增添功績。」

我都不曉得布麗姬娣的行動還有這層涵義。原來布麗姬娣並不只是想提醒我有危險而已。明明好幾年前就已辭去近侍一職，如今她依然視我為主人。明白到這一點後，喜悅緩緩地盈滿心頭。

「……即使相隔兩地還是這麼為我著想，真是教人高興呢。」

我開心地這麼表示後，波尼法狄斯頷首：「妳有個好部下。」

「祖父大人，那布麗姬娣的情況如何呢？」

「嗯……做為騎士，她的實力有些退步了。雖說女性騎士為了結婚生子，必然會有段時間無法參加訓練，所以這也無可奈何，但我還是感到有些可惜。」

其實我想問的是布麗姬娣的近況，並不是她做為騎士的能力，但以波尼法狄斯的個性，會有這樣的回答完全不奇怪。總之，至少可以推斷出布麗姬娣過得不錯。

「雖說實力稍有退步，但做為應當守護伊庫那的騎士，她的表現可謂十分出色。為了保護妳所建造的工坊與製紙所需的山林，看得出來她拚盡全力。身為基貝的妹妹，她非常盡責地在保護土地與人民。」

就這樣，波尼法狄斯說他與布麗姬娣一同深入伊庫那各地，擒捕在奪取土地魔力的舊孛克史德克基貝們。

「搜捕到一半時，我突然收到奧多南茲，說是妳與斐迪南已經率領著戴肯弗爾格的騎士們趕往格拉罕，我心裡可是大吃一驚。因為雖然妳曾氣勢洶洶地發下豪語，但我沒想到妳真能在這麼短的時間內救出斐迪南，並且返回艾倫菲斯特……羅潔梅茵，妳實在令我刮目相看。」

「祖父大人，謝謝您。」

波尼法狄斯還曾經要我放棄，說我就算趕去了也來不及救人，因此現在聽到他的認可與稱讚，我不禁心頭一暖。

「羅潔梅茵，妳也盡責地守住了許許多多的事物。我本來還心想，希望你們能撐到我趕去為止，卻沒想到在我要從伊庫那出發的時候，就收到了消息說你們已經擺平格拉罕的敵人。我還懷疑奧多南茲是不是壞了，拍了它好幾下。」

……祖父大人，被你一拍，奧多南茲才真的會壞掉吧！

「這都多虧了在格拉罕作戰時，有戴肯弗爾格的騎士們鼎力相助。」

我指向正與女性貴族們開心談天的漢娜蘿蕾，順便介紹她是我的朋友。

「但是，率領他們前來的人是妳吧？」

「並不是我喔。是斐迪南大人說動了戴肯弗爾格的騎士們，說我只是成功奪得亞倫斯伯罕的基礎，但真正的迪塔尚未結束，然後率領著他們前往格拉罕。因為斐迪南大人他們出發的時候，我還在亞倫斯伯罕的城堡裡昏睡呢。」

明明才剛中過毒，他卻幾乎沒有休息，就率領著戴肯弗爾格的騎士們出發。「斐迪南大人可是非常厲害喔。」我這麼表示後，波尼法狄斯似乎有些鬧起彆扭，看著斐迪南哼了一聲。

「後來，既然格拉罕的敵人擺平了，我便要求奧伯發動轉移陣，讓我能夠返回艾倫菲斯特，豈知他竟然拒絕。還說他要舉辦慶功宴款待戴肯弗爾格的貴客，並且使用轉移陣帶妳和斐迪南回來，所以叫我自己想辦法。」

「想也知道是戴肯弗爾格的貴客更重要吧。況且你想使用轉移陣的理由竟然是因為羅潔梅茵在呼喚你，這我怎麼可能答應。」

畢竟戰鬥才剛結束，不僅回復藥水的數量大幅減少，又因為敵人在領內各地到處打掩護，害得騎士們疲於奔命，當下文官與侍從也都忙著在準備慶功宴。齊爾維斯特說這種情況下，根本無法只為了波尼法狄斯就發動轉移陣。

……而且我根本沒有呼喚祖父大人啊。

但波尼法狄斯一再堅稱我正呼喚著他，所以就撇下其他騎士，以最快速度趕了回來。由於是遵從本能的指引，他才會在登場的同時大喊著「我來救妳了」。

波尼法狄斯有太多言行都是出自本能，讓人全然無法預測。比起可靠，更讓人覺得有點恐怖。完全可以理解戈雷札姆為何那般費盡心機，想方設法要對付波尼法狄斯。因為我也絕對不想與他為敵。

「那麼，這邊的情況又是如何？」

波尼法狄斯看向齊爾維斯特問道。今天齊爾維斯特一直在聽大家講述自己的英勇表現，卻不怎麼想說明自己的經歷，這時才不情不願地開口。

「早在騎士團收到達穆爾的奧多南茲，也就是布麗姬娣提供的消息時，一切就已經開始了。記得是在第三鐘的時候……」

一得知敵人可能抵達西門，騎士們馬上開始行動。奧多南茲此起彼落飛起，每個人都照著預先的安排就定位。因為還不知道敵人會何時現身，戰鬥又會何時開始，齊爾維斯特說他立即進入基礎之間，以免基礎遭到奪取。

「當時我一直在基礎之間裡待命。雖然得守著基礎，但老實說待在裡面，根本無事可做。那段時間，就只有奧多南茲經由牆上的小洞進進出出。」

他說為了讓外頭的人能與基礎之間裡的奧伯聯繫，辦公室與基礎之間有個奧多南茲專用的圓孔相通。除了不時有雪白的奧多南茲從洞裡冒出頭來、報告情況，再回覆奧多南茲，齊爾維斯特根本無事可做。

「我心想反正都進來了，不如在裡頭增設和羅潔梅茵一起討論過的陷阱。」

由於實在閒得發慌，在西門出現敵人之前，齊爾維斯特便接二連三地向侍從送去奧多南茲，請他們幫忙準備設置陷阱所需的道具，再自己搬進來設置。

「奧伯可以自己動手做事嗎？」

「因為只有我進得去，這也沒辦法。」

為了打發時間，齊爾維斯特說他在階梯上鋪了黏鳥膠，還照著我提議的設置了網子與水盆。順便說明一下，這裡一般並不使用金屬製的水盆，所以齊爾維斯特是用了木盆設置陷阱。

……要是被木盆打中，恐怕不只疼而已吧？該不會對喬琪娜大人造成致命傷的其實是木盆吧？

雖然也要怪我的說明不夠確實，但我實在沒想到齊爾維斯特會使用木盆，而不是金屬製的水盆。

「增設陷阱的同時，我也一直陸陸續續地收到奧多南茲。聽說伊庫那因為有波尼法狄斯大展身手，打得敵人節節敗退。但沒過多久，我又收到了消息說格拉罕那裡出現更多敵人，亟待援助。」

於是他向周邊土地的基貝下令，請他們派遣部分的基貝騎士團前往支援，也問了波尼法狄斯能否立即趕往，卻都沒能得到令人滿意的答覆。鄰近土地的基貝們皆表示，接下來有可能是自己的土地遭受襲擊，所以實在無法派出騎士團員援助格拉罕。站在基貝的立場，這也無可厚非吧。因為若派了人去外地支援，自己的土地遇襲時卻沒能守住，身為基貝可以說是非常失職。

而貴族區也因為眼看著敵人即將來襲，不可能分出太多的人手前往支援。更何況，得負責發動轉移陣的奧伯正守在基礎之間裡，所以與伊庫那那時不同，無法馬上就送騎士過去。

「然而，聽到基貝．格拉罕捎來奧多南茲說，戰況正急速惡化，我實在無法在基礎之間裡待著不動。就在我準備要出去發動轉移陣，多少送幾名騎士過去的時候，文官送來了奧多南茲說收到斐迪南的消息。」

斐迪南送來的消息表示，我在奪得了亞倫斯伯罕的基礎後，為了抓回在喬琪娜指示下擅自行動的自領貴族與騎士，正帶著戴肯弗爾格的有志之士們前往艾倫菲斯特與亞倫斯伯罕相接的境界門附近。

「聽到消息時，我真是大吃一驚。我從未如此深刻地感受過諸神的安排。」

「養父大人真是受到歌魯克里提的眷顧呢。」

齊爾維斯特說他立即向文官下令：「馬上通知斐迪南，請他們趕往格拉罕。」因為當時我與斐迪南還在亞倫斯伯罕領內，收不到奧多南茲，必須請境界門的人送信。

隨後，他也往格拉罕送去奧多南茲說：「羅潔梅茵與斐迪南會率領戴肯弗爾格的騎士，組成援軍趕過去，在那之前一定要堅持住。」

「就在我用奧多南茲四處與人聯繫的時候，敵人抵達了西門，北門附近也發現敵人的蹤影，神殿同樣淪為戰場。還收到了芙蘿洛翠亞的奧多南茲說，有人正利用密道潛入城堡……明明所有人都在奮戰，我卻只能在基礎之間裡乾等。」

就在他強忍著想出去的渴望，在基礎之間裡耐心等候時，芙蘿洛翠亞捎來了奧多南茲說：喬琪娜已經擒獲。

「就只有我一個人沒出到半分力氣，戰鬥就結束了。」

儘管他覺得有些沒意思，但只要能贏得勝利，這就是最好的結果。於是為了前往白塔，齊爾維斯特離開基礎之間，並往各地送去喬琪娜已經擒獲的消息。

然而，就在他往白塔移動的半路上，再度有奧多南茲飛來。白鳥以芙蘿洛翠亞的話聲，焦急地提出警告：「現在白塔又出現了一名喬琪娜大人。由於是從天花板掉下來，想必是從神殿轉移而來。其他地方可能還有假的喬琪娜大人。在確定抓到本人之前，請你千萬不要離開基礎之間。」

「接到芙蘿洛翠亞的通知，我立刻掉頭折返。因為我猛然想起，像這種設下重重圈套的可恨做法，確實正是喬琪娜的作風。回到奧伯在城堡內的寢室後，我急忙進入基礎之間。但才剛剛踏進去，就遭受到大量的水流攻擊。」

「咦？」

「我才剛穿過門上的轉移薄膜，基礎之間裡就突然湧現大量水流，把我整個人都捲了進去……」

原來真正的喬琪娜已經進到基礎之間，為戰鬥做好準備。齊爾維斯特說他嚇得頭皮發麻，若不是芙蘿洛翠亞的奧多南茲，基礎險些就要被奪走了。

「但幾秒過後水流就消失了，被捲進水流當中的我也重新著地。只不過緊接著，自己剛才設置好的水盆也掉了下來。」

「咦？水盆嗎？」

「我設好的陷阱都被水流沖得往上浮起，所以水流消失後，水盆也就掉了下來。幸好我在千鈞一髮之際閃開，要不然那個陷阱還真危險。」

對整個房間施展洗淨魔法時，會浮起來的不只有自己而已。這點我早在剛學會洗淨魔法的時候就親身體驗過了。不僅房裡所有的東西會浮起來，施術者認為骯髒的東西也都會被洗得一乾二淨。

「不光我塗在階梯上的黏鳥膠全被洗掉，就連辛辛苦苦設置的陷阱也都被水流沖得偏離原位。而當木盆還在腳邊哐噹作響地彈跳時，我赫然發現另一個出入口突出一隻手，嚇得我打了個冷顫。」

他說懸在空中的那隻手就只到手腕部分，而且還握著思達普。對於喬琪娜竟然能夠看都不看就準確發動攻擊，齊爾維斯特再次體會到了她的可怕之處。

「看到一隻手像是浮在半空中，當然會覺得很恐怖吧。」

齊爾維斯特說他立刻變出思達普，嚴陣以待。緊接著，喬琪娜便不疾不徐地走了進來。儘管身上穿著灰衣巫女服，神情儀態卻宛若女王一般。

「一看到我，喬琪娜就不敢置信地瞪大雙眼。」

「當時到處都有她的同夥在打掩護，想也知道奧伯會守在基礎之間吧。她有何好驚訝？」

斐迪南這麼反問後，齊爾維斯特微微沉下臉來。

「就是因為奧伯理應正守在基礎之間裡，所以喬琪娜先是投擲了會讓人當場斃命的劇毒。」

「……咦？」

那種劇毒若在屋外傾灑，會因為被風吹散而效果變差，但在基礎之間這樣狹窄的空間裡將發揮驚人的威力。喬琪娜原本大概是盤算著，在用鑰匙開門以後，先往基礎之間投擲劇毒魔導具，再洗淨房間讓自己能夠進去。這樣一來，她就可以完全不受干擾，看是要慢慢將基礎染色，還是要奪取魔力使基礎崩毀都沒問題。

「若不是在收到芙蘿洛翠亞的奧多南茲後離開基礎之間，我早就沒命了。」

「養父大人，您真是受到歌魯克里提的庇護呢。」

「倒不如說，是對方完全不受諸神的庇護吧。」

明明計畫得那般縝密、設下層層圈套，結果對方竟然只靠著好運就逃過一劫，真不知道喬琪娜當下是怎樣的心情。

「那麼，你是如何抓到喬琪娜的？」

「我都拿好思達普了，當然是立刻發動攻擊。」

由於兩人之間有段距離，齊爾維斯特說他便把思達普變成長弓，朝著喬琪娜不斷地放出魔力箭矢。

「身上的一個護身符彈開後，接著她就變出盾牌來抵擋。我一邊放箭，一邊縮短距離，看到她丟來了某種像是金屬細針的東西，但被我的一個護身符彈開了。不過，大概是為了進入基礎之間無法身穿銀布，所以魔力攻擊成功奏效，我很輕易地抓到了她。」

畢竟齊爾維斯特是男性，平常多少會鍛鍊身體，而喬琪娜是女性，平常以社交活動為重心，兩人無論是體能、力量還是對戰鬥的熟悉程度，都有著很大的差距。當然，也因為齊爾維斯特在年齡上極占優勢。再加上魔力壓縮法與重新取得神祇加護的關係，齊爾維斯特的魔力量與魔力使用效率都有所提升，如果正面與喬琪娜對決，根本不可能會輸。

「……不過，原來人可以憎恨另一個人到那種程度。」

齊爾維斯特沒有明白說出喬琪娜對他說了什麼。但光看他的表情，也能知道那些話肯定深深刺傷了他。

「她還說現在外頭仍有向她獻名的貴族，而且與她簽訂主從契約的人一定會繼承她的遺志，摧毀艾倫菲斯特。」

「……向她獻名的貴族可是非常危險。」

「是啊。我們無法得知肅清過後，是否還有沒抓到的漏網之魚，也不知道她對獻名的貴族下了什麼命令。那些貴族會在戰場上突然失控嗎？會不會突然在某個地方撒出那種劇毒？在有更多人受害之前，非阻止她不可……所以，我親手終結了她的性命。」

說完，齊爾維斯特注視自己的雙手。他親手殺了與自己有血緣關係的親姊姊。垂下的雙眼晦澀凝重，緊接著他拿出一顆魔石。那顆美麗的偌大魔石反射著光芒，時而像是紅色，時而也像藍色。在我理解到那顆魔石屬於誰的瞬間，喉嚨忽然一緊。

……咦？怎麼回事？

魔石一進入視野，我突然感到呼吸困難，身體也不受控地發起抖來。為了立刻遠離魔石，我不自覺地起身。但是，由於完全沒向侍從知會一聲，她們自然也沒有幫忙拉開椅子。椅子頓時發出哐咚巨響，在座所有人全往我看來，站在椅子後方待命的近侍們也都雙眼圓睜。

……糟糕，得想辦法糊弄過去才行。

為了遠離魔石，得想個可以離席的理由。我環顧小會廳，芙蘿洛翠亞與夏綠蒂便躍入視野。

「對、對了……我忽然想起自己還有急事，得找養母大人與夏綠蒂商量。我得拜託兩位召集她們的裁縫師，讓我可以試穿新衣。對吧，莉瑟蕾塔？」

「這件事雖然緊急，但也不急於在這種場合上找她們商量喔。」

莉瑟蕾塔說著，輕輕按住我的肩膀，示意我重新坐好。但是，我已經無法再待在這裡了。明明感到頭暈目眩，我的目光卻無法從魔石上移開，兩條手臂還不停地竄起雞皮疙瘩，全身上下所有細胞都在吶喊著快離開這裡。

「可是，我明天下午就要返回亞倫斯伯罕，必須在上午完成試裝才行。因為突然長大的關係，我並沒有適合與王族會面的服裝吧。」

「羅潔梅茵大人，我們不能在當天早晨才請人傳話，然後當天上午就召集裁縫師。況且城堡尚未整理妥當，不方便邀請商人前來。等您從亞倫斯伯罕回來，屆時再試裝也不遲吧。」

「羅潔梅茵。」

彷彿是刻意要打斷莉瑟蕾塔，斐迪南忽然出聲叫我。我轉頭朝他看去後，目光也因此從魔石上移開，肩膀頓時放鬆下來。直到剛才為止，斐迪南一直是面帶著像在掩飾壞心情的客套笑容，這時卻變回了平常的撲克臉。

「斐迪南大人，怎麼了嗎？」

「我有話跟妳說。」

斐迪南抬手示意人潮較少的地方。瞬間，波尼法狄斯輕輕揚手。

「慢著。斐迪南，在看過今日宴會的情況後，你確定要這麼做嗎？」

「波尼法狄斯大人說得沒錯，至少還請等到宴會結束之後。因為現在的情況太過複雜了。」

萊歐諾蕾也這麼附和波尼法狄斯。但我不明白「情況過於複雜」是什麼意思，只能偏著頭以手托腮。萊歐諾蕾與莉瑟蕾塔於是為我說明。

她們說因為我在前往亞倫斯伯罕之際，為了以最快速度趕到，使用了克倫伯格的國境門。而當時在場的，除了有為了發動轉移陣，因而陪同前往的齊爾維斯特近侍，還有好幾名克倫伯格的騎士。因此，現在領內高層都已經知道了我持有古得里斯海得，領主還親手將王族視作是許可證的求愛魔導具交給我。

……畢竟已經過了三天，這些事情早在貴族區內傳遍了吧。

「既然奧伯親手將王族的魔導具交給了您，代表他將遵從王族的要求。因此貴族們都已經認定，您與韋菲利特大人的婚約將會解除。再加上羅潔梅茵大人不惜排除萬難也要去救斐迪南大人，整個過程正在這裡被大肆宣揚。」

如今在艾倫菲斯特的貴族們眼裡，我已然是尚未正式公開的王族未婚妻，而眼看再過不久，領主會議上就要正式宣布此事，我卻對斐迪南懷有著不可能開花結果的戀慕，慘遭命運的捉弄。因此貴族女性似乎都以溫暖的目光注視我，心想著「未能開花結果的戀情也很淒美動人呢」。

……嗚嗚……明明我連初戀都還沒有過，現在就被人同情我失戀了，這件事更值得同情吧？

「幸好您前往亞倫斯伯罕營救斐迪南大人一事，已被渲染成了故事一般的佳話。但考慮到您今後將前往中央，還是該避免更多的流言蜚語。」

為了我的名聲著想，最好就當作是我單方面地對斐迪南抱有思慕之情，只能無疾而終，然後再嫁予王族。為此，斐迪南應該要避免主動與我接觸——萊歐諾蕾暗暗如此表示。斐迪南看向在座所有人與其近侍，再看向不露聲色地關注著我們這邊情況的小會廳內眾人，最後交抱手臂，緩緩吐了口氣。

「比起旁人的目光，我認為羅潔梅茵的健康狀態更加緊急且重要。但若是你們認為避免流言蜚語、守住名聲更重要的話，那麼我會尊重你們的想法。」

「那就好。」

看到斐迪南就此讓步，波尼法狄斯與桌邊的其他人都鬆了口氣。但我反倒心生不安，目不轉睛地注視斐迪南。

「……我離開至今也過了一年半，想必羅潔梅茵已有她的專屬主治醫師，我也無意搶奪別人的工作。總不會她現在還沒有專屬醫師吧？」

瞬間，齊爾維斯特與卡斯泰德都默默別開目光。斐迪南瞪了兩人一眼，低聲說道：

「若有需要幫忙再叫我。」說完，他慢條斯理起身。

「不必了，羅潔梅茵由我來幫忙！」

波尼法狄斯像在較勁地立即回道。斐迪南只是短暫不耐煩地低頭看他一眼，隨即轉身離開。看著他離去的背影，我內心沒來由地更是感到焦躁。至少我現在並沒有新的主治醫師，而且身體狀況明顯有問題。

「萊歐諾蕾，我……」

「羅潔梅茵大人，請您最起碼等到宴會結束……現在有太多雙眼睛了。再者我看您幾乎沒有自覺，但其實您光是突然長大，便成了眾所矚目的焦點。」

萊歐諾蕾要我重新坐好，再小聲補充道：

「柯尼留斯已經過去了解情況，斐迪南大人也正走向哈特姆特。所以，請您先留在原地吧。」

身為必須保護主人的護衛騎士，萊歐諾蕾如此建議道。但是，我依然搖了搖頭。因為我不想再待在這裡。我以想與芙蘿洛翠亞、夏綠蒂還有艾薇拉聊聊天為由，離開了座位。移動到了魔石不會進入視野的地方後，才終於感到可以順暢呼吸。

多半是斐迪南下了不少指示，只見近侍們忙進忙出。與此同時，我則是面帶社交般的笑容，直到宴會結束。

「哎呀，斐迪南大人呢……？」

「他早在許久前便返回圖書館了。您有急事嗎？現在再請他過來已經太晚，是否要等到明天再說呢？」

我本是想著等到宴會結束後再說，沒想到斐迪南早就離開，結果白等一場。而這時的我也並未身體不適，所以稱不上是有急事吧。無可奈何下，只好就此回房。

無法入眠的夜晚

我作了夢。夢到白天剛經歷過的格拉罕之戰。

身邊全是舉著盾牌，身披藍色披風的騎士。翻飛的披風遮擋住了視野，讓我無法看清自己正往哪個方向移動，只能盲目向前。突然間四周「啪」、「啪」地亮起閃光，咆哮四起，箭矢交錯。

心臟撲通撲通地劇烈跳動，耳中傳來高亢耳鳴。在教人感到難以呼吸、想要立即逃離現場的恐懼當中，我的身體卻維持著緊握方向盤的姿勢固定不動。整個人彷彿化作魔石一般，全身動彈不得。

一陣強烈的虹光過後，各種東西迎面飛來。伴隨著吶喊與武器碰撞的鏗鏘聲響，濺起的紅色鮮血一次次地覆蓋視野。某個人的斷臂撞上騎獸，接著是失去平衡撞了上來的騎士，然後是數不盡的魔石。每一次撞擊帶來的震動，都透過握著方向盤的手傳到四肢百骸。

我感到全身發冷，牙關無法合攏。呼吸困難之餘，淚水也不受控地滾下眼眶。

還來不及心生恐懼，緊接著記憶中像是蒙上薄霧的片段，便化作格外鮮明的夢境，一而再地重複播放，彷彿不允許遭到遺忘。

上一秒還在感謝我們前來支援的男人，下一秒就變成了魔石滾躺在地。辦公室裡的地板上，倒著已經開始魔石化的基貝。

胃部一帶感覺冰冷又沉重。我咬了咬牙，卻發現嘴裡像是含了沙粒般苦澀發乾，同時全身直冒冷汗。

戈雷札姆嘲笑著他們，舉起宛如魔石塊般的黑色義手，吸收眾人的魔力攻擊。刺耳的笑聲時高時低，反反覆覆地響起。當那隻纏繞著藍色烈焰的手臂奮力揮下，火焰便大範圍地席捲延燒。

而藍色火焰剝落之後，底下是一副大半都已變作魔石的軀體。看起來既像是把魔石嵌在人體上，也像是魔石上覆蓋著人體。有著這副詭譎面貌的戈雷札姆高舉黑色義手，起腳往我直撲而來。

我立刻舉起水槍，射出黑色箭矢，希望能擊退他。然而即使被黑箭射中，戈雷札姆依然頂著魔石化的臉孔，不斷朝我逼近。半覆魔石的臉上盈滿殺意，透著瘋狂氣息的灰色雙眼炯炯發光。

觸目所及之處都是魔石、魔石、魔石……魔石迎面而來。我拚了命地放聲吶喊。

「不要過來！」

睜開眼睛醒來時，我發現自己人在床上。而且大概是不自覺地飛身坐起，上半身暴露在空氣當中。身上的睡衣吸滿汗水，變得溼黏且沉重，和頭髮一起服貼在肌膚上。現在雖說已屆春季中旬，但夜裡還是十分寒冷。接觸到空氣的脖頸與背部很快變得冰涼。感覺得到自己的心臟還在撲通狂跳，呼吸也非常急促。

坐在一片漆黑的床鋪上，夢裡的光景仍在腦海中盤旋不去。我彷彿看到了魔石閃爍著光芒，不斷墜往地面的幻影。我一隻手摀著想吐的嘴巴，另一隻手按著胸口，努力平復自己的呼吸。

「……好想吐。」

慶功宴之前，我曾試著回想戰場上的情況，卻覺得記憶就像罩著一層薄霧，無法清晰地回想起來，肯定是本能的防衛機制啟動了吧。

「得聯絡斐迪南大人……」

說到可以商量的對象，我第一個想到的就是斐迪南。為了與他聯繫，我往床鋪旁的櫃子伸長手，卻在中途停了下來。因為如果要寄送奧多南茲，首先得拿出櫃子裡形似黃色魔石的魔導具。

我心驚膽跳地打開抽屜。魔導具上的魔石一進入視野，形形色色的魔石便在腦海裡相繼浮現，就好比剛才的夢境一樣。我的喉嚨彷彿被人勒住，霎時難以呼吸。明明知道那只是奧多南茲，手卻無法往前伸去，最終只能握成拳頭。

……怎麼辦？再這樣下去，根本無法求救。

無以名狀的恐懼攫住了我，全身顫抖得停不下來。我交叉雙手像要抱住自己般，緊緊抓著上臂。

就在這個時候，布幔外響起腳步聲。我嚇得一震，立刻變出思達普以防敵人來襲。

「羅潔梅茵大人，我可以進去嗎？」

「優蒂特，妳怎能直接這麼問呢……」

緊接著，布幔外傳來優蒂特與谷麗媞亞的聲音。想起今晚是兩人值夜，我連忙消除思達普，用衣袖抹去脖子上的汗水。

「其實是斐迪南大人與哈特姆特對我們下過指示。他們說即使是受過戰鬥訓練的騎士，有時在戰鬥過後情緒也會不太穩定，所以要我們今晚特別留意羅潔梅茵大人與漢娜蘿蕾大人的情況。我也在近距離下看過騎士們中毒的樣子，當下真的非常害怕。所以，請讓我們進來陪您一會兒吧。」

優蒂特一邊說著，一邊走到布幔內側來。谷麗媞亞跟著進來後，一看到我滿身大汗的模樣，馬上就說：「我立刻為您換套衣服。」然後又退了出去。

「原本只有成年的騎士才會上戰場呢。這次是因為與敵人的人數差距太大，像我們這樣的見習騎士才被派到了戰場上……」

黑暗之中，優蒂特自言自語似地說了起來。本來我還繃緊全身，擔心她會問我許多難以回答的問題，聽到這裡便安下心來，默默聆聽她的話聲。

「今晚因為見習騎士們也很有可能情緒不穩，所以都被召回騎士宿舍了。聽說擔任上司的騎士會幫忙開導，醫師也會檢查他們的身體狀況。如果有人需要，好像還會提供花給他們呢。所以，我也預先向芙蘿洛翠亞大人徵得了許可。若是羅潔梅茵大人無法靜下心來好好歇息，我可以帶您去溫室賞花。」

相信看著漂亮的花，心情就能平靜下來吧——優蒂特笑咪咪地說道，得意挺胸。但我想提供給騎士們的，並不是溫室裡的花。所謂的花是指捧花吧。

「一邊賞花，一邊喝著有宜人香氣的茶，應該有助於讓身心放鬆下來吧。不知您意下如何呢？」

「……可是這麼晚了，我可以出去走動嗎？」

為了讓陪同前往亞倫斯伯罕的護衛騎士們能夠好好休息，今晚他們應該各自返家去了。即使再有守在門外的達穆爾擔任護衛，護衛騎士的人數恐怕還是太少。

「今天城堡裡頭已經集結了大量騎士，所以只要聯絡騎士團就好了。我已經提前知會過，請他們安排好了人手。」

……啊，看來騎士們也開不了口，糾正優蒂特的誤會吧。

面對單純出於關心，想要安排人手讓我能去溫室賞花的優蒂特，恐怕誰也說不出真相吧。我也放棄開口指正，決定接受她的好意。

「優蒂特，謝謝妳……我很期待夜晚的溫室喔。」

「那我立刻去通知大家。」

優蒂特露出開心的笑容，掀起布幔離開。隨後，谷麗媞亞一臉憂心地走了進來。

「羅潔梅茵大人，雖然優蒂特十分熱心，但您真的想出去嗎？還是躺在床上多休息一會比較好吧？」

「……其實，我就是因為作了惡夢才醒過來喔。今晚我似乎沒能蒙受席朗托羅莫的祝福，也不太想在床上躺著，所以對於優蒂特的建議，我心裡非常感激呢……而且考慮到我的名聲，與其深更半夜向斐迪南大人求助，去溫室賞花會比較恰當吧？」

若不是因為這樣，一切不可能打點得這麼周全。換作以前，只會把斐迪南叫來，然後把事情都丟給他解決。我用打趣的口吻這樣反問後，谷麗媞亞難過地垂下眉梢：「很抱歉不能回應您的要求。」

「妳不用放在心上，因為貴族社會就是這樣嘛。」

谷麗媞亞點亮布幔內側的照明，搬來裝有溫水的小木盆，再帶著外出用的服裝走了進來。做好所有準備後，她為我脫下身上的睡衣，用擰乾的毛巾擦去汗水。

「……長大並不全然只有好事。」谷麗媞亞低低地開口道。

「因為旁人的目光也會跟著改變。有些事情以前可以做，長大後卻不行，受到的限制也會越來越多。我又因為比較早熟，遇到過好幾次同齡的孩子可以，自己卻不能去做的情況。我真的覺得非常不公平。」

明明覺得自己沒有什麼改變，卻因為成長發育的關係，周遭人們的態度就和以前完全不一樣。谷麗媞亞似乎是有過這樣的經驗，所以說她多少可以理解我的心情。因為我也是突然長大之後，大家都要我與斐迪南保持距離、重新檢視與他的關係，還有人胡亂臆測我對他的感情，對於這些我只是不知所措。

「……我本來還以為長大的話，就可以追上大家，過得比較開心呢。但是，原來並不只有開心的事情。」

「在心靈追上身體的成長之前，覺得麻煩的事情反倒更多喔。尤其是與男士之間的關係……」

谷麗媞亞語氣淡然地道。不知道她這些年究竟經歷過怎樣的麻煩？我注視著當初為了遠離家人，而向我獻名的她。

「羅潔梅茵大人，我進來了喔。」

布幔外響起優蒂特開朗的話聲。

「聽說漢娜蘿蕾大人也不太睡得著呢。我收到消息說，漢娜蘿蕾大人還對值夜的侍從表示，她想到陽臺上呼吸外面的新鮮空氣。不如邀請她一起去溫室賞花如何？既然騎士們都是找有同樣經驗的人談話，今晚您也可以與漢娜蘿蕾大人單獨兩人聊聊天。」

騎士們都被召回騎士宿舍，好幫助他們緩解內心的恐懼與痛苦，但領主候補生身為負責下令的上位者，不可能前往加入。優蒂特極力主張，現在和我處在相同情況下的人就只有漢娜蘿蕾。

但漢娜蘿蕾是戴肯弗爾格的領主候補生，看起來已經很習慣戰鬥了。不過，也說不定只是看起來習慣了，實際上和我一樣，是第一次在戰鬥中親眼目睹他人的死亡。或許她今晚也是心神不寧，輾轉難眠。

「……優蒂特，那麻煩妳透過值夜的侍從，問問漢娜蘿蕾大人吧。遣詞用字一定要小心，別給人強迫的感覺喔。」

「遵命。」

與優蒂特還有谷麗媞亞說了一些話後，儘管有些緩和下來，但夢醒後那種頭暈想吐的感覺依然沒有消失。一閉上眼睛，顏色各異的魔石便浮上腦海。為了不再作惡夢，我決定逃進夜裡的溫室。

……要是可以熟睡到完全不作夢就好了。

我正這麼心想時，漢娜蘿蕾捎來奧多南茲，說她也想在夜裡出去散步。同樣的內容重複三次後，白鳥變回黃色魔石。瞬間，在戰場上見到的各色魔石又浮現腦海，黃色魔石從我沒能接住的掌心中滾落在地，緊接著我全身竄起雞皮疙瘩。

深夜的茶會

為了準備茶水，谷麗媞亞先一步前往溫室。她說考慮到漢娜蘿蕾更衣也需要時間，所以我慢慢地移動過去即可。溫室在舉辦茶會的廳室附近，聽說在大雪紛飛的冬季社交界期間，大家經常進去賞花。

「羅潔梅茵大人，我們差不多該出發了。您要使用騎獸嗎？」

由達穆爾與優蒂特兩人擔任護衛，我離開自己的房間。正當我一如既往要變出騎獸時，魔石一進入視野，手就停了下來。

「羅潔梅茵大人，怎麼了嗎？」

優蒂特一臉納悶地看著我。於是我告訴她，魔石會讓我想起戰鬥時的情景與在眼前死去的人們，所以現在很害怕魔石。聞言，優蒂特瞪大雙眼，達穆爾則是沉下臉來。

「莉瑟蕾塔一直在意著您未能接住奧多南茲的魔石一事，倘若您是因為對魔石感到恐懼，還請告知侍從。否則毫不知情的莉瑟蕾塔只能無所適從，未免教人同情。」

「達穆爾，這件事還沒有要向羅潔梅茵大人稟報吧？不是說好等她休息一晚，疲勞消除以後……」

「話雖如此，體恤遠赴外地、在戰場上奔波勞累的主人，與留意主人在戰鬥過後有無特殊反應是兩回事，並且近侍的認知也會完全不同。如果我們希望主人能事事告知，也該向主人表明自己的情況吧？」

不知為何達穆爾與優蒂特有些爭執起來。聽起來這件事本來是之後才要向我報告，但從達穆爾的反應來看，我認為自己最好現在就問清楚。

「達穆爾，請你說明這是怎麼一回事。」

既然我現在因為害怕魔石，無法變出騎獸，那也只能用走的去溫室了。結果還真的要慢慢地移動過去。於是我決定在前往溫室的一路上，聽取達穆爾的說明。

「慶功宴上，雖說是斐迪南大人的指示，但您確實是邀請了波尼法狄斯大人入座，要聆聽他的英勇事蹟。當時在現場，您是否曾意識到自己是談話的發起人？」

……完全沒有。

當下我只覺得斐迪南是在利用我，好阻止波尼法狄斯失控亂來。達穆爾表示這麼說也沒錯，再者周遭眾人確實因此鬆了口氣。但是，其實波尼法狄斯本來該先向領主匯報才對。迫不得已下，波尼法狄斯與我兩人的侍從們便決定讓齊爾維斯特同桌而坐，再掩蓋報告的順序來做應對。

「波尼法狄斯大人很高興地訴說了自己的英勇事蹟，原本一直很沉默的奧伯也說起了自己的經歷。從旁看來，一切都進行得還算順利。然而就在這個時候，羅潔梅茵大人突然起身打斷奧伯，還表示要盡快訂下試裝的時間。」

我是因為看到魔石，在恐懼的驅使下只想落荒而逃。然而，周遭眾人並不知道這一點。達穆爾說看在旁人眼裡，只覺得我不僅沒先向侍從知會一聲，離座前也沒向同桌的人致意，就發出巨響撞開椅子站起來，甚至還打斷正在說話的奧伯，突如其來地針對試裝一事開始向侍從抱怨。

……啊啊啊啊，聽完達穆爾的說明，我簡直沒有禮貌到了極點。

然而當時我的精神狀態，根本無暇顧及他人的想法。為了蒙混過關，我在絞盡腦汁後想到的藉口就是試裝。

「後來是因為斐迪南大人開口，我們才意識到您的異常之舉，或許是有疲勞之外的原因，但終究已經無法挽回。至少您若能提前告訴我們，您一看到魔石就會身體不適，斐迪南大人便不會要求您去聆聽波尼法狄斯大人的英勇事蹟，莉瑟蕾塔也能採取不同的應對方式。只不過，由於羅潔梅茵大人早在貴族院就比過好幾場迪塔，這次又是您主動邀請了戴肯弗爾格去攻打亞倫斯伯罕，所以我們也未曾考慮過您在戰鬥結束之後，身體是否會有不適。」

要是我直接假裝暈倒的話，他們還能馬上把我帶出小會廳吧。然而，我卻是以試裝為藉口，去找了芙蘿洛翠亞與夏綠蒂她們談話，然後在完全是咬牙苦撐的狀態下，面帶著禮貌性的笑容待到宴會結束。

「現在羅潔梅茵大人已能在表面上掩飾得很好，所以您這次的突然離席，看在奧伯與波尼法狄斯大人的近侍們眼裡，只會覺得過於唐突且教人難以理解。」

他說我中途離席之後，被留在原地的波尼法狄斯與其近侍們，便對留下來幫忙緩頰的莉瑟蕾塔這麼說了：「真沒想到侍從竟如此辦事不力，連服裝也還未準備好，惹得羅潔梅茵大人這麼心急，還在這種場合上親自向奧伯開口。」

……莉瑟蕾塔竟然被人這麼說……

「當時是奧伯與卡斯泰德大人勸阻了波尼法狄斯大人他們，說既然連斐迪南大人都在擔心您的身體狀況，那麼您突然離開一定有什麼苦衷。但是，今後還請您多加留意，若在事前發現任何異樣，一定要先與莉瑟蕾塔商量一聲。」

我本想反駁說，其實在慶功宴開始之前，我也沒有明確察覺到自己的異樣。但是，對於當時無所適從的近侍們來說，這都只是辯解吧。因為那個時候，我確實一心只想著要遠離魔石帶來的恐懼，完全沒有意識到中途離席以後，齊爾維斯特與波尼法狄斯會有什麼反應，更沒想過被留在原地的侍從會有多麼辛苦。我真是失職的主人。

「……我得向莉瑟蕾塔道歉才行呢。」

「那個，羅潔梅茵大人，如果可以，還是請您好好表揚莉瑟蕾塔吧。因為在我為溫室安排人手的時候，莉瑟蕾塔也聯絡了斐迪南大人，問他既然在城堡不方便試裝，能否改在圖書館裡進行。她好像還聯絡了奇爾博塔商會呢。」

說完，優蒂特又補充道：「其實這些事情，本來要等到早上再向您報告……」為了達到我的要求，莉瑟蕾塔非常努力地在張羅準備吧。

「另外經過提醒後，因為羅潔梅茵大人不該貿然前往斐迪南大人現正下榻的地方，所以她也考慮到了要邀請漢娜蘿蕾大人與海斯赫崔大人，然後贈送髮飾當作禮物喔。」

由於我預計要嫁給王族，若不保護好名聲，後果將不堪設想。這還真是麻煩。

「可是，羅潔梅茵大人，雖然未能察覺到您異樣的我們還需要更加精進，但我覺得哈特姆特也很過分。明明他早就注意到了您的情況不太對勁，卻說什麼因為自己也無法肯定，所以一句話都沒跟我們說。就只有他與斐迪南大人一起決定好了某些事情，把我們都排除在外。」

優蒂特噘起嘴唇，不滿地發著牢騷。也是在這個時候，溫室出現在了前方。

溫室裡的景象宛如美麗的幻境。一扇扇窗戶偌大又寬敞，確保著採光的充足。出奇明亮的月光靜靜傾灑而下，使得白色建築物散發出朦朧的微光。溫室內部還到處裝飾著亮有光點的燈型魔導具，繽紛多彩的花朵迎著這些光芒綻放。

「好漂亮喔……」

「羅潔梅茵大人，這邊請。」

先過來準備的谷麗媞亞領著我走向座位。由於冬季的社交界期間，女性經常在溫室裡舉辦聚會，因此擺放桌椅用的空間非常寬敞。

「聽說漢娜蘿蕾大人也從房間出發了。客房是在本館，所以應該很快就到了。」

谷麗媞亞先是說明她準備了哪些茶水，再與我討論漢娜蘿蕾抵達之後的安排。沒過多久，漢娜蘿蕾便出現了。

「漢娜蘿蕾大人，歡迎。」

「羅潔梅茵大人，感謝您的邀請。剛好我也不太睡得著，所以非常高興呢……這座溫室還真是夢幻。」

漢娜蘿蕾瞇起雙眼，舉目環顧微光照亮下的溫室，臉色看來有些憔悴。我照著與谷麗媞亞討論過的，先邀請漢娜蘿蕾在溫室裡散散步。趁著這段時間，谷麗媞亞會詢問侍從，在她準備好的茶水中哪一款符合漢娜蘿蕾的喜好，然後再做沖泡。

我與漢娜蘿蕾緩步移動，一邊賞花一邊深呼吸，感受馥郁的花香。護衛騎士們保持著一段距離跟在身後。

「其實……我也是第一次來這座溫室。聽說冬季的社交界期間大家很常來，但由於我冬天的時候都是在兒童室與貴族院裡度過，所以不曾出入過這裡。在窗外是漫天大雪的景色下，百花盛開的模樣肯定更是美不勝收吧。」

「光想像就讓人心馳神往呢。沒能親眼看到真是可惜。」

看著觀賞用的花卉，漢娜蘿蕾表示：「有好多花我在戴肯弗爾格都不曾見過呢。」應該是因為戴肯弗爾格與艾倫菲斯特的氣候相當不同吧。

「今晚的慶功宴您是否還盡興呢？」

「當然。得知創作貴族院戀愛故事集的人竟然是羅潔梅茵大人的母親，我嚇了一大跳呢。她不僅送了我新書，我們也聊了許多事情，真的是一段非常開心的時光。」

漢娜蘿蕾開心地告訴我，她與艾薇拉聊了哪些事。被她的笑容影響，我也不由得笑了起來。

「而且我告訴她的那些事情，以後會寫成書呢。聽說會根據羅潔梅茵大人與斐迪南大人的互動寫成戀愛故事。」

「這樣真令人困擾呢。得去拜託母親大人，請她千萬別寫出來才行……」

我慌忙搖手表示。漢娜蘿蕾聽了微微垮下肩膀，喃喃地說：

「……因為艾薇拉大人說了，希望兩位至少能在故事當中得到幸福。還說當現實不如人意時，就該將心中澎湃的情感全部昇華成文字。令堂還真是堅強。」

……啊，那好像是我說過的話。記得是在斐迪南大人確定要去亞倫斯伯罕的時候。直到谷麗媞亞與漢娜蘿蕾的侍從們出聲叫喚前，我與漢娜蘿蕾都一邊不著邊際地閒聊，一邊在溫室裡漫步賞花。

「現在夜裡仍有寒意，還請用茶。會讓身體暖和起來喔。」

於是我拿起谷麗媞亞泡的茶。為了助眠，谷麗媞亞泡了花草茶，還加了少許蜂蜜方便入口。我喝了一口花草茶後，馬上感覺到有股暖意順著喉嚨流往胃部。看來身體比預想中的還要冰冷。

「漢娜蘿蕾大人，這個……」

我拿出防止竊聽魔導具。因為接下來的對話，我不太想讓近侍們聽見。確認漢娜蘿蕾將魔導具握在掌心裡後，我這才開口。

「這次我對您感到非常抱歉。」

「羅潔梅茵大人？」

我開口道歉後，漢娜蘿蕾一臉不解地眨眨眼睛。

「明明我對奧伯．戴肯弗爾格說過，只要兩鐘的時間就好，結果現在三天都已經過去了。再加上，原本我只打算要營救斐迪南大人而已，從沒想過要讓戴肯弗爾格的有志之士們參與蘭翠奈維的討伐，以及像今天那樣的激烈戰鬥。居然讓漢娜蘿蕾大人煩惱到了睡不著覺的地步，我真的非常抱歉。」

「可是羅潔梅茵大人，說動騎士們的是斐迪南大人，而決定留下來的人是我喔？因為明明是來參加真正的迪塔，騎士們卻完全沒有發揮的機會，全都對此心懷不滿嘛。所以您不必自責。」

漢娜蘿蕾不知所措地看著我說道，但我緩緩搖頭。

「畢竟有你們出於善意所提供的協助，我們才能贏得勝利。因此公開場合上，我雖然能夠感謝戴肯弗爾格的協助，卻絕對不能道歉。所以，我才想藉著這種私下的場合，至少向您說聲抱歉。」

漢娜蘿蕾甚至與戴肯弗爾格的騎士們一同保衛了格拉罕。如果因此害得她夜裡難以成眠，那我當然得道歉才行。

「多虧有戴肯弗爾格的騎士們幫忙，我們才能在格拉罕打贏勝仗。雖然無人身亡，但還是有人身受重傷吧？居然連累他領的人陷入那種險境，我……」

還好我的治癒施展及時，所以戴肯弗爾格無人身亡。但是，肯定還是有人受了傷，或是因為即死的劇毒而身體不適，並非毫髮無損。

「羅潔梅茵大人，我不介意再次向您強調，這是我們自己的選擇。請您別再這麼懊悔了。所有騎士在參加迪塔的時候，一定都會做好覺悟。我才想向羅潔梅茵大人還有艾倫菲斯特的諸位道歉。」

漢娜蘿蕾露出泫然欲泣的表情，幽幽嘆了口氣。如果是指責我還能理解，但完全不明白有哪件事需要道歉。所以我和剛才的漢娜蘿蕾一樣，不解地眨眨眼睛。

「格拉罕之戰時，是我拖了大家的後腿吧？明明想要偷襲，沒想到卻強化了敵人的力量……還導致不少艾倫菲斯特的騎士身亡。這次參戰，我本是想要洗刷之前的恥辱，結果卻根本沒有幫上忙。這件事讓我非常痛苦，也對陣亡的騎士們感到非常愧疚……」

當時我與馬提亞斯正一同潛入基貝的宅邸，所以並不曉得戈雷札姆在吸收了漢娜蘿蕾等人的魔力以後，是如何殘暴地展開攻擊。她說有好幾名格拉罕的騎士都在自己眼前喪命，所以才會睡不著覺。戰場上的情景仍歷歷在目，還因此對魔石感到懼怕的我，完全可以理解她的心情。

「而且，戴肯弗爾格的騎士們是因為運氣好。在我們從中央進行突破、與艾倫菲斯特的騎士會合以後，羅潔梅茵大人馬上就施展了大規模的治癒。多虧於此，我們才不需要飲用回復藥水，也就沒有拿下摀住口鼻的面罩。」

當時的首要之務，就是讓體力已經透支的基貝騎士團趕緊恢復。所以戴肯弗爾格的騎士們傷好了以後，便努力維持戰線；基貝騎士團則是退到後方，恢復僅靠治癒並無法復原的魔力。她說就是因為基貝騎士團摘下了面罩、飲用回復藥水，才會有不少人在吸進即死劇毒後身亡。

「身為艾倫菲斯特的領主候補生，羅潔梅茵大人原本應該要保護的是艾倫菲斯特的騎士們吧？然而，戴肯弗爾格的騎士卻都平安無事，只有艾倫菲斯特的人死傷慘重。我心裡萬般過意不去……」

漢娜蘿蕾說完，我搖了搖頭。如果可以沒有任何死傷，那樣當然再好不過，但在戰況那般激烈的戰場上，不能夠有這種奢望。所以，聽到原本不必參與戰鬥的戴肯弗爾格騎士們大都平安無事，我反倒十分慶幸。

「如果沒有戴肯弗爾格的騎士們，我一定無法救出斐迪南大人吧。後來的蘭翠奈維討伐與格拉罕之戰，也會贏得非常艱辛。所以漢娜蘿蕾大人，您更是不必自責。您對我還有對艾倫菲斯特真的幫了很大的忙，我打從心底非常感謝您。」

漢娜蘿蕾在桌上交握十指，像在祈禱一般地靜靜流淚。我注視著這樣的她，將手疊在她交握的雙手上。

「漢娜蘿蕾大人，不如我們一起悼念亡者吧。他們將在黎明時分登上階梯，前往最高神祇所在的遙遠高處。請與我一起為他們獻上祈禱。」

漢娜蘿蕾驚訝地抬起臉龐看我。

「一起祈禱嗎……？從小身邊的人都告訴我，不必為死去的騎士感到哀傷。因為他們是為了守護土地、守護主人，也為了守護自己的家人和朋友、為了守護信念而戰，所以該感到難過的是他們的家人。而我身為領主候補生、身為領主一族，必須宣揚稱頌他們的勇敢和偉大，讓遺族能為死去的騎士感到驕傲，最後再給予豐厚的補償……但我既不是他們的家人，也與他們素不相識，還是可以獻上祈禱嗎？」

「我不清楚戴肯弗爾格那邊的習俗，但現在這裡是艾倫菲斯特喔。只要有心悼念亡者，我想就非常足夠了。」

於是我拜託了護衛騎士們，從溫室前往本館二樓的陽臺。臨近破曉時分，天空開始隱隱泛白，我迎著冷風變出思達普，將獻予亡者的禱詞教給漢娜蘿蕾。

「司掌浩浩青空的最高神祇，暗與光的夫婦神啊。」

不只漢娜蘿蕾，同行的近侍們也都變出思達普，開始獻上祈禱。

「請聆聽吾等的祈求，為前往遙遠高處的人們賜予祢的祝福。真誠的輓歌奉獻予祢，請為不歸的旅人賜予祢至高無上的守護。」

黑金兩色的光芒從我的思達普中浮起，向著天空飛去。祝福的光芒同樣從漢娜蘿蕾與近侍們的思達普中升起。

「羅潔梅茵大人，我的祈禱能傳到格拉罕那裡去嗎？」

「一定沒問題的。」

「……明明是為他們獻上祈禱，我卻覺得自己受到了祝福呢。」

彷彿是心頭的陰霾一掃而空，漢娜蘿蕾露出了神清氣爽的微笑。

第一鐘的鐘聲在整座艾倫菲斯特城市裡迴盪，宣告新的一天再度到來。

試裝

「漢娜蘿蕾大人，時之女神德蕾梵庫亞的命運絲線似乎非常圓滿地交錯了呢。我預計今天下午啟程前往亞倫斯伯罕，接著再送您返回戴肯弗爾格。出發之前，還請您在房裡好好歇息吧。」

「……但我記得，今天已經接受了您的邀請要去定做髮飾吧？」

漢娜蘿蕾朝我看來，露出不解神情。我笑了笑搖搖頭。因為一起祈禱、追悼了亡者以後，漢娜蘿蕾的情緒似乎穩定不少。她看起來放鬆多了，還顯得有些昏昏欲睡。

「不過定做髮飾而已，以後還有的是機會。現在是漢娜蘿蕾大人的身體更重要，所以請您先好好休息吧。」

「感謝您的關心，稍後我便會照著您所說的回房歇息。不過，我可是非常期待能向羅潔梅茵大人的專屬定做髮飾呢。」

漢娜蘿蕾露出淘氣的笑容，在離去前表示：「那麼第三鐘的時候，相信德蕾梵庫亞的命運絲線會再度交錯吧。」接著便返回本館的客房。

目送漢娜蘿蕾與她的近侍們離開，我自己也打算回房時，達穆爾冷不防地變出思達普來，採取警戒態勢。緊接著優蒂特也變出了思達普。我跟著強化視力，望向他們所凝視的方向，只見有騎獸正在靠近，後方還跟著其他騎獸。那頭快速逼近的白色獅子，明顯是斐迪南的騎獸。

「哎呀，斐迪南大人，早安。您真是早起呢。」

我揮了揮手這麼打招呼後，坐在騎獸上的斐迪南便垮下臉來。接著他在陽臺降落，依序看向我與近侍們。

「我還以為是有敵人來襲，趁著值夜的騎士最疲憊的黎明時分發動攻擊。結果是妳挑在這種時候釋放大量的魔力嗎？」

「剛才我與漢娜蘿蕾大人一起在悼念亡者喔。因為在伊庫那、格拉罕還有艾倫菲斯特逝去的人們，都會在天亮的時候與最高神祇一同前往遙遠高處……那個，明明斐迪南大人還在休息，我不是故意要吵醒您的。真是非常抱歉。」

現在最需要休息的人鐵定是斐迪南。結果一看到我們為了祈禱所釋出的魔力，他就擔心是有敵人來襲，火速趕來查看。雖然護衛騎士們已聯絡了騎士團，但並沒有向城堡外，人在圖書館裡的斐迪南也捎去通知說：「接下來我們將為逝者獻上祈禱。」

「沒事，妳不必放在心上。正好藥效也過了……妳需要藥水嗎？可以讓妳不省人事般熟睡一鐘的時間，而且完全不作夢。我常在時間緊迫的時候飲用。」

「可以讓人完全不作夢，聽起來是有些吸引人呢。可是，一想到有可能再昏睡兩天的時間，我就不敢輕易嘗試。」

想去神殿與平民區察看情況的我，其實同樣得在短時間內調整好身體狀態。但我還清楚記得自己曾被斐迪南拋在亞倫斯伯罕，所以不由得對他提供的藥水有些警戒。

「這個藥水必定會讓妳在短時間內就醒來……既然妳第三鐘要前往圖書館，與奇爾博塔商會的人會面，真要頂著睡眠不足的臉面見裁縫師嗎？」

聽到斐迪南說我一臉睡眠不足，我摸了摸自己的臉龐。由於敵人也出現在了艾倫菲斯特，我聽說父親在西門可是非常亂來。知道此事的多莉肯定憂心不已，那更是不能讓多莉與家人再為我擔心。

儘管有些不太情願，不想像斐迪南一樣依賴藥水，但我還是決定收下他說自己經常使用的睡眠藥水，讓自己睡上一覺。

「羅潔梅茵，妳身體還好嗎？……啊，我不該過問吧。」

「斐迪南大人，正好我之後想要找您商量。其實是羅潔梅茵大人說她看到魔石，便會聯想到戰場上的情景，所以現在就連變出騎獸也有困難。」

正當我支支吾吾、想不到該如何開口時，達穆爾代替我回答了。聞言，斐迪南的臉色十分凝重。

「情況比我預期的嚴重。若是對魔石感到恐懼，還不知道會對日常生活造成多大的影響……現在神殿裡還留有麥西歐爾的近侍們所設置的魔導具陷阱，尚未撤除，並不適合妳前往。妳若真想去一趟神殿，最好是等到已經打掃完畢的中午過後。」

出發時間若只是稍微延後，應該沒有問題──斐迪南喃喃這麼說道。我仰頭看著他歪過臉龐。

「……斐迪南大人，您已經去神殿察看過了嗎？」

「不，我只是收到報告。」

他說菲里妮與哈特姆特在向麥西歐爾與他的近侍們詢問情況時，正好尤修塔斯在一旁看到。不是聽到而是看到，還真像是尤修塔斯會做的事。

「我不介意等到陷阱都已經撤除、神殿也打掃完畢後再去。因為我還是想去神殿親眼看看情況。」

「達穆爾，記得聯絡麥西歐爾的近侍，要他們撤除陷阱。」

「是！」

與斐迪南說了幾句話後，我的心情稍微放鬆下來，接著便喝了藥水上床睡覺。整整一鐘的時間我真的完全沒作夢，但藥效消退以後，惡夢馬上捲土重來，讓我嚇得飛身坐起。我親身體會到了，這個藥水必然能在短時間內就讓人醒來是什麼意思。但即使只有一鐘的時間，熟睡過後身體狀況還是好了許多，只不過醒來時的感覺糟糕透頂。

「羅潔梅茵大人，您沒事吧？」

與值夜的谷麗媞亞交接後，似乎正在整理房間的奧黛麗察覺到我起身，掀開布幔走了進來。

「醒來時的感覺太糟糕了……斐迪南大人還說他很常在時間緊迫時使用。可是，他居然過著得喝這種藥水的生活……」

也許之後該提醒斐迪南克制一下。腦中剛閃過這個念頭，接著就想起大家都叮囑過我，為了名聲著想，不要太過接近斐迪南。

……唉，貴族真是麻煩。

「您是不是再多睡一會比較好呢……」奧黛麗如此關心道。但我還是請她開始準備早餐，也請貝兒朵黛為我更衣，順便聽她講述戰鬥期間自己都在做什麼。她說夏綠蒂與布倫希爾德自始至終都在後方負責支援，自己則與兩人一起行動；而最讓她們傷透腦筋的，就是宴會的籌備與客房的安排。

……我現在才知道，原來騎士團奉奧伯之命遠赴戰場時，都是由城堡用轉移陣送食物過去。

接著用早餐的時候，奧黛麗也向我報告了近侍們目前的行蹤。

「慶功宴過後，哈特姆特說斐迪南大人有令，要我們準備好幾天份的行囊讓您能夠前往亞倫斯伯罕。他說羅潔梅茵大人無論如何都得去一趟不可。您好不容易回來了，居然又要去到那麼危險的地方……」

奧黛麗臉上的微笑透著憂心。她說今天下午，除了上次陪同我去亞倫斯伯罕的近侍們外，身為侍從的莉瑟蕾塔與谷麗媞亞也被指定要隨行。

「現在近侍們也在輪流打包行李，上午這段時間所有人都很忙碌。我與貝兒朵黛直到下午，也都會為羅潔梅茵大人整理行囊。」

「羅潔梅茵大人，在前往圖書館的馬車備好之前，請您先看看書吧。莉瑟蕾塔與谷麗媞亞事先準備好了您尚未看過的書喔。艾薇拉大人還說在您出嫁之前，會盡可能地多印製新書呢。」

貝兒朵黛拿過來的，是我之前一直在為戰鬥做準備，所以無暇閱讀的艾倫菲斯特的新書。我不在的冬季那段時間，印好的新書共有兩本。我向貝兒朵黛道過謝後，馬上開始閱讀。想要忘掉不愉快且害怕的事物時，看書是最有效的方式。

「嗯，來了嗎？奇爾博塔商會的人已經到了。」

第三鐘響後，我與漢娜蘿蕾還有海斯赫崔等人一同乘坐馬車，前往圖書館。一般除非是只能暗中拜訪的關係，又或者是與宅邸的主人非常熟稔，否則貴族在拜訪他人時都會乘坐馬車。而這次因為有戴肯弗爾格的人同行，就沒有使用騎獸。

「海斯赫崔，走吧。」

「是！漢娜蘿蕾大人，祝您盡興而歸。」

護送我們到達圖書館後，海斯赫崔接著就會與斐迪南一起前往騎士訓練場。不只是海斯赫崔與斐迪南他們，我的男性護衛騎士也禁止進入圖書館。據說是因為未婚女性在試裝的時候，若有男性待在同個建築物裡，會有損女性的名聲。

於是斐迪南與他的近侍們，還有海斯赫崔等戴肯弗爾格的男性們，全都坐進我們剛才乘坐的馬車，重新往城堡出發。

「我發現拉塞法姆也同行了，那他也會參加騎士的訓練嗎？」

「我想他會一起過去，只是要為客人準備茶水，應該不會參與戰鬥的訓練吧。」

萊歐諾蕾輕笑著這麼答道，然後催促我進入圖書館。

「羅潔梅茵大人、漢娜蘿蕾大人，恭候兩位大駕。」

莉瑟蕾塔與谷麗媞亞似乎是提前過來，正與奇爾博塔商會的裁縫師們一起在為試裝做準備。館內的會客室裡擺滿了布料，還有好幾名裁縫師成排地跪在地上，而多莉也在其中。雖然早就聽說戰鬥期間，多莉他們都來到了圖書館避難，但能夠親眼看到她真的平安無事，我才徹底安下心來。

「這位是戴肯弗爾格的領主候補生漢娜蘿蕾大人，也是我重要的朋友。此次戰鬥若沒有戴肯弗爾格的協助，艾倫菲斯特就算落敗也不奇怪吧。所以為了聊表謝意，我想送給她最高品質的髮飾，便邀請了她前來。多莉，漢娜蘿蕾大人的髮飾就交給妳了。」

「遵命，羅潔梅茵大人。」

我先介紹了身穿藍色披風的人是來自戴肯弗爾格的貴族後，再請多莉為漢娜蘿蕾製作髮飾。多莉抬起頭來一看到我，臉上也浮現安心的笑容。

「多莉，妳以前也接到過戴肯弗爾格的委託吧？當時定製髮飾的人就是漢娜蘿蕾大人的兄長喔。」

「那次的委託我印象非常深刻呢。設計非常精美出眾。」

定製髮飾時，藍斯特勞德還提供了罕見花卉的素描，所以多莉也記憶猶新吧。她接著開始詢問漢娜蘿蕾喜歡怎樣的髮飾。

「為了在貴族院上課時可以配戴，果然還是使用冬季的貴色比較好吧？哥哥大人送給未婚妻的髮飾我很喜歡，但羅潔梅茵大人平常在戴的髮飾也很漂亮，真教人難以抉擇呢。」

「既然羅潔梅茵大人與漢娜蘿蕾大人是朋友，也可以用類似的款式為兩位製作一樣的髮飾喔。只要用線再各別挑選適合本人的顏色，成品就不會一模一樣……」

「哎呀，這真是好主意呢！我一直很嚮往這種事情。」

漢娜蘿蕾高興得雙手一拍，一雙紅眼燦亮生輝。但緊接著她便「啊」地輕喊一聲，怯生生地朝我看來。

「那個，羅潔梅茵大人會不會不喜歡與我戴一樣的髮飾呢？」

「怎麼會，我很樂意唷。多莉最了解我適合怎樣的髮飾，所以請您與她討論過後，決定髮飾的款式吧。」

交由多莉去處理髮飾的委託後，我再轉向早已蓄勢待發的裁縫師們。谷麗媞亞與莉瑟蕾塔為我脫下衣服，直到只剩貼身衣物。

「還請妳們在領主會議前縫製好所有新衣。只不過，其實羅潔梅茵大人現在還有些疲憊，身體尚未完全恢復。」

「明白，我們會盡快完成試裝。」

在珂琳娜的指示下，裁縫師們接連為我套上尚未完工的新衣，調整過後就脫下來，馬上試穿下一件。

「本日無法前來的領主一族的專屬裁縫師們，也拜託了我們幫忙為新衣試裝。」

畢竟前一天晚上才通知要試裝，果然難以配合吧。在場都是奇爾博塔商會的人，但帶過來的服裝也包含其他工坊在縫製的新衣。

「她們說會根據試裝過的服裝，製作其他新衣。」

雖說是因為我突然長大，才會急著要她們趕製服裝，但如果我接下來沒有要去亞倫斯伯罕的話，其實也不用趕到這種地步。儘管十分同情遭到催促的裁縫師們，但我也確實需要這些新衣，所以只能在心裡為她們加油。

「……都怪我沒有多少時間能待在艾倫菲斯特，給大家添麻煩了呢。」

「請您不必介懷，況且有急件費可拿呀。」

珂琳娜隱隱流露出了與班諾十分相似的商人臉孔。這副模樣令我備感懷念，不由得彎起嘴角。

「由於我會穿著這些服裝面見王族，還請一定要注重整體的細節與品質。」

「遵命。我們一定會做出最高品質的服裝。」

珂琳娜給人的印象一向是溫柔婉約，但在全神貫注的時候，雙眼便熠熠發亮。雖然那雙接近銀色的灰眸不同於班諾的赤褐色，但面對挑戰時那種雀躍的神情，還是可以看出她就是班諾的妹妹。

真想也見見班諾與路茲他們——試裝期間，我忍不住這麼心想。就在這個時候，我忽然發現漢娜蘿蕾正目不轉睛地盯著這邊瞧。多莉則是拿著似乎是自己帶來的樣本線，看著漢娜蘿蕾比對，尋找最適合她的顏色。

「漢娜蘿蕾大人，髮飾的定製已經結束了嗎？」

「是啊……羅潔梅茵大人，您一口氣定做了好多衣服呢。而且，服裝的款式我幾乎從來沒看過。」

「因為艾倫菲斯特是近來才開始流行這種有圖案的染布，之前斐迪南大人又送給了我亞倫斯伯罕特有的薄紗，所以我們就試著把這兩種布料疊在一起。畢竟艾倫菲斯特並沒有使用面紗的文化。」

我對著漢娜蘿蕾稍微捏起裙子上的薄紗。漢娜蘿蕾以手托腮，露出了難以理解的表情注視我。

「那個，羅潔梅茵大人，我有件事情非常好奇，不知道是否方便問您呢？若您覺得太過冒昧且失禮的話，不回答也沒關係。」

「請說。」

「在我看來，艾倫菲斯特的領主候補生、奧伯．亞倫斯伯罕、下任君騰候補……羅潔梅茵大人有這幾種身分可以選擇，不知道您的選擇是什麼呢？」

漢娜蘿蕾的問題讓我眨了眨眼睛。因為我完全沒想到她會有這種疑問，一時之間答不上話。

「……漢娜蘿蕾大人，現在我的情況並無法做選擇喔？」

即便我已將基礎染色，但還未成年也未得到君騰認可的我不能夠自稱奧伯；即便我持有梅斯緹歐若拉之書，但實際上可以運用的部分也少到我無法自稱是下任君騰。所以如果用消去法來看，現在的我不過只是艾倫菲斯特的領主候補生。

「羅潔梅茵大人一直是我的憧憬喔。一年級時，即使您的外表比貴族院裡的任何人都要年幼，但面對身分是戴肯弗爾格領主候補生的哥哥大人，卻還是能勇敢拒絕他的要求；面對亞納索塔瓊斯王子，也能堅定地說出自己的想法，得到自己想要的結果。這樣的您讓我覺得非常耀眼。」

漢娜蘿蕾說她總是在意旁人的臉色，小心翼翼地避免挨罵。大概是因為這樣，她才會覺得貴族院裡的我看來十分耀眼吧。

聽到漢娜蘿蕾說的這些，多莉的手停了下來。由於漢娜蘿蕾是真正貴族出身的領主候補生，對於身分是平民的裁縫師們，多半不會去在意她們的反應吧。但是對我來說，奇爾博塔商會的人全是自己人，所以多莉與珂琳娜的反應讓我在意得不得了。

……漢娜蘿蕾大人，時機好像有點不太對。

然而我的心聲顯然沒能傳達出去，漢娜蘿蕾接著又道：

「當您邀請戴肯弗爾格參加真正的迪塔，出現在國境門的時候，那氣度不凡的模樣儼然就是下任君騰。而您在將基礎染色後，本來可以對亞倫斯伯罕的貴族棄之不顧，卻為了解救他們而與蘭翠奈維的士兵展開戰鬥，十足具有奧伯的風範。然而慶功宴上，您卻壓抑自己真正的想法，接受了奧伯訂下的婚事，忍痛與斐迪南大人分離。儘管身分仍是艾倫菲斯特的領主候補生，但我卻覺得慶功宴上的您，最不像我過往認識的那位羅潔梅茵大人。真是不可思議呢。」

漢娜蘿蕾緩步走來，平靜地注視著我說道。我感覺自己渾身直冒冷汗，看向多莉。她臉上有著擔憂的同時，也有著像是在說「怎麼回事？」的困惑。

「羅潔梅茵大人，現在還來得及唷。」

「您、您指什麼呢？」

「距離正式宣布婚約的領主會議還有時間，我一定會竭盡所能提供協助。您就以成為奧伯或者君騰為目標吧。」

我完全無法理解漢娜蘿蕾在說什麼。她是指什麼事情會來得及？畢竟她應該不曉得我的圖書之都計畫。

我看向自己的近侍們想要尋求協助。然而，近侍們並未阻止漢娜蘿蕾，反倒都在等著我的答覆。可以看得出來，所有人都在觀察我的反應。

「漢娜蘿蕾大人，我若成為奧伯或者君騰，您究竟是指什麼事情來得及呢？」

現在的我已經知道，戴肯弗爾格的協助有多麼強大又恐怖，所以絕不能隨口答應。漢娜蘿蕾到底在想什麼，為什麼想讓我成為奧伯或君騰？搞清楚這點非常重要。

「當然是指您與從小就喜歡的斐迪南大人可以終成眷屬呀！」

斐迪南這個名字一冒出來，多莉的雙眼立刻瞪得老大，滿是驚訝的臉上彷彿在說：「原來妳喜歡神官長嗎?!」而珂琳娜雖然沒有停下為我試裝的雙手，眼裡也突然滿是欣慰，像是在說：「哎呀呀，原來也到了這個年紀呢。」我真想當場找個地洞鑽進去。這種情況和被不認識的貴族們誤會完全不一樣。

……請、請等一下。這裡的人其實都是我的親朋好友啊！

「漢娜蘿蕾大人，您您您、您先等一下。請先深呼吸冷靜下來……我對斐迪南大人並不是……」

「羅潔梅茵大人，您不需要連我也隱瞞。您曾經告訴過我，自己有個喜歡的人，但並不是未婚夫吧？而且對方在您受洗之前，從小便一直陪伴在您身邊，給予支持和鼓勵……」

……對喔，我確實瞎掰過這麼一回事。嗯，我想起來了。可是漢娜蘿蕾大人，現在這個時機真的非常不合適！

「韋菲利特大人也說了，符合這些條件的就只有斐迪南大人。難道另有其人嗎？」

……糟糕！我那時候想到的其實是法藍和路茲，但從貴族的角度來看，就只有斐迪南大人符合我所描述的這些條件！難怪會被誤會嘛！不——！

當我正扶著額頭，思考該如何訂正的時候，漢娜蘿蕾依然熱切地滔滔不絕。

「即便是故事，我也不喜歡看到悲劇結尾。像今天早上看的那篇故事，實在讓人萬般心痛不忍又難過……而羅潔梅茵大人為了呈獻古得里斯海得給當今的王族，也不得不同意自己並不想接受的婚事，嫁給魔力並不匹配的王族。一想到您將落入同樣的悲慘境地，我就覺得無法忍受。反正距離正式宣布婚約還有時間，若想讓親人無法反對，自己的結婚對象就該自己爭取。為了讓羅潔梅茵大人能夠有情人終成眷屬，我一定會竭盡所能全力相助。好嗎？」

……什麼好嗎？雖然說話時的語氣非常可愛，但漢娜蘿蕾大人果真不愧是戴肯弗爾格出身的女性！

我的心願

竟然說想讓我有情人終成眷屬，實在教人傷腦筋。首先，我根本沒有喜歡任何人。再來，我只是想讓奉王命去了亞倫斯伯罕的斐迪南，能夠盡快回到艾倫菲斯特。

……順便再多說一句的話，那就是我真的不想讓多莉產生奇怪的誤解！

「那個，漢娜蘿蕾大人。您似乎與其他貴族一樣，並不相信我說的話，但我真的並未愛慕斐迪南大人。」

對於我的反駁，漢娜蘿蕾眨眨眼睛，緩緩地偏過腦袋瓜。

「可是慶功宴上，我聽說羅潔梅茵大人曾當著眾人的面宣告，即便要與王族還有諸神為敵，都要去救斐迪南大人……」

……呀啊！多莉的眼睛都亮起來了！慢著！雖然我是說過沒錯，但只聽這些的話肯定會誤會吧！

多莉整個人都在微微顫抖，摀著嘴角不讓自己叫出聲。完了。要是不至少解開這個誤會，不知道消息傳回平民區的家人們耳裡時會變成什麼樣子。光想像我就直打哆嗦。而繼續試裝的珂琳娜雖然擺出了一副「我完全沒聽見妳們在說什麼」的態度，但雙眼也閃耀著好奇的光芒。這些話肯定也會傳進班諾他們耳裡。

「我確實說過這些話喔。自己說過的話我不會否認。斐迪南大人對我來說，是和家人一樣重要的存在。可是，親情與愛情是不一樣的吧？」

我自己當然也意識到了與其他人相比，斐迪南在我心目中格外重要。就和平民區的家人、神殿的侍從們，還有路茲等古騰堡夥伴們一樣重要。但是，這並不是愛情。

……更何況也沒有神祇在我面前跳過舞……

「漢娜蘿蕾大人，倘若您的家人或是與家人同樣重要的人在他領中毒倒下，您也會和我一樣，不惜與任何人為敵都要去解救他們吧？我的情況就是這樣。」

「……那個，倘若我的家人陷入了無法自行脫困的險境，那也代表不管我做什麼都毫無幫助吧。我實在想像不出自己採取行動後，事態便有所好轉的畫面……」

漢娜蘿蕾接著微微望向遠方，喃喃地說在她還驚慌失措的時候，家人大概就已經靠著自己脫離險境，再不然就是她得努力制止身邊的人在衝動下跑去報仇。

……不行。漢娜蘿蕾大人甚至說出了以她這次在戰鬥中的表現，根本幫不上任何忙這種話。我完全無法理解戴肯弗爾格的標準與常識，也就無法產生共鳴。

「戴肯弗爾格的情況似乎與我們這邊不太一樣呢。但是，我本來就會為了保護家人而不擇手段，一直以來也都是這麼做。所以看到等同家人的重要存在陷入險境，當然會趕過去救人。可是，這並不是愛情。」

多莉露出了可以理解的表情。但是，我不曉得她是理解了我所謂的這並不是愛情，還是理解了我確實會因為家人而失去理智這一點。

「那麼對羅潔梅茵大人來說，斐迪南大人究竟是怎樣的存在呢？意思是您無法把他視為結婚對象嗎？」

漢娜蘿蕾這麼詢問後，我便試著把斐迪南當作結婚對象來看。因為就算沒有感情，韋菲利特與席格斯瓦德王子也都成了我結婚對象的候補人選。那麼我也能夠不帶男女之情，將斐迪南想像成是未婚夫的候補人選吧。

……嗯？等一下？這樣想來，斐迪南大人根本是超級優秀的候補人選嘛？

「我想想喔……雖然沒有男女之情，但如果從策略聯姻的角度來看，斐迪南大人說不定是最理想的對象呢。因為他擁有許多藏書，還給了我圖書館，雙方也熟悉到了等同家人的地步，相處起來很自在。而且他從以前就兼作我的主治醫師，還能夠管理我的身體狀況與藥水用量。工作能力優秀、性格可靠，不安或害怕的時候只要看到他、與他說說話，我就能感到安心……」

「那個，羅潔梅茵大人。這……不就是愛慕著斐迪南大人嗎？」

漢娜蘿蕾露出大惑不解的表情看著我。我近侍們的表情也和她一模一樣。難道從貴族的角度來看，都覺得這種家族親情等同愛慕嗎？

「不一樣喔。雖然我會因為斐迪南大人在身邊而感到安心，感覺快要挨罵時也會心驚肉跳，但我們相處從來沒有戀人間那種甜蜜的氛圍，我也不曾怦然心動過。」

「是、是嗎……」

漢娜蘿蕾似乎還是無法接受，臉上的表情就像在說是我搞錯了才對。看來，她認為我與斐迪南之間有男女之情的想法已經根深柢固。

「況且我理想中的對象，必須要像父親那樣願意全力支持我去做我想做的事情，也無懼於任何像是身分上的差距，隨時隨地都站在我這一邊保護我。然而斐迪南大人最重視的是與父親的約定，最想守護的事物則是艾倫菲斯特，為此還順從地接受了王命前往亞倫斯伯罕，所以跟我的理想截然相反。要達到我的理想可是非常困難喔。」

在我宣布父親是我的理想、要達到理想非常困難後，只見多莉露出了無言以對，還想搖頭嘆氣的表情。彷彿連視線也在說：「梅茵果然還是小孩子。」可是，目前就是父親最符合我理想中丈夫的形象，所以這也沒辦法。我並沒有撒謊。

「雖然不是理想中的丈夫，但斐迪南大人對我來說確實是很重要的存在喔。而且我也很重視與家人之間的約定。所以，我才想盡快讓斐迪南大人從亞倫斯伯罕回到艾倫菲斯特。」

我說出自己的希望後，漢娜蘿蕾以還是無法死心的語氣說：

「可是，那斐迪南大人又是怎麼想的呢？先前在亞倫斯伯罕他還與您同乘騎獸，極其小心珍視地保護著羅潔梅茵大人喔。」

看在漢娜蘿蕾眼裡，她似乎還覺得斐迪南也喜歡我。居然可以用這麼重的戀愛濾鏡看待我與斐迪南的一舉一動，真是教我吃驚。

……斐迪南大人喜歡我？不可能，絕對不可能。

「我想斐迪南大人對我更是沒有男女之情喔。當時只是因為在戰場上，情況特殊，他才會與我同乘騎獸，方便輔佐剛剛成為奧伯的我，順便發號施令。他單純只是採取了當下最有效率的移動方式。」

說得再精確點，其實只是因為關閉國境門時，不能讓人知道斐迪南也持有梅斯緹歐若拉之書，他又不想讓人知道自己在中毒過後還無法強化視力，才需要有我幫忙掩護。當時的行動我只覺得很符合他監護人的身分，一點也感受不到男女之情。

……而且他畫魔法陣的時候還把我當成桌子！

「最主要是，斐迪南大人以前早就說過，他並不想與我結婚。還說他才不想一輩子都照顧我這個不斷惹麻煩的問題兒童。」

「咦?!」

儘管只有漢娜蘿蕾訝叫出聲，但近侍們全都一臉吃驚地注視著我。多莉也瞪大了雙眼。有必要這麼驚訝嗎？雖然若是與斐迪南結婚，對我來說有很多好處，但對他來說完全沒有，反倒只有更多的麻煩要處理。

「早在我與韋菲利特哥哥大人決定要訂下婚約之前，奧伯私底下就問過他了喔。可是每次只要談到婚事，斐迪南大人就會滿臉不高興；而早就被他拒絕過的我，也不想要逼他迎娶自己不想迎娶的人。可以的話，我還是希望斐迪南大人能與他自己喜歡的對象白頭偕老。」

請戴肯弗爾格不要繼續在婚事這件事上幫倒忙了——我這麼叮囑後，漢娜蘿蕾沮喪地垮下肩膀。

「原、原來是這樣啊。真是非常抱歉。是我不了解內情，思慮不周了……沒想到奧伯早在許久之前便問過斐迪南大人的意願。」

到了這個地步總算讓漢娜蘿蕾明白，我與斐迪南是不可能成為戀人的。感覺就像讓她的幻想破滅一樣，令人有些過意不去，但誤會還是得盡早解開。而且必須在漢娜蘿蕾回過神後，接著追問「那羅潔梅茵大人喜歡的人到底是誰？」之前，轉移她的注意力。

……因為總不能老實告訴她，我只是配合當下的氣氛隨口胡謅嘛！

「不說這個了，漢娜蘿蕾大人。所以如果不是為了我的戀情，您就不願意協助我實現心願嗎？」

「您是什麼意思呢？」

漢娜蘿蕾小臉一怔，往我看來。

「身為艾倫菲斯特的領主候補生，我一直以為自己只有奉奧伯之命，嫁給王族這個選項。但是在漢娜蘿蕾大人眼裡，我還有成為奧伯、成為君騰這兩個選擇嗎？」

「那當然呀。羅潔梅茵大人是靠著真正的迪塔贏得基礎，那麼自然是由您來決定要如何處置。只要基礎不被奪走，無人有權置喙。」

她說國王基本上只能給予認可，並無法拿回基礎。如果國王真的不願意認可我為奧伯，那麼他就得指定一個人，率領中央騎士團前來奪取基礎，再不然就是要以君騰的身分移動基礎，強行收回。

看來漢娜蘿蕾是認為，未持有古得里斯海得的國王根本無法從我手中收回基礎。

「我最無法接受的，就是羅潔梅茵大人將藉由聯姻，把古得里斯海得呈獻給王族一事。古得里斯海得應該要呈獻給尤根施密特，而不是給王族吧。所以我認為，應該要由羅潔梅茵大人成為君騰，再挑選配得上您的王夫。既然求愛魔導具那般輕易就化作了金粉，代表並不足以成為能夠輔佐君騰的王夫。」

她說由女性成為奧伯時，丈夫就得從領主一族的男性當中挑選，以免懷孕生產期間有任何狀況；同樣的道理，由女性成為君騰時，丈夫也最好是從君騰候補當中挑選。像席格斯瓦德這樣魔力並不匹配、求愛魔導具還化成了金粉的對象，根本完全不用考慮。

「至少兩位絕不可能誕下子嗣。羅潔梅茵大人也不想要這樣的未來吧？」

「是啊。」

雖然我還沒有真實感，也還無法想像，但我也希望自己將來能有孩子。麗乃時期的母親、梅茵時期的媽媽、羅潔梅茵時期的貴族母親……我想將這三位母親傾注給自己的深厚愛情，如數澆灌給自己的孩子。

「羅潔梅茵大人，若嫁予王族並不是您的期望，那您究竟想要怎樣的未來？」

原本近侍們一直靜靜在旁聆聽，這時萊歐諾蕾神情認真地開口發問。

「為了解救斐迪南大人，您與王族談了條件，還接受了奧伯所轉交的王族求愛魔導具，也曾直言自己想要成為奧伯．亞倫斯伯罕是不切實際的空想，所以最終選擇了嫁給王族。一直以來我們都是依照您的決定，採取最恰當的行動。但倘若您的選擇有變，就不能再維持原樣。主人若心有迷惘，近侍便不能輕舉妄動。所以羅潔梅茵大人，還請告訴我們您的想法。」

萊歐諾蕾說完，莉瑟蕾塔也問道：「羅潔梅茵大人，您的期望是前往中央嗎？」打從蘭翠奈維之戰開始，我就覺得自己與近侍們不如以往上下一條心，或許是因為「嫁給王族」並不是我真正想做的選擇吧。

「羅潔梅茵大人，無論您要選擇成為奧伯還是君騰，我都會助您一臂之力。就算不是為了讓您有情人終成眷屬。」

有了漢娜蘿蕾的支持，我綻開笑容。

「我最大的夢想就是成為圖書管理員喔！我也是為此才會修習文官課程。」

「……咦？」

似乎是始料未及，所有人都茫然愣在原地，但我繼續認真講述自己的心願。能不能實現姑且不論，重點是把自己的願望說出來。這也是此刻大家要求我做的事嘛。

「我想在圖書館裡工作，幫忙訪客尋找他們想要的書籍、修復古老的資料，然後研究魔導具好連結他領的圖書館，蒐羅全國各地的書……這些才是我真正想做的事情喔。現在住在貴族院圖書館裡的索蘭芝老師，就是我未來想要有的樣子。」

「索蘭芝老師嗎……」

大概是因為我的答案根本不在選項裡，萊歐諾蕾喃喃這麼說道，同時按住似乎正一團混亂的腦袋。

「其實我最夢寐以求的生活，就是可以一整天都待在圖書館裡看書。然後與家人還有三五好友一起享用美味的餐點、閱讀喜歡的書籍，或者四處雲遊，去其他地方的圖書館尋找從未看過的書籍。當然，我也會依自己的身分履行基本應盡的義務，再建造所有人都能自由進出的圖書館、管理藏書、提升識字率以增加書籍數量與寫作人口，打造一個無論是平民還是貴族都能享受閱讀樂趣的社會。」

多莉沒好氣地白我一眼，像是在說「這根本和以前一模一樣嘛」。沒錯，我的願望從以前到現在始終沒有變過。現在只是因為不做選擇國家就會滅亡，我的身分又讓我只能唯命是從，有太多瑣碎且麻煩的義務壓在自己身上，害我無法隨心所欲而已。但如果把這些事情全部拋開，其實我的心願只有一個。

「如果可以的話，我想建造大量的圖書館，再擔任館員住在圖書館裡面。」

貴族們似乎完全沒有料到會是這個答案，不敢置信的表情彷彿在說：「妳真的想建造圖書之都嗎？」但是，想知道我有什麼心願的正是在場諸位。

「……若想建造圖書館，所以是要成為奧伯嗎？」

萊歐諾蕾似乎正試圖從一片混亂的腦海中，理出自己可以理解的答案。我看著她，以手托腮。

「我不管要當奧伯，還是要當君騰都可以喔。因為差別只在於我要打造的會是圖書之都還是圖書之國……」

「這兩者可是天差地別。」

「如果想讓平民也能享受閱讀的樂趣，可能是成為奧伯比較好吧。但有了君騰的身分，又可以輕易地設立『館際合作系統』。我看不如就成為有權管理全國的君騰，然後在所有圖書館都設置和國境門一樣的轉移陣，就可以來去自如了。」

如果想要建立館際合作系統，設置轉移陣可以說是最簡單快速的方法，但能夠設置跨領地轉移陣的就只有君騰。所謂大能兼小，既然要選不如就選擇成為君騰，發展成圖書之國比較好吧。

「……這樣想來，我突然覺得與席格斯瓦德王子結婚似乎也是不錯的辦法。因為有了王族的身分，我就可以隨心所欲，這樣好像也不錯。而且他也說過，考慮到與大領地間的勢力關係，想讓我當第三夫人，剛好第三夫人最不用去煩惱公務與社交活動嘛。用這個身分去推動圖書館計畫，感覺會最為順利。」

無論身分如何變化，只要有心還是做得到。察覺到這一點後，我整個人慢慢湧現幹勁。畢竟持有梅斯緹歐若拉之書的人是我。不管跟誰結婚，都有辦法推動圖書館的建造計畫吧。我就像在與斐迪南討論時一樣，想到什麼就脫口而出，闡述著該如何把尤根施密特打造成圖書之國。說到一半，我猛然回想起來。

「對了，之前我也向斐迪南大人說過自己的心願喔。當時他跟我說，由於亞倫斯伯罕犯下了謀逆之罪，即使被廢也不足為奇，所以我大可以照著自己的期望，把這塊領地改造成圖書之都；但他也說了我不適合成為君騰，讓影響擴及整個尤根施密特。可是難得有這樣的機會，若想要更大範圍地推動圖書館建造計畫，應該成為君騰比較好吧？相比起奧伯，近侍也會覺得侍奉成為君騰的主人更有成就感吧？」

我問向自己的近侍當中，感覺想法最接近一般貴族的萊歐諾蕾。萊歐諾蕾先是環顧在場眾人，然後微微一笑。

「我認為斐迪南大人說得十分正確。」

「萊歐諾蕾，妳是什麼意思呢？所以是比起君騰，我更該成為奧伯嗎？」

我不明白她的意思，側過臉龐。這時，漢娜蘿蕾與萊歐諾蕾對看一眼，點點頭後輕輕握住我的手。

「羅潔梅茵大人，我現在非常確信，您與斐迪南大人結婚會是最好的結果。」

「咦？漢娜蘿蕾大人，我剛才不是說了，關鍵是斐迪南大人沒有這個意願……」

……奇怪，她不是才被我說服了嗎？怎麼一轉眼想法又變了？

而且不知為何，漢娜蘿蕾的眼神也和剛才不一樣，不再像是戴了戀愛濾鏡般閃閃發光，反倒非常認真嚴肅。

「當時還是您與韋菲利特大人訂婚之前，說不定他現在的想法已經不一樣了。況且即便沒有男女之情，他在羅潔梅茵大人心目中仍是非常重要的人吧？那便由您讓斐迪南大人過得幸福快樂就好了。」

「在我看來，即使沒有男女之情，斐迪南大人也同樣非常重視羅潔梅茵大人。所以這件事有勝算。」

……咦？怎麼連萊歐諾蕾都這麼說？勝算又是指什麼？

「即便對斐迪南大人沒有男女之情，他也不是您理想中的丈夫，但從策略聯姻的角度來看，您也同意他是十分理想的對象吧？」

萊歐諾蕾神色認真地這麼問道，我點了點頭。畢竟我自己都親口說過，所以確實是沒錯。接著漢娜蘿蕾盈盈一笑。

「既然如此，那讓我們一起來思考，該怎麼做才能讓斐迪南大人願意與您策略聯姻吧。反正都等同家人了，那也可以等同夫妻嘛。對吧？」

……慢著，什麼對吧！等同家人跟等同夫妻根本完全不一樣！

午餐會

拉塞法姆坐著馬車回來後，要我們回城堡用午餐。莉瑟蕾塔自然已先透過奧多南茲收到通知，所以多莉與珂琳娜等奇爾博塔商會一行人早在試裝結束後就打道回府，我們也做好了出發準備。

在各自的護衛騎士陪同下，我與漢娜蘿蕾坐上馬車。

「如果要讓斐迪南大人同意策略聯姻，該怎麼做才好呢？我所知道的斐迪南大人，都是從海斯赫崔他們那裡聽來的側面描述，所以實在想不出什麼好主意。最好的方法，果然還是由羅潔梅茵大人向斐迪南大人求婚，請他指派任務給您吧？」

思考時，漢娜蘿蕾的表情認真到了極點，但我完全沒有打算要像克拉麗莎那樣，進行戴肯弗爾格式的求婚。因為斐迪南絕對不想與我結婚，多半只會嘲笑我，更不可能出任務給我吧。況且，比起設法讓本人同意他並不想要的策略聯姻，我覺得還是在斐迪南視作蓋朵莉希的艾倫菲斯特領內，為他建造研究所比較好。

……在大家開始莫名其妙地撮合之前，得先找斐迪南大人商量才行！

若要採取行動，漢娜蘿蕾肯定會趁著領主夫婦都出席的午餐席間。在那之前，得先把消息透露給斐迪南，一起商量對策，反對策略聯姻。

再這樣下去，斐迪南說不定又要在戴肯弗爾格的推波助瀾下，接受他並不想要的策略聯姻了。明明才叮囑過漢娜蘿蕾，一定要阻止戴肯弗爾格幫倒忙，她卻馬上就忘了。

……就算只有我一個人，也一定要站在斐迪南大人這邊！

「萊歐諾蕾，請幫我聯繫斐迪南大人，說我有事情想在午餐之前商量。」

我拜託了以護衛騎士身分同乘馬車的萊歐諾蕾。其實這種事情本該拜託侍從，但莉瑟蕾塔因為身分的關係並未同乘，只好改為拜託萊歐諾蕾。

「我可以試著送去奧多南茲，但不會太突然了嗎？」

「只要告訴他事態緊急，他一定會抽出時間的。」

因為截至目前為止，斐迪南總是垮著臉說：「妳又幹了什麼好事？」但一邊還是抽出時間聽我報告，再幫忙想好對策，或是教我如何另闢蹊徑。現在又是攸關人生的緊急事態，他肯定會想要提前了解情況。

「斐迪南大人！」

果不其然，斐迪南並未拒絕我的會面請求，還在舉辦午餐會的餐廳附近安排好了房間。除了斐迪南與他的近侍，我的男性近侍們也都在場，就連要招待漢娜蘿蕾等戴肯弗爾格一行人時，被找來徵詢其意見的克拉麗莎也在。

「羅潔梅茵，究竟是何事事態緊急？妳又幹了什麼好事？」

斐迪南如同既往眉頭深鎖，瞪著我這麼問道。

「我什麼也沒做喔，可是事態的發展非常不妙。斐迪南大人可能要被迫接受策略聯姻了……」

「妳冷靜一點，情緒太激動了。妳的臉色……」

斐迪南伸出右手來想檢查我的體溫，但被我緊緊抓住。

「再這樣下去，您說不定會被迫與我結婚喔。斐迪南大人，請您現在馬上快逃！」

「……簡直不知所云。等發動了防止竊聽魔導具，妳再好好地說明前因後果。而且我看不適合讓太多人聽見。」

斐迪南皺著臉龐，左手一抬。哈特姆特立刻發動了指定範圍的防止竊聽魔導具。尤修塔斯準備好茶水後，也要近侍們走到魔導具的有效範圍外。儘管近侍們仍然團團圍在四周，但一眨眼就形成了能夠單獨談話的空間。發現哈特姆特是刻意使用指定範圍的防止竊聽魔導具，讓我不必手握魔石，我切身地感受到了近侍們的關懷。

「怎麼了嗎？」

「我只是一方面覺得不好意思，給大家添了麻煩，一方面又很高興他們這麼為我著想。」

「原來如此。沒為妳增添額外的負擔就好，那麼快點說明吧。」

眼角餘光中，只見近侍們正湊在一起談話，我也開始向斐迪南報告自己試裝時的情況。從大家誤以為我喜歡斐迪南、還大力表示支持開始，到她們建議我與斐迪南策略聯姻為止，一五一十完整說出。

「……所以就是這樣。因為大家要我說出自己真正的心願，我就拋開那些瑣碎的義務還有冠冕堂皇的說辭，誠實地向大家坦白。結果，漢娜蘿蕾大人與近侍們就異口同聲地表示，我應該要與斐迪南大人策略聯姻。居然一轉眼就改變了想法，簡直莫名其妙。斐迪南大人也這麼覺得吧？」

「她們只是意識到了，倘若任由妳手握大權，事態將會一發不可收拾，所以需要有人能夠拉住妳。會有這樣的反應根本不難想見。」

明明只是聽我講述事情經過，斐迪南卻顯得萬分疲憊。「只有妳搞不清楚狀況。」他還瞪了我一眼這麼說。

「大概也是因為聽到圖書館的建造計畫，一時全愣住了吧。但所有人會不約而同改變想法，正是因為妳的提議太過危險。妳也該想想，為何國境門是設在境界門之外、為何通往貴族院的轉移陣是設在各領的宿舍當中、為何明明需要奧伯的許可，而且每年都得移動那麼大量的學生，轉移陣一次卻只能轉移寥寥數人。」

「咦？」

「倘若君騰能夠隨心所欲地建造圖書館，甚至是設置轉移陣，讓人可以來去自如，這只會成為領地防禦工事的一大漏洞。縱然設置轉移陣的妳並無惡意也無敵意，但難保往後的人不會濫用。漢娜蘿蕾大人又來自歷史淵遠流長的戴肯弗爾格，心中自然會對此警鈴大作。妳還真是個笨蛋。」

我本來還以為，斐迪南是因為話題繞著戀愛與策略婚姻打轉而感到疲倦，覺得這些事情無聊透頂，結果完全不是。他的指責徹底出乎預料，我趕緊辯解：

「我只是把腦海裡想到的理想生活通通都說出來，但其實自己也不認為可以輕易實現喔。我是為了轉移大家的注意力，不要再一直說我喜歡斐迪南大人。」

「妳在說什麼？不就是妳得意洋洋地宣稱，與席格斯瓦德王子結婚是最簡單的方式嗎？妳本就粗心大意，又和往常一樣說話不經大腦。但即便只是隨口一說，漢娜蘿蕾大人也感受到了妳只要有心，便真的有能力實現。而且不只限於轉移陣一事。一想到妳只要臨時起意，就能毫不費力地實現那些常人難以想像的事情，身邊的人當然會覺得無法承受。」

「啊嗚……」

似乎就是因為我沒有想太多，才導致了現在的局面。

「現在傷透腦筋的是我們才對。好不容易建立起了聖女形象，將妳包裝成乍看下無可挑剔的領主候補生，卻沒想到妳竟然基於那些愚蠢的理由，就徹底拋開自己的偽裝。明明宴會上眾人一再對妳耳提面命，要妳維持好自己的名聲與外在形象，妳都沒有聽進去嗎？」

「嗚嗚。依我的愚見，好像就是因為大家太過要我注意名聲，我心裡面一直覺得很麻煩……一時叛逆就乾脆拋到九霄雲外去了。」

「當真愚蠢至極。」

斐迪南老大不高興地這麼下了評語後，指尖開始敲起太陽穴。這時再追究我的愚蠢已沒有意義，重點在於今後該如何應對。

「現在先別管我的外在形象了。如果不在漢娜蘿蕾大人他們擅自採取行動前想想辦法，斐迪南大人又得與自己的蓋朵莉希分開喔。我會與養父大人交涉，拜託他為您在艾倫菲斯特設立研究所。所以為了能夠回到艾倫菲斯特，請斐迪南大人也和我一起想辦法吧……豪痛喔！」

斐迪南忽然捏起我的臉頰，打斷我說話。

「總之，感謝妳提供如此有價值的情報。」

「這不是表達感謝該有的表現吧。」

我捂著發燙的臉頰，瞪向斐迪南，但他只是略微移開目光往房門看去。我也跟著轉頭看向房門。只見守在門外的安潔莉卡稍微探進頭來。

「羅潔梅茵，看來午餐時間到了。」

「斐迪南大人，至今您一直隱忍退讓，所以我希望您現在可以優先去做自己想做的事情喔。不管戴肯弗爾格的人與養父大人說了什麼，都請不要認輸。請一定要爭取到自己想要的結果。」

只要熬過今天的午餐會，戴肯弗爾格一行人就要返回領地了。我用力握拳表達支持後，斐迪南站起身，朝我伸出手來。

「放心吧。我的原則是不打沒有勝算的仗。」

斐迪南面帶笑容，那個表情一看就是在打很多歪主意。看樣子只要交給斐迪南就完全不用擔心。我內心欣喜不已。

儘管我一直警戒著漢娜蘿蕾的一舉一動，但午餐會整體的氣氛倒是相當融洽。對於艾倫菲斯特的廚師們精心烹煮的餐點，不僅漢娜蘿蕾高興得連連稱讚美味，其他戴肯弗爾格的訪客也都吃得津津有味。

席間討論得最為熱烈的，就是艾倫菲斯特的騎士們在訓練場對上戴肯弗爾格的騎士們後，完全是被打得落花流水。也被打得落花流水的韋菲利特神情興奮地說：「戴肯弗爾格的騎士真的很強。」

……原來韋菲利特哥哥大人也參加了啊。

接著也提到了午餐過後的行程。在我去神殿察看情況的時候，漢娜蘿蕾會與芙蘿洛翠亞、韋菲利特以及夏綠蒂舉辦茶會。

「難得都到這裡來了，雖然很想去參觀傳聞中與他領截然不同的艾倫菲斯特神殿，但很可惜沒有時間呢。」

漢娜蘿蕾神情遺憾地說道。因為考慮到還要啟程返回戴肯弗爾格，光是以騎獸來回都有可能來不及，更是沒有時間乘坐馬車前往。

「如果可以，我也很想邀請漢娜蘿蕾大人呢……」

只可惜遭到斐迪南駁回。因為他說這樣一來，絕對沒有時間再去西門。再加上麥西歐爾似乎整個上午都在努力撤除神殿裡的陷阱，所以當他過意不去地道歉說：「神殿昨天還是戰場之一，所以目前不太方便接待訪客。」我也不好再強人所難。

「不只羅潔梅茵與麥西歐爾，叔父大人也要一起去神殿嗎？」

「我是有這個打算。因為必須掐準時間把羅潔梅茵帶回城堡，艾倫菲斯特神殿裡也有曾是我侍從的人。對於我去察看情況，有什麼問題嗎？」

「因為我聽到有人說出發前想繼續訓練，所以我只是在擔心，戴肯弗爾格的騎士們會不會無事可做……」

韋菲利特這麼說完，斐迪南便抬眼瞥向齊爾維斯特。

「奧伯為了表達謝意，特意邀請了戴肯弗爾格一行人前來，但雙方似乎沒有什麼交流的機會。因此，個人十分希望他們最後能與奧伯多做交流……不知您意下如何？」

「還真有勞你這麼費心了。」

對著笑容有些僵硬的齊爾維斯特，斐迪南就這麼若無其事地把應付戴肯弗爾格騎士們的工作丟給了他。這時大家都已用餐完畢，換餐後的茶水上桌。

「對了。奧伯．艾倫菲斯特，請問您曉得中央現在的情況嗎？我們這邊並未收到任何消息，不知道艾倫菲斯特又是如何呢？」

由於我是在午夜時分出發，戰鬥又持續到了黎明，成了奧伯後還因為飲用藥水而昏睡整整兩天的時間，一醒來接著趕往艾倫菲斯特，因此這段時間我都沒能使用可以直接聯繫中央的魔導具。儘管我已經封鎖了亞倫斯伯罕領內各處的轉移陣，讓蒂緹琳朵他們無法回來，卻也完全不曉得中央現在是什麼情況。

漢娜蘿蕾似乎也十分好奇，把目光投向齊爾維斯特。

「之前當我聯繫領地，告知自己要帶著戴肯弗爾格的騎士們前往艾倫菲斯特時，父親大人還在領內。」

「其實我也不太清楚。大約兩天前，收到哈特姆特與克拉麗莎的來信以後，我便透過貴族院的騎士們送去最新消息。」

齊爾維斯特說他向王族報告了我已救出斐迪南，以及與蘭翠奈維的士兵有過戰鬥這兩件事。由於事態並不緊急，他並沒有使用可以直接聯繫王族的聯絡工具。

「那麼王族有何回應？」

「他們只是回道，明明已經吩咐中央騎士團加強防守，為何亞倫斯伯罕與蘭翠奈維的人還未出現。另外還問了許多問題，比如敵人會何時出現？真的會來到中央嗎？該何時聯繫戴肯弗爾格最為妥當？」

齊爾維斯特說他正好是在昨天早上，忙著守衛自領基礎的時候，收到這些悠悠哉哉的問題。於是他判定此事不急，便暫且擱置沒有回答。我完全可以理解他的心情。

「這些事我怎麼可能知道。既然中央當下並無危險，我便心想等你們回來以後再回覆即可。有什麼消息能回覆給王族嗎？」

「敵人的目標是古得里斯海得，那麼蒂緹琳朵他們必然是前往了貴族院，而不是王宮所在的中央。」

斐迪南一派理所當然地這麼回答後，齊爾維斯特臉色微變，起身想要離席：「那我馬上去通知王族。」但斐迪南立刻輕輕抬手，制止他說：

「奧伯，放心吧。為了王族的安全著想，最好還是讓他們待在中央的離宮裡。只要古得里斯海得不在他們手上，維持現狀最能降低人員的傷亡。」

斐迪南迂迴地表示，沒有必要向王族多嘴，接著他再起身向尤修塔斯示意。

「你馬上聯繫赫思爾老師，蒐集情報並了解貴族院目前的情況。現在亞倫斯伯罕的宿舍已經關閉，舍監又遭到解任，直到領主會議上任命新的舍監為止，那裡都是無人狀態。可以的話順便再聯繫戴肯弗爾格，告知王族現在的情況，請洛飛老師也幫忙在貴族院內巡視。」

倘若中央那邊沒有異樣，蒂緹琳朵一行人一定是去了貴族院。為了取得古得里斯海得，說不定還正前往祠堂祈禱。若是如此，也難怪中央那邊毫無動靜。

「……羅潔梅茵、麥西歐爾，沒時間了，現在就出發去神殿。」

斐迪南下達指示後，我與麥西歐爾便站起來，近侍們也開始動作。

「沒有時間是什麼意思呢？是最好馬上趕往貴族院嗎？」

「既然舍監至今沒有回報任何消息，想必還不會那麼快就有動靜。況且過去之前，我們也得做好萬全的準備。最主要是我們特意回來一趟，就是為了看看神殿與平民區的情況。王族那邊可以稍緩。」

聞言，我腦海中浮現出了貴族院裡的人們。

……赫思爾老師與雷蒙特基本上一直是待在研究室裡，所以應該不會遇到蒂緹琳朵大人他們吧？而想得到古得里斯海得的一行人，還有可能會去的地方是……

我在即將走出餐廳之前轉身回頭。

「養父大人，也請確認貴族院圖書館裡的索蘭芝老師是否平安無事。我很擔心。」

由於從神殿通往基礎的入口是在神殿圖書室裡，齊爾維斯特想必也理解到了貴族院的圖書館是非常重要的場所。他一口應道：「我會立刻聯繫赫思爾與戴肯弗爾格。」

離開餐廳來到陽臺上，正當大家都變出騎獸時，我卻僵在原地，不敢伸手觸碰騎獸用的魔石。

「那個，斐迪南大人。我……」

「讓安潔莉卡與妳同乘騎獸吧。」

「……是。安潔莉卡，麻煩妳了。」

於是我坐上安潔莉卡的騎獸，前往神殿。

……我該不會根本當不了奧伯，也當不了君騰吧？

在對魔石感到恐懼的情況下，我根本無法調合、無法寄送奧多南茲，也坐不了騎獸。這對貴族來說可謂是致命傷。

……雖然這種恐懼的心理不可能馬上克服，著急也沒有用……

但是，我很快就要返回需要奧伯的亞倫斯伯罕。我能夠履行奧伯應盡的職責嗎？難以言表的焦慮襲來，讓我的指尖變得無比冰冷。

神殿與麥西歐爾的報告

「我們回來了。」

「羅潔梅茵大人，歡迎您的歸來。斐迪南大人，很高興能再與您相見。」

「看到你們平安無事，我也放心了。」

看到出來迎接的法藍與薩姆等人，斐迪南的表情微微放柔。由此可以看出神殿是令他感到懷念，能夠放鬆心神的地方。

「雖然時間緊湊，但我們還是想回來看看神殿與孤兒院的情況，確認大家都平安無事。我會在房間聽取大家的報告。」

「羅潔梅茵姊姊大人，雖然我向奧伯報告過了，但有關神殿遭遇敵襲的整個經過，要再向您報告一次嗎？父親大人也已經看過喬琪娜大人的記憶了。今天上午正在解除陷阱時，父親大人找我去城堡，跟我說了她是如何闖入神殿。」

「……那就麻煩你了。」

都已經說了是來聽取報告，這時候總不能說我不想聽。麥西歐爾說他要先換上神官服，再來神殿長室拜訪後，便走向自己的房間。而我更衣的時候，神殿長室自然是男士止步，所以斐迪南會在哈特姆特的帶領下，久違地造訪神官長室。從前的侍從們看到斐迪南來訪，肯定會很高興吧。

「神殿長室一切都還好嗎？我聽說神殿裡有人為喬琪娜大人帶路……」

「我們都安然無恙。因為有菲里妮大人與羅德里希大人在。」

「是嘛，那就好。等看過神殿與孤兒院裡的所有人、聽取完報告，我接著還要去平民區。由於客人還不少，茶水的準備可能要讓莫妮卡與妮可拉辛苦一點。」

更衣也不用太仔細，差不多就好了——我鄭重地補上這一句後，莫妮卡與妮可拉對看一眼，咯咯地笑了起來。

「一聽說斐迪南大人將要來訪，法藍與薩姆可是卯足了勁，根本沒有我們出場的餘地呢。」

「等羅潔梅茵大人更衣完畢，我再去通知大家。」

隨後莫妮卡離開神殿長室，妮可拉則是走向廚房。這時，法藍與薩姆都面色有些緊張地走了進來，手裡推著已經備好茶具的推車。儘管兩人都很努力不表現出來，但還是可以看出情緒頗為激動，讓人覺得有點可愛。

……從前服侍過斐迪南大人的侍從們，真的都很喜歡他耶。

莫妮卡去通知以後，大家都聚集來到神殿長室。我請麥西歐爾與斐迪南在自己的對面入座。法藍馬上開始泡茶。我先是喝了一口，再請兩人用茶。斐迪南與麥西歐爾伸手拿起茶杯。

「……真是懷念的味道。」

許久沒喝到法藍泡的茶，斐迪南細細地品味起來。為了不打擾到他，我將目光投向麥西歐爾。午餐會上由於座位有段距離，所以我並未發現，但現在正面相對以後，可以看出那張小臉滿是疲憊。

「麥西歐爾，法藍泡的茶很美味吧？是否稍微消除了你的疲勞呢？」

「是的，羅潔梅茵姊姊大人。茶非常好喝……對了，父親大人把獎賞交給了我，要我須給在西門勇敢奮戰的那些士兵，所以我等一下能與您一同前往西門嗎？那個，因為父親大人說士兵們都認得姊姊大人，要我最好和您一起去。」

獎賞準備好的速度也太快了吧。敵人來襲還只是昨天的事情。難道是因為我就算時間緊湊也要去平民區看看情況，所以齊爾維斯特為了確保我能見到父親，就叫人趕緊備好獎賞嗎？

「當然，我們一起去吧。你以後也會經常在哈塞的小神殿與士兵們碰到面，最好趁現在多熟悉一下。」

雖然之前已經介紹過了，但雙方見面熟識的機會當然是越多越好。我接著轉向達穆爾與馬提亞斯。

「達穆爾、馬提亞斯，請你們前往平民區的各個大門蒐集情報，順便先召集曾在西門參與戰鬥的士兵。稍後會去頒發奧伯給予的獎賞。」

「是！」

敵人來襲不過是昨天的事情，所以立下功勞的人很可能已經回家休息了。要是不提早通知、讓大家集合，也許會有賣力奮戰的士兵拿不到獎賞。既然達穆爾也在西門一起戰鬥過，想必認得士兵們的長相吧。

「勞倫斯，那麻煩你去看看貝特朗還有其他見習青衣神官的情況。安潔莉卡，能麻煩妳去看看見習青衣巫女們嗎？」

「是！」

雖然安潔莉卡多半不太能勝任，但因為優蒂特、羅德里希與菲里妮為了保護神殿裡的大家，一直在東奔西跑，肯定也想一起聆聽麥西歐爾的說明吧。

「麥西歐爾，那麼請告訴我神殿這邊發生了什麼事情吧。慶功宴上已經說過的事情可以省略沒關係。到底接應的人是誰？我聽說與舊薇羅妮卡派的孩子們有關……」

「不是的。那名青衣神官叫作庫拉佩斯，但其實他並沒有接應喬琪娜大人。」

聽到不熟悉的名字，我忍不住歪了歪頭。庫拉佩斯這名青衣神官因為在處理公務上能力平平，魔力量也比坎菲爾還有法瑞塔克要少，所以我從未在神官長室與舉行儀式的場合上見過他，更是沒有直接交談過。

「我記得庫拉佩斯是偏向萊瑟岡古的中級貴族出身，所以過去並不受前任神殿長待見，難以想像他與喬琪娜會有交集。」

斐迪南輕敲著太陽穴，要求更進一步的說明。看到他凌厲駭人的表情，我發現麥西歐爾嚇得一震。

……對喔。之前都是哈特姆特將工作交接給麥西歐爾，所以他從來沒有見過神官長時期的斐迪南大人。

「麥西歐爾，你也可以交給能夠詳細說明的近侍喔。畢竟你年紀還小，對你來說負擔太大了吧。」

要只由麥西歐爾一個人向斐迪南報告，實在教人於心不忍。我於是建議可以把這項工作交給近侍。麥西歐爾先是往後回頭，看到自己的近侍在輕輕點頭後，似乎因此得到了勇氣，於是自己開口。

「根據看過記憶的父親大人所說，其實喬琪娜大人早就搭乘其他船隻，比那些攻打西門的貴族們要早抵達艾倫菲斯特。」

他說喬琪娜並不是經由西門，而是利用水道潛入平民區，先與襲擊北門的貴族們會合商議後，再度利用水道前往神殿。

……真沒想到喬琪娜大人是這麼積極的行動派。怎麼想我都不可能像她這樣。

「既然已經看過記憶了，想必是不用懷疑。可是，為什麼人在他領的喬琪娜大人會知道施展因特維庫侖時所建造的水道呢？」

「因特維庫侖的設計圖與魔法契約一樣，一經施展就會消失。但由於這樣會對日後的奧伯造成困擾，因此一定會留下抄本。我聽說設計圖的參與人數眾多，還有人在肅清過後就不在了……畢竟當時肅清尚未進行，並不曉得有哪些貴族已向喬琪娜獻名。」

沒想到那個看重貴族體面的喬琪娜竟會利用水道——斐迪南低喃說道。這也代表她是豁出一切，真的想要奪取基礎吧。

「明明艾倫菲斯特領內還支持自己的貴族已經趨近於零，她居然還能夠訂定這麼多的計畫，並且付諸實行。有這樣的才智與行動力，若能活用在復仇以外的事情上……實在教人感到遺憾。」

「是啊。要是喬琪娜大人能把心力投注在圖書館建造計畫的話，艾倫菲斯特或者亞倫斯伯罕早就已經成為圖書之都了呢。」

太可惜了，這麼優秀卻是用在不對的事情上——我對斐迪南表達贊同後，他卻露出了不能苟同的眼神看著我。

「……原來如此。看來即使把才智與行動力活用在其他事物上，依然有人只會教人感到遺憾。我已修改我的認知。」

「您是什麼意思？」

「就是這個意思。」

……可惡！

我正在思考著應該要怎麼回嘴時，麥西歐爾來回看了看我與斐迪南，面色為難地小聲問道：

「……那個，我可以接著說下去嗎？」

「當然，請。」

「說吧。」

他說喬琪娜抵達神殿時，西門尚未遭遇敵襲。而喬琪娜在來到孤兒院附近後，因為沒有看見任何孤兒或灰衣神官及巫女，便再從孤兒院往貴族區域移動。然後她發現了與底樓相通的西側下人用出口並未關閉，而且有人出入。

「因為喬琪娜大人抵達神殿的時候，大家已經收到通知去避難了。但是，聽說侍從與下人們只是不再出入我們所在的二樓而已。在西門發生敵襲之前，他們還是和往常一樣工作，在一樓與底樓間來回走動。」

即使正在避難期間，人還是需要進食。而且他說因為巡視的騎士人數增加了，侍從與專屬廚師們更是不可能停下來不準備食物。畢竟他們得先做好準備，才能在主人要求提供食物的時候端出東西。

「發現西側的下人用出入口有人走動後，喬琪娜大人便毫不遲疑地走過去，然後從剛好走出來的灰衣巫女身上搶走巫女服。」

斐迪南瞥了我一眼，輕抬起手說：「怎麼搶走的就不必說了。」從他一邊觀察我的反應，一邊制止麥西歐爾這兩點來看，那名灰衣巫女多半是遭到殺害了吧。我在大腿上緊緊握拳，繼續往下聽。

「那名衣服被搶走的灰衣巫女是庫拉佩斯的侍從嗎？」

「……不，她是坎菲爾的侍從。」

喬琪娜在銀衣外又穿了一件灰衣巫女服後，便一派若無其事地從西側出入口進入底樓，再從最近的樓梯上到一樓，確認過中庭的位置以後進入一個房間。

「庫拉佩斯只是因為他的房間離圖書室最近，便遭到擅自闖入。」

神殿貴族區域的底樓都是廚房，一樓是侍從的房間，而侍從會經由與主人房間相通的階梯上下二樓。於是喬琪娜利用了侍從們所用的階梯進到庫拉佩斯的房間，再殺了房裡所有人，然後靜靜等著神殿內部出現騷動。

「當神殿大門遭受到攻擊，圖書室裡傳來嘈雜人聲的時候，喬琪娜大人似乎一直是躲在那間房裡偷聽。父親大人說，喬琪娜大人不僅聽到了我的護衛騎士們都在興奮地嚷嚷著圖書室裡的人中了怎樣的陷阱，也聽到了對方被轉移至白塔後他們的歡呼聲。」

等到不再有腳步聲與說話聲，喬琪娜便藉著銀衣通過了原本只有神殿相關人員才能進入的圖書室結界。而已經知道有哪些陷阱的她，輕易地避開了陷阱進入圖書室。況且圖書室內，脫落的手套與鞋子還黏在黏鳥膠上，地上也還掉著一件銀衣。喬琪娜應該是因此知道了隱形的轉移陣設在哪裡，於是拉了拉某種像是繩子的東西，便在穿著灰衣巫女服的情況下就脫下內側的銀衣，然後墊在腳底下行走。

再接下來，就是齊爾維斯特告訴我們的那些事情了。「辛苦了，感謝你的報告。」斐迪南這麼慰勞道。一直平靜訴說著的麥西歐爾垂下臉龐，搖了搖頭。

「都是因為我的關係，庫拉佩斯與他的侍從，還有坎菲爾的侍從才會喪命。要是我在轉移陣發動之後，繼續派人看守圖書室就好了。要是我更確實地讓所有下人都去避難、要是能早點注意到水道……都怪我做事太粗心大意了。」

再怎麼掩飾，近距離下都能看出麥西歐爾臉上有著明顯的疲倦與睡眠不足。看來他也和我還有漢娜蘿蕾一樣，昨晚並沒有睡好。

「有些事情或許可以做得更好吧。但是他們的離開，並不是麥西歐爾的錯。殺了他們的是喬琪娜大人。最根本的原因你不能搞錯，也不可以太過自責。」

「可是，羅潔梅茵姊姊大人……」

「麥西歐爾，你要不要也悼念亡者、為他們獻上祈禱呢？今天黎明的時候，我與漢娜蘿蕾大人一起祈禱過了喔。當時，我為艾倫菲斯特領內所有不幸喪命的人們都獻上了祈禱，所以庫拉佩斯他們應該也包括在內吧……」

我站起來，走到神殿長室內的小型祭壇前跪下。

「麥西歐爾，我們一起為庫拉佩斯還有那些侍從獻上祈禱吧。」

麥西歐爾腳步有些不穩地起身，接過近侍遞來的魔石後，用力握在雙手之中，在我身邊跪下來。麥西歐爾的近侍們、菲里妮、優蒂特與羅德里希也接著跪到我們身後，更後方則是法藍等神殿的侍從們。大家都親眼目睹了神殿裡的戰鬥吧。

……早知道有這麼多人，應該到禮拜堂祈禱比較好呢。

神殿長室裡的祭壇很小，場地也有些狹窄。但是，用當下最發自內心的情感獻上祈禱，才是最好的吧。我抬手變出思達普，持有思達普的人也同樣變出來。

「司掌浩浩青空的最高神祇，暗與光的夫婦神啊。請聆聽吾等的祈求，為前往遙遠高處的人們賜予祢的祝福。真誠的輓歌奉獻予祢，請為不歸的旅人賜予祢至高無上的守護。」

為在神殿裡逝去的人們獻上祈禱後，黑金兩色的光芒旋繞著穿透天花板飛去。我從麥西歐爾緊握的魔石與戒指，感受到了他迸發的魔力。

「……羅潔梅茵姊姊大人，奉獻了魔力以後，我感覺也輕鬆多了呢。」

麥西歐爾安下心來般地放鬆身體。

「麥西歐爾，你不嫌累的話，我們一起去孤兒院看看吧。接受有人離開的事實固然重要，但也不要忘了看看自己成功保護住的人們。」

我站起來，請莫妮卡先去孤兒院知會一聲。莫妮卡才剛打開門，勞倫斯與安潔莉卡就一個箭步衝進神殿長室。

「怎麼回事?!突然有祝福的光芒在神殿裡飛來飛去喔?!」

「是敵襲嗎?!」

安潔莉卡明明去了女性所在的三樓，卻與勞倫斯同時飛奔而來，由此可知她的速度有多麼快。看著一臉警戒、來回掃視神殿長室的安潔莉卡，我不由得想起了今天早上的斐迪南，輕聲笑了起來。

「我們只是在悼念神殿裡的亡者，獻上祈禱而已。並沒有敵襲喔，安潔莉卡。」

眼角餘光中，我發現斐迪南的表情有點臭。

「不是要去孤兒院嗎？再不快點移動，就沒有時間去西門了。」

「是。」

我們沿著迴廊，來到孤兒院。以葳瑪為首，剛好人在食堂的灰衣巫女與不到見習生年紀的年幼孩子們都跪下來迎接。

「羅潔梅茵大人、麥西歐爾大人，恭迎兩位大駕。」

「大家都平安無事呢。」

「是的。多虧菲里妮大人與優蒂特大人前來通知，我們很早就完成避難了。守門的灰衣神官也因為麥西歐爾大人與羅潔梅茵大人的護衛騎士們很快便來交接，所以孤兒院裡的人從頭到尾都沒有感受到敵人的來襲。」

由於避難了一鐘的時間，雖然一群人擠在一起有些侷促，又餓了一會兒肚子才吃午餐，但也因此沒有任何人遭遇可怕的事情。報告時，葳瑪始終面帶沉穩的笑容。

「這樣啊，那真是太好了。」

「羅潔梅茵大人、麥西歐爾大人，還有兩位的近侍與侍從們，我由衷感謝各位。雖說貴族區域仍在清理善後，但我們能夠繼續過著平常的生活、在工坊裡工作，全是多虧了各位的保護。」

葳瑪鄭重道謝後，付出了最多努力的麥西歐爾與他的近侍們，皆微微綻開笑容。菲里妮他們也都露出了自豪的微笑。

「菲里妮、羅德里希、優蒂特，也辛苦你們守護神殿了。不只是法藍與其他侍從，孤兒院裡的所有人可以平安無事，都是多虧了你們的努力。謝謝你們。」

離開孤兒院時，麥西歐爾的表情已經不再那麼僵硬，笑容也開始回到臉上。

「羅潔梅茵姊姊大人，發現自己並不是所有事情都做不好，我真的好開心。而且可以保護好孤兒院裡的所有人，真是太好了。」

「是！」

「那接下來我們去西門吧？然後一起慰勞守護了城市的士兵們。」

麥西歐爾重重點頭，吩咐自己的近侍去拿獎賞。看到他稍微恢復了點活力，我放下心頭大石。

「妳從昨晚開始就一直在做這種祈禱嗎？」

「……才不是一直，只有兩次而已。」

斐迪南飽含無奈地大嘆口氣。

「怎麼了嗎？您的嘆氣讓我有不祥的預感……」

「晚點再說。我看麥西歐爾也做好了準備，往平民區移動吧。」

斐迪南非常自然而然地牽起我的手，當我回過神時，就已經與他同乘騎獸了。對此誰也沒有說半句話，白色獅子很快便朝著西門開始奔馳。這種情況下，我當然也沒有再大驚小怪，只是稍微往後回頭。

「……那個，斐迪南大人。現在不用顧慮我的名聲了嗎？」

「不是妳嫌麻煩，已經拋到九霄雲外去了嗎？」

「我是這麼說過沒錯啦……」

……我是拋開了沒錯，但其他人呢？

明明之前還會再三告誡，阻止我與斐迪南共乘騎獸，這時我的近侍們卻一句抗議也沒有。正當我納悶不已、偏著腦袋瓜的時候，已經抵達西門。門樓的瞭望臺上，達穆爾與馬提亞斯，還有士兵們已經在等著了。我在跪地的士兵當中瞧見了父親的身影。

西門士兵與宣告

「羅潔梅茵大人、麥西歐爾大人，恭候大駕。這些人便是此次參與西門戰鬥，立下了功績的士兵。」

達穆爾與馬提亞斯上前迎接說道。我在斐迪南的協助下從騎獸著地，同時環顧聚集在眼前的士兵們。所有士兵都屈膝跪地，臉龐低垂，但我發現有人受了傷。雖然達穆爾說過沒有人身受重傷，但繃帶都包成那個樣子了，也絕對不是什麼輕傷。接下來工作肯定會受影響吧。

「羅潔梅茵姊姊大人，有人受傷了。」

與近侍同乘騎獸的麥西歐爾落地後，走到我身旁小聲說道。騎士們會有隸屬騎士團的人或者醫師為其施展治癒，但平民士兵自然是什麼也沒有。

「放心吧，麥西歐爾。我會為他們施展治癒。」

「姊姊大人，您還有魔力能為這麼多士兵施展治癒嗎？」

剛才一起在神殿裡獻上了祈禱的麥西歐爾眨眨眼睛。畢竟麥西歐爾還未進入貴族院就讀，也還未開始壓縮魔力，剛才為了悼念死者，肯定已經消耗掉了不少魔力吧。我微微一笑，摸了摸在自己視野下方的麥西歐爾的腦袋瓜。

「取得的神祇加護越多，需要消耗的魔力就會越少喔。以後就要由麥西歐爾擔任神殿長了。你只要努力為領地與領民祈禱，多從神祇那裡取得加護就好了。」

「……我會努力向羅潔梅茵姊姊大人看齊。」

「麥西歐爾當起神殿長，一定會比我還要出色的。因為你非常優秀啊。」

我輕笑著收回手，接著看向在場的士兵。

「近侍達穆爾已經告訴了我各位的英勇表現。為了守護城市，各位非常勇敢地與敵人搏鬥。要是讓敵人帶來的沃爾赫尼進到城裡，平民的死傷肯定非常慘重吧。」

我開口給予表揚後，俯首跪地的士兵們都抬起頭來。然後一見到我，他們全都瞪大眼睛，嘴巴無聲張合。一年前我曾和現在一樣穿著神殿長服，來到西門接克拉麗莎，所以和只在儀式上遠遠見過我的其他平民不同，西門的士兵可以清楚看出我在外貌上的變化吧。父親像在看著耀眼的事物般，瞇起眼睛注視我。他的表情十分複雜，有高興，有自豪，也有落寞。

我裝作沒有發現士兵們驚愕的表情，繼續說道：

「這座城市說是由你們守住了也不為過。不過，我發現有人因此受傷了呢。為了讓各位能以士兵的身分繼續守護城市，我想為大家施展治癒……修得列坎布恩。」

我閉上眼睛，將思達普變成芙琉朵蕾妮之杖，獻上祈禱。

「水之女神芙琉朵蕾妮的眷屬，治癒女神洛古蘇梅爾啊。請聆聽吾的請求，賜予吾聖潔之力，使吾得以治癒為守護蓋朵莉希而負傷的人們。神聖的樂音奉獻予祢，請為吾等布下至高無上的波紋，賜予祢清澄明淨的守護。」

即使閉著眼睛，我也能感受到綠色的祝福光芒飄揚浮起。不只是士兵，我還聽見近侍們發出驚叫：「竟然給予這麼大量的治癒嗎?!」

「羅潔梅茵，夠了。到此為止。」

斐迪南制止道，話聲中帶有一絲焦急。我於是停止灌注魔力，詠唱著「咯空」消除思達普，再慢慢睜開眼睛。跪在地上的士兵們原本神情痛苦，這時全都解開自己身上的繃帶，察看受了傷的地方，發出又驚又喜的大叫：「傷口全好了！」

看到不再有人因為受傷而神色痛苦，我撫胸鬆了口氣。這時，其中一名士兵走上前來，握著右拳敲了兩下左胸。

「我們士兵不過只是平民，萬分感謝您如此費心。身為統管西門士兵的士長，我在此向您致謝。」

「……哎呀？士長不是昆特嗎？」

雖然我見過這名士兵，但並不知道他的名字。對於他以士長的身分向我道謝，我納悶地眨了眨眼睛，來回看著父親與自稱是士長的男人。

「昆特因為是羅潔梅茵大人專屬的家人，之後將一起搬走，所以已經確定會辭去工作。士長的工作也已經交接完畢。」

士長要是突然離職，確實會給其他人造成困擾吧。從我拜託大家為搬遷做準備至今，一年已經快要過去了。就好比我在神殿會交接公務，士兵之間當然也要交接。

「老實說，昆特的離開對城市來說是莫大的損失。但是從他這回立下的功績，也證明了他一定會是堅強可靠的護衛，能夠保護好羅潔梅茵大人的專屬們。」

對於父親將要辭去工作、與家人一同前往陌生的土地，感覺得出士長非常擔心。我笑著點頭。

「昆特願意一同前來，我確實感到非常放心呢……對於在此次戰鬥中立下功勞，守護了西門與領民的士兵，領主養父大人也委託我們頒發獎賞。麥西歐爾。」

我喚來麥西歐爾，為士兵們介紹新的神殿長。雖然應該有幾個人已經在哈塞的小神殿見過面了，但還是讓多一點人認得麥西歐爾比較好。

「這是我的弟弟麥西歐爾，將在我之後接任神殿長一職。」

「我會努力和羅潔梅茵姊姊大人一樣，成為領民能夠信賴的神殿長。往後請多多指教了。」

麥西歐爾這麼對士兵說完，旋即轉頭向近侍示意，開始頒發獎賞。我則詢問拿到了獎賞的士兵們，與敵人交手時是什麼情況。有的士兵因為在哈塞見過好幾次面了，雖然已經很努力在注意語氣，但態度還是比較放鬆地告訴我達穆爾的活躍。

「從第三鐘開始，達穆爾大人就跑到各個大門要大家提高警覺，也提醒在碼頭工作的人要小心。要不是有達穆爾大人，死傷肯定非常慘重吧。」

「而且達穆爾大人還想盡辦法，努力找來更多的騎士守衛西門。看到他接連打倒巨型犬隻的英勇模樣，避難時躲起來偷看的見習士兵們都把他視為了憧憬的目標。因為這次戰鬥，騎士大人使用的武器就和我們一樣，往後見習士兵們練習起來，肯定都會比以前要認真投入吧。」

看來比起親身在戰場上的士兵們，在一段距離外觀看的見習士兵們都更加興奮。看到達穆爾不停地送出奧多南茲下達指示、調配戰力，挺身站到前方保護士兵，見習士兵們似乎都對他投以充滿尊敬的崇拜眼光。我往達穆爾瞄了一眼，只見他大概是十分難為情，整個人渾身僵硬，一臉坐立難安。

……達穆爾，這種時候抬頭挺胸就好了喔。

父親拿到獎賞後，也往我們這邊走來。一看到他，士兵們立刻七嘴八舌地說起父親仗著我給的護身符有多麼亂來。

「這次士兵當中立下最多功勞的就是昆特了。但他為了保護下屬，衝上去要揍飛犬型魔獸的時候，我真是嚇出一身冷汗。還以為他會被吃掉。」

「他一直不怕死地往前衝，直到把家人給的護身符也用掉了。我看也只有昆特有這麼大的膽量吧。」

你膽子未免也太大了——即使其他士兵都這麼說，父親也只是咧嘴一笑，臉上沒有半分後悔。

「羅潔梅茵大人，感謝您之前贈予的強大護身符，但也很抱歉把您好心贈予的護身符都用掉了。但為了守護自己重視的事物，我只能不擇手段。」

「那麼這也沒辦法呢。畢竟比起護身符，當然是性命更重要。」

……由此可以看出，我果然是爸爸的女兒呢。

連我自己都這麼覺得，知道我們真正關係的達穆爾與斐迪南肯定會有更深刻的感受吧。我發現兩人臉上都有著難以形容的表情。

「……羅潔梅茵大人、麥西歐爾大人，冒昧請教一個問題。接下來這段時間，敵人還有可能再次來襲嗎？下次我們該備戰到何種程度？」

新士長面色嚴肅地開口發問道，其他士兵也跟著收起笑容。這時，斐迪南往前站了一步，揚聲說道：「不必擔心。」他走上前的瞬間，氣氛一下就變了。原本在與我說話的士兵們立刻「唰」地整齊列隊，挺直背脊。

「既然奧伯．艾倫菲斯特給予了獎賞，代表此次的戰鬥已確實結束。不僅如此，此次我們的敵人亞倫斯伯罕，也絕不可能再次派兵攻打。」

說話的同時，斐迪南抓起我的手輕輕一拉。他扶著腳步險些踉蹌不穩的我，再將我往前推，像是要向士兵們展示我的存在。

「因為此次戰鬥，身為艾倫菲斯特領主候補生的羅潔梅茵已經奪得亞倫斯伯罕的基礎，實質上成為了奧伯．亞倫斯伯罕。只要得到君騰的認可，曾經危險的隔壁領地，便將由羅潔梅茵成為領主。從今往後，亞倫斯伯罕絕不可能攻打艾倫菲斯特。」

「噢噢！」

士兵們皆發出了欣喜與興奮交加的歡呼聲：「那真是太好了。」然而，麥西歐爾與他的近侍們雖然沒有發出任何聲音，雙眼卻都瞪得老大，交互看著我與斐迪南。我的腦筋也一片空白。

「斐迪南大人。」

「今後我們必須前往治理亞倫斯伯罕。艾倫菲斯特的士兵們，守護這座城市的任務就交給你們了。希望你們能讓這座城市長保安定，我們才能無後顧之憂地離開。」

「是！」

已經慣於鼓舞騎士們的斐迪南一說完，士兵們皆用右拳敲著胸膛回應。

「昆特，現在亞倫斯伯罕的局勢尚不穩定，不久後你會與專屬們一同搬來吧。一定要保護好羅潔梅茵的專屬。」

斐迪南說著，解下自己手腕上的護身符遞給父親。父親看了看我，再看向斐迪南，最後看著遞來的護身符，表情十分複雜，接著一口應道：「謹遵吩咐。」

「……等巡視完平民區，就回神殿去吧。」

說完，斐迪南和來西門時一樣，讓我坐上他的騎獸。本來還以為要直接回神殿，沒想到卻是沿著平民區開始繞行。他說要從西門到南門，再從南門到東門，然後是東門到北門，沿途飛過這些地方返回神殿。

發現我們騎著騎獸在上空飛行，有居民從窗戶探出頭來。路上行人也仰著頭指向天空。隨著靠近南門，景色越來越讓人感到懷念。我一邊俯瞰，一邊針對斐迪南在西門的發言表達抗議。

「斐迪南大人，你到底在想什麼？為什麼要說那種話呢？」

「我所言句句屬實。況且妳也是這麼希望的吧。」

「你確實是沒有騙人，我也很希望可以打造一座圖書之都。可是，現在能不能得到君騰的認可都還是未知數。在領主一族頒發奧伯賜予的獎賞這種場合上，不應該當著大家的面那樣宣告吧？」

希望與期待，不會等同現實。這點道理連我都明白，斐迪南不可能不知道。

「就連大家都說我不適合當君騰，那就一定要有人提供梅斯緹歐若拉之書或者古得里斯海得給王族吧。我要是成為奧伯，尤根施密特就會崩毀喔？眼看還有許多問題都不知如何解決，請不要在這種時候就讓我懷有過高的期待。」

比起持續的低空飛行，忽上忽下更讓人感到痛苦。我轉過頭瞪向斐迪南後，他只是低聲說著：「妳什麼時候變得這麼悲觀了？」與此同時，他轉往東門的方向飛行。

「我不是悲觀，而是實際。」

「那麼妳再睜大雙眼，好好看清現實吧。若要擁戴持有古得里斯海得的君騰，妳真的有必要嫁給王族，或是成為王族嗎？」

「……可是沒有古得里斯海得，君騰的地位就不正當啊。這也是沒辦法的事。」

如果想要拿到古得里斯海得，就得登記成為王族。我噘起嘴唇反駁後，斐迪南露出苦笑。

「若妳有想要的東西卻沒能得到，妳會怎麼做？這不是妳一直以來在做的事嗎？」

「……沒有的話，那就自己做嗎？」

每次我一說這種話，身邊的人都會無言以對。所以，我沒想到斐迪南竟然也會這麼說，不禁滿頭問號地回答。

「沒錯。需要的原料就從這裡的工坊帶過去，然後在亞倫斯伯罕製作……想必不用花太久時間。而且已經完成一半了。」

就在斐迪南這麼低語的時候，我們飛過東門上空。明明昨天才有敵人來襲，現在城裡似乎已經恢復到平常生氣勃勃的模樣。

「斐迪南大人，這麼做……只要回顧歷史也知道不行吧？」

王族式微與古得里斯海得遺失的最主要原因，就是因為後來演變成了以代代傳承的

方式繼承古得里斯海得魔導具。要是給了同樣的東西，只會重蹈覆轍吧。

「我會製作只能使用一代的魔導具，當作權宜之計。基本上我也認為該回到過往那種方式，也就是從有能力自行取得的候補當中選出君騰。」

我們要擁立能讓王族消失的君騰——斐迪南一臉厭煩地這麼說時，我們已經飛過北門上空，回到神殿。

「妳應該多相信我一點。」

「我很相信斐迪南大人喔。」

我這麼回答後，斐迪南搖了搖頭。「快去更衣吧。」然後他推著我的背，讓我走向出來迎接的法藍一行人。

「羅潔梅茵大人，平民區的情況還好嗎？城裡有沒有被大肆破壞？有沒有很多平民傷亡？」

莫妮卡與妮可拉說她們一直沒有離開神殿，所以不曉得平民區的情況。「雖然吉魯今晚應該會報告情況……」兩人一邊說著，一邊為我脫下神殿長服。於是我告訴她們，現在平民區就和往常一樣熱鬧，一點也感覺不出昨天才發生過敵襲。兩人聽了都露出安心的微笑。

「羅潔梅茵大人，您在亞倫斯伯罕也會擔任神殿長嗎？」

「咦？」

從我完全沒有預想到的人口中聽到這種震撼性發言，我忍不住雙眼圓睜。為什麼妮可拉會這麼說？我還眨著眼睛時，莫妮卡幫忙說明。

「各位前往西門的時候，哈特姆特大人告訴我們，說領主會議結束之後，羅潔梅茵大人就會成為亞倫斯伯罕的領主，所以想把侍從也帶到那邊的神殿去，然後問了法藍與薩姆的意願呢。」

哈特姆特還說了，莫妮卡與妮可拉得在這裡服侍菲里妮，直到她成年為止，之後若有意願，可以一起移動過去。

「哈特姆特大人吩咐了我們，也要打包神殿長服放進行李當中，請問照著他的吩咐去做沒問題嗎？」

「嗯、嗯，沒問題喔。」

接著我轉過頭，看向以護衛騎士身分待在房裡的安潔莉卡與優蒂特。

「妳們兩個早就知道了嗎？」

「……用午餐前，羅潔梅茵大人在與斐迪南大人談話的時候，哈特姆特也向我們大致說明過了。現在尤修塔斯大人與莉瑟蕾塔應該正在城堡裡，和戴肯弗爾格一行人一起在宣揚這件事吧。」

居然同一時間在這麼多地方大規模地散布這項消息，想也知道肯定有斐迪南的參與。而且不光斐迪南，我也能感受到哈特姆特是認真的。看來最沒認清現實的人是我。

……早在斐迪南大人與哈特姆特聯手的時候，就已經大事不妙。剛才哈特姆特居然沒有跟著一起來西門，我就應該要察覺到他一定是背地裡有其他事情！

「那法藍和薩姆呢……？」

「他們應該正在正門的玄關大廳為斐迪南大人泡茶。因為我們已經收到指示，在羅潔梅茵大人更衣完畢後就要帶您過去……」

換好衣服的我便在莫妮卡與妮可拉的陪同下，離開神殿長室。到了正門玄關，只見斐迪南、哈特姆特與其他男性近侍都在等我。除此之外，麥西歐爾與他的近侍們也在，而且似乎是聽取過了什麼說明，臉上都是已經坦然接受的表情。

在場還有法藍和薩姆。兩人看見我後，都露出了有些不安的神情。

「羅潔梅茵大人，方才斐迪南大人與哈特姆特大人告訴我們，說您將成為奧伯・亞倫斯伯罕。還問了我們屆時是否願意一同前往，將亞倫斯伯罕的神殿打理得和這裡如出一轍……」

薩姆話聲沉穩地問道。法藍則是表情有些僵硬，用懷疑的語氣開口。

「……若我願意的話，也能與羅潔梅茵大人，還有斐迪南大人一同前往嗎？」

「那個，法藍，這件事還沒有完全確定喔。因為得有君騰的認可才行。」

我這麼回覆法藍，同時瞪了一眼周遭那些把這件事說得好像已經確定了的人。沒想到法藍竟然有些垮下肩膀，回道：「這樣啊。」我忍不住握起他的手。

「雖、雖然還不確定，但如果這件事真的定下來了，法藍願意和我們一起離開嗎？我很希望自己以後要去的神殿有法藍在。」

「那麼我們會一邊教育後進，一邊期盼著羅潔梅茵大人的傳喚。」

法藍與薩姆回話時的表情，像極了斐迪南去了亞倫斯伯罕以後，就一直等著他傳喚自己過去的拉塞法姆。我內心不由得升起無論如何一定要來接他們過去的念頭，瞪向變出騎獸後，正朝我招手的斐迪南。

「斐迪南大人。」

讓我坐上來後，斐迪南便操控著騎獸起飛，冷哼一聲。

「明明是妳自己的期望，卻如此裹足不前，這樣應該能讓妳稍微下定決心吧？」

「……但我現在連魔石也不敢碰，真的可以成為奧伯嗎？」

「只要妳做好了覺悟，一切都能解決。」

所以放膽去追求吧——斐迪南說道。在他彷彿說著「即使不安，也不要遲疑」的聲音鼓勵下，我凝視著眼前浩瀚無邊的藍天。試裝期間自己對漢娜蘿蕾還有萊歐諾蕾她們說過的夢想與話語，在腦海裡清晰浮現。

前往亞倫斯伯罕

到了城堡，只見笑容滿面的漢娜蘿蕾一行人，還有一臉五味雜陳的齊爾維斯特等人都在等著了。我抱著肯定會被罵說「妳到底在想什麼?!」的覺悟，宣告自己的決心。

「養父大人，我要成為奧伯．亞倫斯伯罕。」

「嗯，我已經知道了。」

……咦？為什麼？

明明我是在回城堡的一路上，坐在騎獸上頭剛剛決定自己要成為奧伯。而且這件事將以最糟糕的方式對齊爾維斯特帶來影響，所以我才認為必須第一個向他表明自己的決心。枉費我還做好了覺悟，心想接下來要好好溝通，讓他能夠理解我的想法，沒想到他卻是回答「我已經知道了」。這是怎麼回事？

「居然只是回答您已經知道了……養父大人不介意我前往亞倫斯伯罕嗎？這對艾倫菲斯特……」

「那當然呀，羅潔梅茵大人。奧伯．艾倫菲斯特也已經同意了。」

……啊。

看著漢娜蘿蕾與海斯赫崔臉上的笑容，以及眼神有些失焦的齊爾維斯特等人，我忽然明白了一切。也就是說在大領地的施壓之下，領主一族都已經被說服了吧。畢竟一直以來，艾倫菲斯特面對上位領地都是採取低姿態的外交策略，在戴肯弗爾格一行人的說服下，絕不可能有辦法說不吧。

「他們說明明我已同意妳去奪取亞倫斯伯罕的基礎，若不允許妳成為奧伯，實在毫無道理可言。而且要我必須知道，得到了古得里斯海得的君騰候補，地位可是比未持有古得里斯海得的當今王族還要高……」

這套說法該不會只在戴肯弗爾格才行得通吧？真的沒問題嗎？我不禁有些擔心。但是，以領地代表之姿來到艾倫菲斯特的漢娜蘿蕾說過，她會成為我的後盾。至少在戴肯弗爾格，這個想法是所有人的共識吧。

「只要能為尤根施密特帶來古得里斯海得，不管妳要去的地方是中央還是亞倫斯伯罕，終究都得離開艾倫菲斯特。我聽說要帶走的行李與人員也幾乎沒有變動。」

「是的。雖說會再帶走幾名灰衣神官及巫女，前去打理神殿，但他們並不是青衣神官，所以對於領地的整體魔力量不會有影響。離開之前，他們也會教育後進。」

哈特姆特的表情簡直是神采飛揚，開始說道：「儘管數量有些增減，但現在只差把已經準備好的行李與人員送過去。」齊爾維斯特一臉疲倦，搖搖頭嘀咕地說：「我知道了。」

「奧伯．艾倫菲斯特能夠理解，真是太好了呢。」

看著笑容滿是成就感的漢娜蘿蕾與自己的近侍們，我打從心底覺得該向齊爾維斯特道歉一聲。

「養父大人，抱歉在您疲憊萬分的時候還給您添了麻煩。我去神殿的時候，並不曉得事情會變成這樣……」

「沒事，妳不必道歉。既然斐迪南已經決定要與王族交涉，不讓艾倫菲斯特因為此事受到牽連，你們二人又是要一起前往亞倫斯伯罕，那我沒有異議。如今喬琪娜已除，還會讓我感到心力交瘁的，也就只有你們與王族了。老實說，眼看情況一變再變，讓人根本應接不暇，這我當然有很多怨言。不過，還是等到領主會議結束，一切都塵埃落定了再說吧。」

齊爾維斯特擺了擺手這麼發牢騷，再用沒好氣的眼神看向站在我身旁的斐迪南。

「不是你自己說過，要我別把心思都放在艾倫菲斯特上，到了亞倫斯伯罕後該優先考慮自己的幸福嗎？我只是決定照著你所期望的而活。」

斐迪南一派泰然自若地說完，再咧開嘴角喊了一聲：「兄長。」齊爾維斯特的臉頰一陣抽搐，臉上出現既高興又火大的表情，瞪了斐迪南一眼說：「你就只有這種時候才叫我兄長……」

兩人的互動就和私下相處時一樣，輕鬆自在得讓我忍不住覺得，是不是為了要展示給漢娜蘿蕾他們看。

「隨你高興吧。」

「養父大人，可是斐迪南大人的蓋朵莉希……」

「這我也已經知道了。妳已經說好要為他建造多達三、四間的研究所了吧？」

斐迪南開心就好──齊爾維斯特說得事不關己，但是他誤會了。其實斐迪南是想要在艾倫菲斯特建造研究所，只是因為沒能如願，才會不得已地把目標改成亞倫斯伯罕。

「養父大人，但其實斐迪南大人的蓋朵莉希是艾倫菲斯特，所以還是在這裡建造研究所，讓他隨時都能回來比較好吧……」

「艾倫菲斯特現在哪來的餘力建造研究所。既然妳已經答應斐迪南了，那就由妳負起責任。我們還得先重建被妳破壞殆盡的格拉罕之館。斐迪南說因為他胡亂修改了基貝宅邸的基礎，建議我們重新再建一座。」

被齊爾維斯特惡狠狠的目光一瞪，我不由得抱頭。

「啊、啊啊啊！真是非常對不起！我之後會做好金粉送過來。」

「現在的妳別輕易許諾這種事。」

「啊……」

斐迪南留意著戴肯弗爾格一行人的目光，暗示我現在明明連魔石也不敢碰。聞言，我仰頭看向他。即使有再多的魔力，若對魔石感到恐懼的話，一樣什麼也做不到。我重新體認到了現在的自己有多麼沒用，頹然垮下肩膀。

「之後會以賠償的名義，由亞倫斯伯罕提供援助給艾倫菲斯特，並且多予通融。妳與艾倫菲斯特的關係不會斷絕，所以不必急著補償。」

用不著這麼著急——斐迪南輕拍我的肩膀說道。

「此外，妳似乎很執著於要讓我回到艾倫菲斯特，但即使我人在他鄉，齊爾維斯特也還是這裡的奧伯。只要允許我偶爾返鄉，我不介意留在亞倫斯伯罕。」

「我的度量可沒有小到會不允許你偶爾返鄉。你的宅邸也會由我保管。」

在我一無所覺的時候，齊爾維斯特與斐迪南似乎就已經說好，今後斐迪南會住在亞倫斯伯罕。

「斐迪南大人，您真的不介意待在亞倫斯伯罕生活嗎？不會又是在犧牲自己，或是委屈退讓吧？」

「妳別再囉嗦了。這是我自己的選擇。」

「這似乎是斐迪南難得優先考慮自己的幸福所做出的選擇，所以妳就別再多嘴了。他不是要求了妳，為他建造三、四間的研究所嗎？這已經是足夠的補償了。就讓斐迪南照他想要的去做吧。」

聽齊爾維斯特這麼說完，我用力握起拳頭。既然斐迪南並不是要犧牲自己，而是為了追求幸福、決定留在亞倫斯伯罕，那就沒有問題。

「我明白了。那麼我會以奧伯．亞倫斯伯罕的身分，為斐迪南大人準備能讓他盡情投入研究的環境。我一定會讓斐迪南大人過得幸福的，請您放心吧，養父大人。」

我表明自己的決心後，齊爾維斯特忽然「噗哈」地爆笑出聲。以護衛騎士身分跟在他身旁的卡斯泰德也假咳了好幾聲，像是在拚命忍笑。漢娜蘿蕾他們則是看著我，一臉像是在說「可惜」。正當這種時候，斐迪南用力抓住我的肩膀。

「羅潔梅茵，我明白妳的決心了。到此為止，妳不要再說話。」

「斐迪南大人，您的耳朵有點紅……」

「閉嘴。」

「是。」

我被迫閉上嘴巴時，正好黎希達前來通報，說是轉移陣已經準備好了，也與境界門那邊取得聯繫。步入房內的侍從們當中，還有奧黛麗與谷麗媞亞的身影。輪流回去打包行李的萊歐諾蕾他們也在。

「我已經讓文官們開始把各位的行李送過去。還請各位往境界門移動，才能收取行李。」

「知道了。」

齊爾維斯特對黎希達點點頭後，說：「那往轉移陣移動吧。」接著他走到陽臺，變出騎獸。看來是要前往騎士訓練場那裡的轉移陣。八成已經討論過了，戴肯弗爾格一行人也毫不猶豫地開始動作。在場所有人中，最搞不清楚狀況的大概就是我了吧。

「斐迪南大人，說明有點不太充分。好像只有我完全不知道要做什麼喔？」

「路上跟妳說，快上來吧。」

斐迪南讓我坐上騎獸後，飛出陽臺。緊接著，他以旁人無法聽見的音量為我簡略說明。原來是為了不讓太多人知道我現在不敢觸碰魔石，他們想出了不使用小熊貓巴士，也能運送行李的其他辦法。

「我們會先使用轉移稅收用的轉移陣，將你們的行李送到境界門，再從境界門把東西轉移至亞倫斯伯罕的城堡。境界門那裡已經送去奧多南茲通知過了，亞倫斯伯罕那邊想必也已完成聯繫。」

「那為什麼貴族出嫁或入贅的時候不用這個方法呢？明明這麼方便。」

曾用小熊貓巴士幫斐迪南載過大量行李的我納悶發問。斐迪南於是告訴我，這是因為我和他的身分不一樣。

「從安全層面來看，因為不曉得他領會送來什麼東西，所以奧伯一般不會同意他人直接往城堡送來行李。但現在是身為奧伯的妳，要把自己的東西送往自己的城堡，所以並不需要設防……再來也是因為發動轉移陣需要魔力，所以不可能輕易下達許可。而這次的魔力要由妳自己負擔。」

他說用馬車載運雖然費時，但成本低多了。只不過，這次因為只要運送會立即用到的東西，所以還是使用轉移陣比較便捷。畢竟有我明天就要穿的衣服，要是用馬車運送絕對會來不及。

「這次妳只是短暫停留。要在那邊的工坊製作聖典，並且做好準備讓亞倫斯伯罕的人能夠參加領主會議。正式的搬遷，還有以奧伯的身分發號施令，都要等到妳在領主會議上得到認可之後。」

他說現在的首要之務，就是製作古得里斯海得魔導具，並與王族交涉。

我們利用了騎士訓練場內的巨大轉移陣，轉移至艾倫菲斯特與亞倫斯伯罕相接的境界門。儘管我很害怕魔石，但對於觸碰魔法陣、灌注魔力並不感到害怕，這讓我鬆了一大口氣。

到了境界門，只見亞倫斯伯罕與艾倫菲斯特的騎士們都在，正把我的行李從艾倫菲斯特的轉移陣搬到亞倫斯伯罕的轉移陣上。莉瑟蕾塔與谷麗媞亞在旁邊負責指揮，檢查標示牌。

「羅潔梅茵，稍後妳得反覆發動轉移陣。若需要飲用回復藥水，趁現在先喝吧。」

他說把行李送去亞倫斯伯罕的城堡以後，還要把尤修塔斯與莉瑟蕾塔等侍從，以及哈特姆特等文官們送去城堡。緊接著，我要再帶著斐迪南與護衛騎士回到境界門，與在旁等候的漢娜蘿蕾等戴肯弗爾格一行人轉移至賓德瓦德。然後從賓德瓦德轉移至戴肯弗爾格與亞倫斯伯罕相接的境界門，送戴肯弗爾格的有志之士們回去。

「因為騎士共有百人，還不曉得要來回幾次才能送完。」

「其實我們也表示過，可以一路騎乘騎獸回去……」

漢娜蘿蕾語帶擔憂地這麼說道，但斐迪南搖了搖頭。他說因為戴肯弗爾格位在亞倫斯伯罕的西南方，光從這裡飛到賓德瓦德就要花上一天的時間了，更不可能再耗費數天的時間飛過去。

「羅潔梅茵，妳在那裡鋪好轉移陣，準備轉移眾人。」

於是我照著斐迪南說的，開始準備轉移陣。當我準備好的時候，他們也已經聯繫了人在亞倫斯伯罕城堡的賽吉烏斯，以及人在賓德瓦德之館的休特朗。

「涅盧瑟爾，亞倫斯伯罕。」

確認尤修塔斯、莉瑟蕾塔、谷麗媞亞、哈特姆特還有克拉麗莎都站上來後，我與斐迪南往轉移陣灌注魔力，進行轉移。接下來，要請他們先在城堡裡整理行李與房間。等大家都走出轉移陣，並把他們交給前來迎接的萊蒂希雅後，我與斐迪南再次發動轉移陣，馬上又回到境界門。

「奧伯・艾倫菲斯特，等與王族談話的日期確定了，我再與您聯繫。」

「雖然說了大概也是白說，但麻煩你們千萬別亂來。」

……這件事好像有點難以做到呢。

面對齊爾維斯特的勸誡，我有些別開目光。因為製作古得里斯海得魔導具、與王族交涉，看在一般世人眼裡，應該稱得上是非常亂來吧。

「你們到底在打什麼主意？」

「奧伯·艾倫菲斯特，此次戰鬥究竟造成了貴領多大的損失，還請盡快計算。因為這在領主會議上將是重要議題。」

斐迪南沒有回答齊爾維斯特的問題，只是笑著蒙混帶過，然後催促漢娜蘿蕾他們趕緊上來，往轉移陣灌注魔力。看來斐迪南自己也知道，我們要做的事情非常亂來。他無視於在旁邊喊著「快點給我說明」的齊爾維斯特，催促我發動轉移陣。

「涅盧瑟爾，賓德瓦德。」

逃也似地撇下了齊爾維斯特的追問後，我們來到賓德瓦德。發現不只休特朗，戴肯弗爾格的騎士們也已全員到齊。

「奧伯·亞倫斯伯罕、斐迪南大人，歡迎兩位歸來。我們已經恭候多時。」

休特朗的寒暄莫名地誠懇又迫切。一問之下，才知道原來賓德瓦德夏之館裡備好的食物與美酒，早已被戴肯弗爾格的騎士們徹底清空。不僅如此，今天他們還從一早就自行分組，展開了迪塔大賽。不得不奉陪的亞倫斯伯罕騎士們個個難掩疲憊，對照下戴肯弗爾格的騎士們卻仍都是精力充沛。看來兩邊的基本體力有著極大的差距。

「接下來，要將各位轉移至戴肯弗爾格的境界門。」

「是！」

轉移陣一次最多只能站三十個人左右。隨後我帶著自己的護衛騎士，開始用轉移陣將戴肯弗爾格的騎士們送往境界門。與此同時，斐迪南則是向騎士們了解賓德瓦德的現況，以及有關舊孛克史德克的消息。他說賓德瓦德的宅邸就暫且封閉，等到領主會議過後再重新任命基貝。

「漢娜蘿蕾大人，讓您久等了。」

「您還特意用轉移陣送我們過來，所以我幾乎沒有等到喔。」

漢娜蘿蕾轉過頭，要剩下的騎士們都站到轉移陣上。來回了三次以後，轉移所造成的暈眩開始讓我感到不太舒服。雖然有點想要休息，但現在只要再往返一次就好了。我扶著額頭，緩緩吐了口氣。

「因為轉移太多次頭暈了嗎？」

「嗯，應該是。」

「那麼最後一次，我和妳一起過去吧。休特朗，留下五名騎士看守賓德瓦德的夏之館，其他人都回城堡去吧。」

「是！」

向休特朗下達了指示後，斐迪南與艾克哈特一起站上轉移陣。他幫忙往轉移陣灌注魔力後，轉眼我們便到了戴肯弗爾格的境界門。先抵達的騎士們正整齊地列隊等候。

「漢娜蘿蕾大人、諸位戴肯弗爾格的騎士，這次真的承蒙各位幫忙。我該怎麼表達感謝才好呢？」

「您已經送了髮飾給我，請不用再這麼……」

漢娜蘿蕾客氣地正要推辭，突然「啊」地輕呼一聲。

「由於我還未成年，所以希望您能破例邀請我前去參加領主會議。因為當羅潔梅茵大人以梅斯緹歐若拉的化身之姿，將古得里斯海得授予君騰的時候，我非常希望能在場親眼目睹。」

……啊？什麼梅斯緹歐若拉的化身？關於我的傳聞是不是越來越誇張了？

聖女傳說又進化了。漢娜蘿蕾面帶溫柔可人的笑容，顯得十分開心。但她所說的話總讓我有非常不祥的預感，或者該說感受到了哈特姆特的影子。

「那個，漢娜蘿蕾大人……」

「關於此次迪塔的補償，我們會在領主會議上與戴肯弗爾格詳談吧。那麼屆時我們也會幫您向奧伯．戴肯弗爾格提出請求，希望能讓漢娜蘿蕾大人一同出席。」

「感謝斐迪南大人。羅潔梅茵大人，真是教人期待呢。」

……期待什麼？究竟要期待什麼？

我還在眨著眼睛時，漢娜蘿蕾已經轉身面向戴肯弗爾格的騎士們。

「向為尤根施密特帶來古得里斯海得的梅斯緹歐若拉化身，敬禮！」

漢娜蘿蕾高聲這麼呼喊後，戴肯弗爾格的騎士們動作一致地用右拳敲了兩下左胸。

「那麼領主會議上再見了。」

……等、等一下。

還來不及叫住人，騎獸已經整齊劃一地騰空飛起。當我正呆若木雞時，戴肯弗爾格的騎士們已經飛遠到了不見蹤影。

「那個，斐迪南大人。這到底是怎麼一回事呢？我是要成為奧伯．亞倫斯伯罕吧？應該跟梅斯緹歐若拉的化身毫無關係才對啊？為什麼漢娜蘿蕾大人說得好像這件事已經確定了一樣？」

「是哈特姆特主張，若妳的地位不比王族崇高，妳有危險的可能性便會提高。等妳回到城堡再去問他吧。」

斐迪南說著，朝我伸出手來。

「若妳因為轉移感到頭暈，我們可以騎乘騎獸回去。這裡離亞倫斯伯罕的城市並不遠。」

「現在有其他事情比轉移更讓我頭暈。我要使用轉移陣立刻返回城堡，質問哈特姆特這是怎麼一回事！」

「羅潔梅茵大人、斐迪南大人，歡迎兩位歸來。」

用轉移陣回到城堡後，萊蒂希雅便走上前來迎接。

「我們收到了蒂緹琳朵大人的來信。對於自己想要回到亞倫斯伯罕卻無法回來，她似乎非常生氣。」

萊蒂希雅的小臉有些蒼白，遞來一封信。信上寫著：「這是什麼意思?!基礎已經被奪走，有了新奧伯?!我很快就要成為下任君騰了，雷昂齊歐大人與傑瓦吉歐大人也都在這裡。等我成為君騰，你們都走著瞧吧！」

蒂緹琳朵正是造成此次動盪的元凶。本來就已經確定得去抓她才行，但看到這封信後，還是讓人有些無力。她那顆腦袋究竟是怎麼運作的，才會發起這些行動？我完全無法理解。

「斐迪南大人，您認識信上提到的這位傑瓦吉歐大人嗎？我明明去蘭翠奈維之館拜訪過幾次，但印象中從未有過這個人。蒂緹琳朵大人到底帶了誰過去呢？」

萊蒂希雅神色不安，仰頭看向斐迪南。我也跟著往他看去。只見斐迪南面帶完美的假笑，讓人一點也看不出任何負面情感，開口說了：

「……我也只聽過名字。記得是從小便被視作蘭翠奈維國王栽培長大的男人。」

健康檢查與聖典製作

「既然現在除了雷昂齊歐，還有其他蘭翠奈維的王族也來了，我們最好動作快。羅潔梅茵，往工坊移動吧。」

「咦？今天接下來，不是要聽取留在亞倫斯伯罕的人的報告嗎……？」

「之後再說。通知眾人，把原本要向我們報告的內容，全部告知尤修塔斯與哈特姆特。」

正如同艾倫菲斯特的轉移陣是鋪設在城堡的騎士訓練場裡，亞倫斯伯罕的轉移陣也是在城堡占地內，只不過訓練場與城堡的本館有段距離。突然趕起時間的斐迪南送出了幾個奧多南茲後，讓我坐上騎獸，接著繼續狂奔。

「我們現在要去哪裡呢？」

「我工坊所在的西邊別館。若動作夠快，應該有機會在晚餐之前完成。」

斐迪南所謂的工坊，就是自己臥室裡的秘密房間。而他與工坊相通的房間因為遭到蘭翠奈維人的破壞，現在仍舊是一片狼藉。只見屋內滿目瘡痍，遭到毀損的物品散落一地。環顧房間以後，我皺起臉龐。

「真是慘不忍睹呢。」

「因為只是讓人把剩下的東西搬到客房而已。」

「為了讓斐迪南大人能在他處歇息，賽吉烏斯已經搬走了還完好無損的物品，從艾倫菲斯特帶來的行李也送去了那邊的房間，正在整理收拾。萬萬沒想到斐迪南大人會這麼急著要使用工坊。」

從艾倫菲斯特轉移過來的行李中，有個木箱裡裝著的是從圖書室工坊帶來的原料。此刻尤修塔斯正用推車推著那個木箱，無奈地聳肩。走在我身後的柯尼留斯忽然間抬高音量。

「請等一下，斐迪南大人！您打算與羅潔梅茵大人單獨待在秘密房間裡嗎？恕我無法贊同。請至少讓護衛騎士或者協助調合的文官同行。」

「想進來的人就自己進來吧。現在時間緊迫，別來礙事。」

從尤修塔斯手中接過推車後，斐迪南一轉身就進入秘密房間。艾克哈特則在秘密房間前停下腳步，以擔任護衛的姿態挺身而立，努努下巴像是在對我說：「快點進去。」我點了點頭，走進秘密房間。

……但斐迪南大人的秘密房間，應該對魔力量設有限制吧。

之前神殿裡的秘密房間就是這樣。後來他到了亞倫斯伯罕又是危機四伏，不可能不在這裡的秘密房間設置一樣的限制。我進入秘密房間以後，等著柯尼留斯與其他護衛騎士進來，但果然誰也沒有跟上。

「……斐迪南大人，柯尼留斯哥哥大人好像被擋在外面了呢？」

「我想也是。」

我們這樣一問一答的時候，與外部聯繫用的魔導具亮起陣陣光芒，傳來柯尼留斯的話聲。

「斐迪南大人，請您立刻解除限制！」

「我拒絕。你們想要進來就提高自己的魔力。艾克哈特，要是太吵就把人綑起來。晚餐前都不准來打擾。」

對著能與外部通話的魔導具說完，斐迪南便結束對話，往我轉過身。

「羅潔梅茵，過來。趁著沒人囉嗦的時候趕緊檢查吧。現在最重要的是掌握妳的身體狀況。」

斐迪南面不改色地說著犀利的評語，往我的額頭與手腕伸出手，一如既往開始健康檢查。檢查各處的同時，他還不滿地嘀咕道：「妳現在倒十分擅長掩飾了。」

「哎呀，這種時候不是應該稱讚我，變得越來越像貴族了嘛？」

居然因為我變得善於隱藏而發牢騷，這樣不對吧——我嘟嘴抗議後，斐迪南輕捏了捏我的臉頰，再瞪我一眼說：「做得很好。」

「一點也沒有被稱讚的感覺呢……」

「妳的魔力比我預期的還要不穩。祈禱時會釋放那般大量的魔力，就是這個原因造成的吧？否則悼念亡者與治癒士兵時，不需要給予足以溢出城市的祈禱。」

「我只是祈禱的時候，不分敵我悼念了所有亡者喔。另外在為士兵們施展治癒的時候，我也只是因為閉著眼睛，才沒拿捏好分寸。」

我說完後，斐迪南露出不快的神情看著我：「有必要為敵人哀悼嗎？」

「……即使尤根施密特沒有這樣的常識，我還是想這麼做。」

「是那邊的習慣嗎……」

真不愧是斐迪南，一點就通。

「這樣的言行倒也符合妳聖女的形象，所以我不會阻止，但妳必須注意釋出的魔力量。平民沒有魔力，若給予他們過多的治癒，反而會帶來負面影響。妳以後別再閉著眼睛施展治癒。」

「……我真的給了太過大量的治癒嗎？」

「幾乎足以覆蓋整座城市。」

可能是因為我當時在想，希望能夠治癒所有在艾倫菲斯特參與戰鬥過的人吧。但是看在旁人眼裡，確實會覺得我給得太多。

「目前因為不能以魔石吸出妳體內滿溢的魔力，所以用祈禱的方式釋出，倒是相對安全……」

他說我在泡過尤列汾藥水消除了魔力結塊後，現在身體又成長了，所以魔力在不穩定的情況下，為旁人帶來的危險性也會增加。斐迪南緊皺著眉，面色凝重地端詳我的臉龐。

「除了失眠、食慾不振、對魔石感到恐懼……妳是否還察覺到了其他症狀？」

「目前並沒有感受到其他症狀。只是會心想，對魔石感到恐懼這件事很不方便，必須想辦法克服才行……」

斐迪南始終神情肅穆，接連向我提出問題。比如我害怕哪種魔石？哪種情況下最感到恐懼？我看起來不怕思達普，那還有其他敢使用的魔導具嗎？

「我最害怕的，就是完全沒有加工過的原石。再來就是奧多南茲吧。看到它從生物的形態變成魔石，腦海裡就會一下子湧現戰場上的情景……」

「嗯。思達普因為看來不像魔石，所以妳才不害怕吧。這麼說來，妳變出芙琉朵蕾妮之杖時也閉著雙眼。即使是以思達普變成的物品，只要帶有魔石就無法接受嗎？」

「……我在想像具體外觀的過程中就覺得有點不舒服，才會閉上眼睛。」

「原來如此。只要不去看，妳還是能使用魔導具吧。那麼這個如何？」

斐迪南遞來一顆果實，我不解地歪過頭。在掌心中滾動的果實正是沙露嵐卜。

「看來原料本身並無問題。那妳試著往果實灌注魔力吧。我想確認在知道原料是什麼的情況下，妳是否能夠觸摸。」

聽到他要我自己做出魔石，我的手開始顫抖。斐迪南於是握住我的手，要我往長椅坐下。我握著沙露嵐卜果實，久違地坐在椅面堅硬的長椅上。感覺果實在掌心之中突然散發出強烈的存在感。

「那個，斐迪南大人。我……」

斐迪南坐在一旁，鼓勵地拍拍我的肩膀說：「一旦覺得無法忍受，妳可以丟開手中的沙露嵐卜果實，又或是閉上眼睛。」由於長大了的關係，感覺斐迪南的臉龐變得比以前還要近。那雙淡金色眼眸擔心地注視著我。

「斐迪南大人還真溫柔呢。換作是以前，你只會生氣地要我快點開始吧？」

以前就算我身體不舒服、失眠了好幾天，只要判定是必要的事情，斐迪南就會如同魔鬼一般地要求我完成。真難想像眼前的人是那個斐迪南。我老實地說出感想後，被他瞪了一眼：「妳喜歡嚴厲一點嗎？」那當然沒有。

「當時，我明知妳十分害怕看到鮮血與有人喪命，卻還是選擇了從中央進行突破，前去援助格拉罕的騎士團。而結果便是現在這樣，讓妳擁有了對魔石感到恐懼、這種以貴族來說可謂是致命傷的弱點……若我只是態度和善一點便能助妳恢復，那樣自然再好不過。但是，事情沒有這麼簡單吧？」

斐迪南有些遲疑地摸摸我的頭。那不太流暢的動作，讓我稍微鬆開了緊繃的肩膀。

「多虧有妳下定決心一起行動，也多虧了能夠施展廣域治癒魔法的妳願意從中央進行突破、與友軍會合，格拉罕的騎士團才能得救。這點千萬別忘了。」

「……是。」

於是我開始灌注魔力，只見沙露嵐卜果實慢慢地變作黃色魔石。我全身不由自主地跟著僵硬。

「這只是魔樹的果實，羅潔梅茵。這只是沙露嵐卜。不需要害怕。」

儘管斐迪南在旁邊這麼告訴我，但映在自己眼中的事物仍是魔石。成功將原料變成魔石以後，握著魔石的感覺卻令我感到恐懼，忍不住再一鼓作氣灌注了魔力。頃刻間沙露嵐卜果實就化作了金粉。

「看、看來我還是可以製作金粉，之後就能提供給養父大人，讓他修理格拉罕的宅邸了呢。」

「現在是在秘密房間裡，妳不必再硬擠出那麼拙劣的假笑。抱歉讓妳感到害怕了，但我想確認的事情已經確認完畢。在我做好準備前，妳先飲用藥水休息一下吧。」

說完斐迪南站起來，拿出櫃子裡的藥水量了分量後遞給我。接著，他開始忙碌地拿取物品、擺在桌上，為調合做準備。剛才他還對柯尼留斯說現在時間緊迫，看來確實不假，手部的動作一點遲疑也沒有。

我看著斐迪南拿出一疊紙張，一邊聞了聞他給我的藥水的味道。聞起來跟平常喝的回復藥水又不太一樣。

「這是什麼藥水呢？」

「是種讓妳在沒有食慾時，也能吃下東西的便利藥水。等一下妳一定得吃些亞倫斯伯罕的食物吧？所以現在先飲用吧。」

以我現在的身體狀況，要吃使用了大量辛香料的亞倫斯伯罕餐點恐怕會不太好受。想起我昏睡了兩天之後，萊蒂希雅所提供的「營養豐富的餐點」，我決定乖乖喝下。

「不知道蒂緹琳朵大人現在在哪裡呢？這時的她既進不了宿舍，也無法回到蘭翠奈維之館吧？」

「……蘭翠奈維之館裡的轉移陣，是供前往離宮的公主與要成為國王的孩童所用。既然他們使用了蘭翠奈維之館裡的轉移陣，人應該是在阿妲姬莎離宮裡吧？那座離宮坐落在貴族院，正好適合去取得古得里斯海得。」

他說這是因為當年的君騰在接受阿妲姬莎時，並不想在自己居住的中央裡頭為其準備居所。

「斐迪南大人，你是怎麼知道這些事情的呢？」

「只是相關記憶擅自灌進了我的腦海裡。若妳的聖典裡頭沒有這方面的記述，那樣也好。因為妳不必知道有這種地方的存在。」

這似乎是斐迪南在取得梅斯緹歐若拉之書時所獲得的知識。我試著察看自己的梅斯緹歐若拉之書。有關阿妲姬莎的記述可以說是完全找不到。

「我想把妳的知識抄寫到這些紙張上。」

斐迪南在長椅前方搬來一張矮桌，「咚沙」地放下大量紙張。在我送來給他的魔紙上，密密麻麻地寫滿文字。想到接下來要創造一本書，我的心情稍微雀躍起來。

「古得里斯海得。」

斐迪南在我身旁坐下，變出自己的梅斯緹歐若拉之書並攤開來。看到旁邊有本偌大的書籍，我傾斜身子看向書上的內容。頁面上有文字浮起。但是，只見文字之間到處都有空白。

「羅潔梅茵，幫我從妳的梅斯緹歐若拉之書中找出這部分的記述。」

斐迪南指著空白部分，要我找出國境門的相關記述。我於是變出自己的梅斯緹歐若拉之書，開始搜尋。同一時間斐迪南則是往矮桌伸長手，翻看了幾張魔紙後，從中拿出一張記述有著缺失的魔紙。

「找到了。」

我看著自己找到的記述，再與斐迪南打開的梅斯緹歐若拉之書做比對，確認沒有找錯。斐迪南便看著我的梅斯緹歐若拉之書，填補起魔紙上有空白的地方。雖然他寫字的速度很快，但要抄寫完所有內容，還是太耗時耗力了吧。

「斐迪南大人，要不要用複製魔法，把文字複製到魔紙上呢？畢竟要抄寫完所有內容是很浩大的工程吧？」

「……若能縮短時間自然最好，妳辦得到嗎？」

「哼哼，你等著瞧吧。」

我伸出指尖，點在自己的梅斯緹歐若拉之書上，設定起點和終點。

「複製貼貼！」

「羅潔梅茵，字的大小不一致。」

「奇、奇怪了？」

之前我從來沒有以填補空白的方式，往已經寫有文字的魔紙複製圖文。我無法把文字複製成剛好一模一樣的大小再貼上去。

「雖、雖然不一致，但還是可以閱讀喔。」

「不美觀。」

「……也是啦。我也覺得看起來不太好看。」

貼上去的文字大小明顯不一樣，看起來既不美觀，老實說我也覺得不好閱讀。

「儘管極度不美觀，但這部分因為只有文字而已，即使文字的大小不同也勉強能夠閱讀。但魔法陣若是複製時大小不一致，便無法順利完成合併，那樣就麻煩了。所以妳的新魔法派不上用場。」

「請、請等一下。我可以試試看能不能放大或縮小。」

「我已經說了，現在時間緊迫。我自己抄寫更快。」

斐迪南果斷地放棄了使用複製魔法。

「其實應該很好用才對。請不要這麼輕易就放棄。」

「我沒有放棄，只是改日再研究即可。我說了現在刻不容緩。」

「但我就是為了節省時間才發明這個魔法的耶！」

要是沒能在這種時候派上用場，未免太哀傷了。我強力主張起這個魔法有多麼好用後，斐迪南一臉厭煩地把自己的梅斯緹歐若拉之書推給我。

「那麼，試試看能否把妳聖典裡的內容複製到我的聖典上吧。畢竟每次都要妳找給我看確實浪費時間，若能直接複製過來，當然是再好不過。但若是妳失敗了，這次就得宣告放棄。」

「知道了，我試試看。複製貼貼！」

我把內容複製到斐迪南的聖典上，試著將剛才的空白填補起來。眨眼間，我的魔力隨著文字一起被吸了進去。

「成功了！我成功了，斐迪南大人！而且文字的大小完美一致，徹底補上了原先沒有的知識呢。」

這下子可以派上用場了吧？我滿懷期待地注視斐迪南，卻見他若有所思，環抱著手臂面色深沉。

「方便是方便……」

「有什麼問題嗎？」

斐迪南思索了一會兒後，緩慢地站起身，拿來兩個試管般的瓶子。

「雖然我也覺得非常方便，還能縮短時間提升效率……但能麻煩妳先喝下這兩瓶藥水再繼續嗎？」

「這些是什麼？」

「是妳以前喝過的藥水。妳喝了就知道。」

一頭霧水的我喝下藥水。第一瓶藥水跟回復藥水比起來，味道甜甜的，而且容易入口，但我不記得自己曾經喝過。老實說我毫無頭緒。不過，第二瓶藥水我就有印象了。是我魔力枯竭時，斐迪南為了應急曾讓我喝過的藥水。

「第一瓶藥水我不曉得是什麼，但第二瓶我就知道是什麼時候喝過的喔。可是，我現在的魔力明明很充足啊……」

「妳不曉得是什麼？是嘛。嗯，也罷。接下來我指到哪裡，就填補哪裡的內容。」

斐迪南輕輕甩頭像是在為自己打氣，接著長長吐了口氣，重新打起精神翻開書頁。我看向頁面上的內容，搜尋自己的聖典，將內容複製上去，一再重複同樣的動作。

「……斐迪南大人，你還好嗎？身體好像不太舒服的樣子呢。」

我照著指示一一複製內容，同時觀察坐在身旁的斐迪南。他一下子扶額，一下子摩挲上手臂，情況明顯不太對勁。

「不必管我。」

「怎麼可能不管嘛！你現在的臉色明顯不對勁……啊！是因為中毒之後，都沒有好好休息過吧？那別製作聖典了，應該先去休息才對……」

「看柯尼留斯方才的反應，接下來有可能再也進不了秘密房間。只要複製好了履行職責所需的部分，剩下的我可以自己處理。妳現在先專心複製吧。」

我們只有晚餐前這短短的時間了——在斐迪南的瞪視下，我只好照著他的指示繼續複製。複製貼貼、複製貼貼。

「複製好了這些，接下來我便能獨力完成。由於還有用到魔石的步驟，妳先離開工坊吧。」

我的複製任務終於結束時，斐迪南整個人明顯虛脫無力。

「斐迪南大人，你身體不舒服才應該先出去吧。晚餐之前最好還是休息一下。」

「我沒事。妳別管我了，快點出去吧。」

斐迪南一臉厭煩地說道，輕輕擺了擺手。明明身體很顯然不舒服，斐迪南卻從剛才開始就一再堅稱自己沒事，這讓我有些煩躁。不過，他本來就不喜歡在別人面前顯露自己虛弱的一面，這也不是第一次了。

「如果斐迪南大人沒有不舒服的話，接下來換你把內容複製到我的梅斯緹歐若拉之書上吧。」

「妳在說什麼？我拒絕。」

斐迪南的眼神像在看著難以置信的大笨蛋，我心頭一陣光火。

「什麼我在說什麼，這是我要說的話才對吧。明明斐迪南大人的梅斯緹歐若拉之書因為複製魔法而增加了內容，卻不願意幫我增加，未免太過分了吧。」

我也想看更多內容啊，居然只讓自己的梅斯緹歐若拉之書複製新增，這樣也太不公平了。對於我的主張，斐迪南不悅皺眉。

「妳的新魔法無論是發音還是原理都非比尋常，可能得花點時間才能學會，所以我拒絕。」

「斐迪南大人一定沒問題的。像水槍你不是也很快就學會了嗎？」

明明波尼法狄斯他們學了老半天，但我記得只有斐迪南一下子就學會了。我認為他一定可以很快學會。然而，斐迪南的反應卻是明顯要抗拒到底。

「要是斐迪南大人不願意學複製魔法，那就由我來複製吧。請把你的梅斯緹歐若拉之書借我。」

「妳能自行複製別人的內容嗎？」

「可能要試試才知道……」

我朝斐迪南還打開著的聖典伸出手，定好起點後再移動指尖設定終點，指定範圍。瞬間，斐迪南倒吸口氣，拍開我的手，火速合起梅斯緹歐若拉之書並消除。

「啊！感覺好像可以成功，為什麼要消除?!」

「對妳來說還太早了。至少要等到成年之後。」

「咦？我還有兩年才會成年喔？太久了吧。明明剛才……」

明明斐迪南剛才還不介意我嘗試，此刻卻態度丕變，這讓我瞪大了眼睛。然而斐迪南只是瞪著我，堅決搖頭。

「我有我的理由。現在絕對不行。」

「什麼理由？是我可以接受的理由嗎？」

斐迪南完全不說明原因，只是一再表示「不行」。但我還是緊盯他的臉龐，強烈要求說明，他卻說著「妳別靠我這麼近」推開我的額頭。

「而且我說過很多遍了，現在沒有時間。比起增加妳聖典裡的內容，製作聖典魔導具才是首要之務。為了妳自己著想，最好在我拿出調合用魔石前離開。」

「……斐迪南大人，傑瓦吉歐這個人是威脅嗎？」

斐迪南會頻頻地說「沒有時間」，又焦急地想要立刻做好古得里斯海得魔導具，好像都是在萊蒂希雅提起了傑瓦吉歐這個名字之後。

「既然你說他從小就被視作蘭翠奈維的國王栽培，代表傑瓦吉歐是斐迪南大人的兄長嗎？」

瞬間，斐迪南臉上的表情盡數消失。無論是生氣還是焦急，全部隱沒無蹤。但他那雙淡金色眼眸緊盯著我好幾秒鐘，像在查探我的反應。接著他望向自己的掌心，斟酌著字句般徐徐開口。

「傑瓦吉歐並非我的兄長，我也沒有與他見過面的記憶。但是，我知道他。」

是從梅斯緹歐若拉之書得來的知識吧。斐迪南彷彿在看著已經消除的梅斯緹歐若拉之書，定睛凝視自己的掌心。

「當時阿姐姬莎有三名女性，在她們生下的男孩當中，因為是全屬性，魔力量又最高，便被選為未來蘭翠奈維國王的人正是傑瓦吉歐。」

「這也就是說，他的魔力量比斐迪南大人還高嗎？」

真的有這種人存在嗎？我歪過頭問道，斐迪南緩緩點頭。

「據說受洗前的測試，他的魔力量遠遠高出其他人一截……順便說明，我是在他被送去蘭翠奈維當國王後才出生的。母親似乎從一開始就是以魔石為目的而生下我，因此她在尋找對象的時候，並不是以提高魔力量為目標，而是著重於補足自己欠缺的屬性。所以我雖然在阿妲姬莎之實中魔力最低，但因為屬性值十分平均，又是全屬性，本是最適合變作魔石的孩子。」

斐迪南語氣平淡地說著這樣的過去，臉上的表情就像在看著絕望深淵。聽完，我不寒而慄。看著他毫無表情的側臉，反而是我感到想哭。這種知識他一定不想知道吧。斐迪南應該是在就讀貴族院時取得了梅斯緹歐若拉之書，一個年紀和現在的自己差不多的孩子竟然知道了這些事情，實在太過殘酷。

我不由自主坐起身，伸出手。然後跪在長椅椅面上挺直身子，張手抱住斐迪南。

「斐迪南大人，你並不是為了被變作魔石而出生的喔。你的出生，是為了來當艾倫菲斯特的領主候補生。所以才會有神的指引啊。」

「羅潔梅茵，妳快放開。」

斐迪南語氣焦急，手拍著我的背，但我直接拒絕：「不行。」然後更是用力抱緊。

「斐迪南大人不能把自己當成魔石，得好好活著才行，但你絕對不這麼認為吧？前任奧伯是因為需要斐迪南大人才會收養你，現在我和養父大人也很需要你喔。在你說知道了之前我絕不放手。」

「我知道了。我已經非常了解，所以妳快點放開。妳未免太容易感情用事了。我看妳似乎沒有多少自覺，但妳如今已經成長到了適婚年齡的外貌，應該再多有一些女性該有的矜持。」

但就是因為我現在多少懂得矜持了，才會沒有拜託斐迪南「給我抱抱」，但看來這樣的矜持還是不太夠。明明是好心想安慰人，卻莫名其妙被訓了一頓。

「總之妳快出去吧。我要接著製作魔導具。妳得把自己現在不敢觸碰魔石的症狀告知近侍，然後與他們好好商議，讓妳能在日常生活中盡量不看到魔石。或者也可以討論領主會議所需的魔石胸針該如何調合。此事不能讓其他貴族知道，所以你們討論時記得屏除亞倫斯伯罕的貴族。」

斐迪南驅趕著我，要我快點離開。事情一辦完就趕人，實在有些過分，但斐迪南平常就是這樣的人了。

……反正我看斐迪南大人好像也恢復精神了，就不跟他計較啦。

「羅潔梅茵。」

一走出秘密房間，柯尼留斯立刻迎了上來，檢查我全身上下有無異樣。

「竟然強行地把近侍排除在外，你們到底在裡面做什麼？」

「柯尼留斯哥哥大人，您不用這麼擔心，斐迪南大人什麼也沒做喔。他只是擔心我的身體狀況，幫我做了健康檢查。」

「什麼都沒做也不行。你們不是夫妻卻單獨進入秘密房間，這樣不合禮數。」

柯尼留斯苦口婆心地說明這麼做有多麼敗壞名聲，而且還嚴重到了就算被人懷疑我們在婚前便有逾矩行為也不奇怪。但是，斐迪南多半不想公開自己持有梅斯緹歐若拉之書一事，偏偏我們剛才還在裡頭攤開兩本梅斯緹歐若拉之書，所以絕不可能讓其他人進來。況且身體檢查時還提到了我的前世，再加上明明不太願意開口，斐迪南仍告訴了我一些有關阿妲姬莎的事情。要是有旁人在，他絕對不會吐露半個字吧。

「對斐迪南大人來說，屏除近侍確實是必要之舉喔。」

「羅潔梅茵，妳應該更愛惜自己……」

「我們在裡面做了什麼、斐迪南大人現在在調合什麼東西，這些恕我都無法告知。但是事情一辦完，我就被斐迪南大人趕出來了，所以沒有發生任何柯尼留斯哥哥大人需要擔心的事情喔。」

動手動腳的反倒是我，還被罵說沒有女性的矜持。此刻的我正有些後悔。

「不說這個了。關於斐迪南大人診斷的結果還有以後的事情，我有重要的話要跟大家說。請幫忙召集所有近侍。」

柯尼留斯看了看秘密房間的房門再看向我，最終大步離開。我目送著他離開時，艾克哈特問道：「斐迪南大人還不出來嗎？」

「不需要我幫忙以後，斐迪南大人就趕我出來，但他自己好像要在裡面繼續調合。不過，我看他身體不太舒服的樣子，可能也會順便調合自己要喝的藥水吧。」

「是嗎？我知道了。」

向艾克哈特報告了斐迪南目前的情況後，我再喚來在場自己的近侍，準備要往莉瑟蕾塔他們正在整理的客房移動。正當這個時候，柯尼留斯神色慌張地跑回來。

「哈特姆特送來奧多南茲說，文官在找奧伯。好像是有艾倫菲斯特的緊急聯繫。」

「艾克哈特哥哥大人，那麻煩您通知斐迪南大人。我就先過去了。」

我走路速度慢，在走到領主辦公室之前，斐迪南大概就已經追上來與我會合了。接著我盡可能快步移動。不出所料，在我抵達領主辦公室前，斐迪南就追上來了。

戴肯弗爾格的請求

到達領主辦公室後，文官告訴我領主間所用的緊急通訊魔導具在發光。斐迪南稍微走在前方，向我招手說：「就是這個。」他所指著的東西從形狀與大小來看，都和我見過的水鏡魔導具十分相像，只不過現在就像蓋著蓋子一樣，鏡子部分並未顯現出來。

「羅潔梅茵，妳稍微閉上眼睛。我會引導妳，妳再灌注魔力。」

「是。」

我照著斐迪南說的閉上眼睛，接著感覺到自己的手被人握住，放在某種東西上。我灌注了魔力後，斐迪南就要我睜開眼睛。這時眼前已經是自己熟悉的水鏡，鏡子裡還出現了齊爾維斯特的身影。

「羅潔梅茵，太慢了。妳離開辦公室跑到哪裡去了？」

似乎是等了好一會兒，齊爾維斯特一開口就先抱怨。不過，這也是因為他要說的事情確實緊急。

「人在貴族院的赫思爾送來了回覆。她說在文官樓附近發現一群陌生人。」

聽說赫思爾因為研究進行得正順利，本來打算先不理會齊爾維斯特的命令。然而，這些天雷蒙特因為無法進入亞倫斯伯罕舍，都是在文官樓裡留宿，因此發現了有一群沒見過的人在文官樓附近四處徘徊，於是向她報告。畢竟有陌生人在貴族院內出沒，身上還未披著任何一個領地的披風，明顯十分可疑。赫思爾這才驚覺，也許奧伯．艾倫菲斯特說的是真的，便急忙送出奧多南茲，開始聯繫各方。

「看來養父大人沒什麼信用呢。」

「赫思爾老是滿腦子只有研究，這也不是第一次了。」

「幸好我留下了雷蒙特。」

斐迪南點了點頭說道。但他對於突然無法返回宿舍的雷蒙特，有好好地報告、聯絡與商量過嗎？我覺得完全沒有。

「赫思爾說她聯繫了貴族院裡的老師們，還有王族與中央騎士團。而王族似乎馬上就派遣了中央騎士團前來，之後便有披著黑色披風的身影在貴族院內出沒。」

「是嗎……那就好。」

加強中央守衛的王族若已經往貴族院派遣了中央騎士團，那就不用擔心吧。因為就連戴肯弗爾格的有志之士們都能夠迅速地制伏蘭翠奈維的士兵，齊爾維斯特又已經提供了有關銀布與即死劇毒的情報，相信不用多久時間，就能抓到那些入侵者吧。我安心地吁了口氣時，齊爾維斯特卻是面色凝重，搖了搖頭。

「……羅潔梅茵，就是因為情況不容樂觀，我才會使用緊急聯繫用的魔導具。」

「咦？」

「貴族院的圖書館員……妳特別擔心的索蘭芝並未有任何回覆。現在還不曉得她只是剛好處在無法回覆的情形下，還是出了什麼事。赫思爾也說她本來想過去看看情況，但正好收到戴肯弗爾格的舍監洛飛的奧多南茲，要眾人暫時不要外出。」

我感覺眼前突然一黑。

「現在貴族院很可能出了什麼狀況，我只是想通知妳一聲。因為眼下艾倫菲斯特只能提供情報，人手與物資方面都無法提供協助。」

「養父大人，由衷感謝您的告知。因為我們現在沒有舍監，完全無法取得貴族院那邊的消息。」

我向齊爾維斯特道謝後，便結束了水鏡魔導具的通訊。接著，我轉頭看向斐迪南。

「斐迪南大人，我要前往貴族院的圖書館。」

「這我不同意，妳必須在亞倫斯伯罕留守。現在的妳不適合一起行動。」

聽出斐迪南的言下之意是我現在連騎獸也無法乘坐，就算去了又能如何。我一時語塞。可是，我還是非常擔心索蘭芝、休華茲與懷斯。

「至少要是能讓休華茲與懷斯進入戰鬥狀態，就可以保護索蘭芝老師了……」

如果要把休華茲與懷斯設定成戰鬥模式，必須往按鈕造型的魔石灌注魔力。

「休華茲與懷斯應該很強吧。我聽說在神殿與敵人交手的時候，蘇彌魯他們可是大顯身手呢。」

聽到我這麼說，曾經研究過休華茲與懷斯、還設計出蘇彌魯魔導具原型的斐迪南哼了一聲。

「休華茲與懷斯可是從前的公主為了消滅君騰候補所製作的魔導具。區區一群烏合之眾，怎麼可能贏得了他們。」

「那麼休華茲與懷斯一定很強。索蘭芝老師應該會平安無事吧？」

即便只是口頭上的安慰，我也希望斐迪南能夠給予肯定的答案。然而，他卻是垂下目光，逼我面對現實。

「若想讓圖書館的魔導具進入戰鬥狀態，我記得需要有主人的命令與魔力。索蘭芝老師並不是他們的主人，不一定能成功。但再怎麼心急如焚，妳還是不能前往。以妳現在的狀態，去了又能做什麼？」

斐迪南冷漠地道，斷然搖頭。就在這時候，緊急聯繫用的魔導具再次亮起光芒。

「……戴肯弗爾格？開啟通話吧。羅潔梅茵，閉上眼睛。」

斐迪南握住我的手，讓我觸碰魔石。緊接著魔導具的表面變作水鏡，映出奧伯．戴肯弗爾格的身影。

「奧伯．亞倫斯伯罕，很高興看到您安然無恙。漢娜蘿蕾已經向我報告過了。聽說您在戰場上的表現英勇非凡。派往亞倫斯伯罕協助的有志之士竟無一人戰死，悉數平安歸來，老實說我很是吃驚。」

奧伯．戴肯弗爾格的態度簡直是前所未有的恭敬。坦白說我才大吃一驚，只能連連眨眼睛。

「突然與您聯繫，自然是有要事相商。請問您知道貴族院現在的情況嗎？」

「目前亞倫斯伯罕並沒有舍監，但剛才奧伯．艾倫菲斯特聯繫我們，說是貴族院的文官樓附近出現了一群陌生人。多半就是蘭翠奈維的人吧。此事也已經向王族還有中央騎士團稟報了。另外，我還聽說聯繫不上擔任圖書館員的索蘭芝老師。真希望能盡快聯繫上她呢……但既然中央騎士團已經趕過去了，想必很快就能制伏敵人吧？」

我這麼表示後，奧伯．戴肯弗爾格的表情卻變得嚴峻。

「不。據戴肯弗爾格的舍監洛飛所說，身披黑色披風的中央騎士團雖然出現在了貴族院內，但他們似乎是聽命於那群外來者。」

「咦？」

「不僅如此，明明蒂緹琳朵也在那群人之中，他們卻絲毫沒有要逮捕她的跡象。」

這是王族允許的嗎？還是中央騎士團叛變了？由於搞不清楚這是怎麼一回事，洛飛便把這些情報提供給了奧伯．戴肯弗爾格，並尋求他的指示。

「戴肯弗爾格也未能與君騰取得聯繫。」

「呃，所以現在是……」

「因此，我要向取得了古得里斯海得，如今已是正當下任君騰候補的羅潔梅茵大人提出請求。請您守護貴族院，斷不能容忍外來者的入侵。那裡可謂是尤根施密特的中樞之地。」

奧伯．戴肯弗爾格的發言讓我屏住呼吸。

「這應該要對君騰……」

「羅潔梅茵大人既是下任君騰候補，戴肯弗爾格自然願意任您差遣。請您下令，要我們前往守護貴族院。戴肯弗爾格身為君騰之劍，定不辱命。」

「這個請求恕我們無法立即答覆。」

在我說話之前，在我身後看著水鏡的斐迪南先開口回答了。

「羅潔梅茵雖然取得了古得里斯海得，但她在奪得基礎後，現在已是奧伯．亞倫斯伯罕。因此，她不能下達這種命令。」

「斐迪南大人，難道你不明白貴族院的重要性嗎?!此刻外來者正擅自闖入貴族院！現在沒有時間再去顧慮這些。」

既然蒂緹琳朵是為了君騰之位而前往貴族院，那麼此刻最危險的地方，就是放有古得里斯海得的貴族院圖書館。現在圖書館裡，就只有索蘭芝、休華茲與懷斯在吧。想想蘭翠奈維的士兵們是如何在亞倫斯伯罕的貴族區內胡作非為，就不難想見蒂緹琳朵與蘭翠奈維的人也會在圖書館內大搞破壞。

「斐迪南大人，貴族院的圖書館裡有索蘭芝老師……而且，赫思爾老師也在貴族院。」

赫思爾還往各方送出了奧多南茲，告知可疑人物的出現，並向王族還有中央的騎士團求援。倘若中央騎士團真的背叛，赫思爾現在的處境也非常危險，包括正與她待在一起的雷蒙特。

「……雖然我沒來由地覺得，不管發生什麼事情，赫思爾老師想必都能平安無事，但她現在的處境很危險吧？要是戴肯弗爾格願意提供協助，是不是該伸出援手呢？」

我回過頭這麼說道，斐迪南卻是冷冷反駁：「笨蛋，現在處境最危險的人是妳。」接著，他神色凌厲地注視水鏡中的奧伯．戴肯弗爾格，以平靜的口吻說：

「貴族院遭人擅闖，我同樣認為這是非常嚴重的事態，也理解貴族院的重要性。但是，羅潔梅茵不能不自量力，輕易就下達這種命令。倘若羅潔梅茵真的一聲令下，那麼在王族獲救之後，或者蒂緹琳朵他們取得了古得里斯海得與國家的基礎之際，羅潔梅茵很可能因其僭越之舉而受到譴責，或被指控成是反叛者。」

若我一聲令下，等到王族被救出來，他們未必會單純地對我抱有感激之情。斐迪南低聲說著，他們很可能反倒趁著這個機會，更加積極地想把取得了古得里斯海得的我納為王族，然後佯裝親切地表示，可以幫忙平息指控我是逆賊的輿論，但同時提出強人所難的要求。回想了下王族至今的所作所為，我只能點頭同意斐迪南說的話。

「倘若羅潔梅茵下了令，事後情況卻變得對她不利，那麼自稱是君騰之劍的戴肯弗爾格又會如何表態？」

您很可能站在君騰那一邊吧？——斐迪南這麼對奧伯．戴肯弗爾格說。

「斐迪南大人，您這麼說也太失禮了。既然奧伯．戴肯弗爾格都提出了希望我下達命令的請求，應該不會這麼無情無義吧？」

「所以大家才會說妳太天真了。」

斐迪南對著我冷笑一聲，再轉向奧伯．戴肯弗爾格。

「戴肯弗爾格歷史悠久，為了自領，奧伯不時得做出冷酷無情的決斷吧。考慮到您的身分，不能輕易允諾也是理所當然，但是眼看羅潔梅茵有可能被迫攬下所有責任，恕我無法坐視不管。」

「但事態再怎麼緊急，只要沒有命令，戴肯弗爾格便不能往中央派出騎士團。難道你要任由蘭翠奈維的人與蒂緹琳朵為所欲為，甚至任由外來者取得古得里斯海得嗎？既然眼下無法與王族取得聯繫，那麼能夠發號施令的，就只有持有古得里斯海得的下任君騰候補羅潔梅茵大人！」

奧伯・戴肯弗爾格並沒有說「我絕不會做出那種無情無義之舉」。雖然說了要守護貴族院，也說了自己是君騰之劍，但從頭到尾沒有說過要保護我。對話期間他也一直有著明確的區分，時而視我為「奧伯・亞倫斯伯罕」，時而是「下任君騰候補」。

「現在能夠拯救尤根施密特的只有一人！」

「並非只有一個人。」

斐迪南平靜的話聲讓我忍不住回頭。持有梅斯緹歐若拉之書的確實不只我一個人。而且在我複製了內容後，眼前的人已經能夠履行君騰之責，遠比我更適合成為君騰。

……可是，斐迪南大人他……

應該一點也不想成為君騰。他想要的生活，是留在亞倫斯伯罕盡情研究。一想到他又要發揮自我犧牲的精神，放棄自己理想中的生活，我不由得揪住他的胸口。

「斐迪南大人，請等一下。您的意思是……」

「屆時會由您成為下任君騰，奧伯・戴肯弗爾格。」

「咦？」

「……啊？」

徹底出乎預料的發言讓我腦筋一片空白。我怔怔地仰著頭，看見斐迪南勾起嘴角。

「您方才不是說，已經聽取了漢娜蘿蕾大人的報告嗎？那麼也應該知道，羅潔梅茵不僅為尤根施密特再次帶來了古得里斯海得，還帶領眾人向神獻上祈禱，乃是睿智女神梅斯緹歐若拉的化身。而女神化身的職責，便是將古得里斯海得授予她認為符合資格的對象，絕非由她自己成為君騰。」

斐迪南臉不紅、氣不喘地說著這些話，同時直視奧伯，淡金色的眼眸裡跳動著挑釁的光芒。

「奧伯．戴肯弗爾格，一旦您向女神的化身展示自己的力量，就代表您同意了由羅潔梅茵授予您古得里斯海得。如今中央騎士團成了我們的敵人，倘若無法救出王族，便會由您接下古得里斯海得，成為下任君騰。請在做好戴肯弗爾格將承擔所有責任的覺悟之後，再請求羅潔梅茵下令。」

奧伯．戴肯弗爾格雙眼瞪得老大，定睛注視斐迪南。對此，斐迪南只是眼底有著挑釁光芒，但臉上仍是社交用的淡淡微笑。

「我是奧伯．戴肯弗爾格。」

「羅潔梅茵是奧伯．亞倫斯伯罕。戴肯弗爾格究竟是只想把責任都推給她，在有了正當的名義後大打一場，還是即使領主有可能被任命為君騰，仍然真心實意地想要化解尤根施密特的危機……希望請求羅潔梅茵下令的戴肯弗爾格能夠明示。」

一如戴肯弗爾格想要有正當的名義來保護自領，我們當然也要採取可以保護羅潔梅茵與亞倫斯伯罕的必要手段——斐迪南如此笑道。

「視時勢與情況而定，您也許會成為下任君騰，所以最好還是與第一夫人好好商議。此外，還得任命下任領主。這些都不是能夠獨斷獨行之事。況且，應該也有領地並不樂見戴肯弗爾格擅作主張吧？您已知會過其他領地了嗎？」

嘴上說的雖然是問句，但斐迪南的意思明顯是「你們自己去搞定」。

「最主要是羅潔梅茵剛從艾倫菲斯特回來，目前仍需要休息。她的身體狀況並不適

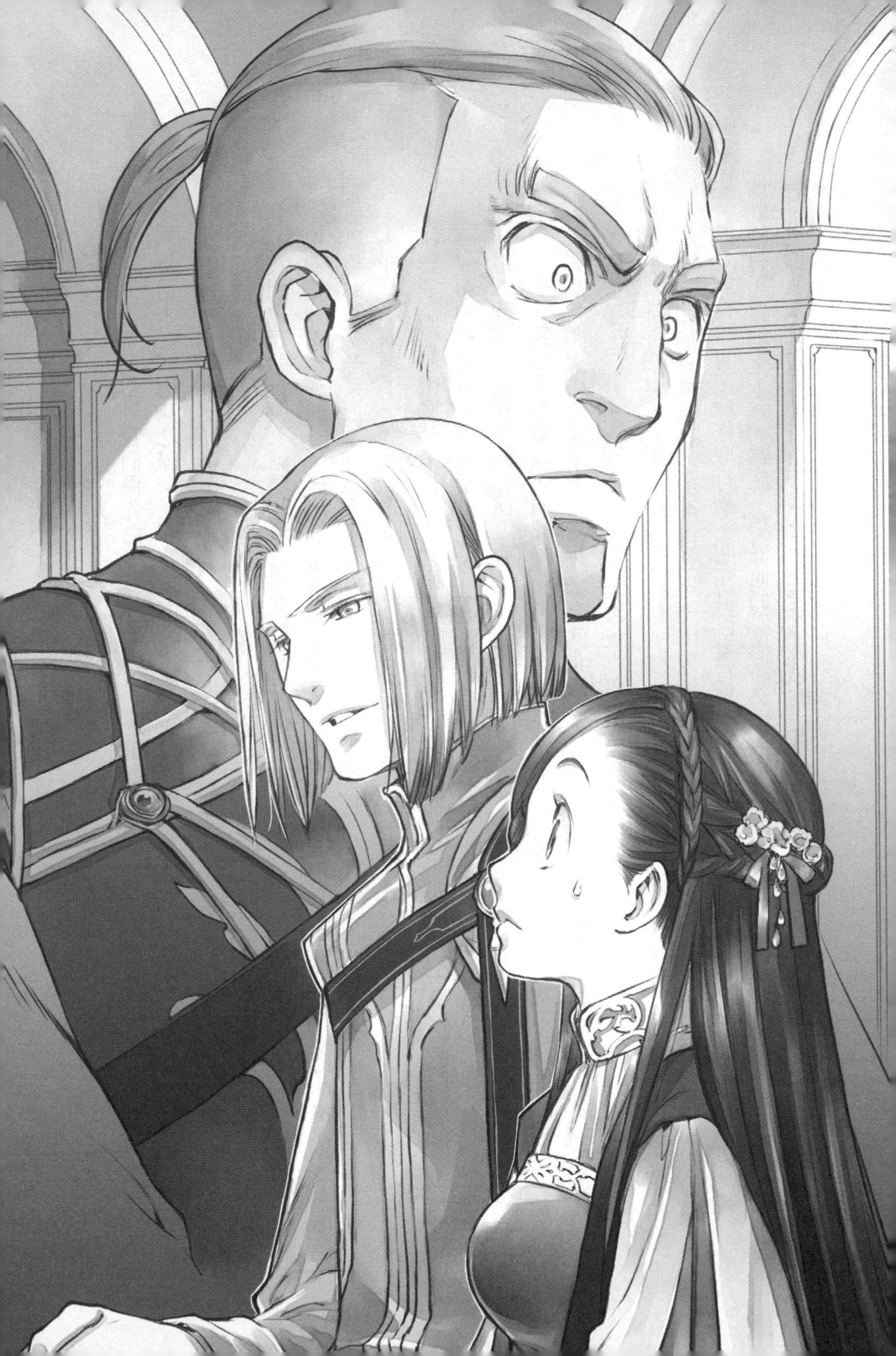

合上戰場。再者，由於我們優先送了戴肯弗爾格的騎士返回領地，因此亞倫斯伯罕的主力騎士們都還未從賓德瓦德歸來。即便您提出請求，我們也無法下令。」

斐迪南一邊告訴對方，我們還有遠赴艾倫菲斯特的騎士尚未歸來，一邊不動聲色地握住我的手。

「我們會在明日第三鐘聽取戴肯弗爾格的決斷。」

接著斐迪南小聲問我，能否結束通話。我點一點頭後，向腦袋似乎還一團混亂的奧伯．戴肯弗爾格微笑道：「那麼先失陪了。」然後閉上眼睛，由斐迪南結束通話。

「好歹爭取到了一個晚上的時間，但看來得在天亮前完成才行了。」

確認通話已經徹底結束後，斐迪南便長吁口氣，並朝我瞪來。

「他領的要求不要輕易答應。妳已經決定要成為奧伯．亞倫斯伯罕了。對於下任君騰候補這六個字，最該時刻心懷警戒，絕不能附和同意。」

「可是，我很擔心貴族院的圖書館嘛。又聽說聯繫不上索蘭芝老師……」

撇開戴肯弗爾格的請求不說，我本來就非常擔心貴族院的情況。甚至要是體力與魔力完全恢復了，我就想立刻趕過去。既然戴肯弗爾格願意伸出援手，那麼答應對方的請求，獲勝機率也會比較高吧。

「回報的消息並沒有說奧多南茲送不出去，所以性命應該暫時無憂。妳不必太過擔心，戴肯弗爾格肯定會採取行動。明知自己還有辦法能派出騎士相助，戴肯弗爾格這個領地就絕對不會坐視不管。雖然不曉得他們與他領交涉會花多少時間，但我把期限定在明日時，奧伯並未反對。妳得做好只有今晚能夠休息的心理準備。現在妳最需要的就是休息。

比起旁人，妳還是先擔心自己吧。」

斐迪南說我多次發動了轉移陣、轉移戴肯弗爾格的騎士們，所以現在不只藥水，也需要真正的休息。

「……可是，感覺一睡著就會作惡夢，讓我不想上床歇息。」

就算身體想要休息，休息這件事卻令我感到恐懼。聽見我的低語，斐迪南微微蹙起了眉：「看來也需要助眠用的藥水嗎？」

「我不想喝那個會讓我從惡夢中醒來的藥。醒來時的感覺太糟糕了……」

「但即使妳的身體比以前健康，再不休息只怕就要病倒。現在為了用晚餐，妳甚至得喝回復藥水。別太相信妳原本就只有最低程度的體力。」

看著斐迪南遞來的好心版回復藥水，我只能接下。

晚餐席間，我們也聽取了萊蒂希雅的報告。她說明了收到蒂緹琳朵來信前的情況，以及他們是如何應對。聽說曾有人想從另外一邊打開蘭翠奈維之館裡的門，在貴族院宿舍轉移廳裡看守的騎士們也收到了奧多南茲，質問這是怎麼一回事。但由於該如何回答得先問過我的意見，所以擱著沒有回覆後，最終火冒三丈的蒂緹琳朵便寄來了那封信。

「暫且不必理會，反倒要小心別提供過多的情報。」

「是。」

點頭回應時，萊蒂希雅的氣色看來很差，似乎沒有得到充分的休息。但不只是忙碌的關係吧。那張小臉和今早的麥西歐爾一樣心事重重，完全不像是小孩子該有的表情。

「啊，這個魚……」

「是漁夫們送來的謝禮，說是要感謝羅潔梅茵大人救了他們一命。我還向斐迪南大人請教了羅潔梅茵大人喜愛的食用方式，再命廚師料理。不知道還合您的口味嗎？」

在使用了大量辛香料的餐點當中，有一道不知是用什麼魚做的鹽烤白肉魚。真的什麼也沒有添加，只是單純地以鹽燒烤。萊蒂希雅說她本來十分煩惱，不知道端出這種餐點是否合適，但最後還是鼓起勇氣呈了上來。

「聽說這種食用方式在艾倫菲斯特也相當少見，但我個人非常喜歡，因為可以品嘗到魚本身的味道。明明這裡沒有這種烹煮方式，萊蒂希雅大人還特意為我向廚師下達了指示吧？我也很高興斐迪南大人還記得我的喜好。」

我向萊蒂希雅表達感謝後，也對斐迪南投以微笑。

「因為妳還不習慣亞倫斯伯罕的食物，我只是心想妳應該更適合食用這道餐點。」

斐迪南說得沒錯。以我現在的身體狀況，如果要食用使用了大量辛香料的亞倫斯伯罕餐點，恐怕有些太過刺激。雖然沒有什麼食慾，每樣餐點都只吃了一點，但就只有鹽燒烤魚我全部吃完了。

吃完了鹽燒烤魚心滿意足的我，卻發現萊蒂希雅拿著刀叉，並沒有吃進多少東西。儘管與我對話時臉上始終帶著笑容，但食慾明顯並不旺盛。

「萊蒂希雅大人，請帶著護衛騎士過來一下。」

用完餐後，我招手這麼喚道。萊蒂希雅眨著眼睛走過來，她的護衛騎士則是因為不曉得我打算做什麼，神情有絲警戒。

「明明被捲進這麼大的動盪當中，萊蒂希雅大人卻一直很努力應對。我們不在的這段時間，妳也非常盡責地守護著亞倫斯伯罕。為了表達謝意，請讓我為妳獻上祈禱、給予席朗托羅莫的祝福，願妳能一夜安眠。」

聞言，萊蒂希雅臉色大變，忙不迭搖頭。

「請羅潔梅茵大人不必為我使用自己的力量。您有這份心意就非常足夠了。」

「我明白了。那麼我就略表心意……」

面對想要推辭的萊蒂希雅，我變出思達普獻上祈禱。

「夢神席朗托羅莫，請賜予萊蒂希雅大人一夜安眠，與幸福的美夢。」

白色的祝福光芒灑落在萊蒂希雅身上後，只見她立刻想睡地瞇起雙眼。數秒之後，她便渾身無力地倒下。身旁的護衛騎士急忙抱住她。

「這麼少量的祝福居然有這麼大的效果，代表萊蒂希雅大人已經好幾天都睡不好覺了吧。請帶她回房好好歇息。」

「羅潔梅茵大人，真是感激不盡。」

護衛騎士抱起萊蒂希雅離開後，萊蒂希雅的侍從們也快步追了出去。

「羅潔梅茵，妳過來。」

說完，斐迪南朝我伸出手來。感覺斐迪南大人現在都很理所當然地護送我呢——我心裡這麼想著，把手放了上去。也許是待在亞倫斯伯罕的這一年半來，因為幾乎每天都要護送蒂緹琳朵，已經習慣成自然了吧。果然任何事都是養成習慣最重要呢。我這麼思索時，斐迪南的另一隻手忽然遮住我的眼睛。

「斐迪南大人？」

「夢神席朗托羅莫，請賜予羅潔梅茵一夜安眠，與幸福的美夢。」

遭到遮擋的視野倏地盈滿白光。我感到腦筋變作一片空白，身體也突然變重。就在覺得自己無法站穩的時候，我和剛才的萊蒂希雅一樣被人接住並抱起來。

「別抗拒席朗托羅莫的祝福，睡吧。今晚妳應該不會作惡夢了。」

多虧了席朗托羅莫的祝福，我似乎睡得很沉。等我睜開眼睛醒來時，感覺整個人神清氣爽。

「羅潔梅茵大人，您醒了嗎？氣色看來好了許多，我總算可以放心了。」

莉瑟蕾塔如釋重負地鬆了口氣。早餐因為是各自在房間吃，所以我一邊用著早餐，一邊聆聽近侍們的說明。餐桌上又出現了鹽燒烤魚。看來是以為我非常喜歡吧。

聽說昨晚斐迪南強制性地讓我入睡後，接著向近侍們說明了我現在的狀態，以及應該如何應對。

「我們也聽說貴族院出事了，奧伯．戴肯弗爾格還向您提出請求。」

「護衛騎士們也奉命要為前往戰場做準備。因為斐迪南大人說了，一旦接受戴肯弗爾格的請求，只能讓羅潔梅茵大人同行。」

「畢竟克倫伯格的國境門已經很久都沒有打開過，所以我們以前從未聽說，但原來政變之前，君騰每年都會從中央前往各地開關國境門。因此只要有古得里斯海得，就可以轉移至位在中央的國境門。」

因為從蘭翠奈維之館前往中央那條路線，等於要直接闖進敵營之中；但如果想要經由宿舍前往貴族院，又必須由我先以魔力製作認證胸針，所以這個方法目前行不通。因此他們說了，這次預計要使用國境門前往貴族院。而為了轉移，得有我同行才行。

「斐迪南大人說早餐過後，請您直接休息到第三鐘，還交給了我一本亞倫斯伯罕的書。」

「哎呀！這種時候我可以看書嗎？但既然斐迪南大人都準備好了，那就代表真的可以吧？」

我目不轉睛地注視著莉瑟蕾塔放在辦公桌上的書。我已經有多久沒看書了呢？

「因為斐迪南大人說了，在戴肯弗爾格與我們聯繫之前，要您盡量多休息。」

戴肯弗爾格的決斷

第三鐘的鐘聲響起。

接到文官們通報，說是有來自戴肯弗爾格的緊急聯繫後，我與斐迪南一同站到水鏡前方。接著水鏡當中不只奧伯．戴肯弗爾格，還出現了其第一夫人齊格琳德的身影。

「那麼，奧伯．戴肯弗爾格的答覆是？」

「當務之急，是守住貴族院、守住尤根施密特，以及救出王族。戴肯弗爾格是君騰之劍，既有辦法能夠伸出援手，就絕不能坐視不管。請羅潔梅茵大人下令。」

看到無論事情會如何發展，都堅決不改守護尤根施密特姿態的戴肯弗爾格，我在心中肅然起敬。第一夫人也沒有反對奧伯所做的選擇，平靜地注視著我們。單是有她站在一旁，便清楚地昭告著這是領地一致的共識。

「我明白了。那麼，為了守護貴族院與尤根施密特，請戴肯弗爾格展開援救。」

「戴肯弗爾格需要的，是梅斯緹歐若拉的化身之號令。為此，必須讓貴族院裡的眾人一眼便能看出我們師出有名。」

聽到對方要我出現在貴族院的時候，必須展示出自己持有的古得里斯海得，我點一點頭。

「這點不必擔心。我們將利用國境門，前往貴族院。相信能讓眾人在瞬間就理解到，我們持有古得里斯海得吧。」

「所以是要重現之前在國境門的景象嗎？那確實能讓眾人馬上就理解到，羅潔梅茵大人是正當的君騰候補呢。」

第一夫人表示贊同地道。聞言，奧伯・戴肯弗爾格立即想要轉身：「那我馬上去通知騎士們……」然而，他的披風隨即被第一夫人一把抓住。

「斐迪南大人，在出發前往貴族院之前，我希望能互相了解對方擁有的情報，不知你意下如何？」

第一夫人制止了轉身就想飛奔離開的奧伯後，如此微笑說道。「當然。」斐迪南也面帶笑容回應。

……感覺這兩人都屬於在幕後出謀劃策的類型，應該很合得來吧。

在我觀察著面帶社交微笑的兩人時，對話仍在持續。

「目前亞倫斯伯罕因為奧伯換人的緣故，宿舍暫且關閉，只能透過艾倫菲斯特取得有關中央與貴族院的情報。而艾倫菲斯特的情報來源，還是凡事以研究為優先的赫思爾老師。」

眾所周知赫思爾是研究狂，還是個一點也沒有舍監樣子的舍監。相信聽到這裡就可以明白，我們有多麼缺乏貴族院與中央的相關情報。第一夫人露出了然神情，告訴了我們洛飛所提供的有關中央的消息。

「在羅潔梅茵大人邀請我們參加真正迪塔的那一天，奧伯・艾倫菲斯特與王族之間曾有過談話吧？」

「是的。奧伯．艾倫菲斯特面見了席格斯瓦德王子，也向他報告了我將前往亞倫斯伯罕一事。王子還提供了許可證。」

雖然因為鏈子開始化作金粉，所以目前並未佩戴，但我確實拿到了信物。

「據說君騰在聽完了席格斯瓦德王子的報告後，便下令要中央騎士團守衛貴族院，還要看守亞倫斯伯罕舍的入口。除此之外還下達了通知，要貴族院裡的舍監們回到各領的宿舍待命。」

……赫思爾老師從沒提過這件事吧？

赫思爾肯定是自作主張，心想著只要別出去就好，便沒有回到宿舍，一直待在文官樓裡。

「當時我們領內也正一片手忙腳亂。要去亞倫斯伯罕的騎士們，與等候中央求援的騎士們都在做出發準備，所以並未與洛飛聯繫。」

眼看戴肯弗爾格的男人們都為了真正的迪塔，還有為會合地點在國境門一事而熱血沸騰，要控制住他們似乎就已經耗盡了第一夫人所有力氣。

她說就在王族毫無音信的情況下，到了出發的時間，要前往亞倫斯伯罕的有志之士們也往國境門移動。但是回到城堡之後，依然沒有收到王族的援助要求。

「儘管一宿忐忑難安，但天明之際，我們便收到了漢娜蘿蕾的來信。她在信上說羅潔梅茵大人已經取得了亞倫斯伯罕的基礎，接著為了要守護艾倫菲斯特的基礎，希望我們能夠准許由您繼續率領戴肯弗爾格的有志之士。於是，為了告知亞倫斯伯罕那邊的戰事已經結束，戴肯弗爾格本想直接聯繫君騰，卻未能順利取得聯繫。」

對此奧伯・戴肯弗爾格表示，倘若君騰正在外指揮戰鬥，那會不在辦公室裡也是理所當然。因此當時雖然未能取得聯繫，第一夫人說她也沒有心生狐疑。而且就好比奧伯得觸碰魔石，緊急聯繫用的水鏡才會啟動一樣，想要聯繫君騰時，若君騰處在無法立即觸碰魔石的情況下，自然也就無法對話。於是他們便心想，一旦文官稟報過了緊急聯繫用的魔導具曾經發光，相信不久後就會主動捎來聯繫。

然而過了整整一天，君騰始終沒有回音。因王族毫無回應而心浮氣躁的奧伯・戴肯弗爾格，便改為聯繫洛飛。

「但洛飛因為奉命待在宿舍裡，所以也沒有情報能夠提供。他只回覆說自己正奉國王之命，在宿舍裡待命。」

雖然只是我個人的印象，但我一直以為只要有戰鬥的機會，洛飛就會說著「我也要和中央騎士團一起戰鬥」，然後無視命令往外衝。沒想到他竟是乖乖遵從命令，留在宿舍裡待命。真希望連宿舍也不回，只是待在文官樓裡的赫思爾能向他看齊一下。

「後來，洛飛說他試著想從宿舍大門離開，卻遭到了守在亞倫斯伯罕舍門前的騎士們訓斥，他只好再送出奧多南茲給自己認識的中央騎士團員，才得知對方正在保護避難中的王族。想來是因為完全沒有看到敵人的蹤影，君騰便認為沒有必要聯繫戴肯弗爾格吧。於是我請洛飛幫忙轉達，告訴王族蘭翠奈維已經討伐完畢，並且請君騰與戴肯弗爾格聯繫。」

看來洛飛送出奧多南茲，將蘭翠奈維的討伐已結束一事告知門外的騎士們與他認識的騎士時，正好是在王族聯繫艾倫菲斯特，說他們對亞倫斯伯罕的狀況一無所知之後。

「而認為該與君騰會合再了解詳情的騎士團，多半做出了錯誤的判斷吧。聽說中央樓的騎士團只留下了少許騎士繼續警戒，隨後貴族院與中央便回歸到平常的狀態。」

才剛解除警戒的當天傍晚，赫思爾便向各方送出奧多南茲，提醒眾人「有外來者闖入貴族院」。據說中央騎士團的團長勞布隆托立刻下令，要眾人返回宿舍。

「洛飛則是馬上騎著騎獸，趕往據說有可疑人士出沒的文官樓，並向勞布隆托送去奧多南茲。他說他已經厭倦待在宿舍裡頭，所以打算直接找上騎士團長，請他讓自己幫忙巡邏或是禦敵。」

……本來還以為洛飛老師滿理智的，但果然骨子裡還是戴肯弗爾格的人。

緊接著洛飛發現，他送去給騎士團長的奧多南茲飛往了文官樓附近的樹林，在距離自己極近的地方下降。往奧多南茲降落的方向看去後，便見披著黑色披風的騎士們正與一群素未謀面的人共同行動。

「他說雖然所有人都披著黑色披風，但其中有十幾個人並未套上鎧甲，因此可以判定並非騎士。那群人之中還有一個人有著非常醒目的金髮，配戴著華麗的髮飾。」

……一頭金髮加上華麗的髮飾，那不就是蒂緹琳朵大人嗎？

竟然能在這種情況下還配戴華麗的髮飾，對於蒂緹琳朵我除了傻眼，還有些逃避現實地佩服起來：「蒂緹琳朵大人對於美麗的堅持真是不容小覷。」總覺得蘭翠奈維的人大概也都不知該如何應對，是我想太多了嗎？

我想像著蒂緹琳朵在樹林裡跳起閃亮亮奉獻舞的畫面時，站在身後的斐迪南沉吟道：

「有十幾個人並非騎士嗎？」

「是的。但因為一行人是在樹林裡，所以洛飛無法看清確切人數。他說與那群陌生人一起行動的騎士團長，似乎指示了一行人躲進樹蔭底下。隨後洛飛立即飛離原地，從中央樓返回宿舍。半路上他還收到了勞布隆托的奧多南茲，回覆他說搜捕外來者是中央騎士團的職責。」

由於無法判定到底是誰有何企圖、又有哪些情報正在外流通，她說洛飛便向貴族院的教師們都送去奧多南茲，提醒眾人一定要待在房內，接著再與戴肯弗爾格聯繫，請求奧伯的判斷。

「如今奧伯一心只想著要守護貴族院。這件事確實重要，加上有羅潔梅茵大人發號施令，我們也得以出征前往守衛貴族院。但是，我們卻完全不曉得這次要對付的敵人是誰及其所在地；也不清楚究竟是勞布隆托所率領的部分中央騎士團可疑，還是整個騎士團都有謀反之嫌。再者，他們也有可能是在君騰的指示之下，正在保護外來者。在無法辨明敵人的情況下，戴肯弗爾格亦不知該往何處發動攻擊。」

第一夫人說這次與守護基礎的真正迪塔不同，該對付的敵人與該攻打的場所都不明確。於是她話鋒一轉問道，請求戴肯弗爾格派出騎士相助的我們是否知曉。

「除了亞倫斯伯罕舍，貴族院似乎還有一處地方能夠經由蘭翠奈維之館進出，不知斐迪南大人是否知道通往了何處？」

面對第一夫人的提問，斐迪南先是聲明：「這是我在亞倫斯伯罕輔佐奧伯後才知曉的事情，所以請勿外傳。」接著他開始說明。

「蘭翠奈維之館裡確實有道轉移陣，通往蘭翠奈維公主所居住的離宮。在羅潔梅茵奪取了基礎、奧伯換人以後，前任奧伯的胸針便失去效力，無法再使用宿舍。因此我猜想，蒂緹琳朵他們應該正在蘭翠奈維公主入住的離宮裡。據悉公主們在政變期間遭到處刑後，離宮便就此關閉，不知奧伯．戴肯弗爾格對於這處離宮是否有所耳聞？」

斐迪南一邊暗示因為年紀的關係，自己不太清楚，一邊把問題丟給奧伯．戴肯弗爾格。奧伯．戴肯弗爾格瞥了眼第一夫人後，有絲尷尬地頷首。

「我知道中央樓的最深處有一扇門。」

貴族院的中央樓裡，通往各領宿舍的門扉是照著順序排列，更後方則有通往王族離宮的門扉。再往後方，也就是平常誰也不會靠近的盡頭，有一扇刻有隱蔽之神費亞勃肯的印記、因而無法看見的門扉。他說那道門就是通往阿妲姬莎離宮的入口。

「根據亞倫斯伯罕的資料，離宮本身也在費亞勃肯的祠堂附近。」

「費亞勃肯的祠堂……？」

第一夫人微微蹙眉。她多半並不清楚貴族院裡所有祠堂的位置吧。我也是在地下書庫裡才知道的。

「第一夫人，我大概知道那個祠堂在哪裡喔。因為在幫王族翻譯地下書庫裡的文獻時，我曾看過畫有祠堂位置的簡略地圖。」

隱蔽之神費亞勃肯是黑暗之神的眷屬。其實貴族院宿舍的分布，就像是尤根施密特整體地圖的縮小版，因此在實際土地上擁有暗之國境門的亞倫斯伯罕的宿舍附近，就有暗之眷屬神的祠堂。

「但若是沒有先向光之眷屬的建言女神安海爾藤古獻上祈禱，或是準備好魔法陣，我們可能無法從外面看到離宮。」

「原來如此。」

「但是，一如發動轉移陣需要有奧伯的許可，進入離宮應該也得有負責管理的旁系王族下達許可才行。現在負責管理離宮的人是誰？又是誰打開了本已關閉的離宮與轉移廳，讓蒂緹琳朵與蘭翠奈維一行人能夠入內？這些我們都還不曉得。」

「根據洛飛老師的證言，我覺得勞布隆托十分可疑……」

我這麼表示後，其他人面色凝重地頷首。

「我也認為他最為可疑，但目前僅有洛飛一個人的證言。先前雷蒙特發現可疑人物時，並未在附近看到過中央騎士團的蹤影。既然沒有其他目擊證人，一旦他裝傻聲稱當時是在追捕外來者，便可以搪塞過關。」

「再者雖說他是騎士團長，但由上級貴族管理離宮，怎麼想都是不可能的事。那麼他究竟是在何時取得離宮的鑰匙？為何要協助蒂緹琳朵大人與蘭翠奈維一行人？目前我們掌握到的線索實在是太少了。」

斐迪南與第一夫人說完，我點了點頭。就在這個時候，奧伯．戴肯弗爾格冷不防「磅！」地雙手一拍。我嚇了一跳，將目光投向他。

「至少我們不必盲目地在貴族院裡搜索外來者，這已是一大收穫。今夜我們就朝著費亞勃肯所隱蔽的離宮發動奇襲。」

明明大家正在討論因為證據不夠充分，不知道下一步該怎麼做，奧伯．戴肯弗爾格卻直接表示要「發動奇襲」。他這完全不看時機場合的發言讓斐迪南皺起臉龐，第一夫人則是扶額，而我眨著眼睛注視奧伯．戴肯弗爾格。

「現在可以肯定的是有外來者進犯。那麼直搗疑似敵人根據地的所在之處，便可說是當務之急。趁著所有敵人應該都在的深夜時分，我們要發動奇襲。」

奧伯．戴肯弗爾格咧嘴笑道。斐迪南看著他，盤起手臂。

「無論是盡快剿滅敵人，還是趁著能一網打盡的深夜時分發動奇襲，這兩件事我都贊成，但不需要與其他領地攜手合作嗎？與他領的談話進行得如何了？」

若只有戴肯弗爾格與亞倫斯伯罕展開行動，事後他領很可能會責怪我們想搶功勞，或在領主會議上指控我們有加害君騰的意圖。因此，一定得與他領溝通完畢。

「那些人全是沒出息的窩囊廢，跟他們沒什麼好說的。」

奧伯．戴肯弗爾格說他提出了邀請，要他領一起為守護貴族院而戰，得到的答覆卻是：「至少得花三天的時間才能做好準備。」因為在了解過王族的現況後，得先召集騎士進行篩選，也要花時間準備回復藥水與魔導具。視戰鬥的規模而定，可能還得讓下人們前往宿舍，確保貴族可以攝取三餐和睡眠。

聽了他們的回答，奧伯．戴肯弗爾格說他不敢置信地怒吼：「巨大的魔獸出現時，難道你們也這麼悠哉嗎?!」對方只是回道：「討伐魔獸是領內事務，不能與貴族院的保衛戰相提並論。」

……嗯～隨時隨地都能上場戰鬥的戴肯弗爾格確實是異於常人啦。

儘管確實非常可靠，但不能以為其他領地也能和他們一樣吧。至少為了防範喬琪娜的來襲，艾倫菲斯特也是準備了將近一個月的時間。

「現在是自稱下任君騰的蒂緹琳朵在行動，那麼她的目標必然是古得里斯海得。撇開蒂緹琳朵不說，身為杜爾昆哈德的後代，那群來自蘭翠奈維的人絕對是重大威脅。想想蘭翠奈維送來的公主，便能知道他們的魔力量不容小覷。」

「……哎呀，你是怎麼知道公主的魔力量的呢？」

第一夫人微笑問道。斐迪南用無語的眼神看著瞬間語塞的奧伯．戴肯弗爾格，但還是開口幫忙解圍。

「奧伯．戴肯弗爾格的擔憂並非沒有道理。為了讓杜爾昆哈德建造的城市能繼續存在，蘭翠奈維先前才會送來公主。而在與尤根施密特的王族往來後，生下的孩子中魔力量最高者便會得到思達普，再被送回蘭翠奈維。只要知道這段歷史，也就不難想像公主的魔力量定然不低。」

「嗯，斐迪南大人說得不錯。」

奧伯．戴肯弗爾格一副裝傻到底的表情點頭。斐迪南看著他，再稍微看向遠方。

「根據蒂緹琳朵的來信，從蘭翠奈維前往貴族院的人當中，似乎有一個人持有思達普，並且幼時在這裡受過教育，長大後預計成為蘭翠奈維的國王……」

「咦？」

「他的魔力量多半遠多於當今王族，而且還持有思達普。根據資料……在那座離宮出生的孩童為了取得思達普，會登記為旁系王族之子。當時的登記是否仍保留至今，我們無從確認，但視登記證的所在而定，他隨時都有可能取得古得里斯海得。」

為了取得，還得前往所有祠堂、獻上祈禱，但對此斐迪南一句話也沒說。正是因為這樣，更讓人強烈地感受到現在的情況已是刻不容緩、危機當前。

「他領不參加也無所謂，就決定今晚發動奇襲。即使有勞布隆托率領著中央騎士團，我們也要消滅來自蘭翠奈維的敵人。絕不能讓外來者取得古得里斯海得。」

「那麼，時間就定在今日午夜。」

「我們會騎著騎獸從宿舍前往離宮。迅疾更勝疾風女神休泰菲黎茲！」

祝福與出發

「通話結束了呢。」

說完自己想說的話後，奧伯．戴肯弗爾格火速結束了通話。我看著不再映出身影的水鏡，低聲咕噥：「而且看起來，他非常喜歡迅疾更勝休泰菲黎茲這句話呢。」「這確實像是戴肯弗爾格會喜歡的句子。」斐迪南說著，開始收拾魔導具。

「儘管我還是非常懷疑，奧伯只是在聽完參加了真正迪塔的騎士們報告後，自己也想要大展身手，但蘭翠奈維這一行人確實必須盡快討伐。既然王族在命令中央騎士團保衛貴族院後，有可能是勞布隆托在暗中行動，就不能置之不理。」

斐迪南以指尖輕敲起自己的太陽穴。

「本來我還希望，在我們前往艾倫菲斯特的那段時間，不是中央騎士團已經打倒了蘭翠奈維一行人，就是蘭翠奈維一行人已經大開殺戒滅了王族，結果竟然兩者都還在，實在麻煩……」

聽到斐迪南極其認真地說出這些話，實在有夠恐怖。我抬頭看向他。

「斐迪南大人，我好像聽到您說出了非常可怕的自言自語喔。」

「嗯，因為事情發展太過不如己意，不自覺說出了真心話吧。我以後會小心。」

「該小心的不是這個吧?!請不要一臉那麼若無其事地說事情發展不如己意！看起來

很恐怖！」

我也打從心底贊同王族是麻煩的存在，但並不希望他們被蒂緹琳朵與蘭翠奈維一行人殘忍殺害。我只希望最後的結果不要太過慘不忍睹，王族以後也別再插手我的事情，這樣就好了。

「妳還是一樣天真。」斐迪南這麼說著，環顧辦公室內的眾人。

「艾克哈特，休特朗他們回來了嗎？」

「聽說他們徹夜趕路，已經快到了。」

「那麼騎士回來後，讓他們休息到第七鐘。至於貴族區裡的騎士與文官，送出奧多南茲通知眾人，直到午夜出發之前都要為出戰做準備。」

「是！」

向艾克哈特下令後，斐迪南再喚來尤修塔斯。

「吩咐文官們製作的回復藥水與魔導具，進度如何了？」

「在哈特姆特與克拉麗莎的帶頭指示下，正馬不停蹄地製作當中。」

「好，繼續保持。」

只不過，那兩人準備的魔導具好像都是給羅潔梅茵大人的——尤修塔斯苦笑說道。斐迪南接著轉向我的護衛騎士們，也吩咐大家輪流休息、做好準備，最後往我看來。

「羅潔梅茵，今晚之戰，妳得留在亞倫斯伯罕。」

「咦？可是，我得發動轉移陣才行吧？」

「對，沒錯。要麻煩妳發動國境門裡的轉移陣，將騎士們送往貴族院。但轉移完畢後，妳要直接返回亞倫斯伯罕的國境門，不必再投身更多戰事。」

聽完斐迪南所說，我一方面對於自己不必再上戰場感到安心，一方面心裡又升起難以言喻的焦躁。是我告訴大家有外患來襲，也是我奪取了亞倫斯伯罕的基礎成為奧伯，還是我向齊爾維斯特與眾人宣告：「我要成為奧伯・亞倫斯伯罕。」既然現在要去追捕蘭翠奈維一行人，我怎麼能夠置身事外，把工作都丟給戴肯弗爾格還有目前仍不是亞倫斯伯罕一員的斐迪南他們。

「斐迪南大人，我身為奧伯，不去真的沒關係嗎？逮捕蘭翠奈維一行人與蒂緹琳朵大人，是奧伯・亞倫斯伯罕的工作吧？」

「但妳不想去吧？」

「我當然不想去啊。可是，這跟我想不想去沒有關係吧？重點在於我身為奧伯・亞倫斯伯罕，是否非去不可。我不去真的沒關係嗎？」

我定睛注視斐迪南，他於是露出了非常厭煩的表情。

「身為奧伯的妳是該去才對，但以妳目前的狀態，我並不贊同。我會代替妳前往，所以妳就老老實實在這裡等著吧。」

「我拒絕。雖然我確實需要斐迪南大人的幫忙，但自己的工作我會自己做，才不會全都丟給斐迪南大人。請別把我與養父大人混為一談。」

我瞪著斐迪南說道。而且不光是出於對工作的責任感，以斐迪南目前的狀態，我同樣不贊同由他一個人承擔。

「而且既然要在午夜時分前往戰場，我認為有個人現在最應該休息。」

我說完後，尤修塔斯與艾克哈特重重點頭。斐迪南一臉警戒地低頭看我。

「羅潔梅茵，妳在想什麼？」

「不過是準備而已，交給其他人也沒問題。像哈特姆特與克拉麗莎都已經習慣了，騎士們也都知道該完成哪些準備吧？多虧了斐迪南大人，我才能酣然入睡，所以應該要回敬一下才行。」

我走向斐迪南，變出思達普。看到艾克哈特非常迅速地站到可以攙扶斐迪南的位置上，我獻上祈禱。

「夢神席朗托羅莫，請賜予斐迪南大人一夜安眠，與幸福的美夢。」

「妳這笨蛋……」

果然比任何人都需要睡眠吧。只見斐迪南抱怨才說到一半，就比萊蒂希雅還要更快地合上雙眼，墜入夢鄉。

由於再次是午夜時分出發，我也預計傍晚過後要小睡一會。為此，現在得努力做好準備才行。於是我喚來哈特姆特他們，一起查找該怎麼做才能最有效率地找到被費亞勃肯隱藏起來的離宮，以及準備必要的魔法陣。

「既然門扉與離宮是因為刻有隱蔽之神費亞勃肯的符號，才讓人無法輕易看見，那麼只要使用建言女神安海爾藤古的符號，應該就能找到隱蔽的地點吧。」

我說明了自己與奧伯・戴肯弗爾格的談話內容後，哈特姆特低著頭交抱手臂，像是在翻找自己的記憶。

「我在貴族院上課時，幾乎沒有學到過教人如何尋物的魔法陣。這類型的魔法陣大概十分特殊，羅潔梅茵大人也不知道嗎？」

「羅潔梅茵大人，除了要利用安海爾藤古的力量找出離宮的所在地，若我們也能使用費亞勃肯的符號，隱密地採取行動不被敵人發現，這也是一個不錯的手段吧？」

哈特姆特與萊歐諾蕾接連提出自己的意見。我則是變出梅斯緹歐若拉之書，輸入費亞勃肯與安海爾藤古進行搜尋。反正現在辦公室裡的人都知道我持有梅斯緹歐若拉之書了，沒有必要再隱瞞。

「哈特姆特，這個魔法陣好像可以用來找東西。」

我挑出了可以用自己知識補足的魔法陣後，畫在紙上遞給哈特姆特。

「看來您要畫魔法陣並無問題。」

「是啊。畫魔法陣的話我不會有任何感覺。」

「……既然如此，若能稍微改良用於奧多南茲的沃朵施奈莉魔法陣，說不定可以傳遞聲音。在戰場上很可能需要用到。」

除了課堂上會學到的以外，哈特姆特再請我找到更多有關沃朵施奈莉的魔法陣。戰場上通訊手段的有無，確實會對戰況產生很大的影響吧。我一邊佩服哈特姆特的思慮之周到，一邊搜尋梅斯緹歐若拉之書。

……如果是古老的魔法陣，斐迪南大人那邊更多呢。

有沒有剛好可以用的呢？我一邊心想著一邊搜尋，仰頭看向哈特姆特後，「嗯？」地側過頭。

「哈特姆特，你好像也一臉睡眠不足喔？雖然不到斐迪南大人那種程度，但你都沒有休息吧？」

「哦？羅潔梅茵大人也願意給我席朗托羅莫的祝福嗎？」

哈特姆特故作滑稽地挑了挑眉。我看了看他，再看向克拉麗莎。只見克拉麗莎在胸前交握十指，一臉只差沒說「拜託您了」。

「我知道哈特姆特有多麼努力，當然不會吝惜給你祝福啦。」

「那麼等斐迪南大人醒來，再請輪流給予我們祝福吧。」

哈特姆特搖搖頭說，現在不能再減少我身邊近侍的人數了。聞言我環顧四周。為了今晚的戰鬥，確實護衛騎士們都已輪流去休息。而為了能夠輔佐醒來後就會火力全開做準備的斐迪南，尤修塔斯與艾克哈特也都先去休息了。

「請放心。屆時我會與羅潔梅茵大人一同歇息。」

「哈特姆特，請說清楚是會配合羅潔梅茵大人的休息時間。」

萊歐諾蕾淡淡微笑道，瞪了哈特姆特一眼。

聽著兩人你一言我一語，我則是辛勤地把魔法陣畫在哈特姆特與克拉麗莎做好的魔紙上；也找了萊蒂希雅確認，疑似跟著從蘭翠奈維之館一起離開的貴族共有多少人。

「斐迪南大人，您真是早起呢。」

還以為斐迪南會睡得很沉，沒想到第五鐘還沒響，他就醒來了。雖說醒來的時間比預期要早，但氣色明顯好了許多。

「羅潔梅茵，在施展會打亂對方計畫的祝福前，一定要事先徵得對方的同意。」

「那麼從下次開始，請斐迪南大人也要先徵得我的同意喔。」

之前他也曾未經同意就施展祝福，所以我們是彼此彼此。我瞪著斐迪南反駁後，他臭著臉點點頭：「我會考慮。」

「斐迪南大人，您作了什麼夢呢？我夢到自己在壯觀的圖書館裡看了很多書喔。」

「……不值得一提。」

「那就奇怪了。是我的祈禱不夠虔誠嗎？」

因為斐迪南一下子就睡著了，所以我並沒有消耗太多魔力在祝福上，但果然還是該灌注大量的魔力嗎？

「不必多費這些心思。不說這個了，有沒有收到什麼消息？準備進度如何？」

斐迪南沒有看我，而是轉向哈特姆特尋求說明。

「使用費亞勃肯的印記，隱密採取行動嗎？這倒是好主意。雖然我們也能用到，但似乎更該提供給戴肯弗爾格的騎士。」

「因為我們一旦使用轉移陣從國境門過去，肯定非常醒目嘛。之前去戴肯弗爾格迎接騎士的時候，我也聽說國境門大放光芒……」

那種情況下還想隱密行動，好像也來不及了——我這麼表示後，斐迪南以指尖輕敲太陽穴，思索了片刻道：「但我看還是帶著吧。」

「斐迪南大人，萊蒂希雅大人說出征之前，關於能當場致人死亡的劇毒，她有話想跟我說。因為以她目前的處境，內容可能不適合讓其他人聽到，但我的護衛騎士們又不同意我與她兩人獨處，所以我便告訴她等斐迪南大人醒來以後再說。不知道您的時間是否方便呢？」

接下來的戰鬥，蘭翠奈維的人很可能再次使用相同的毒藥。如果萊蒂希雅知道什麼事情，最好請她告訴我們。但由於斐迪南曾因她而中毒，所以對於該如何處置她，我多少會尊重斐迪南的想法。

「……無妨，就聽聽看吧。畢竟目前有關蘭翠奈維的情報太難取得。」

「那麼我馬上命人準備茶水。斐迪南大人沒有用午餐，也需要準備一些簡單的食物吧？」

我轉頭看向莉瑟蕾塔，她隨即發出輕笑聲。

「羅潔梅茵大人從中午就擔心到現在，所以我們早就備好了一些簡單的食物。請問從艾倫菲斯特帶來的餐點與亞倫斯伯罕的輕食，哪一種比較好呢？」

斐迪南還沒開口，尤修塔斯立即回答：「請準備從艾倫菲斯特帶來的餐點。」

於是在莉瑟蕾塔與賽吉烏斯的指揮下，侍從們開始在辦公室旁邊的房間準備茶水。我再請谷麗媞亞聯繫萊蒂希雅，告訴她我稍微提早了下午茶的時間，想要進行談話，請她到舉辦茶會的房間來。

包含萊蒂希雅在內的所有人都到齊時，茶水也已經準備就緒，還發動了指定範圍的防止竊聽魔導具。

「那麼，妳想告訴我們什麼事情？」

「蘭翠奈維人帶著的銀筒裡面，放有危險的劇毒。」

「這我知道。在艾倫菲斯特與敵人交手時，羅潔梅茵也親眼見識過了，所以不需要再詳細說明毒藥。」

斐迪南簡短回道。萊蒂希雅的目光有些游移起來，像是在思考該怎麼開口。

「他們身上還有不會讓自己中毒的解藥。所以就算沒有以布遮住口鼻，他們依然可以使用危險的劇毒，還請千萬小心。」

「解藥？」

「是的。解藥不管是外觀還是味道，都和曾經送給我的點心非常相似。只不過含到最後，中心會帶有一點苦味。那一天我在前往供給室的半路上，被蒂緹琳朵大人還有雷昂齊歐大人叫住後，他們給了我點心形狀的解藥。」

她說自己的首席侍從瑙思薇塔突然間消失後，眼看兩天已經過去，那天斐迪南終於說好要在供給室內與她商量這件事情。

「那種毒藥在狹窄的房間裡頭，具有非常強大的效果。斐迪南大人的近侍們不知道跑到哪裡去了以後，雷昂齊歐大人便在領主辦公室裡釋放了那種毒藥。當時除了我，還有為了試毒先吃了一顆點心的菲亞吉黎之外，其他人都在剎那之間……」

萊蒂希雅抿著顫抖的嘴唇，低下頭去。在艾倫菲斯特，領主一族在供給魔力時，近侍中也只有與奧伯有血緣關係的上級貴族能在領主辦公室裡待命。也就是說，那些上級貴族都在同一時間中了那種毒。想像了自己的近侍們在同一時間變作魔石的畫面後，我不由得摀住嘴巴。

「……我們已經知道毒藥的危險性，以及有解藥能夠解毒或中和毒性。到此為止，妳先下去吧。」

「是……請各位一定要千萬小心。因為在蘭翠奈維的人眼裡，我們不過是一顆顆的魔石而已。」

萊蒂希雅退出房間時，碧色大眼裡滿是懊悔。

「……羅潔梅茵，妳還好嗎？」

「雖、雖然感覺不太舒服，但我沒事。畢竟是我自己決定要聽看看萊蒂希雅大人想說什麼，而且跟我比起來，萊蒂希雅大人親眼目睹到的光景遠遠要更殘酷。」

這絕對會留下一輩子的陰影。萊蒂希雅才更加需要細心周全的照料。

「但是，她同時也是對我下毒的罪人。要饒她一命當然沒問題，但之後要再來決定該如何處置她。為了不讓更多人留下痛苦的回憶，必須抓到蘭翠奈維那群人。」

沒錯，絕不能放任蘭翠奈維一行人在外為所欲為。我握住斐迪南伸來的手，起身後點一點頭。

「妳差不多該回去小睡一會了吧？今天還需要席朗托羅莫的祝福嗎？」

「我昨晚睡得很好，所以今天再對我施展大概也沒有用吧。反倒是哈特姆特需要祝福，我已經說好要為他施展……」

「我會前往哈特姆特的房間，由我給予他祝福，所以妳快回去歇息吧。」

要搬一個大塊頭的男人回房可不容易——斐迪南輕嘆口氣道。對於艾克哈特搬了自己回房，似乎讓他不太能接受。的確我也無法進入男性的房間，就請斐迪南代勞吧。

那還是順便吧——斐迪南這麼說著，再度給予了我席朗托羅莫的祝福。不過今天我沒有馬上就想睡覺，還和平常一樣自己走回房間。但由於睡著時作了美夢，真希望往後每天都能幫我施展一下。

小睡了一會醒來時，一切準備已經就緒。我也換上騎獸服，與護衛騎士們一同前往騎士集結的訓練場。

「從幾天前開始，領內便大小戰鬥不斷。騎士們多半沒有時間好好休息，身體也稱不上是最佳狀態吧。」

斐迪南環顧在訓練場內整齊列隊的騎士們，開口說道。場上將一同前往貴族院的亞倫斯伯罕騎士約莫有八十人。除了他們，還有我與斐迪南的護衛騎士加上部分文官，就是這次的戰鬥成員。

因為還得留下人手防守亞倫斯伯罕，所以能夠調動的戰力只有這些。只不過跟艾倫菲斯特相比，人數還是相當地多。此外，還要再加上戴肯弗爾格派出的戰力。如果只是要攻下阿妲姬莎離宮，應該並不難。

「但是，現在我們沒有時間休息。對於踐踏了亞倫斯伯罕的敵人，絕不能就這樣輕易放過。如今亞倫斯伯罕迎來了新的奧伯，若想讓領地恢復平穩安定，就必須向君騰展現我們絕無反叛之意。我們必須抓到引入蘭翠奈維人的無恥之徒，將她交予君騰。」

像在回應一般，艾克哈特舉起長槍用力敲擊地面。騎士們也「喀鏘！」地敲響鞋跟回應。瀰漫在騎士間的空氣忽然變得熾熱，上戰場前的蒸騰熱氣幾乎肉眼可見。

「眼看同胞們在突然遇襲後喪命，身為騎士卻沒能守住應當守護之人，這份懊悔與恥辱，只有現在這個機會能夠洗刷。」

「是！」

「明明是擁有基礎的領主一族，卻與他國之人聯手，使得自領陷入險境，這等愚蠢之徒絕對不能放過！」

「是！」

「那些踐踏亞倫斯伯罕領土的敵人，我們要一個不留悉數擒伏！」

「是！」

在慷慨激昂的氣氛當中，斐迪南呼喚我的名字：「羅潔梅茵。」我緩緩移動，站到斐迪南前方一步。我該做的事情當然只有一件，那就是為了即將要奔赴戰場的騎士們獻上祝福。

「為將赴戰場之人，獻上我的祝福。」

我緊握思達普，開始詠唱。

「願水之女神芙琉朵蕾妮的眷屬，雷之女神妃亞唐蓮娜與幸運女神葛萊菲樹的加護與各位同在。」

綠色光芒向騎士們傾灑。亞倫斯伯罕的騎士們大概是從未接受過祝福，全都驚訝得微微睜大雙眼，仰望著灑落在自己身上的綠光。

「願火神萊登薛夫特的眷屬，英勇之神安格利夫與狩獵之神休勞葛袞爾的加護與各位同在。」

接著是藍色光芒。這時，斐迪南輕拍我的背說道：「在場這麼多人，有這些祝福就夠了。」但我搖了搖頭，沒有理會他的制止。因為我想要盡量多給大家一些祝福。我希望大家戰鬥起來能遊刃有餘一些，也想提升大家的存活機率。反正我在戰鬥上幫不了什麼忙，等一下以騎獸前往國境門的時候，再喝瓶超級難喝的回復藥水恢復魔力就好了。因為我不想再看到有人變成魔石，這是我的私心。

「願風之女神舒翠莉婭的眷屬，疾風女神休泰菲黎茲與堅忍女神杜朵潔琴的加護與各位同在。」

施展完祝福後，我們立刻坐上騎獸出發。在無法分清夜空與海洋的墨色世界裡，綻放朦朧微光的境界門與國境門十分醒目。

黑暗中我與斐迪南同乘騎獸，一邊聽著他的說教，一邊飲用回復藥水。由於要是在半空中飲用超級難喝的回復藥水，很可能會痛苦到摔下去，他提醒了我要喝好心版的。但都這麼貼心了，真希望他也別挑在我恢復的時候嘮叨碎唸。

「妳這個笨蛋，要適可而止。對這麼多人施展那般大量的祝福，會給身體造成太大的負擔。妳是不是忘了，自己接下來還要為轉移陣提供魔力？」

「我知道。可是，魔力可以恢復，但人到了戰場上，一旦死了就無法復生。既然給予多重的祝福有助於提高大家的生存機率，那我勉強一下也沒關係嘛。」

我只是想盡可能減少人員的傷亡——我這麼表示後，斐迪南嘆了口氣：「妳這傢伙實在麻煩。」

接著，我以奧伯的身分打開境界門，再以梅斯緹歐若拉之書打開國境門。這次因為無法使用小熊貓巴士，只能請其他所有人從階梯上去。

我的護衛騎士們因為有過經驗，帶頭先行進入，騎士們接著進入海面上的門扉。確認殿後的艾克哈特也進去後，我關閉境界門。

「古得里斯海得。」

等到四下無人，斐迪南旋即變出梅斯緹歐若拉之書。能夠騎著騎獸從上方進入國境門的，只有持有梅斯緹歐若拉之書的人。穿過國境門上方的結界後，斐迪南便在我耳邊小聲地詠唱「咯空」，解除思達普的變形。儘管活用自如，但斐迪南似乎完全不打算讓其他人知道自己持有梅斯緹歐若拉之書。

「原來我是斐迪南大人的煙霧彈啊？」

「沒錯，妳得拿著聖典使其大放光芒……我負責隱身在幕後。」

……意思就是我得協助斐迪南大人，讓他可以在暗中採取各種行動吧。

在國境門內降落後，我指示從階梯上來的亞倫斯伯罕騎士們：「請在這裡列隊。」

他們都一臉新奇地左右環顧，站上轉移陣。

等到大家都站上來了，我輕輕揮動指尖，點擊出現在螢幕上的魔法陣。

「卡修盧瑟爾，艾亞斯圖伊第。」

下一秒魔法陣從螢幕裡飛出，飄浮在半空中綻放全屬性的光芒，然後開始在轉移陣上方旋轉。彷彿受光芒所驅使般，底下的轉移陣也轉動起來。感覺得到魔力同時從上下兩邊被吸走，奔騰的光流使得視野一片亮白。轉移時特有的騰空感襲來，我閉上眼睛。

終章

春日的暖陽透過葉間的縫隙流淌而下。這時，傑瓦吉歐正手倚著祠堂的門扉而立。這些祠堂地處偏僻，彷彿是要隱沒在樹林當中。他終於拿到最後一塊石板了。雖然尚未取得古得里斯海得，但已完成了最為重要的祠堂巡行。他如釋重負，緩緩地吐出一口大氣時，便聽見蒂緹琳朵的催促聲從身後傳來。

「傑瓦吉歐大人，快點。」

不得已下，他只好變出思達普，詠唱「瓦須恩」清洗祠堂門扉，再將門前的位置讓予蒂緹琳朵。走下階梯，稍微遠離祠堂後，勞布隆托便苦笑著迎上前來。

「傑瓦吉歐大人，辛苦您了。」

「不就是你害得我不得不無謂消耗魔力嗎？」

開始巡行祠堂時，勞布隆托一派煞有其事地對蒂緹琳朵說了：「聽聞羅潔梅茵大人會先施展洗淨魔法清洗祠堂，然後獻上祈禱。」其實這只是謊話，好蒙騙進不了祠堂的蒂緹琳朵，然而傑瓦吉歐也因此不得不清洗祠堂。

「這樣就結束了呢。」

蒂緹琳朵神情得意地如此宣告時，忽有奧多南茲飛來。

「我是艾倫菲斯特的舍監赫思爾。似乎有外來者闖入了貴族院，據報告地點在文官樓附近。請中央騎士團展開搜索與拘捕。」

在場眾人無不面色鐵青。這就代表附近有其他人。

「快躲進樹林裡。必須盡可能隱匿行蹤，返回宿舍。」

早在奧多南茲的傳話重複三次之前，勞布隆托便向在場眾人下達指示。只要躲進樹林，便很難騎著騎獸從空中發現他們的蹤跡。

勞布隆托嘖了一聲，怒道：「明明已下令要眾人待在宿舍，為何還有人跑出來?!」緊接著他向赫思爾送去奧多南茲。

「我是中央騎士團長勞布隆托。我們會立即開始搜捕可疑人物，請妳即刻回到宿舍待命。」

送出之後，他也向其他舍監送去奧多南茲，要眾人不可外出，留在宿舍裡待命。與此同時，一行人也遠離祠堂，進入樹林當中。「再躲得隱密些。」正當勞布隆托如此下指示時，又有奧多南茲飛來。

「我是戴肯弗爾格的舍監洛飛。聽說有可疑人士出沒，請讓我幫忙巡視或者禦敵。我定當竭力效勞。」

「我是勞布隆托。感謝你有這份心，但搜捕外來者是中央騎士團的職責，請洛飛老師留在宿舍裡待命。」

送出奧多南茲後，勞布隆托惡狠狠地啐道：「別擅自亂跑。」這時，又再次有奧多南茲飛來。「這次又是誰？」勞布隆托大發牢騷，朝著奧多南茲伸出手臂。

「我是索蘭芝。方才接到赫思爾老師的聯繫，說是有不明人士闖入貴族院。之所以與您聯繫，是因為先前曾說好今天要來拿取歐丹西雅老師的行李，所以我在想會不會是勞布隆托大人的侍從們被誤認成是不明人士了呢？關於歐丹西雅已經亡故，以及本日會有人來拿取行李一事，不知我能否向赫思爾老師告知？」

為了在傑瓦吉歐去過所有祠堂後，能夠徑直前往圖書館，勞布隆托曾預先聯繫索蘭芝，告訴她說：「我會前去收取亡妻的遺物。」因為這個緣故，索蘭芝才會捎來奧多南茲確認吧。

「我是勞布隆托。感謝妳的告知。我預計領主會議上才會報告妻子已經亡故一事，並請君騰指派新的上級館員。因此十分抱歉，此事還請妳不要告訴任何人。赫思爾老師那邊會由我聯繫。」

要是先收到索蘭芝老師的奧多南茲，就能用這個說法掩蓋過去了——勞布隆托呻吟地道，在回覆完接二連三寄來的奧多南茲後，輕聲嘆了口氣。

「現在我們已經去過所有祠堂，最好加快動作。我會照著與索蘭芝老師所說，前去收取亡妻還遺留在圖書館員宿舍裡的物品。傑瓦吉歐大人若是不嫌麻煩，是否也想見見索蘭芝老師？」

事前已討論過下一步行動的傑瓦吉歐立即應道：「真是懷念的名字。那麼去打聲招呼也未嘗不可。」記得去過所有祠堂後，要前往圖書館裡的地下書庫。

「哎呀。那我也一起去吧？」

聞言，眾人心頭一驚地看向蒂緹琳朵。絕對不能帶她一起去圖書館。屆時肯定會不好蒙混過關。

「萬萬不可。貴族院內並無人識得傑瓦吉歐大人，因此就算被人瞧見，還能謊稱他是我的侍從。但人盡皆知蒂緹琳朵大人是下任君騰候補，想必會被一眼認出。」

「說得也是呢。畢竟我是下任君騰，大家都認得我，不管我做什麼也都會成為眾所矚目的焦點嘛。」

蒂緹琳朵得意地點頭同意。

「我們此行前往圖書館，就是為了引開其他人的注意力，讓蒂緹琳朵大人能夠安全返回離宮。你們要時刻留意周遭。」

派了人監視蒂緹琳朵後，勞布隆托便催促傑瓦吉歐，領著假扮成騎士團員的侍從們開始往圖書館移動。

「勞布隆托，方才的奧多南茲不用擔心嗎？」

「洛飛老師與戴肯弗爾格或許會察覺情況有異，因而去詢問君騰，或請君騰允許他們提供援助。正因如此，必須在戴肯弗爾格來攪局之前盡快取得古得里斯海得。」

勞布隆托說只要有了古得里斯海得，戴肯弗爾格也許會願意成為傑瓦吉歐的後盾。比起一心只想著讓艾格蘭緹娜恢復王族身分的庫拉森博克，更有交涉的餘地。

「原來如此，那我們加快速度吧。」

移動時，勞布隆托與假扮成中央騎士團員的人們團團圍住了傑瓦吉歐。在不知情的人眼裡看來，會以為是中央騎士團抓到了外來的入侵者吧。

「這裡和記憶中一模一樣，真是教人懷念。」

穿過樹林，有幾座涼亭緊鄰著文官樓分散坐落。四周繁花錦簇，春意盎然。在往貴族院圖書館的半路上見到這幅風景，傑瓦吉歐臉上的表情不由自主放柔。從前他去圖書館閱覽過書籍後，都會在這裡的涼亭用午餐或是喝茶。

「每次經過這裡，我總會想起當年才剛到任，您便表示自己要去圖書館，要我馬上跟上。」

勞布隆托露出懷念的笑容。經他一提，傑瓦吉歐也想起了勞布隆托就任時的情景。與現在不同，當時的勞布隆托才剛成年不久，五官還留有著青澀未脫的稚氣。

「我也想起了你當時錯愕的表情。但是，你可是以護衛騎士的身分到任。雖說是工作的第一天，但我不過是外出時命令你擔任護衛，有必要那麼驚訝嗎？」

「因為當時我並不曉得那座離宮的特殊性，才會大吃一驚。我還以為自己會被調派過來，是為了服侍剛剛受洗的瓦拉瑪莉娜大人，卻沒想到是要負責整個蘭柏萊亞，而不是服侍瓦拉瑪莉娜大人個人。」

阿妲姬莎離宮裡有三個房間，皆以尤根施密特的花朵命名，分別是蔻拉蓮耶、懸汀思與蘭柏萊亞。在此出生的孩子在洗禮儀式過後，就會離開本館，搬到別館居住。搬到別館居住時，同樣會遵循尤根施密特並不視異母手足為家人的這個文化，讓孩子們依母親分成三組生活。

正式的王族似乎各自有專屬的護衛騎士，但被派來阿妲姬莎離宮的護衛騎士皆不是服侍個人，而是同樣依花的名字分成三組執行勤務。因為住在這座離宮裡的人平常鮮少外出，至多只有去貴族院的時候才需要護衛騎士同行。

而勞布隆托是在傑瓦吉歐的同母妹妹瓦拉瑪莉娜受洗之際，被分派來蘭柏萊亞的新進護衛騎士。

「當年我可是好心為你著想。因為除了貴族院開放的冬天外，護衛騎士們在離宮裡的工作就只有守備與監視，對年輕人來說想必悶得很吧。」

「您在說什麼？您明明是心想，外出時帶著年輕的護衛騎士，比較不會對您嘮叨或說教吧？」

當時的勞布隆托才剛成年，與傑瓦吉歐年紀相仿。所以每當傑瓦吉歐要前往王宮或是去貴族院的圖書館，都是指定勞布隆托擔任護衛騎士同行。

當年即便已經過了十歲，傑瓦吉歐始終都被禁止冬季期間前往貴族院就讀。一來是因為蘭翠奈維的下任國王並不需要接受尤根施密特的貴族教育；二來是因為阿妲姬莎離宮的存在並未對外公開；三來是因為他成年後就要前往蘭翠奈維，不能讓他有機會對尤根施密特產生眷戀或不捨。

因此，他只能在冬季以外與沒有領主會議的時候出入貴族院，學習所需知識，而他的教師不是王族就是旁系王族。

傑瓦吉歐從未與王族以外的貴族有過交流，但身邊的人卻十分鼓勵他與當時的君騰還有其子女多多往來。因為在學習了離宮的歷史與意義後，為了讓離宮能在雙方一致的同意下繼續存在，這是必要之舉。

「此外我也還記得，你以前常說我比沃迪弗里德大人更適合成為君騰吧？」

提起勞布隆托當年的口頭禪後，他詫異地挑了挑眉。

「哦？時至今日我仍然這麼認為。倒不如說，根本沒有任何人比傑瓦吉歐大人更適合坐上君騰之位。」

勞布隆托說他原是格里森邁亞的領主一族旁系，因為受不了領內那些權力鬥爭，才選擇了成為中央的騎士。他一貫的主張，便是應該用實力來評價一個人，而不是靠他的出身。或許是因為這個緣故，對於傑瓦吉歐再怎麼優秀也不被正式認可為尤根施密特的王族一員，他總是義憤難平。

「好歹服侍了這麼多年，我也知道特羅克瓦爾大人有多麼辛苦與努力。但是正因如此，我更是不認為未持有古得里斯海得、無法完整統治尤根施密特的人，有資格擔任君騰。我由衷期盼著傑瓦吉歐大人能坐上君騰之位。」

「是嘛。那麼，我也會回報你的忠誠。」

談笑間，一行人已來到了貴族院圖書館的入口。勞布隆托手拿魔石，握住門把。在感應到了登記為圖書館員的歐丹西雅的魔石後，圖書館的門扉隨即敞開。

「歐丹西雅，來了。」

「歐丹西雅，好久不見。」

多半是感應到了魔石裡的魔力，黑白雙色的蘇彌魯魔導具出來迎接，一旁還跟著索蘭芝。她的樣貌比起傑瓦吉歐記憶中的蒼老了不少，但自己想必也不遑多讓。看到索蘭芝典雅的氣質與沉穩的眼神完全沒變，傑瓦吉歐感到十分安心。

「許久不見了，索蘭芝。我是旁系王族傑瓦吉歐，妳還記得我嗎？」

「哎呀，真是別來無恙。當年聽說您為了療養去了遠方，如今看到您氣色不錯，真是太好了呢。」

聞言，傑瓦吉歐想起當年為自己設定的說辭。為了隱瞞阿妲姬莎離宮的存在，當初可是設定了一套又一套的說辭，比如「我雖是旁系王族，但因為身有疾病，不能待在人多的地方，所以無法來到貴族院讀書」、「君騰同情我的遭遇，遂同意我可以在冬季以外的時間出入貴族院圖書館」，以及「我將到遙遠的外地調養身體」等等。

「我來領回歐丹西雅的行李。距離閉館已沒剩多少時間，能麻煩妳帶我前往她的房間嗎？」

勞布隆托出示了細心折起的轉移陣後，索蘭芝立即領著一行人進入辦公室。接著她打開辦公室內通往館員宿舍的門扉，喚來自己的侍從。

「卡特琳，勞布隆托大人到了。請妳帶他去歐丹西雅的房間吧。」

「恭候多時。這邊請。」

「傑瓦吉歐大人，您就留在這裡與索蘭芝老師說說話吧。」

勞布隆托帶著假扮成中央騎士團員的人們，進入圖書館員宿舍。表面上說是要使用轉移陣，帶走歐丹西雅的行李，但其實真正的目的，是要尋找據說保管在上級館員房間內的地下書庫鑰匙。聽聞需要有三名以上的上級貴族，才能為鑰匙重新辦理登記與進入地下書庫，因此此次的同行人員皆是上級貴族。

「沒想到去了遙遠外地的傑瓦吉歐大人還會再回來，而且同樣又是帶著勞布隆托大人……」

「因為勞布隆托在成為中央的騎士以後，第一個任職的地方便是我這裡，大概彼此都很看重這段緣分吧。在他的邀請下，我便過來了。」

在傑瓦吉歐前往蘭翠奈維之際，陪伴他到最後一刻的人正是勞布隆托。當時他還向勞布隆托這麼囑託：「你一定要保護好瓦拉瑪莉娜，可以的話最好迎娶她。」他也一直忠心地想要履行這個諾言。若不是勞布隆托開口相邀，傑瓦吉歐也不會心生回到尤根施密特、取得古得里斯海得的念頭吧。

「當時您非常喜歡閱讀，也很勤奮向學呢。現在還會看書嗎？」

「我想要只有在這裡才能取得的東西。」

「呵呵……這座圖書館即使放眼尤根施密特，藏書量也是數一數二的多呢。您要找什麼樣的書？讓休華茲與懷斯為您帶路吧？」

索蘭芝似乎從未想過傑瓦吉歐在找的物品是古得里斯海得，帶著他就準備往閱覽室走去。

「索蘭芝老師。」

「哎呀，勞布隆托大人。是有何不周之處嗎？」

看到勞布隆托這麼快就回來，索蘭芝優雅地側過臉龐。從他的表情，傑瓦吉歐推斷應該是沒有找到地下書庫的鑰匙。本以為地下書庫的鑰匙會保管在上級館員的房間內，看來是被移到了其他地方。儘管不想對認識已久的索蘭芝動粗，但現在即便得動用武力威脅，也要問出鑰匙的下落。

勞布隆托將手探向腰間的袋子時，有奧多南茲飛進辦公室。

「哎呀，又有奧多南茲？今天還真多呢。是寄給誰的呢？」

奧多南茲在屋內繞行了一圈後，停在索蘭芝的手臂上開口：

「我是赫思爾。因為遲遲沒有收到回覆，令我十分在意。請問妳是否平安無事？」

「……咦？」

索蘭芝神情困惑，注視著重複了三次傳話的奧多南茲，接著看向勞布隆托。

「那個，勞布隆托大人不是說過會代我回覆嗎？」

「大概恰巧那時候收到了太多奧多南茲，我因為忙著回覆就遺漏了吧。」

勞布隆托的語氣依舊沉穩，但雙手拿出了封住思達普用的手銬。緊接著，他抓住索蘭芝往黃色魔石伸去的手，說道：「那麼，還是由我來聯繫吧。」然後迅速地套上手銬魔導具。

「勞布隆托大人，您這是?!」

索蘭芝吃驚得瞪大雙眼，傑瓦吉歐則是無奈地垂下眉梢。

「抱歉，現在還不能讓妳與外界取得聯繫，驚動其他人。在不清楚妳會如何回答的情況下，也不能讓妳回覆對方。」

「此外，歐丹西雅的房間裡並無通往地下書庫的鑰匙。快告訴我們地下書庫鑰匙的下落。」

「地下書庫……難道傑瓦吉歐大人……」

索蘭芝不敢置信地睜大藍色雙眼，傑瓦吉歐於是柔聲向她開導。

「妳能告訴我們鑰匙在哪裡嗎？我不想對從前就認識的老朋友動粗。但是對妳的侍從，我倒是沒什麼惻隱之心。」

「你們對卡特琳做了什麼？」

「現在還只是封住她的思達普，將她綁起來而已，沒讓她吃到太多苦頭。但視妳的回答而定，接下來我可不敢保證……」

勞布隆托輕嘆口氣，變出思達普詠唱「索腓魯特」後，將其變作長劍。看見舉至自己眼前的利刃，索蘭芝臉色蒼白，垂下眼去：「我明白了。請跟我來。」

她說因為以前曾把鑰匙保管在上級館員的房間裡，結果因此無法取出，現在便改為放在辦公室裡保管。索蘭芝顫抖著手拿來鑰匙，放在辦公桌上。

「這就是需要有上級以上的貴族進行魔力登記的鑰匙嗎？」

傑瓦吉歐一行人拿起由歐丹西雅，以及所謂圖書委員等協助者登記了魔力的鑰匙，重新登記魔力。

「進入地下書庫所需的鑰匙都在這裡了嗎？」

「……這是第二閉架書庫，這是書庫內部門扉的鑰匙。」

「嗯。那麻煩妳在這裡等一會吧。」

拿到所有鑰匙後，勞布隆托當場將索蘭芝綑起。因為不能讓她趁著他們前往地下書庫時逃跑，或與外界聯繫。

「等我取得了古得里斯海得，就會來解開妳的束縛。在那之前請妳待在這裡，別輕舉妄動。」

傑瓦吉歐如此向索蘭芝保證。但是，被綁起後倒在地上動彈不得的她，未曾再抬眼與他四目相對，只是話聲顫抖地向蘇彌魯魔導具下令。

「休華茲、懷斯，請帶他們去地下書庫。」

在蘇彌魯魔導具的帶領下，傑瓦吉歐走出辦公室，再從閱覽室進入第二閉架書庫。緊接著從後方的門扉步下階梯，踩著規律的腳步聲進入地下書庫。

「這樣便能取得古得里斯海得了嗎？真虧你能調查到這些。」

「發現這裡的是艾倫菲斯特的領主候補生。而在她背後操控著的，便是賽拉迪娜大人的那個孩子。」

聞言，傑瓦吉歐想起了自己的親姊姊賽拉迪娜。同樣有著一頭筆直如瀑的銀色長髮、淡金色的眼眸，相貌看來聰明伶俐，旁人常說他們姊弟倆十分相像。在他受洗後搬到別館居住開始，直到賽拉迪娜成年為止，兩人曾一起生活一、兩年的時間。

話雖如此，明明是同母姊弟，兩人卻少有往來。或許是因為賽拉迪娜成年後會回到本館當蘭柏萊亞之花，而傑瓦吉歐將來會以下任國王的身分離開離宮，所以與妹妹瓦拉瑪莉娜相比，他與賽拉迪娜幾乎沒有交集。自她離開別館之後，更是從未見過。

「你說賽拉迪娜的那個孩子，就是指逃出離宮的那個稀有果實嗎？記得是叫作斐迪南吧？」

在阿妲姬莎離宮出生的孩子，會根據性別、出生順序與魔力量而大致分成數種。女孩有「花」、「花蕾」、「花匠」與「果實」四種，男孩則全是「果實」。

「花」是成年後要回到本館的女孩。基本上會由花的長女成為花，而賽拉迪娜便是蘭柏萊亞之花。

「花蕾」是有可能成為花的女孩。受洗後雖會被視作是旁系王族，但一旦本館的花出了什麼狀況，就要遞補進入本館。此外若是沒有找到結婚對象，便會被變作魔石。瓦拉瑪莉娜原是蘭柏萊亞的花蕾。

「花匠」是成年後會留在離宮成為侍從的女孩。受洗時不是以旁系王族，而是以離宮首席侍從之子的身分，日後成為在離宮工作的上級侍從。傑瓦吉歐的同母姊妹當中應該也有花匠，但因為都在受洗後就離開了，他完全沒有印象。

而「果實」，是在即將受洗之前注定要成為魔石的孩子。在接到命令要選定蘭翠奈維的下任國王之前，傑瓦吉歐原本也被視作果實養育長大。命令下達時，僅是剛好離宮裡的男孩中他的魔力量最多，才擺脫了變作魔石的命運。然而，斐迪南明明不是下任國王，卻能夠離開離宮，可說是極其罕見的例外。

「沒錯。正因為這個果實離開了離宮，瓦拉瑪莉娜大人才不得不回到本館，成為蘭柏萊亞之花。」

當年傑瓦吉歐十分疼愛總是黏著自己的瓦拉瑪莉娜，所以才會在出發前往蘭翠奈維之際，拜託勞布隆托：「你一定要保護好瓦拉瑪莉娜，可以的話最好迎娶她。」但雖說是領主一族旁系，身為上級貴族的勞布隆托想要求娶旁系王族並不容易。他說他付出了許多心力，才順利與瓦拉瑪莉娜訂下婚約。

然而，就在瓦拉瑪莉娜已經成年，只等著星結儀式到來之時，賽拉迪娜生下的一名男孩卻因為某種理由要離開離宮。理由非常模稜兩可，據說是因為有時之女神的指引，但詳情無人知曉。至少勞布隆托說他並未被告知。

於是，為了填補本該成為魔石的男孩所造成的空缺，賽拉迪娜被變作了魔石，剛成年的瓦拉瑪莉娜則遞補成了蘭柏萊亞之花。這就是離宮的規矩，任誰也無能為力。但當時因為君騰之命而不得不取消婚約的勞布隆托，心中的痛苦肯定難以計量。

不僅如此，尤根施密特的政變結束之後，在關閉阿妲姬莎離宮時，據說瓦拉瑪莉娜還遭到了處刑。勞布隆托非但沒能實踐與傑瓦吉歐之間的約定，還沒能守護住自己心愛的女子。

「那個男人並未認清自己曾是阿妲姬莎之實的身分，也不明白背後有多少人因他而犧牲，絕不能讓古得里斯海得落入他手裡。」

感受到話聲與紅棕色眼眸中的憎恨，傑瓦吉歐揚起苦笑。勞布隆托的忠心，源自他對過去的憧憬、對妹妹的愧疚與後悔，以及對王族的憤怒與怨恨，這些情感盤根錯節。正因如此，傑瓦吉歐才相信他的忠心不會輕易消失，也不會背叛自己。

走下階梯之後，雪白的空間當中只有一面牆壁的顏色看來就像金屬一樣。而那面牆上，有三個特別醒目且精雕細琢的區塊，間隔相等地排列開來。

「三個人上前。」

「開門。」

一行人照著蘇彌魯魔導具所說的放上鑰匙。瞬間，魔法陣在吸收了魔力後浮現，牆面更裂開來變作三片門扉開始旋轉。緩緩地轉了一百八十度後，正當三片門扉要重新合併起來，還以為會變回牆壁時，牆壁卻消失了，後方的書庫映入眼簾。

……古得里斯海得就在這裡頭……

如此不可思議的光景令傑瓦吉歐屏住呼吸。這時，白色蘇彌魯握住他的手。

「傑瓦吉歐，帶路。」

配合著往書庫移動的蘇彌魯，傑瓦吉歐也邁出步伐。

「傑瓦吉歐大人，聽聞書庫深處還有王族才能進入的另一個書庫。能夠進去的只有王族而已。身分已變回旁系王族的您，或許……」

勞布隆托從身後傳來的話聲帶著希冀。傑瓦吉歐微微轉過身，點一點頭。在勞布隆托拉攏了中央神殿以後，如今傑瓦吉歐的身分已經變回旁系王族，不再是他國人士。這樣一來，應該也能進入深處的書庫。

……我將得到古得里斯海得。

懷抱著堅定的決心，傑瓦吉歐穿過透明的牆壁進入書庫，接著在蘇彌魯魔導具的催促下，站到深處的門扉前方。

然而，他同樣被魔法陣彈開。

「傑瓦吉歐，沒有登記。」

「接下來進不去。」

看來，以旁系王族的身分還是不行。從小傑瓦吉歐便能感受到自己與直系王族之間有著鴻溝，如今不得不再次體會，令他心煩又不甘。明明他的魔力量更高，屬性數也更多，他們卻僅僅只是出生於世，便能夠統治尤根施密特。

「傑瓦吉歐大人……」

「看來只有直系王族才進得去。我被魔法陣彈開了。」

勞布隆托用力皺起了眉，緊握起的拳頭也不住顫抖。

「繼續待在這裡也毫無意義。上去吧。」

傑瓦吉歐輕拍了拍勞布隆托的肩膀，催促他邁開步伐。上樓的同時，他向勞布隆托問道：

「艾倫菲斯特的領主候補生所遵循的辦法並沒有錯，她確實離古得里斯海得越來越近。聽聞她曾行蹤成謎，那她是否還做了其他事情？或者發現了其他東西？」

聞言，勞布隆托像是想到什麼般猛然抬頭。

「據席格斯瓦德王子所說，她是在去了圖書館的二樓後消失無蹤。也許那裡還有什麼線索？」

將鑰匙還給蘇彌魯魔導具後，傑瓦吉歐一行人快步走上二樓，瞪大了雙眼察看閱覽室。這裡一定還有某樣東西與古得里斯海得有關。

「嗯，就是那個吧。」

「您說什麼？」

「就是睿智女神像。」

傑瓦吉歐一眼就看出來了，但勞布隆托似乎還是不明所以。或許是因為傑瓦吉歐去了各個祠堂，一直在看神像的關係吧。也或許是因為在尤根施密特，無論城堡還是貴族院都理所當然地設有神像，所以看在此地的貴族眼裡，這不過只是尋常可見光景裡的一部分。儘管已經站在睿智女神像前方，勞布隆托仍是一臉納悶不解。
「古得里斯海得，就是抄寫自睿智女神梅斯緹歐若拉所持有的神具吧？」
「啊，原來如此。」
「我想應該得向梅斯緹歐若拉獻上祈禱才對，但都已經走到這麼近了，神像也不像祠堂那樣會自行吸走我的魔力。那麼該怎麼做才好？」
傑瓦吉歐認為神像一定就是關鍵，卻不曉得接下來該怎麼做。他環抱手臂，定睛凝視睿智女神像。在眾多女神當中，只有睿智女神梅斯緹歐若拉披著頭髮，經常以年幼少女的姿態呈現在世人面前。和貴族院內到處可見的白色神像一樣。
這時，傑瓦吉歐的目光倏地定在白色神像上，唯一以五顏六色魔石裝點著的神具之上。只要抄寫這樣神具，就能得到古得里斯海得。
……睿智女神梅斯緹歐若拉，請賜予我這項神具。
傑瓦吉歐懷抱著渴望，觸碰神具。瞬間，魔力開始往外釋出。傑瓦吉歐吃驚得瞪圓雙眼，但沒有抵抗，任由魔力往外流出。
不知魔力被吸走了多少，感覺上就與在祠堂裡被奪走的魔力量差不多。正當傑瓦吉歐心想著可能得喝回復藥水時，忽然間魔法陣與語詞浮上他的腦海。
「古得里斯海得。」
剎那之間，傑瓦吉歐的身影平空消失。

艾倫菲斯特保衛戰（後篇）

夏綠蒂　後方的支援

「夏綠蒂大人，這些是委託的東西。接下來我們會繼續製作今天的份。」

「多虧有各位幫忙，波尼法狄斯大人他們才能無後顧之憂地在戰場上戰鬥。今天也麻煩各位了。」

拿著昨晚收到的委託清單，與文官交換了做好的回復藥水和魔導具後，我走出城堡的調合室。接下來要送去城堡的廚房，正確地說是廚房前方、正在侍從室裡工作著的布倫希爾德那裡。

「夏綠蒂大人，您要親自前往廚房嗎？可以交給其他人……」

「哎呀，凱薩琳，我只是巡視時順路過去一趟嘛。況且，向布倫希爾德盡到該有的禮數也是應該的吧？昨天從下午開始，就一直是布倫希爾德一個人在負責指揮，我很擔心她也許需要幫忙。」

「夏綠蒂大人換上騎獸服以後，整個人好像比平常更充滿活力呢。」

侍從凱薩琳咯咯笑道。不光是我，笑著這麼說的凱薩琳也身穿騎獸服。這是因為波尼法狄斯大人出發去了伊庫那之後，城堡裡的女性都在提倡下紛紛換上騎獸服。

像北邊別館這些地方因為有結界保護著，所以待在裡頭的人有些還是和平常一樣穿著工作服，但是現在城堡裡頭，隨處可見身穿騎獸服的女性。為了在發生緊急事態時，不必換裝也能立即行動，接下來這兩、三天我都會改穿騎獸服，底下還會穿戴以魔石變形而成的貼身防具。

這種簡易的防具是貴族院二年級在術科課上學到的，可以穿在便衣底下，保護胸口與背部。課堂上老師們還說：「所有人都必須學會才行，否則在危險的時代與場所會無法保護自己。」但怎麼也沒想到，自己竟然真有穿上這個防具的一天。

……雖然行動起來非常輕便，是很好的優點……

但是，每天早上穿上騎獸服時、城堡裡的貴族們看到身穿騎獸服的女性都露出不忍神情時，我總會被迫意識到艾倫菲斯特現在正處於非常時期。我不由得在心裡由衷地期盼著，希望可以早日回到往常的生活。

「沒想到夏綠蒂大人會親自到廚房來。若是有事，請喚我前去即可。」

布倫希爾德正在廚房前方的房間裡向廚師們下達指示，一得知我的到來，驚訝地回頭轉身。大概是因為身穿騎獸服的關係，布倫希爾德看起來也比平常更神采奕奕。

「我只是巡視時順便過來看看。而且我現在還幫不了什麼忙，布倫希爾德卻是身負重任，怎麼能夠把妳叫離工作崗位呢。這些是從文官那邊收來的回復藥水與魔導具。另外，我也想要報告會議上的事情……」

布倫希爾德想必馬上就意會過來，內容並不方便使用奧多南茲傳達吧。向在場的人都下達完指示後，我們便屏退眾人。接著，我向她遞去防止竊聽的魔導具。

「布倫希爾德，現在妳一個人要負責指揮，有沒有什麼在會議上難以啟齒、感到困擾的事情呢？」

布倫希爾德是領主的未婚妻，預計成為第二夫人，此刻之所以會在這裡，是因為她正負責戰地的物資傳送。這是一項重責大任，得先在城堡裡向廚師們下達指示，再把做好的餐點用轉移陣送去給在伊庫那周邊奮戰的騎士們。不只是餐點，也會順便送去文官們所交付的回復藥水與魔導具。多虧了有布倫希爾德等人做好後援的工作，這些天來，波尼法狄斯大人他們才能安心地在伊庫那與格利貝對抗敵人。因此，說是以後勤人員的身分在城堡裡戰鬥著也不為過吧。

「我這邊沒問題。雖說現在只有一個人在指揮，但我以前負責的工作當中，本來就包含了這些事情。」

往戰地送去糧食與必需品，原本是母親大人身為領主第一夫人該做的工作。事實上昨天直到上午為止，都是由母親大人帶頭指揮，然後我與布倫希爾德在旁輔佐，學習每件事情的處理順序與指派對象，還有補給配送的時間與數量的調整。

但後來，母親大人便說著工作已完成交接，將物資的傳送工作交給了布倫希爾德。因為一旦喬琪娜大人他們攻進城堡，母親大人就得前往密道的出入口待命。預先這樣安排，才不會在城堡陷入危急之際，突然無人能往遠方的戰地送去補給。

「多虧了把物資配送的工作交給布倫希爾德，我們才能專心地招收騎士……根據波尼法狄斯大人的推斷，喬琪娜大人應該差不多要正式展開行動了。」

儘管亞倫斯伯罕已經開始進攻，但入侵領內的敵人卻只是四處逃竄。目前雙方都沒有什麼人員傷亡，但是這兩、三天來，敵人出現的範圍卻是日漸擴大。我們早就料到敵人的目的是分散戰力，把我們派出去的騎士絆在距離城堡相當遙遠的地方。但就算知道目的，只要敵人還在奪取土地的魔力，波尼法狄斯大人他們便不可能離開伊庫那一帶，回到城堡這邊來。

「與我相比，我反倒更擔心夏綠蒂大人呢。現在城堡內的氣氛非常緊繃，奧伯還命您事態緊急之際，要與卡斯泰德大人一起行動，您內心的壓力想必非同小可吧？」

布倫希爾德語帶慰勞地微笑說道。父親大人是在昨日下午，命我事態緊急之際必須與騎士團長一起行動。這個命令意味著他已經認可我為下任領主，而不是哥哥大人。此次的領地防衛戰，我將代替守在基礎之間的父親，待在領主辦公室裡暫代領主之職。問過我的決心以後，父親大人便將基礎之間的位置與鑰匙告訴了我。由於思達普取得年級的變更，再加上麥西歐爾將以神殿長的身分參與神殿儀式，因此我個人認為，長大後的他會比我更適合成為下任領主。但麥西歐爾現在連思達普也還未取得，所以這時候就把基礎魔法交給他並不實際。

「……那麼韋菲利特大人的情況如何呢？」

「自從檯面下確定要解除婚約，至今也快要一年了，哥哥大人自己又堅決不想當下任領主，所以就算我被指定為緊急事態時的下任領主，他的表現還是和平常一樣。但他那些毫不知情的近侍們，大概都難以接受吧。」

此次防衛戰發現騎士團長被指派到我的身邊，哥哥大人的近侍們無不大驚失色。但是這也難怪吧。因為他們從不知道姊姊大人將成為國王的養女前往中央，也不知道哥哥大人與姊姊大人會解除婚約，更不知道哥哥大人已不再是下任領主。

「但現在因為克倫伯格的騎士正到處宣揚，貴族們似乎也都不得不接受。」

先前領主一族在會議室裡開會時，姊姊大人曾經情急之下說溜了嘴，但母親大人馬上與在場所有人都簽訂了魔法契約，要求眾人保密。然而，如今這個魔法契約也已經沒有意義。因為回應了哥哥大人的請求、前來支援的克倫伯格騎士們，把父親大人在克倫伯格的一言一行都告訴了眾人。除了國境門在相隔大約兩百年後又重新開啟一事，同一時間傳開的，還有姊姊大人持有古得里斯海得，以及她不僅將成為國王的養女，還收到了第一王子贈送的求愛項鍊這些事情。聽到這些消息，貴族們很輕易便能預料到哥哥大人與姊姊大人將會解除婚約，也能明白戰鬥時騎士團長為何是與我一起行動吧。

「沒想到父親大人回來之前，竟然完全沒有叮囑克倫伯格的騎士們不得洩露消息。發現消息已經傳開，母親大人也非常頭痛呢。本來我還希望在正式與卡斯泰德一起行動之前，戰鬥就結束了，免得貴族們陷入一團混亂，卻沒想到已經傳得沸沸揚揚……」

「哎呀，能夠藉著這個機會讓眾人知道，一旦在麥西歐爾大人長大之前有任何情況，就會由夏綠蒂大人成為下任領主，我倒覺得太好了呢。您被賦予的第一項任務，就是要為守衛基礎魔法而戰，我可以理解您心中一定十分不安。但是，向萊瑟岡古的貴族們昭告領主一族的想法，也是非常重要的事情喔……當然，前提是與韋菲利特大人並未有任何衝突。」

布倫希爾德小聲地補上最後一句。因為現在的情勢已經這麼混亂了，要是領主一族之間還意見分歧、引發無謂的紛爭，很容易讓萊瑟岡古的貴族們趁虛而入。對於在這種情況下還能時刻留意著萊瑟岡古一族的動靜，並且努力保持平衡的布倫希爾德，我真是佩服不已。

「為了回報布倫希爾德如此無私的奉獻，我一定會竭盡所能全力以赴。況且，我也不認為喬琪娜大人會在中途收手。那倒不如坦然面對，反正被貴族們知道也只是時間早晚的問題嘛。」

「是啊。既已明目張膽地派人過來攻打，代表喬琪娜大人肯定是認為自己勝券在握吧。再加上波尼法狄斯大人的猜測，多半不久之後奧伯就得守在基礎之間……只希望時間不會拖得太久。」

明明姊姊大人已經取得了亞倫斯伯罕的基礎魔法、救出叔父大人，但朝著艾倫菲斯特發動攻擊的騎士們卻絲毫沒有停手的跡象。據來信所說，得先等到取得基礎的姊姊大人醒來之後，才有辦法實際採取行動、阻止隸屬於亞倫斯伯罕的騎士們，但在那之前恐怕是無能為力。雖說情況不容樂觀，但聽說叔父大人也會帶著戴肯弗爾格的騎士們，前來支援艾倫菲斯特。

「聽說昨晚在格拉罕，也發生了類似於伊庫那那裡的敵襲。短暫交手之後，敵人很快就逃走了，所以目前問題不大。但是，多半再過不久，也需要派人去支援格拉罕的騎士團吧。波尼法狄斯大人該去的地方又更多了。不知道在遠赴外地的騎士們精疲力竭之前，叔父大人的支援能不能及時趕到呢？」

雖然不曉得防衛戰要持續到什麼時候，但就連待在城堡裡頭，也感覺得出氣氛越來越緊張焦灼。

「我聽說騎乘騎獸的話，從亞倫斯伯罕的城堡到境界門大約需要兩天的時間。不知道斐迪南大人能否及時趕上呢。不過，已經有幾位基貝答應了奧伯與波尼法狄斯大人的請求，會派出騎士提供援助了吧？這些援軍也許能及時趕到。」

「是的，繼克倫伯格之後，哈爾登查爾派來的援軍也在剛才抵達了。現在守衛貴族區的騎士人數可以說是十分充足。」

就是為了報告援軍抵達一事，我才會來到這裡。布倫希爾德聽了，很高興地微笑著拍手。

「哎呀！這樣就教人放心多了呢。幾乎填補了波尼法狄斯大人他們離開以後的空缺吧。」

「是呀。只不過多了這麼多騎士，光靠城堡裡儲存的糧食可能會不夠吃吧？我聽說糧食會直接影響到戰鬥時的士氣……」

援軍的抵達固然教人感激，但現在由城堡管轄的騎士變多了，食物、回復藥水與魔導具等必需品的用量也會一鼓作氣增加。早在一個月前我們就開始為禦敵做準備，所以目前數量還十分充足。但是，眼下還不曉得防衛戰會持續到什麼時候，當初也沒有預想到城堡這裡的騎士人數會增加這麼多。

「實在很不好意思，但能麻煩妳向萊瑟岡古請求支援嗎？」

「請您放心吧。自從確定克倫伯格會派來援軍，哈爾登查爾也會提供援助後，我便催促過了他們好幾次。今天下午會以轉移陣與基貝的宅邸相通。」

如今姊姊大人去了亞倫斯伯罕，幸好還有與父親大人訂下婚約的布倫希爾德在，有助於我們取得萊瑟岡古一族的協助。眼看能夠避免戰鬥期間糧食不足的問題，我如釋重負。

「布倫希爾德，謝謝妳。有妳在，配送物資的工作也能放心交給妳吧。倘若騎士們在歸還餐具時有什麼報告或委託，再麻煩妳告訴我們了。」

「交給我吧。」

布倫希爾德以堅定凜然的話聲應道，臉上的笑容看來非常可靠。我本來還擔心如果她一個人撐得很辛苦，那我就來幫忙，但現在看來交給她一個人也沒問題。

請她歸還防止竊聽的魔導具後，我再一邊巡視，一邊返回領主辦公室。因為得要檢查重新建造的密道是否被敵人發現，以及有無被使用過的痕跡。這是只有領主一族能夠負責的工作。

目前領主辦公室已經成了騎士團的司令部。雖然騎士們都在騎士宿舍以及訓練場周邊待命，但騎士團長與幾名高層皆是在領主辦公室裡蒐集情報。正如我們都換上了騎獸服，需要上場參戰的人們也都穿上了鎧甲，以備隨時可以出動。而父親大人身為奧伯・艾倫菲斯特也穿著鎧甲，外頭還穿有顯示其領主身分的鎧甲罩袍。

領主辦公室內除了騎士之外，當然還有在整理與記錄情報、寄送奧多南茲的文官，以及照料屋內眾人的侍從，大家都在做著自己的工作。

「夏綠蒂，妳回來啦。開始報告吧。」

於是我向父親大人報告了調合室與廚房的情況，也報告了在城堡內部並未發現任何異樣。聽完，父親大人點了點頭。

「今天下午萊瑟岡古會送糧食過來嗎？那真是太好了。」

「布倫希爾德一個人似乎也沒問題。她非常盡責地在完成自己的工作喔。那麼母親大人現在在哪裡呢？」

「她說要去看看特別室的情況，再去檢查密道裡的機關有沒有被觸發。」

正當這時，有奧多南茲飛進辦公室來。白鳥在房內飛了一圈之後，在立於父親大人身後的卡斯泰德手臂上降落。既然是寄給騎士團長的，代表一定是人在訓練場的騎士送來的消息。

……是哈爾登查爾騎士的巡邏地點與時間要怎麼分配，已經決定好了嗎？

我猜想著奧多南茲可能要傳達的內容，卻怎麼也沒有想到，白鳥所帶來的消息竟然是關於敵人的行蹤。

「我們收到伊庫那的通知，說是兩天前有一群疑似是貴族的乘客搭上了從萊瑟岡古出發的商船。目擊者是一名木材商。」

意想不到的消息讓領主辦公室內陷入一片靜默。靜默之中，奧多南茲接著開始重複同樣的內容。貴族一般絕不可能乘坐商船來艾倫菲斯特，要坐也是坐客船。

「馬上向萊瑟岡古確認！調查清楚那艘船預計何時抵達。」

「最好也向碼頭的平民詢問確認。」

在奧多南茲重複完三次傳話之前，父親大人便以思達普輕敲黃色魔石，向萊瑟岡古送去奧多南茲。

……現在才開始調查得花多少時間？而且那群人在兩天前就上船了吧？

「父親大人，如果那群人是兩天前搭船的話，也有可能現在已經到了吧？我們根本不曉得敵人會在何時現身，戰鬥又會何時開始。既然母親大人那邊沒有消息，看來還沒有人使用城堡裡的密道吧。但萬一基礎被人奪走，一切就無法挽回了。請父親大人立刻守在基礎之間！」

「好，那接下來就交給妳了。卡斯泰德，你們要輔佐夏綠蒂。」

父親大人只帶了最少該有的護衛騎士與侍從，離開領主辦公室。我則是環顧還在屋內的騎士團長與其他騎士，以及父親大人的文官們。

「接下來就由我負責指揮，還請各位不吝賜教。」

「是！」

「現在還不曉得何時才會收到萊瑟岡古的回覆，但我們得盡快開始防範。首先敵人似乎會抵達西門，那就增加西門的騎士人數吧。另外，請趕快決定好哈爾登查爾的騎士們要如何部署。」

我這麼說完後，卡斯泰德輕輕點頭表示贊同，再補充了其他注意事項。

「要增加西門的騎士人數是無妨，但其他大門最好也派些騎士過去。這麼輕易就被目擊到，代表船上的這一群人可能只是幌子。」

「出現這麼一群明顯是貴族的人，確實是很可疑。」

騎士們紛紛發表自己的意見。

「不過，至少可以肯定將有一群人抵達西門。雖然還不曉得是否為敵人，但還是得提高警覺、採取措施。」

「把現在守著貴族區的騎士們，分一些去西門與神殿如何？」

「嗯，這主意不錯。然後貴族區再交由哈爾登查爾的騎士把守。畢竟他們並不熟悉平民區的大門。」

哈爾登查爾的騎士們因為會來參加冬季的社交界，所以對貴族區還算了解，但他們從未進入過平民所居住的平民區與大門當中，也很難與士兵攜手合作吧。

「夏綠蒂大人，您看這麼安排如何？」

「可以。那麼請立刻指派騎士們前往各個大門，並向哈爾登查爾的騎士們下達指示。」

當我們在討論的時候，又有奧多南茲飛來。是萊瑟岡古的回覆。沒想到這麼快就送來了。

「我是奉基貝．萊瑟岡古之命前去調查的文官。查證過後，碼頭這裡確實出現過一群可疑人物。他們乘坐的那艘船似乎會在本日第四鐘抵達艾倫菲斯特。」

奧多南茲還未重複完三遍內容，又有新的白鳥飛來，停在卡斯泰德手臂上。

「我是達穆爾。方才已經收到萊瑟岡古的回覆。還請通知貴族區裡的眾人，在第四鐘之前前去避難。神殿與各大門由我去通知。」

達穆爾是姊姊大人的護衛騎士。看來就是他收到了伊庫那的聯繫，再請萊瑟岡古進行調查。難怪萊瑟岡古那邊會這麼快就回覆。

聽完他所說的內容後，在場的文官們相繼往騎士團與貴族區送去奧多南茲。接下來貴族區裡的眾人就會開始避難吧。

「母親大人，我是夏綠蒂。剛才收到消息，說是第四鐘將有敵人來襲，但也有可能只是掩護隊伍。請您巡視完後，立即就定位。還請千萬小心。」

「布倫希爾德，我收到消息說敵人將在第四鐘抵達西門。請在那之前完成物資的傳送。」

我也接連地向領主一族送去奧多南茲。與此同時，也有奧多南茲飛來。

「姊姊大人，我是麥西歐爾。神殿這邊收到了達穆爾的奧多南茲，現在大家正在卡濟米爾的指示下開始避難。等到避難完畢，我會再一次向您報告。姊姊大人，我們一起加油吧。」

白鳥發出了麥西歐爾的聲音。雖然以思達普寄送的人應該是卡濟米爾，但聽到麥西歐爾充滿幹勁、努力想要完成自己職責的話聲，在場眾人的表情都有些柔和下來。這時又有奧多南茲飛來。

「夏綠蒂，是我。聽說敵人將在第四鐘來襲，那我過去保護妳吧。」

聽完哥哥大人送來的奧多南茲，騎士們互相對望。撇開哥哥大人不說，但現在有很多事情不能讓他的近侍知道，因此不方便讓他過來。因為哥哥大人的近侍當中，還有人與已經請辭的近侍保持著聯繫，所以情報會有外流的可能。此次防衛戰，也沒有找來哥哥大人與他的近侍們在領主辦公室裡待命。

「現在克倫伯格的援軍正在韋菲利特大人那裡，不如就請這支援軍在貴族區的東側待命，然後再請哈爾登查爾的援軍在西側待命，這樣安排如何？」

「而且可以請韋菲利特大人負責指揮吧？畢竟韋菲利特大人平常也會與騎士一同訓練，在貴族院還有過指揮迪塔的經驗。」

於是我向哥哥大人送去奧多南茲，拜託道：「哥哥大人，不好意思，請您負責指揮克倫伯格的騎士，讓他們守在貴族區的東側。」因為是有哥哥大人的護衛騎士亞歷克斯居中聯繫，克倫伯格才會派來援軍。與其由我，由哥哥大人來下達指示會更適合吧。

「文官們請把調合好的物品送去騎士訓練場。能夠施展治癒的侍從們也請開始往騎士訓練場移動……」

「是我。我在基礎之間收到了基貝・格拉罕的支援請求。他說敵人忽然大量來襲，彷彿格拉罕才是他們真正的目標。雙方戰力有著壓倒性的差距，請我派出援軍。」

聽完父親大人送來的奧多南茲，辦公室內一片譁然。

「馬上向波尼法狄斯大人送去奧多南茲！」

「他說自己現在正在伊庫那與敵人交手，無法立即抽開身。等伊庫那那邊的敵人解決了，會馬上趕過去。」

「那麼拜託看看附近的基貝，能不能各派一些基貝騎士團員前往支援。」

我們試著向基貝提出請求，卻都沒能得到滿意的答覆。周遭土地的基貝們都表示，由於接下來有可能換他們遭到攻擊，實在無法派出騎士團員趕往格拉罕支援。

……這下該怎麼辦？

如今伊庫那的戰況膠著，使得波尼法狄斯大人無法馬上離開，格拉罕那裡又出現了基貝騎士團應付不來的大軍，還有載著可疑人士的船隻就要抵達西門。

由此完全可以看出，敵人已經開始了分散艾倫菲斯特戰力，還有轉移我們注意力的計畫。喬琪娜大人他們肯定會在第四鐘的時候發動攻擊吧。

我的喉嚨發乾，手在顫抖，心臟怦怦狂跳，腦筋也變作一片空白。身為下任領主，我該向大家下達怎樣的指示才好？

「夏綠蒂大人？」

正當卡斯泰德擔心地注視著我時，信件化成的白鳥飛進辦公室。不同於只能寄給活人的奧多南茲，魔導具信可以指定地點為傳送對象，所以也能寄給沒有魔力的平民。

這封送至艾倫菲斯特領主辦公室的信件，來自戴肯弗爾格的指揮官海斯赫崔。他說帶著戴肯弗爾格有志之士們的叔父大人已經快要抵達境界門，因此想請我們下達許可，准許騎士們進入艾倫菲斯特。

……叔父大人與戴肯弗爾格的騎士們已經到境界門附近了?!他們居然可以趕上?!

我感覺眼前的世界乍放光明，甚至無心去在意一旁的騎士們看向信件後，都在說些什麼。

「可是，原本該由斐迪南大人提出這種請求吧？」

「是斐迪南大人或羅潔梅茵大人出了什麼事嗎？」

「先前我們曾接到報告說，有時雖然收到了克拉麗莎大人的來信，卻收不到哈特姆特大人的來信。有可能是敵人現在已經掌控了境界門，所以攔截了艾倫菲斯特的人寄過來的信吧？」

「斐迪南大人一向心思縝密，想必是考慮到了自己的信可能遭到攔截，所以才會要求戴肯弗爾格的人也送來一樣的內容吧。」

「那麼請向父親大人徵得許可，然後馬上回信。」

文官立即向父親大人送去奧多南茲，請他下達許可，其他文官則是開始準備回信。父親大人似乎也和我想得一樣，希望叔父大人他們能直接趕往格拉罕。

「馬上通知斐迪南，請他們趕往格拉罕。」

於是在寫給叔父大人的回信上，我告訴他格拉罕從昨晚開始就遭受到攻擊，因此想請他立即趕往格拉罕、制伏亞倫斯伯罕的騎士，並且奧伯已經同意，叔父大人與戴肯弗爾格的騎士們可以進入艾倫菲斯特並行使武力。我在寫回信的時候，也請文官寫信送去給境界門的艾倫菲斯特騎士。告訴他們敵人很可能收下了書信沒有送出，以及叔父大人他們將會抵達境界門，屆時請把信直接交給他們。

「這樣一來只要叔父大人抵達境界門，就一定可以收到信吧。」

我們正鬆了口氣時，一名騎士走了進來。他說自己是在轉移廳駐守的騎士，收到了中央寄來的信件。

「轉移廳收到了這封詢問信。」

「是貴族院出了什麼狀況嗎？」

「不是的，那個……信上在問，目前都還沒有看到亞倫斯伯罕與蘭翠奈維的人，他們到底何時會出現？」

瞬間我有扶額的衝動。跟亞倫斯伯罕有關的事情，怎麼跑來問艾倫菲斯特呢。雖然很想要視而不見，但眼看領主會議即將到來，現在不能夠無視中央寄來的詢問信吧。我只好向人在基礎之間的父親大人送去奧多南茲，徵求他的意見。

「父親大人，對於中央送來的詢問信，該如何回覆才好呢？」

「我簡直無話可說。既然他們那邊現在平安無事，晚點再回覆即可。反正也不是使用緊急聯絡用的水鏡。艾倫菲斯特就專心處理自己的事情，中央的事情也交給他們自己去搞定吧。我們先做好迎戰準備。」

聽完父親大人送來的奧多南茲，我們一致點頭，決定之後再回覆中央的詢問信。現在距離第四鐘沒有多少時間了。還是遵從奧伯的判斷，先把心力傾注在艾倫菲斯特的防衛戰上吧。

「……卡斯泰德，第四鐘之前真的來得及嗎？只要一想到，萬一敵人在第四鐘響起前就在意想不到的地方發動攻擊，我心裡就非常不安……」

雖然現在所有人都已做好準備，隨時可以出動，但騎士們要移動到各自的崗位還是需要一點時間。加上我有非常強烈的預感，抵達西門的那一艘船只是障眼法而已。

「至少現在可以肯定的是，會有一部分的敵人在第四鐘抵達。即使船上的那群人只是幌子或在打掩護，敵人多半也會在船隻抵達的幾乎同時，或者趁著西門一片混亂時正式發動攻擊吧。」

「目前我們也無法再提早做好迎戰準備了。光是沒有在無預警的情況下遭到突襲，就該感到萬幸了吧。」

不只是卡斯泰德，其他騎士也這麼安慰道，我輕輕頷首。隨著雙方交戰的時間逐漸逼近，我的心跳也越來越快。儘管臨危受命待在這裡，但我真的能夠勝任下任領主一職嗎？難以言說的不安在胸口蔓延。但無論我的心情有多麼忐忑，事態仍在持續進展著。

「我們已經抵達南門，目前並未發現可疑人物。平民似乎也順利地開始避難。」

「這裡是東門。我們已先關閉大門，禁止馬車出入。」

「我們抵達神殿了。接下來，我們將聽從麥西歐爾大人與其護衛騎士馮杰爾大人的指揮。」

「貴族區裡的眾人似乎已經避難完畢。路上無人走動。」

「哈爾登查爾的騎士已經照著指示守在貴族區。目前在上空待命。」

被派去各大門的騎士們與守衛貴族區的騎士們，接連送來奧多南茲。除此之外，也有布倫希爾德和麥西歐爾送來的奧多南茲。

「我是布倫希爾德。傳送工作已經完成，並且波尼法狄斯大人一行人正在伊庫那與敵人奮戰。據說波尼法狄斯大人還表示，他在格拉罕那邊感受到了強勁的對手。」

「布倫希爾德，謝謝妳。叔父大人與戴肯弗爾格的騎士們，似乎能夠及時趕到格拉罕喔。」

「我是麥西歐爾。神殿這邊已經完成避難。姊姊大人，請您萬事小心。」

「我是夏綠蒂，已確實收到報告。麥西歐爾，你絕對不能離開護衛騎士身邊喔。我也會祈禱你平安無事。」

人在基礎之間的父親大人想必也收到了許多通知，這段時間捎來了幾次奧多南茲。

「有騎士回報，在城堡一隅發現可疑的人影。雖然他馬上跟丟了對方，但從地點來看，很可能是進了密道。所有人加強警戒。」

「羅潔梅茵已經與斐迪南會合，抵達格拉罕。我已准許他們動用武力。」

……姊姊大人到達格拉罕了！

瞬間，姊姊大人率領著近侍們前往亞倫斯伯罕，與在貴族院裡率領著騎士們比迪塔時的模樣浮現腦海。她那毫不迷惘的眼神與絕不認輸的側臉，總是令我無比嚮往。

想起那一幕幕景象，我也心生了些許勇氣。雖然此時此刻我還是非常害怕，但既然已被指定為下任領主，我就必須守住艾倫菲斯特才行。要以不令姊姊大人蒙羞的姿態，迎戰即將到來的敵人。

噹啷，噹啷……

第四鐘的鐘聲響了。所有人都正屏息以待時，有奧多南茲飛了進來。

「這裡是西門。與接獲的消息一致，在商船上的乘客當中發現可疑人物。全員身穿銀衣，還帶著沃爾赫尼。」

守護艾倫菲斯特基礎的防衛戰，終於正式揭開序幕。

列克爾　西門的戰鬥

來自萊瑟岡古的商船抵達後，乘客陸陸續續下船。走在最前面的，想必就是疑似為貴族的那一群人，也是騎士大人嚴加警戒的對象吧。距離隔得這麼遠，還是可以看出那群人非常習慣旁人的退讓。居然能讓人一眼就看出他們是貴族大人，感覺那群人一點也沒有想要隱瞞真實身分的意思。

「就是他們吧。」

對於在碼頭工作的人，達穆爾大人與士兵們已經預先都提醒過了。只見碼頭邊的人都一邊佯裝讓路，一邊與那群看來就很危險的傢伙保持距離。看得出來商船上的人也都暗中在觀察情況。

「列克爾，就定位。」

「是！」

……嗚哇，真的來了！

其實打從騎士大人的人數增加、警戒變得森嚴，又在城市裡頭跑來跑去通知大家去避難，我就知道這件事真的會發生。可是，明明是貴族大人間的戰鬥，真是不敢相信像我們這樣的平民士兵也得在旁邊支援。

「是銀布。他們在披風底下還穿了東西！」

「有沒有帶狗？」

「那不是一般的狗，應該是沃爾赫尼吧？」

負責把守的人說完，躲在暗處待命的騎士大人們一陣嘈雜。接著我聽到達穆爾大人的聲音，他在報告著敵人已經抵達西門，並且請求更多支援。再接下來，就看到會傳送聲音的白鳥起飛。

「沒有魔力的士兵不要靠近沃爾赫尼。」

「穢物也都準備好了吧？」

我握著勺子，與裝有穢物的桶子一起待命。

……嗚嗯，超恐怖。我快吐了。

之所以想吐，除了是因為穢物臭到讓人受不了，也是因為眼看大戰就要到來，我緊張得胃部開始抽痛。貴族大人會在攻擊時使用魔法，要是在他們大打出手時受到波及，像我們這樣的平民一下子就會沒命。出於本能的恐懼，我只想在敵人還沒發現我們的埋伏前躲起來。本能正在瘋狂敲響警鐘，告訴我不能再待在這裡。我握著勺子的手抖個不停，身體無法保持不動地晃了一下。

「不行，列克爾。還不能衝出去。」

一旁的昆特班長立刻按住了我，讓我嚇得一震。其實我並不是想衝出去，反倒滿腦子都只想著要逃離這裡。

「要是讓他們在這時逃跑就麻煩了。敵人可是貴族。他們既能使用騎獸，也能使用魔法。我們要做的，就是潑灑穢物，逼得他們脫下身上的銀布。別搞錯了。」

班長低聲提醒道。明明我們一樣是平民，但班長的聲音裡卻一點也感受不到對貴族大人的恐懼。我忍不住注視班長。恨不得現在馬上衝出去的人，其實是班長才對。他咬牙用力到了我好像都能聽見摩擦的聲音，充滿殺氣的側臉也是真的想去痛扁敵人一頓。就算躲在昏暗的大門內側，還是看得出銳利的目光裡盈滿敵意。

……我見過班長這種表情。

記得有一次，在大門工作的士兵誰也不敢靠近班長。印象中已經好幾年前了吧，昆特班長一拳揮向當時還是上司的東門士長，怒吼著：「都是你害的！」那個時候他就是現在這種眼神。

當年，因為昆特班長總能經由騎士大人得到誰也不曉得的新情報，嫉妒他的士長於是在收到「這段時間不會發放許可證，所以絕不能讓外地人入城」這個通知後，卻故意隱瞞不說，導致了後來的一切。

……班長確實是因為這樣失去了女兒。

昆特班長的女兒……雖然名字我已經不記得了，但我們還在南門的時候，她曾在歐托先生手下當了一年的助手，幫忙計算。明明還沒受洗，卻有辦法指出我們的文件哪裡寫得不對，還能針對見習士兵的教育提出建議。

另外，不知道是因為她身體虛弱無法每天來大門，還是因為她總是待在屋內處理文書工作，總之很少看到她本人。儘管長相和名字我都不記得了，但歐托先生對她讚不絕口這件事我倒記得很清楚。

……因為他經常拿我和她比較啊。

自從班長的女兒受洗後不再來大門，我就被派去當歐托先生的助手。雖然和其他人相比，我或許是比較擅長計算，但並不喜歡做這件事。而且歐托先生每天都拿我跟班長的女兒比較，害我有段時間甚至想要辭掉士兵這份工作。但後來聽說是班長的女兒這麼說了：「讓因為喜歡活動身體而來當士兵的人成天去計算數字，太強人所難了。」班長於是採納了她的建議，現在大門也都是直接雇用擅長文書工作的人。

雖然我已不記得她本人是個怎樣的孩子，但確實在各方面都帶來了影響，而且班長非常疼愛她。就因為士長的一時嫉妒，昆特班長的女兒才會被外來的貴族大人殺死，甚至連遺體也沒能送回家。

……所以對班長來說，今天是要為女兒報仇嗎？

想到這裡，我忽然嚇出一身冷汗。因為我馬上就能想像到，班長會和當時一拳揍向士長一樣，等一下也不要命地衝向他領的貴族大人。

……慢著、慢著。會先沒命的人是班長吧?!

萬一不只女兒，就連班長也死在他領的貴族大人手裡，他的家人會怎麼想？而且羅潔梅茵大人肯定會非常自責吧。畢竟有段時間還謠傳過，班長的家人會被提拔為羅潔梅茵大人的專屬，就是因為當初班長的女兒是被誤認成了羅潔梅茵大人而遭到殺害。

……這下情況很不妙吧？太不妙了啦。

噹啷，噹啷……

正當我想要抱頭哀嚎的時候，第四鐘響了。身上裹著銀布的敵人踏入門內。躲在暗處的騎士大人一聲令下。

「就是現在！」

「喝啊！」

班長一馬當先地揮下舀有穢物的勺子。伴隨著「吧答」這種噁心的聲響，穢物黏附在了貴族大人身上。

「唔?!」

「這是什麼?!」

「守門士兵竟敢對我們動手?!」

敵人立刻怒火沖天，但班長再一次潑去穢物。

「你們也快上！」

在班長的催促下，我們也舀起桶子裡的穢物，接二連三地潑向貴族大人們。同時嘴裡還發出「看招！」「去吧！」這類毫無意義的吆喝。不光是拚了命，我們根本已經豁出去了。因為我們能做的就只是聽命行事而已。

「區區平民！」

「簡直不知死活！」

除了穢物，還有石頭跟刀子也不停地飛向怒聲咆哮的敵人。聽說魔法攻擊對銀色布料無效，但我們士兵平常在用的武器有效。只不過，躲在暗處的騎士大人擲出的小刀明明擊中了敵人，卻馬上被彈開。

「身上還有護身符嗎？」

我聽到騎士大人這麼說，但完全不懂是什麼意思。總之，可以卯足全力往平常老是耀武揚威的貴族大人潑灑穢物，實在讓人感到痛快。我們就是為了這一天，就算又髒又臭又想吐，還是蒐集了這些穢物。真想全部灑在他們身上。

「看我的！哈哈！」

不過，我可能太得意忘形了。朝著敵人的頭部潑去穢物後，沒想到卻精準命中。穢物「啪」地擊中敵人蓋住頭部的銀色布料，然後慢慢地流向臉部。

被穢物潑中的敵人扯下頭上的布料。底下卻不是一張臉孔，而是一張有些髒掉的白色面具。儘管臉孔藏在了面具底下，但從兩眼處的孔洞還是可以看見後方的眼睛。我與對方四目相接。看得出來敵人怒不可遏，那雙眼睛銳利得幾乎要將我貫穿。

……唔啊?!

「我現在就讓你知道，平民與貴族為敵會有什麼下場！」

敵人脫下了身上的銀色布料。由於我們以穢物攻擊的目的就是要讓他們脫下銀衣，這當然是好事一樁。隨後，敵人一個個脫下銀色布料。計畫非常成功。班長他們都高興地喊著：「好耶！」「成功了！」但我卻一點也高興不起來。

「瓦須恩。」

瞬間就洗掉了穢物的敵人還在瞪著我瞧。在場眾多的士兵當中，他已經將我認定成了要報復的對象。

……糟了！

此刻敵人手上，拿著貴族大人都有的那種魔法短杖。不但可以輕易地洗去穢物，還能變成武器，甚至是與同伴聯繫，簡直萬能又方便。只見那個短杖開始發光。那是大事不妙的徵兆。

「……噫！」

「列克爾！」

我忍不住向後倒退。但就在這時候，腳跟卻絆到石板，整個人往後跌坐在地。跌倒的同時，我的目光還是緊盯著變得比拳頭還大的綠光無法移開。

「所有人都脫下銀衣了！就是現在！抓住他們！」

「是！」

騎士大人們一直在等著所有敵人脫下銀布，這時候全都從暗處裡衝了出來。緊接著騎士大人的披風就占據了我整個視野。「哥替特！」只聽見有人這樣喊道，同時傳來「啪！」的一聲。本來我都已經做好了心理準備，卻沒有被魔力攻擊擊中，這才理解到是騎士大人保護了我。

「快後退！」

達穆爾大人對我這麼喊道。怎麼也沒想到他竟然會挺身保護只是平民的自己。我打顫似地連連點頭，努力想要表達「我知道了」的意思，但身體卻在恐懼之下，僵硬得不聽使喚。我連滾帶爬地想要遠離現場時，敵人忿恨的話聲傳入耳中。

「竟然有騎士團?!」

「可惡！原來剛剛躲起來了嗎！」

接下來，就是脫下銀布的敵人與騎士大人開始用魔法互相攻擊。騎士大人他們飛快地衝向持有短杖的人。

「上吧，沃爾赫尼！」

但危險的不只是身分為貴族的敵人，還有他們帶來的黑犬。黑犬在一聲令下得到解放後，拔腿就往外衝。正在對付敵人的騎士大人放聲大喊：

「魔力要夠多才能打倒沃爾赫尼。士兵快退下！」

「沃爾赫尼會不分敵我攻擊沒有魔力的人。你們快躲進屋內！」

「要抵擋不住了！」

聽到要快點躲進有等候室的大門裡，士兵們一溜煙地起腳狂奔。敵人立刻朝著大家釋出魔力攻擊，但被騎士大人的盾牌擋下，彈開後在四面八方引發小規模的爆炸。

「嗚哇！快逃啊！」

「快跑！不要停下來！」

「躲進屋裡後就關上門！」

為了追上大家，我也拚命地鞭策自己的雙腳。但大概是因為剛才被貴族大人的魔力與殺氣嚇得腿軟，現在雙腳還抖個不停，根本使不上力。雖然勉強站起來了，卻無法迅速移動。

「停下來！」

沃爾赫尼敏捷地來回彈跳，閃過了試圖攔住自己的騎士大人，想要攻擊正在逃竄的士兵。雖然也有的沃爾赫尼被騎士壓制住了，但如果想要壓制在場所有的沃爾赫尼，騎士大人的人數明顯不夠。

「列克爾！」

一頭沃爾赫尼甩開了騎士大人後，發出「咕嚕嚕嚕……」的低嗥，朝著無法順利動彈的我直奔而來。明明看起來只是普通的黑犬，但是不對。原本黑犬比我還矮得多，這時候卻眼看著越來越高，甚至高過了我的頭。

「狗、狗……變大……」

變大的同時，沃爾赫尼撲了過來，張開大嘴。那張嘴大到一口就能咬掉我的頭，銳利的牙齒之間還淌著口水，舌頭也往外伸了出來。我甚至可以感受到牠那帶有野獸氣味的呼吸。

……要被吃掉了！

我的喉嚨緊縮，既無法大叫也無法求救。緊接著我雙腿一軟，當場跌坐在地。下個瞬間，頭頂上方傳來「喀！」的一聲，似乎是撲空時牙齒撞在一起的聲音。

……沒咬到?!

這時視野當中只能看到魔獸身上的黑色毛皮。我還來不及慶幸自己沒被吞下肚，魔獸的巨大黑色前腳就把我按倒在地。為了牢牢抓住剛才沒有咬中的獵物，沃爾赫尼的利爪陷進我的皮膚裡。

在感受到疼痛之前，那張大口再度逼近，我只能眼睜睜地看著。但就在這時候，我也看見了有一雙腳非常迅速地跑過來，接著是一拳揍向沃爾赫尼的金屬手甲。

「這頭臭狗，想對我的部下做什麼！」

挨了一拳以後，沃爾赫尼也沒有倒下。但因為要享用獵物的時候被人妨礙，沃爾赫尼的目標似乎從我變成了班長。牠用力甩了一下巨大的腦袋，再迅雷不及掩耳地張嘴咬向班長的手臂。

「昆特！」

「班長！」

就在我發出大喊的那個瞬間，突然「咚」的一記低沉聲響，黑犬爆炸了。炸開來的肉沫和鮮血全濺到我的臉上和身體上，我整個人呆在原地。

「……狗、狗爆炸了?!」

「什麼？這是怎麼回事？」

班長好像也一頭霧水，來回看著自己的拳頭和四濺的血肉。達穆爾大人手持武器，將我與班長護在身後。

「是羅潔梅茵大人給的護身符保護了你！」

「護身符……保護了我嗎？」

「你們快趁現在撤退！」

循著達穆爾大人的視線看去，我又看見了一頭沃爾赫尼。他的這副身影令我胸口一陣發熱。我正感動不已時，班長忽然雙拳一敲，金屬手甲發出「喀鏘」聲響。

「是嘛。原來護身符還有這種力量……那好！」

「班長?!」

「昆特，你等一下！」

我與達穆爾大人接連想要阻止，班長卻大喊著：「守護城市是我的工作！來吧！」

然後主動衝向沃爾赫尼。

……什麼「來吧」！

明明班長平常老是訓斥見習士兵，要大家不能擅自行動，結果他自己現在居然這麼魯莽，我只能目瞪口呆。與此同時，達穆爾大人也追了上去。

「看招！」

班長往沃爾赫尼揮出拳頭，卻被牠用前腳輕鬆拍開。這時又有一個護身符彈開，但沃爾赫尼並沒有爆炸。不過，這好像還是對牠造成了些許傷害，只見沃爾赫尼將班長認定成了敵人，發出低嗥朝他撲去。

「昆特！」

達穆爾大人立刻揮劍砍向黑犬，上前保護班長。

「那是會反射敵人攻擊的護身符，可不是用來殺死敵人的攻擊用魔導具！」

「也就是說，得受到敵人的攻擊才行吧？」

「我都說了，士兵快點撤退！」

達穆爾大人一邊制伏黑犬，一邊要班長快點撤退。雖然很高興達穆爾大人這麼為我們擔心，但現在已經無法撤退了。因為為了防止沃爾赫尼入侵，所有可以進到屋內的門扉都已經被牢牢關上。我們被留在外面了。

「列克爾，你沒事吧？」

「傷口看來很深。我們先帶你離開這裡。」

「總之先移動到陰涼處吧。」

和我們一樣沒能進到大門裡頭的其他士兵衝了過來，小聲地商量過後，決定把我搬到陰涼處。被人移動之後，我才意識到被沃爾赫尼爪子抓傷的地方有多痛，以及自己的身體根本動彈不得。

「痛死我了……」

「你小聲點。現在還有黑犬。」

移動到牆邊避難後，就能聽見躲到大門裡頭的士兵與見習士兵們的交談聲。他們似乎正從等候室或者會議室看著外頭的情況。

「那傢伙撿起銀布了。不好！騎士大人，快點發現啊！」

「你們快看！騎士大人在用我們的武器打倒敵人！」

「好厲害！太帥了吧！加油！」

……這群傢伙也太悠哉了吧。

大概是因為有其他地方的騎士大人趕來支援，所以現在換我們占上風了吧。對於不在戰場上的見習士兵們來說，這大概就像在看表演一樣。

「昆特班長又打倒一頭黑犬了！」

「不對，那不是班長，是達穆爾大人吧？」

「達穆爾大人正一邊保護班長，一邊在戰鬥！好強！」

聽到這段對話，我尋找起班長和達穆爾大人的身影。兩個人正擋在前方，不讓魔獸還有貴族大人攻擊到躲在牆邊的我們。

「臭狗，這邊！」

班長主動挑釁沃爾赫尼，引誘牠來咬自己。明明班長也是該被保護的平民，但他自己好像不這麼覺得。緊跟在班長身邊的達穆爾大人顯得十分辛苦。

「昆特，危險！你別再亂來了！家人給你的護身符那是最後一個了吧！」

達穆爾大人剛這麼喝斥說完，敵方的貴族大人便一邊應付著騎士大人，一邊投來魔導具。

「既然沒有了護身符，那就受死吧。」

「哥替特！」

達穆爾大人馬上衝上前保護班長。但他分神去應付這邊的攻擊後，敵方疑似是指揮官的男人便從另一個方向舉起戒指，朝著班長釋放光芒。

「平民士兵竟然使用魔導具打倒沃爾赫尼，簡直不自量力！消失吧！」

「什麼?!」

「班長?!」

釋出的魔力團塊筆直地朝著班長飛去。我們都對此倒吸口氣時，班長卻是朝著光芒開始拔腿狂奔。

「你們別想進城！」

班長的身影被光芒淹沒後，緊接著「咕啊！」一聲，傳來了不知道是誰發出來的慘叫聲。

隨著光芒消失，我才看見班長的腳竟然踢在了敵人的肚子上。「為什麼……」敵人一邊呻吟著，一邊倒了下去。

「達穆爾，快捉住敵人！」

「是！」

一名騎士大人不忘在戰鬥的同時下令。達穆爾大人立即聽從指示，上前為敵人戴上手銬，再將對方牢牢綑起。面具從敵人的臉上脫落後滾落在石板上，發出「喀啦喀啦」的聲響。一看到敵人的臉，達穆爾大人倒吸口氣。

「戈雷札姆……！昆特，你立了大功！」

是很有名的人嗎？達穆爾大人的話聲興奮得高了好幾度。下指令的騎士大人也一邊綑綁自己打倒的敵人，一邊大喊：

「馬上向奧伯回報！」

抓到疑似是指揮官的敵人後，接下來很快就搞定了。雖然我並沒有看到，但聽說敵人的指揮官會活用各種不同的魔導具，是十分難纏的敵手。

而班長共打倒了兩頭沃爾赫尼，還給了曾任基貝．格拉罕的戈雷札姆一記飛踢，並以護身符給了他致命一擊。

「班長，明明說你身上沒有護身符了，你怎麼還有辦法摺倒敵人的指揮官？」

「家人給我的護身符是用完了沒錯，但我身上還有羅潔梅茵大人給我的最後一個護身符。」

……也就是說，達穆爾大人明明要班長趁著還有最後一個護身符時快逃，但他根本沒在聽吧？

「你也太亂來了吧。嚇出我一身冷汗。」

「但士兵完全無人陣亡，我們可以說是大獲全勝吧？」

這次的戰鬥並沒有士兵身亡。雖然有好幾個人和我一樣，正摀著傷口痛苦呻吟，但也沒有人受到瀕死重傷。居然在與貴族大人的戰鬥中完全無人身亡，這確實可以說是大獲全勝。

「喂～戰鬥結束了。你們快點出來，把受傷的人搬進去！」

不知道是沒來得及逃進去，還是本來就打算殿後，士長也和我們一樣待在外頭，這時朝著大門內的士兵與見習士兵們下達指示。

「搬進去前得先沖洗乾淨才行吧。像列克爾還渾身是血。那是魔獸的血吧？」

「比起把他們搬到水井旁邊，直接裝水過來更省力吧？有這麼多人受傷，要把他們都搬過去可不容易。而且還要再搬到救護室吧？」

士兵們在士長一聲令下紛紛出來，接連發表自己的意見。士長聽完擺了擺手。

「那趕快去汲水吧。不管是大門還是受傷的人，都得所有人一起清理乾淨。現在還有許多乘客在船上下不來，得盡快整理好，繼續在大門查問要進城的人。」

「士長，那艘船上搞不好還有敵人喔。」

「這件事騎士大人已經去確認了。我們就負責把大門清理乾淨。尤其是在窗邊觀戰、還七嘴八舌地講個不停的見習士兵，我看你們體力多得很。現在馬上去水井汲水，再不然要去外頭的河川也行。」

見習士兵們立刻遵照指示，各自去拿來水桶，但臉上還是嫌棄地皺成一團。

「嗚噁，結果又是這種苦差事。」

「要是貴族大人可以用魔法清理乾淨就好了。」

「既然瞬間就能把自己洗乾淨，那要清理大門應該也沒問題吧。」

見習士兵們看著只有局部潔白如新的石板說道。因為敵人曾施展魔法洗掉身上的穢物，所以當時他們站過的地方格外乾淨。

「笨蛋，怎麼能讓騎士大人做這種事情？我們只要守好西門就好，但騎士大人的戰鬥可還沒結束。喏，你們也看得到吧？」

我往昆特班長指著的方向看過去。

只見神殿與北門上空聚集了不少騎獸，還有五顏六色的光芒來回交錯。

優蒂特　留下來的人

第三鐘剛響不久，達穆爾便捎來奧多南茲，要大家在中午之前完成避難。菲里妮拿著思達普的手不停顫抖，遲遲無法送出回覆。見狀，我決定自己也變出思達普，向人在神殿長室的羅德里希送去奧多南茲。

「我是優蒂特。我們收到達穆爾的通知了，中午之前要讓大家完成避難。接下來我們會直接去孤兒院，再麻煩羅德里希也照著演練行動。」

聽完麥西歐爾大人的近侍卡濟米爾大人說的話以後，菲里妮似乎稍微振作起來。但是，她的樣子還是讓人有些擔心。

……要是灰衣神官他們感受到菲里妮的恐慌，神殿內部說不定會陷入一團混亂。

我正有些陷入沉思的時候，目光與卡濟米爾大人對上。他很快地揮了揮手指。因為接下來我要以護衛騎士的身分前往神殿後門，他的意思是要我陪菲里妮走到孤兒院，觀察她的情況吧。我輕輕頷首。

「菲里妮，我們走吧。」

我出聲喚道，走出麥西歐爾大人的房間。一路上，我和菲里妮一起通知了灰衣神官與灰衣巫女們去避難，要大家照著演練行動。漸漸地，菲里妮也鎮定下來。

……現在看來，我應該不用全程陪著菲里妮了吧。

正當我這麼心想的時候，有奧多南茲飛來。

「我是馮杰爾，現在抵達貴族門了。岱德立克正往正門而去。」

原先在騎士團的麥西歐爾大人的護衛騎士們，開始知會他們抵達神殿的大門了。

「菲里妮，那我直接從這裡去後門了。」

「大門那邊就拜託妳了。優蒂特，妳自己也要小心。」

於是我從孤兒院女舍底樓的後門來到屋外，剛好看到幾名灰衣巫女正從工坊的方向回來。是法藍在男舍通知大家去避難了吧。那麼也得讓守門的灰衣神官們趕緊去避難。我變出騎獸一躍而上，飛到後門通知灰衣神官去避難。

「接下來大門會由騎士看守，你們趕快去避難吧。」

「那就拜託您了。」

看著灰衣神官們快步走向孤兒院男舍，我再向卡濟米爾大人送去奧多南茲。

「我是優蒂特。現在已經抵達後門，讓灰衣神官們去避難了。」

「那麼，現在開始關閉神殿所有大門。」

剛收到卡濟米爾大人的回覆，神殿的大門便發出隆隆聲響，慢慢合攏關上。這幅光景讓我重新意識到，果然神殿也是為貴族所建的設施。

神殿的後門關上時，從貴族區趕來的騎士們也到了。

「優蒂特大人。」

「歐第斯大人，請多多指教。今天我們要一起戰鬥，請直呼我的名諱吧。」

和騎士們打過招呼後，我馬上發動放在這處大門的粉紅色蘇彌魯。

「這粉色的布偶是怎麼回事？」
「是羅潔梅茵大人製作的，強化了戰鬥能力的蘇彌魯魔導具。雖然因為會消耗大量魔力，所以有使用的時間限制，但羅潔梅茵大人說了，這個魔導具比王族還有領主候補生都要強，所以不管來了怎樣的敵人都不用擔心。」
「啊？」
……我完全可以理解那種難以接受的心情。因為莉瑟蕾塔喜好的關係，魔導具的外表非常可愛嘛。乍看下不會覺得蘇彌魯魔導具很厲害吧？
「由於強化了戰鬥能力，所以他們真的很強喔。原型是圖書館的魔導具，而那兩個魔導具還曾經一腳踢飛戴肯弗爾格的騎士呢。」
騎士們吃驚得屏住呼吸。羅潔梅茵大人在貴族院與戴肯弗爾格比過迪塔，而且還獲勝了，這些事蹟非常有名。我說出自己親眼看到的事實後，騎士們都一臉有些畏縮，點點頭道：「這樣啊。」
「為了守護神殿，羅潔梅茵大人製作的蘇彌魯們還能毫不留情地斬殺敵人。羅潔梅茵大人說了，我們可以在敵人人數比預期要多時，或者遭受到攻擊後、己方騎士無法繼續戰鬥時使用。」
這次為了保護神殿，各個大門都派了三名騎士過來看守，人數並不算多。因此，羅潔梅茵大人才會製作這麼厲害的魔導具。老實說，蘇彌魯魔導具的戰鬥力甚至高到讓我有些害怕，但能夠守住神殿才是最重要的。
「嗯、嗯，所以是有備無患吧？」

「是的。那我說明一下使用方式。首先，請各位往這裡的魔石注入魔力，登記成為同伴。沒有登記的人就會被視作敵人，遭到排除。然後……」

我對著騎士們開始說明蘇彌魯魔導具的使用方式。由於他們都比自己年長得多，心裡十分緊張。

「嗯，太感謝妳了。那麻煩妳也為其他大門的騎士說明一下。」

「請放心。其他大門也各有一位麥西歐爾大人的護衛騎士會前往。」

這次是因為剛好提前得到消息，才有時間完成避難與戰鬥準備。如果敵人是突然來襲，要一個人跑三處大門說明使用方法就太浪費時間了，所以平常會出入神殿的騎士已經說好，我們一人負責一處大門。

「原來如此。那神殿裡的人都去避難了嗎？騎士團已收到達穆爾的通知，說是平民已經完成避難……」

「應該差不多了吧。因為我離開孤兒院的女舍不久，大門就都關閉了。麥西歐爾大人現在應該正要聯絡城堡。需要確認一下嗎？」

「不、這倒不必。若妳在這裡的任務結束了，就回自己的工作崗位上去吧。」

「我負責的崗位就是神殿的後門。我的定位算是機動部隊，有需要也會去其他大門，但基本上奉命守在這裡。」

守衛神殿大門，是騎士團派來的騎士們的工作。我與麥西歐爾大人的護衛騎士們之所以各負責一處，是為了要發動可以保護大門的蘇彌魯魔導具，以及向卡濟米爾大人報告大門的情況。

「既然妳算是機動部隊，那麻煩妳觀察平民區的情況吧。畢竟我們不曉得平民區平常是什麼樣子。」

「知道了。」

我因為是羅潔梅茵大人的護衛騎士，並不被算在守衛大門的騎士成員當中。敵人來襲時，雖然會與他們並肩作戰，但聽從指令的對象並不一樣。而且機動部隊說來好聽，但我也覺得好像就只有自己沒被賦予什麼重要任務。

……再加上跟麥西歐爾大人的護衛騎士不一樣，現在因為羅潔梅茵大人不在，讓人有些無所適從。

目前我的主人羅潔梅茵大人正在亞倫斯伯罕。聽說她已成功救出了斐迪南大人，但此刻正在亞倫斯伯罕的城堡裡昏睡，我也還沒收到她醒來的消息。眼看敵人即將來襲，情勢非常緊張，就算城堡收到了羅潔梅茵大人已經醒來的消息，也不會急著向近侍告知吧。

……就算收到了什麼消息，肯定也要等到戰鬥結束以後，才會傳到我這裡來。

我心生落寞，坐在騎獸上觀察平民區的情況。大概是因為士兵們正跑來跑去通知大家去避難，許多平民都急忙返家。還有三輛偌大的載貨馬車相連成行，朝著北門移動。那是載著古騰堡他們的馬車嗎？

北邊的店家陸續關門，行人也越來越少，但南邊還是有很多人。裝著農作物的載貨馬車正在出城。因為來自城外的農民很難在城裡找到地方避難，所以好像大多都是返回農村。

……只是像這樣觀察平民區的情況，我真的能幫上什麼忙嗎？

像達穆爾負責引導古騰堡他們去避難，侍從們負責保護圖書館，菲里妮則負責照看孤兒院。我雖然是護衛騎士，卻沒有受託要保護哪個地方。

不，羅潔梅茵大人說了要我保護神殿。可是，她卻沒有要我引導神殿或孤兒院裡的人去避難。雖然我也覺得把孤兒院交給菲里妮是應該的，但心裡頭又有些消沉。

……明明我也是羅潔梅茵大人的護衛騎士。

這時自己一個人觀察起平民區的情況後，內心便無法克制地湧起被拋下的不甘。我不是在怪不能帶我去亞倫斯伯罕的羅潔梅茵大人。畢竟原則上，禁止帶未成年的近侍離開貴族區去執行任務，再者身為監護人的父親大人也不同意。

「優蒂特，妳得留在艾倫菲斯特。倘若羅潔梅茵大人允許，我甚至想把妳叫回克倫伯格，而不是待在主人不在的城堡裡。妳還未成年，我不同意妳前往亞倫斯伯罕。況且就算不能同行，妳還是能藉由守護艾倫菲斯特的神殿、貴族區與城堡，守住身為騎士的驕傲。」

……父親大人根本什麼也不懂！勞倫斯明明與我同年，卻跟著一起去了耶！

想起父親大人送來的奧多南茲，我氣憤地鼓起臉頰。雖然已獻名的舊薇羅妮卡派近侍們經常被人在暗地裡指指點點，但我現在卻非常羨慕他們，不管到了哪裡都能跟主人一起行動。我既不能與羅潔梅茵大人一同前往中央，這次也未獲准同行。但身為羅潔梅茵大人的護衛騎士，其實我很想一起去。

「優蒂特，並不只有隨主人攻打他領是護衛騎士的工作。留在艾倫菲斯特守護羅潔梅茵大人重視的事物也是護衛騎士的職責……有些事情是其他領主一族的護衛騎士做不到的。」

聽到父親大人這麼說，我便想起了達穆爾似乎就是從羅潔梅茵大人手中，接下了特別的任務。當時他們使用了防止竊聽魔導具，所以我聽不見對話內容，但羅潔梅茵大人確實拜託了什麼事情，而達穆爾也答應了。

……每次都是達穆爾，不公平。

明明同樣是被留下來的人，但達穆爾似乎不像我這樣，一點也沒有感到不安。儘管不到哈特姆特那種地步，但對於羅潔梅茵大人比起自己更加信任達穆爾，我也不由自主地感到嫉妒。她信任我們的程度明顯不一樣，這點讓我很不甘心。我甚至覺得護衛騎士當中，就只有自己完全派不上用場。

……這次戰鬥，我一定要想辦法派上用場才行！

平民區裡的居民差不多都去避難了。雖然還是有人在士兵提醒過後，依然不怕死地繼續擺攤，也有人躲在工坊裡邊避難邊工作，但幾乎所有居民都躲進了建築物內。

……時間應該快到第四鐘了吧。

我坐立難安地看往西門的方向，正好看見有奧多南茲起飛。其中一隻飛往城堡，另一隻往我這邊飛來。

「優蒂特，我是達穆爾。如同事先接到的消息，有敵人抵達西門，並且身披銀布。神殿就交給妳了。」

我馬上向卡濟米爾大人與馮杰爾大人送去奧多南茲。在後門待命的騎士們則是檢查起隨身的武器，以備敵人身披銀布也有辦法進行攻擊。而我身為羅潔梅茵大人的護衛騎士，也得戰鬥才行。

……我一定會守住神殿！

噹啷，噹啷……

第四鐘的鐘聲響了。西門那邊很快傳來嘈雜聲響。是和敵人打起來了嗎？

……嗚嗚，我也好想去西門。

儘管鬥志再高昂，神殿這邊也還沒有敵人的蹤影。我也想像達穆爾那樣有大展身手的機會。但是，達穆爾奉命守衛平民區，我則要守衛神殿。要是擅自跑去西門，結果在神殿遇襲時無法參與戰鬥，那就捨本逐末了。

……我們各自有自己的職責。

從前我曾經因為單獨被丟進羅潔梅茵大人的騎獸裡面，就誤以為達穆爾是在小瞧自己，結果沒能做好護衛騎士的工作。我不能再和那時一樣搞錯自己該做的事情，或是輕忽自己的職責。

……這道理我當然明白。我非常清楚，但還是很好奇嘛！

我在神殿的占地範圍內一點一點移動，努力想要離得西門近一些。西門那邊傳來打鬥的聲響後，原本聽到要避難還是繼續在外逗留的平民們立刻開始倉皇逃竄。還有幾名應該是守在其他大門的騎士，騎著騎獸往西門飛去。

……我也想去！而且達穆爾要負責的可是整個平民區，也需要有人留意西門以外的地方吧！

我在心裡鬧起彆扭時，忽然驚覺一項事實。現在達穆爾所有的注意力都放在西門上，很可能會因此忽略其他地方。事實上，剛才也都是我在觀察平民區的避難情況。找到自己該負責的工作以後，我忍不住有些志得意滿。接著我待在神殿的占地範圍內，稍微往外傾身察看平民區。

……而且達穆爾有時候挺迷糊的，得由我來彌補他的不足才行。

就連士兵警告時也沒去避難的人們，在聽到西門的打鬥聲之後，都慌慌張張地開始避難。只見中央廣場附近的攤販一個個地收了起來。所有人都是從西邊往東邊逃，或從北邊往南邊逃。沒有半個人是往交戰的西門，或是往神殿所在的北方這邊過來。

……明明所有人都是這樣，那輛載貨馬車是怎麼回事？

我發現有輛載貨馬車的行進方向正好與其他人相反。若是用板車或載貨馬車運著蔬果進城的農夫，應該會馬上出城返回自己所居住的農村，或是往南邊的避難所去避難才對。然而，那輛載貨馬車卻是在巷弄之間穿梭，朝著城市北邊行進。

這個時間就算要去貴族區，從北門也進不去，會被守門的騎士攔下吧。而且跟平常在貴族區內看到的偌大豪華載貨馬車不同，那輛馬車相當寒酸，怎麼看也不像是能獲准進入貴族區的樣子。

冷不防地，那輛載貨馬車消失了蹤影。

……哎呀？是停在巷弄裡我看不見的死角嗎？還是抵達目的地了？

我感到可疑地凝神細看，隨即發現有幾道人影正隱身在建築物的陰影當中，朝著城市北邊移動。

……該不會那輛載貨馬車裡藏了人吧？西門那邊也許只是掩護。

心生不安的我立刻回到後門，向騎士們報告了自己看到的情況與自己的推測。也就是西門那邊或許只是掩護，神殿或北門可能會遭到攻擊。

「優蒂特，妳馬上向騎士團長送去奧多南茲。我直接去通知北門。」

「是！」

歐第斯大人告訴我，現在因為收到了西門會有敵襲的消息，再加上克倫伯格與哈爾登查爾都派來了援軍，所以騎士的部署有很大的變動。而我因為不會有改動，所以要負責與騎士團長聯繫。

「我是優蒂特。剛才在神殿後門觀察平民區的情況時，發現有幾名可疑人物正在接近北門。從我這裡看去，敵人似乎並未身穿銀衣，但西門那邊的行動很可能只是掩護。神殿或北門也許會遭到攻擊。還請提高警覺。」

「敵人可能還有其他行動。優蒂特，妳要盯緊平民區，時刻警戒。」

聽完騎士團長的回覆，我急忙跳上騎獸，重新飛回到大門上方。這時，我看見有兩名騎士從北門衝出來，叫住那群可疑人物。

……嗯？人是不是變少了？

這個疑問才剛閃過腦海，但很快就被我拋到一邊。因為兩名騎士一上前盤查，那些人立刻就變出騎獸飛往上空。對此其中一名騎士立即釋放路德紅光，為北門請求支援。轉眼之間，北門上空就成了新的戰場。

「我是優蒂特。北門的騎士們與可疑人物交手了。」

我向卡濟米爾大人與歐第斯大人送去奧多南茲。

「我是卡濟米爾，收到。此外我也收到消息，說是敵人出現在了城堡的密道裡，要神殿與貴族區也加強警戒。」

「我是歐第斯，收到。聽說適才有人在貴族區內發現了拿著魔導具的可疑人物。我們這裡也隨時可能出現敵人。妳自己當心。」

就在這個時候，神殿後門忽然傳來「咚！」的爆炸聲響。儘管大門依舊巍然不動，但供人通行用的小門卻被人用魔導具炸開，遭到強行闖入。

「什麼?!有敵人！」

「別讓任何一個人進入神殿！」

「哼，休想攔住我們。」

原來剛才會覺得往北門移動的人變少，是因為有些人到神殿這邊來了。理解到這個事實以後，我臉色發青，立刻從空中飛向遭到敵人入侵的大門。

「……去死吧！」

敵人手裡拿著魔導具或是某樣東西。

「小心！」

歐第斯大人這麼大喊的同時，我聽見輕輕的「砰」的一聲，跟剛才用來炸開門扉的魔導具明顯不一樣。下個瞬間，是漫天飛舞的白粉。

「白粉……？」

「快閉氣！」

「瓦須恩！」

我早就聽說蘭翠奈維的人帶來了一種危險劇毒，因此馬上往下俯衝，對著騎士們施展洗淨魔法。緊接著我拉開彈弓，朝敵人投去了數種攻擊用魔導具。這些都是哈特姆特與克拉麗莎製作的魔導具，有的會飛出蟲子，有的會灑出粉末讓人的眼睛與喉嚨疼痛不已。因為不是以魔力進行攻擊，即使敵人身披銀布據說也一樣有效。

果不其然，這樣的攻擊顯然出乎敵人預料，他們發出慘叫，陷入一團混亂。

「大家快喝尤列汾！……哎呀？」

我對著動作明顯變得遲鈍的騎士喊道，但隨即發現自己的動作也變遲鈍了。呼吸甚至感到困難，身體也變沉重。多半是離得太近，我好像也吸到了一些毒粉。急忙再為自己施展一次洗淨魔法後，我立刻喝下尤列汾藥水。

「快去殲滅敵人！」

在我喝著尤列汾藥水時，歐第斯大人釋出路德紅光，再立即向蘇彌魯魔導具下令。坐在騎獸上的我，還看見神殿正門的水藍色蘇彌魯在發現紅光後開始移動。

「閃光彈！」

大概也想爭取時間重整態勢，敵人這麼大喊著丟來魔導具。底下的騎士們因為閃光彈紛紛摀眼倒下，但粉紅色的蘇彌魯繼續朝著敵人而去。看到可愛的蘇彌魯踩著輕快的步伐跑來，敵人明顯一臉困惑。

「那是什麼？」

「蘇彌魯……但未免也太大隻了吧？」

蘇彌魯舉起散發耀眼光芒的金色鐮刀魔導具，然後往下揮落。和可愛的外表不同，他以快到讓人來不及眨眼的速度，瞬間就斬殺了敵人。鮮血濺起之後，蘇彌魯渾身是血地轉過身來。看到蘇彌魯這副模樣，就連騎士們也「噫！」地發出尖聲驚叫。

……莉瑟蕾塔！就是因為太可愛了，看起來才更恐怖！

蘇彌魯緊接著再跑向一臉不可置信又恐慌的敵人。儘管對方舉起手來想要阻止：「等、等一下……」但金色鐮刀又是一揮。

「可惡！」

親眼見識到蘇彌魯有多麼強大後，一個敵人拔腿落荒而逃，卻遇上了正好趕來的水藍色蘇彌魯。前方是水藍色蘇彌魯，身後是粉紅色蘇彌魯。金鐮同時舉起揮落。

「嗚啊啊啊啊……！」

兩隻蘇彌魯揮舞著金鐮，兩三下就解決了敵人。畢竟關鍵在於得趁著他們還有魔力的時候，所以這麼快就了結當然是好事，但真的就是一眨眼的工夫。會油然升起「只要交給蘇彌魯魔導具就沒問題了」的想法，也是很正常的吧。

「還有一個敵人！」

「跑到神殿裡面去了！」

然而，兩隻蘇彌魯卻放過了這個敵人，也沒有要衝進神殿、追上對方的樣子。發覺還有漏網之魚，騎士們雖然想追上去，但大概是尤列汾藥水沒有發揮作用吧。他們的動作還是非常遲鈍，眼看敵人越跑越遠。

「蘇彌魯為何動也不動?!」

「也許蘇彌魯魔導具是靠魔力在辨別，所以當對方用銀布阻隔了魔力時，他們就無法感應到敵人的存在。」

「馬上通知麥西歐爾大人！優蒂特，妳有辦法嗎？」

與騎在騎獸上隔了點距離的我相比，騎士們似乎中毒更深。再加上剛才因為想要追上跑進神殿裡的敵人，毒素更是蔓延至全身了吧。騎士們都蹲伏在地。

我也感覺得出魔力在體內的流動不太對勁，但光是還能坐在騎獸上，就比他們好很多了吧。必須馬上報告有一個敵人闖進了神殿這件事。我操縱起思達普無法像平常一樣靈活，有些吃力地送出奧多南茲。

「我是優蒂特。有一個敵人因為身穿銀衣，逃過蘇彌魯的攻擊，闖入了神殿。」

除了尤列汾藥水外，我們也喝了回復藥水，靜靜等待身體恢復。如果有敵人來襲，蘇彌魯魔導具會馬上解決他們吧。因此我也下了騎獸，決定專心恢復身體。

……啊，魔力的流動開始變順暢了。

一會兒過後，就連自己也感覺得出身體正在恢復時，有奧多南茲飛來。

「我是岱德立克。身穿銀衣的闖入者是喬琪娜大人。她在中了幾個陷阱後，已被轉移至白塔。是我們贏了，並且成功守住了神殿。」

既然抓到了喬琪娜大人，代表我們真的贏了。聽到麥西歐爾大人護衛騎士的報告，騎士們發出痛快的歡呼。歡天喜地的騎士們看起來也恢復得差不多了，動作明顯比剛才靈活得多。歐第斯大人苦笑著下達指示。

「好，把這些人綁起來。無論他們是死是活，都要帶回騎士團。首先要解除他們身上所有武裝。現在外頭可能還有其他敵人。雖說蘇彌魯魔導具仍在動作，但別忘了保持警戒。」

「是！」

身體恢復後，騎士們開始綑綁那些被砍倒後不再動彈的敵人，收走他們身上的魔導具、解除武裝。就在綁到最後一個人，摘下那人臉上的面具時，我忍不住訝叫出聲。

「這個人……不是戈雷札姆嗎！」

「嗯。聽說他已向喬琪娜大人獻名，還死於冬季肅清行動，沒想到竟然出現在這裡……」

戈雷札姆是馬提亞斯的父親。如今他既然帶人攻打艾倫菲斯特，那麼命喪於此也是無可奈何的事情。可是，是我與羅潔梅茵大人製作的魔導具殺了他的父親。面對是自己主人的羅潔梅茵大人，以及同樣是近侍的我，馬提亞斯心裡會怎麼想呢？對於自己的父親竟然攻打艾倫菲斯特，他心裡又會有多麼難過呢？想像了他的心情以後，我心裡十分難受。

但這樣的感傷在聽到騎士們的對話之後，轉變成了現實的擔憂與不安。

「這個人的兒子馬提亞斯還活著吧？聽說他已向領主一族獻名，但他父親如此作惡多端，讓他活著恐怕很危險吧？」

「領主一族似乎也認為這些孩子十分危險，聽說已經把獻名後免於連坐的人都隔離起來。為了領地著想，我倒認為該趁著這個機會，將他們全部處死……」

「至少就不用再擔心會發生這種事了吧。」

感受到了他們對馬提亞斯等人赤裸裸的敵意後，我不寒而慄。羅潔梅茵大人曾說：「明明是父母犯下的罪行，為什麼無辜的孩子要替他們承擔？」然而，騎士們的想法卻與羅潔梅茵大人完全不一樣。

我本來還心想，只要能守住艾倫菲斯特，大家對馬提亞斯他們的態度也許就會寬容許多。然而此刻擺在眼前的現實，像在逼我認清自己的想法有多麼天真。

「請各位不要再說了！都是多虧馬提亞斯他們為了領地告發了自己的父母，冬季的肅清行動才會提早進行，也才能抓到那些向喬琪娜大人效忠的貴族喔。明明他們破壞了喬琪娜大人一行人的計畫、立下了大功，現在居然抓到敵人以後就說應該要把他們處死，請不要說這種冷血無情的話。」

「啊、嗯。難道馬提亞斯獻名的對象是羅潔梅茵大人嗎？對優蒂特來說他算是同僚吧。是我們思慮不周了。」

歐第斯大人一臉尷尬地說道。但是，他只因為我是馬提亞斯的同事，覺得對我說話欠缺周詳，卻完全沒有要收回自己說過的話，也沒有要道歉的意思。

……這就是貴族們的真心話吧。

我感到非常不甘心。為了告發家人，馬提亞斯他們會有多麼苦惱、需要鼓起多大的勇氣，難道騎士們都無法想像嗎？換作是我處在同樣的情況下，根本不敢保證自己能夠採取一樣的行動。

告發家人以後，馬提亞斯他們因為向領主一族獻名，只是保住了性命而已。其實，馬提亞斯一直對於家人那般崇拜喬琪娜大人感到苦惱，經常露出愁眉不展的表情。而勞倫斯雖然總是面帶開朗的笑容、說話吊兒郎當，但我也知道那只是裝出來的。

「馬提亞斯他們已經被觀看過記憶，確定他們是真心誠意效忠於奧伯後，才能免於連坐喔。歐第斯大人，難道您對奧伯的決定有異議嗎？」

「我不是這個意思，而是有許多人認為他們十分危險。優蒂特，我明白妳想為同僚說話，但這次領內到處都有人不幸犧牲，跟上次成功防患於未然的計畫不同。倘若喬琪娜大人他們的言行與痕跡可以全部抹除，那或許還有轉圜餘地，但現在甚至無法抹滅他們攻打領地的事實。老實說，往後大家對於免於連坐的人們，恐怕只會投以更加嚴苛的眼光。」

留下這些話後，歐第斯大人他們就將綁好的敵人搬上騎獸，朝著騎士團飛去。明明打贏了喬琪娜大人一行人，結果一切竟然沒有就此了結，馬提亞斯他們以後還是得過著如履薄冰的生活。世道的不公讓我非常生氣。

……明明贏得了勝利、守住了艾倫菲斯特，心情卻一點也不痛快！

現在剩我一個人站在後門前方，我長長嘆了口氣，像是要把沉重的心情都吐出去，再走向兩隻蘇彌魯。既然已經抓到喬琪娜大人了，不會再有敵人冒出來了吧。得讓蘇彌魯魔導具停止運作才行。

「啊……」

這時映入我眼簾的，是濺在兩隻蘇彌魯身上的大量血跡。那當中也有戈雷札姆的鮮血吧。為了趕在馬提亞斯回來前消除痕跡，我詠唱道：「瓦須恩。」

被魔法變出的水泡包覆住後，不過幾秒鐘的時間，兩隻蘇彌魯就變回了原先一塵不染的乾淨模樣。要是戈雷札姆留下的痕跡、馬提亞斯與勞倫斯的痛苦、艾倫菲斯特貴族們的惡意，也能像這樣輕易地消除掉就好了……我不由自主如此心想。

……說不定羅潔梅茵大人將要離開艾倫菲斯特，是件好事呢。

我第一次萌生這樣的念頭。因為和我不一樣，馬提亞斯他們已經確定要與主人羅潔梅茵大人一同前往中央。

……希望這件事能多少為他們的心靈帶來慰藉。

我凝視著神殿，向諸神獻上祈禱。

芙蘿洛翠亞　白塔

自從波尼法狄斯大人率領著騎士們前往伊庫那，城堡內的氣氛一直是躁動不安。因為現在從早到晚都會收到戰況報告，還要向騎士們送去必要物資，女性也都換上了騎獸服，可以切身地感受到戰火正步步進逼吧。

「芙蘿洛翠亞大人，您下個目的地是？」

對於近侍的詢問，我一邊思索一邊回道：「讓我想想……」目前為止，我已經領著哈爾登查爾派來的援軍前往訓練場，並且命侍從們去騎士宿舍做好準備，接著還與文官們一起計算了物資的需求量，也與領主辦公室裡的人們共享了情報。與此同時，夏綠蒂說了她會去布倫希爾德那邊察看情況，再拜託布倫希爾德向萊瑟岡古提出支援糧食的請求，所以這件事我便交給了她。

……明明不習慣這樣的場面，夏綠蒂卻非常努力呢。

而我正一邊檢查城堡內部的密道出入口，一邊去各個地方露面。為了確認城堡裡是否還有貴族向喬琪娜大人獻名、有沒有人行跡可疑，必須巡視才行。

先前那場肅清行動之後，向喬琪娜大人獻名的主要貴族皆已遭到處刑。但是，這並不能保證還有沒找到的、私下已向她獻名的貴族。倘若真的已經一個不留，喬琪娜大人應該不會想要攻打艾倫菲斯特吧。所以即使只剩寥寥幾人，領內肯定還有幾個已向她獻名的貴族。

「就照著我與齊爾維斯特大人說過的，去特別室看看吧。」

所謂的特別室，是指集中管理著獻名後免於遭到處刑的舊薇羅妮卡派貴族的房間。目前房內共有巴托特、卡珊朵拉與繆芮拉這三人。睡鋪自然還是男女有別，但白天會讓他們待在同一個房間裡，時時派人監視。

在確定喬琪娜大人將會來襲之際，貴族們便紛紛表明了自己的擔憂。有的擔心這些孩子會成為協助者，有的則認為即使他們已經獻名，還是非常危險。其實若不想讓已獻名的近侍提供協助，大可以直接下令。但即使下了令，也不代表就能完全封住他們的行動。他們也能藉由協助其他貴族，進而為喬琪娜大人帶來助力。因此與其向已獻名的近侍下令，還是監視他們更為確實吧。

「因為現在已經第三天了，想必有一肚子的怨言吧？」

「您是指巴托特嗎？他打從第一天起便十分不滿，還主張人在神殿的妹妹也應該受到同樣的待遇。」

其實神殿裡的青衣見習生們也一樣，都是父母已遭到處分的舊薇羅妮卡派貴族。但是，我並沒有讓他們來到城堡，一同進行監視。因為神殿裡還有麥西歐爾的近侍卡濟米爾在，由他所授意的灰衣神官去監督那些孩子們，我認為更加安全。

「因為我不希望還未就讀貴族院的孩童遭人利用，落得教人唏噓的下場。」

夏綠蒂從向自己獻名的卡珊朵拉那裡，問出了肅清期間發生過的種種事情。因此我推斷，當初那個在宿舍裡因為擔心家人、不顧自己性命危險也想寄出信件的一年級生，很可能是受到巴托特的慫恿。

巴托特有著溫文的相貌，待人也和善可親，年幼的孩子有可能因為喜歡親近他，被他當成了棋子或慘遭陷害，落入悲慘的境地。所以，最好別讓巴托特與他們接觸。

「那麼刻意縱容巴托特，讓韋菲利特大人承擔起責任的計畫呢？」

「換作平常，我們還能在暗地裡行事，讓巴托特一人承擔所有罪行，但現在是非常時期，克倫伯格與哈爾登查爾也都派來了騎士。一個不小心，可能得處死將近二十名的孩子。我不認為現在是讓他成為韋菲利特教材的好時機。」

萬一巴托特明明已向領主一族獻名，卻仍是做出了有利於敵人的舉動，貴族們又會強力主張「果然還是該依照慣例，將其連坐處刑」吧。屆時不光城堡裡的這三人，已向羅潔梅茵獻名的近侍們、神殿裡的青衣見習生與孤兒也會遭到處刑。

「反正他本就是該被處刑的罪犯之子，當作教材又有何不可？」

「這麼做弊大於利。你是明知故問吧？」

這些孩子的性命都是奧伯救下的，若因為韋菲利特沒能管好巴托特而遭到處刑，那麼韋菲利特別說是接受教育了，瑕疵只會越來越多。雷柏赫特是想讓已遭波尼法狄斯大人放棄的韋菲利特沒有資格再當領主一族，趁此機會將他排除吧。在這一點上，我與雷柏赫特的意見始終無法一致。

「那麼，巴托特究竟是不明白自己的處境，還是明白了卻依然故我呢？實在教人好奇。在這種完全無法與外界取得聯繫的情況下，他肯定焦躁難安，也許會採取行動。」

看著露出意味深長笑容的雷柏赫特，我輕聲嘆氣。除了奧斯華德，巴托特還與韋菲利特其他已經請辭的近侍有所聯繫。對於前來找我商量的蘭普雷特與亞歷克斯，我已經告訴他們這是韋菲利特的課題，他必須親手摘除危險的嫩芽，但目前為止韋菲利特他們還未能完成這項任務。

因此，這段時間為免韋菲利特在舊薇羅妮卡派貴族的慫恿下輕舉妄動，我們決定將巴托特隔離。但只有巴托特的話會引來不好的臆想，加上韋菲利特十分反對，所以最後只好讓卡珊朵拉與繆芮拉也一起隔離。

……撇開巴托特的妹妹卡珊朵拉不說，但繆芮拉完全是無辜遭殃呢。

在得到奧伯的許可之後，繆芮拉並不是向領主一族，而是向艾薇拉獻名。如今繆芮拉早已離開城堡，住進騎士團長的宅邸裡，跟著艾薇拉處理印刷業的相關工作。而且她只有在艾薇拉或者羅潔梅茵也在場時才會參與工作，所以一直被保護得很好，不會接觸到貴族們充滿惡意的眼光。

然而，這次卻因為要隔離已獻名的近侍，讓她離開了最為安全的騎士團長宅邸。繆芮拉肯定會感到如坐針氈吧。但據監視人員的回報，她竟是一句怨言也沒有，始終笑咪咪地看著書本打發時間。

「房內的情況如何？有什麼動靜嗎？」

我這麼問向正在監視特別室的騎士與侍從，並從能夠窺看特別室的小窗子觀察裡頭的情形。巴托特與繆芮拉正在看書，卡珊朵拉則在刺繡。

兩名監視人員對看了一眼，點點頭後開始報告。

「巴托特一直在長吁短嘆，質問這種生活要持續到什麼時候，直到現在也還在請求與奧伯或者韋菲利特大人會面。偶爾可以看到他的動作鬼鬼祟祟。」

「卡珊朵拉似乎也受到了兄長的影響。但在被繆芮拉告誡過後，便安分下來不再作聲。」

聽完兩人的報告，我眨眨眼睛。

「繆芮拉對卡珊朵拉說了什麼呢？」

「意思大概就是如果她真的受不了被人監視，大可自我了斷……」

「繆芮拉還說：『要是當初依照慣例將我們處刑，領主一族也不用這麼費工夫，還派人來監視我們，所以他們是有心想留我們活命。這麼簡單的道理妳還不明白嗎？』」

這番發言真是教人始料未及。如此犀利又直接的話語，肯定是受到了艾薇拉的影響吧。我不由得輕笑出聲。

「想必是艾薇拉經常這麼告訴她吧。還是說，因為生長環境不同呢？若是卡珊朵拉也能這麼想就好了。」

在城堡生活時，周遭必然有許多言行帶有惡意的貴族。眼看神殿裡的青衣見習生們與遠離城堡生活的繆芮拉，情緒都比較穩定且健健康康，便能清楚看出城堡對他們來說是個多麼不適合生活的地方。

……讓他們與惡意徹底保持距離，或許也是一種有效的做法呢。

察看過特別室的情況後，接下來要去檢查舊密道裡的陷阱。雖然也派了騎士看守，但現在我們並不曉得敵人持有多少就連魔法結界也能通過的銀布，以及銀布是否也對陷阱有效。敵人或許會識破陷阱，並在我們毫無所覺的情況下入侵。

……話雖如此，真是幸好密道完成了改建。

波尼法狄斯大人說了，曾是艾倫菲斯特領主一族的喬琪娜大人因為接受過下任領主教育，所以對城堡裡的密道瞭如指掌。由於不曉得有誰與喬琪娜大人串通，因此我們並未向文官們告知新密道的建造一事，僅是領主夫妻二人一起在暗中施展了因特維庫侖。趁著改建時，也對舊密道動了點手腳，讓所有通道最終都抵達同一個地方。至於新的密道現在是從何處通往何處，就只有我們領主夫婦與夏綠蒂知道。

我也沒有向近侍告知現在有新的密道，只說了我們對舊密道做了改動。正因如此，身為第一夫人的我必須負責守住密道，而戰場由騎士前往。我所肩負的任務，就是在抓到喬琪娜大人後使用轉移陣，並且前往只有領主一族能夠進入的白塔，確認是否成功將人轉移進來。

「真希望敵人能早點上鉤。」

前往密道的半路上，雷柏赫特愉快地撫著下巴說道。因為他在舊的密道裡，設置了好幾個即使敵人身穿銀布，也依然能夠發動的陷阱。據說在設計陷阱時，他還與兒子交流了意見。

「記得你說過，是與歐斯渥特一起製作的吧？」

雷柏赫特的三個兒子當中，長子歐斯渥特正以文官的身分在城堡工作。聽到兒子的名字，雷柏赫特苦笑著搖搖頭。

「不只歐斯渥特，還有哈特姆特與克拉麗莎。好像是羅潔梅茵大人的圖書館裡，有許多斐迪南大人留下的配方……」

他說為了此次的艾倫菲斯特保衛戰，他們在製作與改良各種魔導具的同時，也會在家裡召開會議、交流意見。若不是要為戰鬥做準備，平常根本沒有機會見識到領主一族的研究成果，以及在戴肯弗爾格所用的攻擊用魔導具，所以雷柏赫特顯得非常開心。

「哎呀，奧多南茲？」

這時有白鳥停在我的手上，發出的話聲來自領主辦公室裡的文官。

「我們收到消息，說是喬琪娜大人等人有可能乘坐從萊瑟岡古出發的商船，來到艾倫菲斯特。目前正向萊瑟岡古詢問消息是否正確，以及船隻預計的抵達時間。」

突如其來的消息令我與雷柏赫特面面相覷。我們接著討論應該要回領主辦公室，還是先到定位做好準備。

「還是先按原本的安排，去檢查密道裡的陷阱吧。也許這段時間又會收到萊瑟岡古的回覆。」

「那也麻煩你通知守在城堡周邊的騎士們。倘若喬琪娜大人打算乘船前來，那麼就算已有其他的掩護隊伍正伺機而動也不奇怪。因為那位大人總是準備萬全。」

「最好也向調合室知會一聲呢。因為會需要大量的回復藥水。」

我們一邊移動一邊送出奧多南茲，並且檢查密道裡的陷阱。目前還沒有遭到入侵的跡象。

剛檢查完畢時，便收到了夏綠蒂捎來的奧多南茲。

「母親大人，我是夏綠蒂。剛才收到消息，說是第四鐘將有敵人來襲，但也有可能只是掩護隊伍。請您巡視完後，立即就定位。還請千萬小心。」

於是我也向女兒送去奧多南茲，望她一切小心。有誰能想到，夏綠蒂竟會成為緊急事態時的下任領主，在得知基礎魔法的所在後，第一項任務還是守衛領地呢？她不過是個未成年的孩子，甚至還未修習完貴族院的領主候補生課程。打從檯面下確定要解除韋菲利特與羅潔梅茵的婚約後，夏綠蒂便開始接受下任領主教育，但時間都還不到一年。這樣的責任對她來說未免過於重大。

正因如此，我必須在密道就將敵人攔下。再說了，城堡當中還有出生才半年的么女亨莉葉塔。我絕不會讓敵人踏進城堡。

接著，我向正在房內照顧么女的侍從送去奧多南茲。

「目前推測敵人將在第四鐘來襲，請與亨莉葉塔一起躲起來。」

「遵命。芙蘿洛翠亞大人，請千萬小心。」

我向侍從下令，請她將亨莉葉塔從領主居住區域裡的兒童房移動到其他房間。以前我假定了敵人的目標是基礎魔法，在不會經過的地方準備了房間以供避難，沒想到這個房間真有派上用場的一天。

「芙蘿洛翠亞大人，我是蘭普雷特。夏綠蒂大人提出請求，要韋菲利特大人率領克倫伯格的騎士。但由於韋菲利特大人尚未成年，關於他是否能上戰場，想請您做出最終決斷。」

既然夏綠蒂會提出這種請求，代表韋菲利特一定做了什麼預料之外的舉動。如今身為他父親的領主正守在基礎之間裡，才會想向身為母親的我徵求許可吧。

「那麼請他先在訓練場待命。至於韋菲利特何時可以上場參戰，再交由騎士團長或是首席護衛騎士做決定。」

「我是韋菲利特。母親大人，您為什麼不同意?!我不是負責守衛貴族區嗎？而且我一直為了這一天在做訓練。」

聽完我的回覆後，韋菲利特立即送來奧多南茲大表不滿。從聲音便聽得出來，面對即將到來的戰鬥他有多麼興奮。我刻意用著比平常要溫和一些的語氣，對著奧多南茲說明原由。

「我沒有不同意唷。但是，這次的戰鬥並不是魔力量越多者越有利，而且魔法對身披銀布的敵人沒有效吧？這種情況下，戰鬥時只懂得倚賴魔力的領主一族，反倒有可能扯周遭騎士們的後腿。我也是在護衛騎士示意之前，都會待在一段距離外待命。所以你也遵從騎士團長的判斷吧。」

「我知道了。」收到韋菲利特這樣的回覆後，我鬆一口氣。都解釋得這麼清楚了，想必不會魯莽行事吧。接著我向卡斯泰德送去奧多南茲，請他在觀察過敵人的情況後，再下達指示讓韋菲利特上戰場。

隨後，我也向還不到就讀貴族院年紀，但已經要以神殿長之姿守護神殿的次子送去奧多南茲。

「麥西歐爾，神殿現在應該正在引導眾人避難吧。你想必很忙，所以不必回覆我，但記得一定要與夏綠蒂還有卡斯泰德密切聯繫。也要好好聽卡濟米爾說的話，待在房間裡等候大家的通知，絕對不可以離開房間。你自己多加小心。」

我目送著白鳥飛遠時，侍從們正好搬來木箱：「讓大家久等了。」箱子裡全是攻擊用魔導具與回復藥水。是雷柏赫特與其他文官在反覆改良後製作的東西。然後，要將這些東西一一發給騎士們。

「這些東西都是為了這一天而製作，所以儘管使用沒關係。絕對不能放過任何一個敵人……我們要一起守住這座城堡，守住艾倫菲斯特。別讓敵人靠近奧伯・艾倫菲斯特半步。」

「是！」

緊接著，守在城堡四周的騎士捎來奧多南茲。

「城堡一角出現可疑的人影。雖然人影很快就躲進樹林之間，消失了蹤影，但從地點來看，很可能是進入了密道。還請提高戒備。」

氣氛瞬間變得緊繃，感受得到在場眾人的緊張。若有敵人闖入了密道，代表再過不久這裡將會成為戰場。

「在預計第四鐘抵達的船隻出現之前，就有敵人入侵了城堡呢。果然城堡或是貴族區裡，還留有向喬琪娜大人獻名的貴族吧？」

我無法不懷疑身邊仍有與喬琪娜大人聯手的貴族。倘若真是如此，我方已有多少情報外流了呢？我吐露不安後，雷柏赫特卻是輕輕挑眉，盤起手臂說道：

「這倒未必。艾倫菲斯特領內或許還有，但城堡裡應該沒有。因為假使城堡裡還有內奸，敵人應該會知道我們已經做好準備，正等著第四鐘到來……總之無論如何，既然敵人已經出現，我們該採取的行動只有一個。」

「那就迎擊吧。雷柏赫特，你負責向騎士團長報告，馮巴特負責向副團長報告。騎士們拿好可以對付銀布的武器，保持警戒。」

「是！」

下達完指示後，我向人應該正在基礎之間裡的齊爾維斯特送去奧多南茲。

「有人利用密道進入城堡了。請你絕不能離開基礎之間。」

齊爾維斯特肯定很想來到前線吧，此刻卻只能守在基礎之間。那麼我也必須完成自己的職責。

噹啷，噹啷……

第四鐘的鐘聲剛剛響起，我便收到了內容簡短的奧多南茲，告知「西門已經開戰」。我緊緊握著傳完話的黃色魔石。終於要開始了，再過不久，進入密道的敵人也會來到這裡吧。

「芙蘿洛翠亞大人，請看……」

我循著雷柏赫特所指的方向看去，只見把守的騎士正微微抬起手來，動了動手指。看來是從第三條走道聽見了敵人的腳步聲。

「真教人拭目以待。」

雷柏赫特的話聲與平時不同，顯得有一絲雀躍激動。從姿勢就可以看出他正等著要做紀錄，確認設置於出口附近的大量機關是哪一個會發動，以及對於銀布有怎樣的效果。

倘若這次沒能得到滿意的結果，我總覺得他會利用敵人一再地做實驗，直到自己心滿意足為止。

……我好像都要同情起敵人了呢。

忽然間「咚！」的爆炸聲響，地面有些搖動。看樣子雷柏赫特的陷阱很順利地發動了。中了陷阱的敵人從密道裡被拋飛出來。看到密道的出口竟與預期不同，是一處寬敞的廣場，而且還有騎士正埋伏等候，敵人顯然都十分吃驚。

人數共有五人。看著遠比預期要少的敵人，我不禁懷疑自己的眼睛。既然要帶人攻打城堡，我還以為人數會更多才對。

……果然抵達西門的船隻是引開騎士團用的幌子吧。

「嗯，用體重來感知對象的魔法陣，果然對沒有魔力的人也能發揮作用。威力也沒問題。不過，用以摘除銀布的陷阱倒是不太成功。」

雷柏赫特的神情相當不滿。但是在我看來，會擲出小刀的陷阱已經很成功地破壞了銀色布料。因為將要與騎士交手的敵人身上的披風，全被劃開了好幾道偌大的缺口。照這副模樣看來，魔法攻擊應該多少對他們有效。

「那麼在披風被劃破的情況下，究竟能擋下多少魔力攻擊……」

「請在擒伏完敵人後再做實驗吧。」

接著，大家開始朝敵人投擲各種魔導具。在場敵人共有五人，我方的騎士卻有十五人，即使他們身披銀布，仍是寡不敵眾。

「現在騎士們已經靠得那麼近了，想必該使出那一招了吧。」

雷柏赫特揚起嘴角這麼笑道。就在這個時候，敵人拿出銀筒，對著騎士們很快地拉下繩子。「砰」的輕輕一聲，白粉飄灑而出。

然而，騎士們並沒有變作魔石。飛揚的白粉反倒全被騎士手中的魔導具吸了進去。敵人全都茫然杵立原地，一臉不敢置信，而我非常能夠理解他們的心情。

「……看來即便是即死劇毒，真的也有效呢。」

「因為這種魔導具本就是用來吸收各種粉塵，所以可以假定只要指定這個廣場為清潔範圍，就會吸走所有粉末。」

實在是萬萬想不到，清潔用魔導具竟然能用來對抗即死劇毒。騎士們都已經準備好要施展洗淨魔法，也備好了尤列汾藥水，但在看到魔導具超出預期的效果後，盡皆發出「噢噢」的讚嘆聲。

「雖然發動魔導具時一定要看準對方使用即死劇毒的時機，而且使用過的魔導具也無法再用來打掃，但用來對抗即死劇毒確實十分有效呢。」

因為若要清理魔導具裡的粉末，說不定會吸到即死劇毒、害自己喪命，所以魔導具只能用過即丟。但跟十幾條人命相比，報廢一個魔導具根本不算什麼。由於輕易地就化解了即死劇毒這個殺手鐧，騎士們也在轉眼間制伏所有敵人。

每個敵人都被銬上腳鐐與手銬，再使用平民所用的剪刀裁開並脫下身上的銀布，然後摘除身上的帶子、皮袋與顯露在外的護身符，最後則是施展物理攻擊與魔力攻擊，讓餘下藏起的護身符全都失去作用，一一解除他們的武裝。

「是喬琪娜大人！」

騎士在摘下其中一名敵人頭上的銀色兜帽與面具後，放聲這麼大喊。

無論是接近紫色的藍色頭髮、一雙被俘也毫不膽怯的綠色眼瞳，還是立體深邃的五官和形狀姣好的紅唇，都與我記憶中的喬琪娜大人一模一樣。

……錯不了。

我的呼吸放慢，緊繃的身軀也跟著放鬆下來。我們贏了，守住了艾倫菲斯特——這個事實慢慢地浸透內心。

「……結束了呢。」

「不，還沒有。如今西門與其他地方的戰鬥尚未結束，喬琪娜大人也尚未送進白塔之中。請您不要鬆懈心神。首先要向騎士團長報告。」

聽見雷柏赫特嚴厲的話聲，我重新挺直背脊。他說得沒錯。即使到了這個地步，敵人仍有可能逃脫。

「我是芙蘿洛翠亞。已經擒獲喬琪娜大人，現在正在解除她的武裝。等將她關入白塔後，會再次聯繫。」

「我是卡斯泰德。這真是好消息，等您再次聯繫。出現在西門的敵人是由戈雷札姆帶頭率領。現在神殿與北門附近也出現了敵人，正在交手當中。貴族區也有兩處地方發生衝突。我已經同意韋菲利特大人上場參戰。」

卡斯泰德向我報告了現在的戰況。看來麥西歐爾所在的神殿也成了戰場，韋菲利特則正在貴族區奮戰。

「芙蘿洛翠亞大人，喬琪娜大人的武裝已解除完畢。請您將她轉移至白塔。」

「那麼我來聯繫奧伯。」

由於喬琪娜大人原是艾倫菲斯特的領主一族，而且雖說羅潔梅茵已經奪得了基礎，但以登記證來看，她現在仍舊是亞倫斯伯罕的領主一族。與其他敵人不同，不能關進一般的大牢當中。為了防止她逃脫或是有人前來相救，關入只有領主一族才能打開的白塔才是最妥當的吧。

「我是芙蘿洛翠亞，已經抓獲喬琪娜大人。接下來要用你提供的轉移陣將她轉移至白塔，並前往確認。能請你准許我使用轉移陣與進入白塔嗎？」

「准許妳。我也會過去親眼確認……竟然這麼輕易就結束了，真是意想不到。」

於是我讓人把喬琪娜大人放到奧伯．艾倫菲斯特製作的轉移陣上，再發動魔法陣，將她轉移至了白塔。

「上次來到白塔已經是許久以前了呢。」

白塔坐落在城堡占地邊緣，用於幽禁領主一族當中犯下重罪的犯人。若是未經許可擅闖白塔，就會被視為有意反叛領主，或是意圖協助罪犯逃亡。能夠進入白塔的，只有領主與徵得領主同意的領主一族。

如今薇羅妮卡大人正被幽禁在此處，從前韋菲利特還曾在貴族的挑唆下擅闖白塔，犯下了過錯。因此來到這裡，我滿心只有苦澀。

……這麼說來，喬琪娜大人也曾來過這裡呢。

我想起了有一次喬琪娜大人曾請求與薇羅妮卡大人會面，進入了白塔。當時喬琪娜大人手中還拿著前任神殿長拜瑟馮斯的遺物，看起來是十分重感情的人，但也許內心深處早已在謀劃著要奪取艾倫菲斯特的基礎。

「我要進去確認喬琪娜大人是否被轉移過來。你們就在此待命，並等著迎接奧伯．艾倫菲斯特吧。」

我打開大門，進入白塔。為了確認喬琪娜大人是否已在塔中，勢必會碰到薇羅妮卡大人。我忽然覺得提不起勁，腳步也變得沉重，但還是打開了盡頭的門扉。倘若沒有欄杆，看起來就只是尋常貴族的房間，而房內依舊有著薇羅妮卡大人的身影。

「哎呀，怎麼不是齊爾維斯特，而是妳來了……妳這次又有什麼企圖？想要說誰的壞話？」

我瞥了薇羅妮卡大人一眼後，便看向隔壁的房間。齊爾維斯特所設置的轉移陣顯然正常運作。喬琪娜大人正維持著被放上轉移陣時的模樣，全身遭綁橫倒在地。眼看託付予自己的重任順利完成，我總算能夠鬆開緊繃的肩膀。

「妳到底來這裡做什麼？不只齊爾維斯特，妳還勾引了斐迪南，害得我被關進這種地方，妳真是……」

……又開始了。

我緩緩嘆口氣。薇羅妮卡大人似乎深信著自己會被幽禁，都是因為我勾引了斐迪南大人、將神殿納入自己的掌控之中，再設計陷害拜瑟馮斯大人，捏造了她的罪證。並且聲稱太過溺愛妻子的齊爾維斯特就是相信了那些偽證，才會背叛母親。

頭一次聽到這些控訴的時候，我對這過於荒唐的言論感到吃驚，被她莫名其妙地質疑自己的貞操也十分氣惱，但現在只覺得像在聽著早已損壞的錄音魔導具。

「妳有沒有在聽我說話？也不想想法雷培爾塔克在政變的肅清時因為被王族盯上，排名就下降了。妳不僅來自這種領地，還是第三夫人的女兒，根本配不上齊爾維斯特。我本想讓這孩子從亞倫斯伯罕迎娶第一夫人，都怪妳勾引了單純的他……」

自從被關進白塔，薇羅妮卡大人的時間就一直停留在那時候，未曾再流動過了吧。現如今，君騰可是想將持有古得里斯海得的羅潔梅茵收為養女，而法雷培爾塔克在羅潔梅茵的建議下認真舉行起儀式後，不僅收成增加了，還預計排名往後會慢慢回升。

……我竟然甚至感到有些懷念呢。

與為婆媳關係感到苦惱的那時候相比，現在我煩惱的都是與他領的貿易以及與王族的關係，還有隨之而來領地該做的改革。儘管還不到十年的光景，艾倫菲斯特的處境卻已經大不相同。如今再次見到面後，我發現自己似乎已經能將薇羅妮卡大人視作是過去的存在，與她訣別。

「雖然時之女神德蕾梵庫亞所交織的命運絲線……」

我話正說到一半時，喬琪娜大人房內天花板上的轉移陣倏地亮起光芒。那是與神殿相通，當作陷阱設置的轉移陣。

「……咦？」

緊接著從天花板掉下來的，是僅穿著貼身衣物的喬琪娜大人。看見牢裡竟然出現了兩個喬琪娜大人，我震驚得發不出半點聲音來。這是怎麼回事？長相一樣，髮色與瞳色也一樣，兩個都是喬琪娜大人。

瞬間我頭皮發麻。誰才是真的？還是說，外面還有假的喬琪娜大人？

「我好像聽見有東西掉下來的聲音，到底發生什麼事了?!」

薇羅妮卡大人的尖銳話聲令我回過神來，立即向齊爾維斯特送去奧多南茲。

「現在白塔又出現了一名喬琪娜大人。由於是從天花板掉下來，想必是從神殿轉移而來。其他地方可能還有假的喬琪娜大人。在確定抓到本人之前，請你千萬不要離開基礎之間！」

才剛送出奧多南茲，接著馬上有奧多南茲向我飛來。

「我是夏綠蒂。在神殿也擒獲了戈雷札姆，有假的替身！喬琪娜大人很可能也有替身。」

一切尚未結束。我也向夏綠蒂送去奧多南茲，告訴她白塔出現了第二個喬琪娜大人，為防萬一也向留在密道出口附近的騎士們送去消息，要他們持續警戒。

「妳是說喬琪娜嗎?!究竟發生什麼事了?!那孩子來救我了是不是！」

聽見薇羅妮卡大人雀躍的嗓音，我再也無法保持住貴族女性該有的優雅微笑。

無論是喬琪娜大人對艾倫菲斯特基礎的執念、我們與萊瑟岡古一族的關係，還是韋菲利特的教育與近侍問題……一切的一切，開端都源自於薇羅妮卡大人。

「現在您的女兒與兒子正因基礎魔法開戰。無論哪一方贏得勝利，薇羅妮卡大人都不可能離開白塔吧。」

「喬琪娜一定會來救我的。因為那孩子最聽我的話了呀。況且我還有韋菲利特。等

那個善良的好孩子成年了、當上奧伯，一定會來救我的。因為他還特地來到這裡，親口答應過我呀。」

就是因為答應了這種事情，韋菲利特才會背負那麼重的罪名。任憑他如何努力，也無法抹除旁人對他的惡毒評語，那種徒勞無功的感覺會讓他有多麼難受。甚至只是因為緬懷幼年的時光，便會遭到旁人的疏遠。

一想到韋菲利特的處境與未來，皆因薇羅妮卡大人而蒙上厚厚一層陰影，我便眼眶發熱，呼吸也有些急促。令人感到暈眩的熱意與魔力一鼓作氣爆發開來。截至目前為止的人生當中，這是我第一次憤怒到魔力失控。

「哎呀，只因為韋菲利特更加愛我，勝過妳這個親生母親，竟然就嫉妒到了失去理智，真是不成體統。我說過多少遍了，妳身為領主的第一夫人應該要……」

「薇羅妮卡大人，您引以為傲的令堂所屬領地，也就是亞倫斯伯罕的基礎魔法，已經被曾遭令弟拜瑟馮斯大人欺凌的羅潔梅茵奪走了。」

「妳說什麼？」

或許是因為我突然改變話題，她一時沒能理解吧。薇羅妮卡大人只是側過臉龐。於是我再重複了一次。但是，她似乎還是聽不明白。

「羅潔、梅茵……？」

我想起羅潔梅茵曾經說過，她與薇羅妮卡大人從來沒有見過面。那麼，薇羅妮卡大人對她想必也沒有留下任何記憶吧。但是，她已然失去了自己最為珍視的事物，這是無可更改的事實。

「看來還沒有人向您報告過吧。君騰選中了斐迪南大人，認為他是適合治理大領地亞倫斯伯罕的人選，已命他成為下任領主的配偶。而現在，齊爾維斯特的養女更是取得了亞倫斯伯罕的基礎魔法。您所擁有的亞倫斯伯罕血統，如今已經沒有任何價值。」

「什……」

長年來一直以自己血統為傲的薇羅妮卡大人屏著呼吸，說不出話來，只是兩眼發直地注視我。無論身處在怎樣的境地，這都是薇羅妮卡大人賴以寄託的驕傲，而我任由自己在憤怒的驅使下狠狠加以踐踏。但是，我心中沒有絲毫的罪惡感。

我強壓下失控的魔力，說出方才沒能說完的訣別。

「雖然時之女神德蕾梵庫亞所交織的命運絲線應再無交會之日，但願諸神的庇佑與您同在，一切平安康泰。」

往後餘生，我與薇羅妮卡大人再也不會相見了吧。

齊爾維斯特　守礎之戰

噹啷，噹啷……

人在基礎之間裡的我，聽著第四鐘的鐘聲響起。基礎之間是個全然雪白的房間，有著染作淡綠色的基礎魔法，上方則有轉動著的七色貴色魔石球，另外還有個圓孔專供奧多南茲進出，讓人可以與內部的奧伯聯繫。此時此刻，正有白鳥頻繁地進出圓孔。

「西門傳來通知，說是如同先前接獲的消息，確實有可疑團體下船。聽說他們皆身穿銀衣，還帶著沃爾赫尼，雙方已經開戰。」

夏綠蒂的聲音緊張僵硬，宣告艾倫菲斯特的防衛戰已經開始。除了守在基礎之間，什麼也不能做的我只能回答：「知道了。」

……不過……

在基貝・格拉罕悲痛的陳訴之後，將有羅潔梅茵與斐迪南前往會合。而伊庫那有波尼法狄斯守著，克倫伯格與哈爾登查爾也派了援軍來貴族區。整個領地還花了大約一個月的時間為防衛戰做準備。只能相信我們一定會贏。

……只能一個人靜靜地待在這裡，實在教人如坐針氈。

現在夏綠蒂正以下任領主的身分待在領主辦公室裡，麥西歐爾也以神殿長之姿守在神殿。韋菲利特正領著克倫伯格的援軍一同守衛貴族區，芙蘿洛翠亞則是傳來了奧多南茲說：「有人利用密道進入城堡了。請你絕不能離開基礎之間。」這時想必已經守在密道的出口前，等著敵人出現。

原本該由我保護的家人，正代替自己在外頭奮戰。我只能心浮氣躁地等著奧多南茲送來最新戰況。

「神殿後門傳來消息，說是平民區內似乎還藏著其他隊伍。預測會對神殿或北門展開攻擊，正在持續確認。」

「貴族區發現了拿著魔導具的可疑人物。雙方開始交戰。」

「母親大人那裡敵人出現了。聽說陷阱的發動十分順利。」

「北門的騎士們與可疑人士交手了。」

「神殿後門開戰。」

夏綠蒂與卡斯泰德接連地送來奧多南茲。與此同時，羅潔梅茵與斐迪南也會送來奧多南茲，陸陸續續地報告格拉罕的戰況。比如敵人使用了黑色武器與小聖杯奪取土地的魔力，而兩人知道要如何歸還被搶走的魔力，以及他們已經從中央進行突破，與格拉罕騎士團會合等等。

聽到傳回來的都是好消息，我不由得安下心來，但並沒有持續太久的時間。

「有一名敵人擺脫了守門的蘇彌魯，逃進了神殿。」

……要來了嗎！

收到夏綠蒂的通知後，我下意識地舉起思達普。先前我經由羅潔梅茵得知，原來神殿的圖書室裡有門與基礎之間相通。儘管聽說神殿的圖書室裡設置了好幾道陷阱，但我相信姊姊大人一定能夠一一破解。

想起那雙拒我於千里之外的冰冷綠瞳，以及揚起的嘴角像在嘲笑他人的紅唇，冷汗便淌下背脊，渾身直打寒顫。

就在這個時候，夏綠蒂與芙蘿洛翠亞幾乎同一時間送來奧多南茲。

「西門的戰鬥結束，我們贏了。而且聽說擒獲了戈雷札姆。」

「我是芙蘿洛翠亞，已經抓獲喬琪娜大人。接下來要用你提供的轉移陣將她轉移至白塔，並前往確認。能請你准許我使用轉移陣與進入白塔嗎？」

……抓到姊姊大人了？

即使奧多南茲重複了三次內容，我還是不可置信。我還以為姊姊大人肯定會從神殿過來，沒想到竟是經由城堡的密道。

……既然戈雷札姆與姊姊大人都抓到了，代表闖入神殿的那個敵人只是不足為懼的餘黨嗎？

芙蘿洛翠亞在領主會議上見過姊姊大人，想必不可能認錯人。結果只有自己什麼也沒做，一切就結束了。儘管覺得有些無趣，但戰爭這種有百害而無一利的事情，自然是越快結束越好。我舉起方才警戒地握在手中的思達普，回覆奧多南茲。

「准許妳。我也會過去親眼確認……竟然這麼輕易就結束了，真是意想不到。」

虧我在各處開始有敵人出現的第四鐘之前，還增設了不少陷阱打發時間。看著這些陷阱與為了對抗姊姊大人而帶進來的魔導具，我輕輕聳肩。一想到要收拾就麻煩。

「齊爾維斯特大人，現在戰鬥已經開始，您不該離開……」

我照著順序鎖上門後，從基礎之間來到領主的臥室。一看到我，黎希達就橫眉豎目，還擋住了去路。大概是因為剛才一直拜託她幫忙準備設置陷阱用的材料，她的表情十分難看。

「黎希達，已經結束了。芙蘿洛翠亞說她抓到了姊姊大人。我要前往白塔確認。」

「……這樣啊。」

這件事應該還沒通知侍從們吧。黎希達同樣露出了愕然表情，退了兩步往旁讓開。黎希達曾經服侍過姊姊大人，心情想必是五味雜陳。

「現在這樣是最好的結果。因為我也不想真的跟血親大打出手。不必與姊姊大人當面對決，我心裡慶幸居多。」

「是啊。您小心慢走。」

在黎希達的目送下，我帶著守在門外的護衛騎士，離開領主的居住區域。下樓後穿過走廊，前往可以變出騎獸的陽臺。白塔位於城堡占地邊緣，用走的話太遠了。一路上我往各處送去奧多南茲，宣告我們已經贏得勝利。

「波尼法狄斯，城堡已防衛成功。」

「斐迪南，抓到姊姊大人了。祝你們也順利得勝。」

我坐上騎獸後才剛剛起飛，又有兩隻奧多南茲飛來。

「父親大人，在神殿也擒獲了戈雷札姆！有假的替身！戰鬥尚未結束！」

「現在白塔又出現了一名喬琪娜大人。由於是從天花板掉下來，想必是從神殿轉移而來。其他地方可能還有假的喬琪娜大人。在確定抓到本人之前，請你千萬不要離開基礎之間！」

夏綠蒂與芙蘿洛翠亞的話聲都充滿了焦急。聞言，我與四周的護衛騎士立即將騎獸掉頭，一路開始狂奔。像這種設下重重圈套的可恨做法，確實是姊姊大人的作風。

……可惡！姊姊大人這傢伙！

眼看才目送過的主人，這時又臉色大變地衝了回來，侍從們紛紛問道：「發生什麼事了？」我交由護衛騎士們去說明，自己則是走向房間深處，緊握掛在脖子上的魔石。下個瞬間手中便出現了鑰匙。我用鑰匙打開門，再把鑰匙按在正前方的牆面上，開始灌注魔力。很快地牆壁左右兩邊各出現了一道門。我先是走進右邊的門，從幾顆魔石當中拿了黑色魔石走出來，再走進左邊的門裡，從各種顏色的容器當中選了金色的，放入黑色魔石。完成了繁瑣的開鎖步驟後，鑰匙最一開始按著的牆面於是消失，終於能夠進入基礎之間。我一邊默念著「拜託要趕上」，一邊衝進隔有虹色薄膜的基礎之間。

「……咕啵?!」

然而才剛越過虹色油膜般的結界，忽然有強大水流襲來。我整個人失去平衡，被水流沖得東倒西歪。由於太過猝不及防，我不小心喝下了水、無法呼吸，也搞不清楚這是怎麼一回事，只能無措地在水裡掙扎。

「啊……」

還以為自己就要在基礎之間裡溺死了，但凶猛的水流只持續了幾秒鐘的時間。忽然間水就消失了，在水中漂浮的我也跌落在地。與此同時各式各樣的東西掉落一地，發出「喀哐咚沙」的聲響。緊接著，我看見自己設置的木盆正朝自己掉來。

「嗚哇！……怎麼回事?!」

我反射性地往旁一滾，閃過了木盆。只見木盆發出「哐哐」巨響，滾落在自己腳邊。幸好千鈞一髮之際閃過了。雖然是羅潔梅茵的提議，但自己親身體驗後，真是有夠恐怖。

我大口吐氣，忍不住肩膀放鬆下來時，赫然發現疑似有著另一個入口的牆壁上竟然突出了一隻手。那隻屬於女性的手只到手腕為止，看起來就像是在雪白的空間當中騰空飄浮。而那隻手上正握著思達普。

……是姊姊大人！

看來剛才的水流是大規模的洗淨魔法，也是姊姊大人施展的攻擊。反應過來的我飛也似地起身，立即舉好思達普。

……她果然是從神殿那邊的入口過來。

接著不疾不徐走進來的，是身穿灰衣巫女服的姊姊大人。她的動作怡然自得，彷彿完全沒有預想過我會在裡面。儘管身上穿著灰衣巫女服，舉止與儀態卻宛若女王。

……神殿裡還有協助她的人嗎？

既然姊姊大人能夠借到灰衣巫女服、在神殿內走動，代表青衣神官當中一定有她的同夥。就算已經提醒過麥西歐爾他們，一定要特別留意與前任神殿長拜瑟馮斯舅父大人有長年交情的青衣神官，但終究還是有遺漏吧。

「你明明人在裡面，竟然還活著……為什麼？」

姊姊大人一見到我，便不敢置信地睜大雙眼。

「什麼為什麼？我剛才出去了一會，一回來就遭受到洗淨魔法的攻擊，但那並不是要致人於死地吧。」

「所以你單單僅憑運氣，就躲過了即死劇毒嗎？」

……即死劇毒?!

記得斐迪南在亞倫斯伯罕的供給室裡就是中了這種毒。根據回報，這種毒能在瞬間將人變作魔石。原來姊姊大人是先放出了即死劇毒，想要殺了人在基礎之間裡的我，接著洗淨房間讓自己能安全進入。換言之，若不是我聽到芙蘿洛翠亞的傳話離開了基礎之間，我早就已經死了。明白過來以後，我不寒而慄。

「啊啊，真是可恨。」

姊姊大人極其不快地注視著我，那雙眼睛就和以前一模一樣。從小到大，除了欺負我以外，我對姊姊大人沒有其他任何記憶。自打我懂事起，姊姊大人就已經舉行完洗禮儀式，搬到北邊別館生活，所以有時候一個月也不一定會見到一次面。但每次只要碰到面，姊姊大人就會凶神惡煞地瞪著我，對我的一舉一動都看不順眼，說著：「你這件事沒有做好！」「怎麼可以這樣?!」然後用力拍打我的雙手或雙腳。

……但是，至少受洗之前都還可以忍受。

因為母親大人總會制止暴力相向的姊姊大人，訓斥她說：「妳怎麼能這樣對齊爾維斯特呢？」然而，我搬到別館以後，母親大人便看不到這裡的情況，姊姊大人也開始了沒有止盡的欺凌。

在我並非自願地接受下任領主教育時，只要出去外面想透口氣，姊姊大人就會像是正等著我一般，立刻用思達普變成的光帶把我綑起來，勒住我的脖子，或是把我拖在地上走。還曾經抓走我很疼愛的、名叫布洛的蘇彌魯藏起來。

此外我永遠也忘不了，她曾在我的食物裡下毒。因為在我痛苦得以為自己就要沒命的那個時候，姊姊大人卻露出了我從未見過的開心笑容。儘管沒有找到姊姊大人就是兇手的證據，但我相信那一定是姊姊大人下的手。

「……妳就這麼恨艾倫菲斯特嗎？就這麼恨我？……」

姊姊大人只是鄙夷地看著我，沒有回答。我數不清問過多少遍，我到底是做錯了什麼事情？明明我一點也不想當，卻被逼著坐上下任領主的位置，偶爾才會碰到面的姊姊大人還總是不由分說地斥責我。

只要我說了：「我不想當下任領主，我才不要努力。」她打我的力道只會比之前更強勁，態度也更惡劣。「我才不想當下任領主！由姊姊大人去當不就好了嘛！」但即使我這麼說了，姊姊大人也絕不會說「那就由我來當」。她只會一味地要求我的言行舉止必須符合下任領主的身分，然後數落我哪裡做得不夠好。

「姊姊大人，您為何到了現在還想得到艾倫菲斯特的基礎魔法？都已經嫁到大領地了，從第三夫人變成第一夫人，自己的女兒也將成為下任領主吧？做為女性，您明明已經擁有了最幸福圓滿的人生……」

當初就是因為姊姊大人太過敵視我，父母才會判定她不適合留在領內輔佐，讓她嫁往他領。但即便只能讓她外嫁，母親大人仍盡力促成了她與大領地的婚事。若不是母親大人與大領地亞倫斯伯罕有血緣關係，否則以艾倫菲斯特在政變前的排名，根本不會同意讓姊姊大人嫁過去。

「您到底還有什麼不滿?!為什麼不能在那裡找到自己的幸福?大領地的第一夫人竟然這麼執著於要得到他領的基礎，您都沒有想過自己孩子與孫子的未來嗎?!」

「……我已經非常明白，不管跟你說什麼都沒有用。」

姊姊大人的眼瞳開始變作難以形容的虹色，顯示出了她有多麼怒不可遏。但是，我完全不懂她是對什麼感到憤怒、感到憎恨。儘管我很努力地想要去理解她的想法，但她最終說出口的話語卻是冰冷的拒絕。對於我的問題，甚至不願正面回答。一直盤踞在心口的疑惑與怨憤湧了上來。

「我們是姊弟，為什麼無法互相理解?!只要說開了，或許就能理解對方的想法啊。」

「呵……席朗托羅莫要來臨還太早了呢……若你真的想與我互相理解，那就把基礎魔法讓給我吧。剩下的事之後再說。」

「這種事情……我怎麼可能答應!」

別把人看扁了。我這麼反駁後，姊姊大人刻意露出難過的表情，顯得十分受傷。由於她與母親大人長得相像，我莫名地心生罪惡感。

「哎呀，那麼談判破裂了呢。不過，我打從一開始就知道了，你根本不是發自真心想要與我互相理解……」

「不想互相理解的是姊姊大人才對吧?您為什麼這麼執著於得到艾倫菲斯特的基礎?」

「……我跟你已經無話可說。快點受死吧。」

姊姊大人的思達普亮起光芒。她或許還和以前一樣，想用光帶把我綁起來吧。但當時是因為只有姊姊大人有思達普，只能任她為所欲為。如今我也有思達普，有能力可以反抗。

「博格恩。」

我將思達普變成弓，再以魔力化作箭矢，接二連三地向她放箭。

「哥替特！」

姊姊大人身上只有一個護身符彈開，接下來就以盾牌擋下箭矢。我一邊放箭，一邊與她縮短距離。

……絕不能讓她有機會恢復。

這時姊姊大人從盾牌後丟來魔導具，換我的一個護身符碎裂開來。距離縮短後，我似乎也進入了姊姊大人可以投擲攻擊用魔導具的範圍裡。她不間斷地往放箭的我投來魔導具。

……但是這也意味著，這個距離我同樣能夠投擲魔導具。

「哥替特。」

我將手上的弓換成盾牌，開始全神貫注地往姊姊大人身後投擲攻擊用魔導具。儘管身後傳來了偌大的爆炸聲響，姊姊大人也沒有轉過身以盾牌防禦，或是從我身上別開目光，而是靠著護身符抵擋魔導具的攻擊。

像這樣一邊發動簡單的攻勢，一邊卸除對方身上的護身符，是貴族間在戰鬥時常用的手段。連番攻擊之下，雙方身上的護身符接二連三地碎裂彈開。

「唔……」

這時多半是護身符已經耗盡，姊姊大人臉上出現一道傷口，流下血來。明明身為女性臉上受了傷，姊姊大人卻絲毫不以為意，繼續投擲攻擊用魔導具。我手上也出現了傷口。

……對付威嚇性攻擊的護身符用完了嗎？

我再一次往姊姊大人身後投去攻擊用魔導具。這次輪到姊姊大人轉過身背對我，試圖抵擋這波攻擊。

……就是現在！

我立刻蹬地而起，詠唱著「咯空」解除盾牌，再變出光帶綑住姊姊大人。姊姊大人試著掙脫，卻發現無法成功，霎時臉色大變。她多半沒有發現，現在是我的魔力量更多了吧。

我揚手用力一拉，隔著光帶將姊姊大人壓制在地。

「……到此為止了，姊姊大人。趁現在投降吧。如此一來，我可以留您一命。」

可以的話，我不想殺了姊姊大人。而且若想釐清所有的前因後果，最好還是讓她活著——辯解般的話語在腦海裡來回打轉。

「殺了我吧。你連這點覺悟也沒有嗎？」

「……我會把您帶往白塔。」

「辦得到的話就試試看呀。」

即使身處在這樣的情況下，姊姊大人還是對我露出了嘲諷的笑容。

「現在外面仍有向我獻名的貴族……你明白這是什麼意思吧？」

「那獻名石……」

只要獻名石不在手中，主人就無法下令。正因如此，即便母親大人要求了許多貴族向她獻名，但因為她並未把獻名石帶在身邊，而是保管在自己的秘密房間裡以免被人拿走，所以我才會將她關在白塔，並且讓她繼續活著。

……但是，姊姊大人呢？

「所有向我獻名的忠實部屬和簽訂主從契約的身蝕，我在此下令。向艾倫菲斯特……」

絕不能讓她說完。現在都有人突然在貴族區裡引發混亂了。我根本不曉得肅清過後，究竟還有多少已向她獻名的近侍沒被抓到，也不曉得他們在收到命令後會做什麼。會在戰場上突然失控嗎？還是在某個地方灑出那種即死劇毒？必須在有更多人受害之前阻止她。

「索腓魯特！」

必須在命令說完前殺了她。我揮下手中的劍。隨後，刀刃陷進柔軟肉裡的感覺傳回掌心。明明不想做的事情卻被逼得不得不做，這令我感到作嘔想吐，持劍的手也抖個不停。內心難以抑止地升起厭惡，淚水逕自湧上眼眶。

「唔……」

「咳呃……」

溢出的呻吟來自誰的口中，甚至難以分清。姊姊大人血流不止，嘴裡也吐著鮮血，笑了。和當年向我下毒時一樣，臉上帶著心滿意足的笑容。

姊姊大人的笑容就好像她一直期望著被我殺死一般，然後氣若游絲地吐出一句「我恨你」，便嚥下了最後一口氣。

……這算什麼……

明明是我殺了她，明明是我贏了，我卻覺得自己輸了。直到最後的最後，我都完全無法理解姊姊大人在想什麼。但至少我再切身不過地感受到了，姊姊大人是真的恨我，而且絲毫沒有要接受我的打算。

……得馬上處理好才行。

我解開束縛姊姊大人的光帶，再次舉劍揮起，砍下事後要以魔導具窺看記憶時所需的部位，然後放進與陷阱一樣都掉落在地的箱子裡。那是暫停時間魔導具。這樣一來，應該可以暫時留存住記憶。

忽然之間，所有的情緒與感覺彷彿都消失了。明明殺死姊姊大人的時候那般感到厭惡，現在的我卻什麼感覺也沒有。

接著，我再次面向姊姊大人的屍體，這一次精準地對著魔力器官刺下。屍體立即變作黏稠的黑色液體化開。我以洗淨魔法洗去黑色液體後，原地除了衣服，還響起了金屬落地的「噹啷」一聲響。在光芒照耀下，時而像是紅色時而也像藍色的巨大美麗魔石旁，是艾倫菲斯特聖典的鑰匙。

後來我一直癱坐在地，與姊姊大人的魔石相對。不知過了多久，忽然有奧多南茲飛來，停在我還拿著劍的手上。

「我是羅潔梅茵。格拉罕之戰結束了！」

完成了自己該做的事情，羅潔梅茵開朗的話聲在基礎之間裡迴盪。她接著表示，由於要帶斐迪南還有戴肯弗爾格的指揮官們回來，所以希望我能准許他們入城並準備好客房，還希望我允許他們使用轉移陣好節省時間。

羅潔梅茵還是老樣子，明明是這麼突然的要求，卻說得好像我理所當然該答應。聽著她的聲音，原本在殺了姊姊大人後，幾乎要墮入黑暗當中的思緒被拉回到了現實世界裡。

「真是的，這傢伙慣會使喚人。」

方才我滿腦子只有姊姊大人的死亡。明明大家還在各地與敵人奮戰，卻完全被我拋到了腦後。「魔力恢復好後，等我過去吧。」這樣送去回覆以後，我再向夏綠蒂轉達了羅潔梅茵送來的消息，然後輕拍自己的臉。

……不能陷入這種空虛的感覺。我可是奧伯・艾倫菲斯特。

隨後，我拿起暫停時間魔導具、姊姊大人的魔石與聖典的鑰匙離開基礎之間。

「齊爾維斯特大人。」

芙蘿洛翠亞立刻憂心忡忡地迎上前來。看見我身上姊姊大人留下的鮮血，她馬上想要施展治癒魔法。

「這不是我的血。幫我施展洗淨魔法吧。」

我把從基礎之間裡帶出來的東西放在桌上。

「我收到了消息，說是向喬琪娜大人獻名的貴族皆已死亡，與她簽訂了主從契約的人也都在被金色火焰包覆後身形俱滅……是真正的喬琪娜大人吧。」

施展完洗淨魔法後，芙蘿洛翠亞的目光投向桌子。她想必理解到了放在暫停時間魔導具裡的是什麼東西，也知道魔石來自於誰。看著這些物品，我又想起了自己親手殺死姊姊大人時的感覺，整個人坐立難安。

「我沒有逮捕，而是直接將她殺了。因為她打算向獻名的貴族下令，逼得我不得不這麼做。我甚至無法像母親大人那樣，將她關入白塔。」

「你向來重感情，這一定對你造成了很大的打擊吧。但是，知道齊爾維斯特大人贏得勝利，我卻是如釋重負。因為我一直祈求著你能得勝。」

芙蘿洛翠亞握住我殺了姊姊大人的手，溫柔地撫摸之後，輕輕印上一吻。一股暖意緩緩地蔓延到冰冷的手上，我感到想哭。

「可以的話，我並不想殺她。」

「嗯，我知道。但是有了這顆魔石，我們就可以肯定外面再也沒有假的替身，孩子們的性命與生活也不會再受到威脅。做為奧伯．艾倫菲斯特，做為孩子們的父親，你做得很好。我也非常感謝你守住了領地與家人喔。」

姊姊大人最後說的話語與芙蘿洛翠亞的感謝，同時在我腦海裡盤旋交錯。

「……姊姊大人還是完全沒有告訴我，她為什麼這麼做，還說和我已無話可說。我只知道，她打從心底深深地憎恨著我。」

「喬琪娜大人至今過著怎樣的人生、做了哪些事情，只要看過她的記憶就能一清二楚吧。但是，這件事現在並不急。」

「芙蘿洛翠亞。」

「你確實失去了自己的姊姊喬琪娜大人。但是，因為你的決斷與奮戰，你也帶回了一位家人啊。你等一下要去接回羅潔梅茵與斐迪南大人吧？我已經吩咐夏綠蒂與布倫希爾德，把原本要送去各地的餐點直接端到宴會上。」

芙蘿洛翠亞溫柔地撫摸我的臉龐，如此微笑說道。

這場戰鬥我以為自己只有失去，但其實也有成功守護住的事物，亦有失而復得的家人。而能夠提醒我這些事情的人，就在自己的懷裡。

為了不失去懷裡的人，我用力地牢牢抱緊。

後記

大家好久不見了，我是香月美夜。

非常感謝各位購買本作，《小書痴的下剋上：為了成為圖書管理員不擇手段！【第五部】女神的化身IX》。

序章是戈雷札姆視角。內容從他入侵基貝．格拉罕的宅邸開始，直到在本傳裡登場為止。透過這則短篇，想要讓大家知道他同時也是非常優秀的文官，另外還寫到了他對兒子與家人的看法。由於戈雷札姆在排除敵人時完全不會有罪惡感，因此與本傳裡的羅潔梅茵視角不同，文章整體的感覺非常平鋪直敘。但相對地，也更能感受到他的冷酷無情吧？

本傳從格拉罕之戰開始。儘管羅潔梅茵也是熱血沸騰，但其實她非常害怕上戰場。然後她在護衛騎士的重重保護之下突破敵陣、為同伴施展治癒，還與馬提亞斯一同潛入基貝的宅邸、與戈雷札姆對峙，爭取到了時間讓斐迪南可以更改基貝宅邸的基礎，成功完成自己的任務。

緊接著，一行人先是回到艾倫菲斯特。羅潔梅茵聆聽了領內人們的英勇事蹟、去了神殿與平民區察看情況、試了還在縫製的新衣。儘管忙碌不已，但也度過了一段和平的時光。寫到這裡的時候真的非常開心。

可以的話，真想回到這種悠哉愜意的日常生活，只可惜戰鬥尚未結束。既然奪取了亞倫斯伯罕的基礎魔法，那麼捉回從蘭翠奈維之館離開的人們，就是羅潔梅茵的職責。究竟在貴族院還會發生哪些事情？敬請期待。

終章是傑瓦吉歐視角。描寫了傑瓦吉歐一行人從蘭翠奈維之館前往貴族院後，做了哪些事情。除了傑瓦吉歐與勞布隆托的關係與相識過程，也順便補充了許多在網路上連載時沒有寫到的新情報與幕後設定，比如阿妲姬莎的離宮等等。

這次本傳的內容也比較短一點，收錄了「艾倫菲斯特保衛戰（後篇）」閒話集。當羅潔梅茵在格拉罕奮戰的時候，艾倫菲斯特裡的眾人又是如何保衛領地的呢？我以夏綠蒂視角寫了城堡領主辦公室的情況，列克爾視角是西門的情況，優蒂特視角是神殿後門的情況，芙蘿洛翠亞視角是城堡密道的情況，齊爾維斯特視角是基礎之間裡的情況。五個人共計五篇。我真的很努力。還請欣賞每個人大展身手的模樣。

這次同時發售的廣播劇8附贈的特別短篇，是馬提亞斯視角〈慶功宴的背後〉。這則短篇是防衛戰結束後的故事。馬提亞斯的粉絲不容錯過喔。

然後出版社官網有消息要通知大家。

●【九月一日】Junior文庫第二部第六集

內容收錄了原著小說第二部Ⅲ的後半部分。還有椎名優老師繪製的五張全新黑白插圖和四格漫畫。全書標注讀音，小學生也能輕鬆閱讀。

●【十月十五日】漫畫版第二部第八集

收錄內容從陀龍布討伐的結束開始，到夢中的世界與約翰的請求。特別短篇是約翰視角。

●【十一月十日】Fanbook 7

每年慣例會有的Fanbook出到第七集了。今年的全新短篇是藍斯特勞德視角，內容是關於基礎魔法與供給室。除了Q&A，還收錄了動畫的片尾卡片，以及為Niconico動畫網站的直播朗讀活動所寫的各角色獨白。

●【十一月十五日】漫畫版第四部第五集

收錄內容從奉獻舞課開始，羅潔梅茵終於可以自由出入圖書館了。這集當中還出現了許多新場景，比如坐在騎獸上俯瞰的貴族院、貴族院圖書館的二樓閱覽室等等……特別短篇是韋菲利特視角。

●【二〇二二年冬天】第五部X

第五部X也打算多寫些新內容。像是從各個不同角色的視角，去描寫中央戰鬥時的情況……目前懷抱著的野心十分龐大。此外第五部X也配合了耶誕節企劃，推出了有收納盒的版本。屆時會將最新集數放在收納盒內，送至讀者手中。靈感來自於前任神殿長拜瑟馮斯與喬琪娜在書信往來時，用以存放信件的書型收納盒。

本集封面是格拉罕之戰的想像圖。有戈雷札姆與馬提亞斯的父子對決&給予祝福的羅潔梅茵。偏暗的色調中，戈雷札姆的黑色義手極其駭人。另外，羅潔梅茵真是美麗得讓人目不轉睛。

拉頁海報則是艾倫菲斯特保衛戰的想像圖。請椎名老師畫進了在艾倫菲斯特各處努力奮戰的人們。個人覺得齊爾維斯特與達穆爾特別帥氣。看到圖片的時候，真的說不出話來呢。椎名優老師，由衷非常感謝。

最後，要向購買本書的各位讀者獻上最高等級的謝意。

第五部X預計冬天發行。期待屆時再相會。

二〇二二年六月　香月美夜

每回都出場的
卷末漫畫
輕鬆悠閒的家族日常
作畫 椎名優
我明白了。那麼我會以奧伯・亞倫斯伯罕的身分，準備「可以盡情投入研究的環境」，
讓斐迪南大人過得幸福的!!
請從早到晚盡情研究吧!!
羅潔梅茵大人，重點不是這個。
咚
咚

我都還沒回來就開始舉辦慶功宴，這是怎麼回事!!
我可是費盡千辛萬苦才從伊庫那趕回來！
咆
哮

馴獸師

是嗎？羅潔梅茵，那我知道了。妳先等著，我等一下就來告訴妳。
我馬上就回來！很快!!
噠噠噠

羅潔梅茵。
祖父大人，請您先去更衣，稍後再告訴我您的英勇事蹟吧。
小聲

感覺討厭的別名好像增加了!!
馴獸師聖女。
不要啊啊

聖女傳說升級中

不同預期

國家圖書館出版品預行編目資料

小書痴的下剋上：為了成為圖書管理員不擇手段！. 第五部，女神的化身. IX / 香月美夜 著；許金玉 譯. -- 初版. -- 臺北市：皇冠文化出版有限公司，2024. 2
384面；21×14.8公分. --（皇冠叢書；第5138種）(mild；53)
譯自：本好きの下剋上：司書になるためには手段を選んでいられません. 第五部，女神の化身. IX

ISBN 978-957-33-4111-6（平裝）

861.57　　113000148

皇冠叢書第5138種
mild 53

小書痴的下剋上

爲了成爲圖書管理員不擇手段！

第五部 女神的化身IX

本好きの下剋上
司書になるためには
手段を選んでいられません
第五部 女神の化身IX

作　　者—香月美夜
譯　　者—許金玉
發 行 人—平　雲
出版發行—皇冠文化出版有限公司
台北市敦化北路120巷50號
電話◎02-27168888
郵撥帳號◎15261516號
皇冠出版社(香港)有限公司
香港銅鑼灣道180號百樂商業中心
19字樓1903室
電話◎2529-1778　傳真◎2527-0904
總 編 輯—許婷婷
責任編輯—張懿祥
美術設計—嚴昱琳
行銷企劃—蕭采芹
著作完成日期—2022年
初版一刷日期—2024年2月

法律顧問—王惠光律師

讀者服務傳真專線◎02-27150507
電腦編號◎562053
ISBN◎978-957-33-4111-6
Printed in Taiwan
本書定價◎新台幣320元/港幣107元